현대시와 지역 문학

백 수 인

현대시와 지역 문학

백수인

국학자료원

책머리에

    남녘엔 아직 단풍이 곱다. 벌써 또 한 해가 넘어간다. 현대시와 시학을 가지고 연구실과 강의실에서 살아온 지 40여 년이 된다. 뒤돌아보니 부끄럽기만 하다.

    서울중심주의의 나라 한국, 그 남녘 끝자락에서 항상 지방민으로만 살았다. 우리나라에서는 서울이 표준이고 중앙이다. 그래서 서울이 아닌 것, 서울과 다른 것은 모두 지방적인 것, 주변적인 것으로 치부되어 그 가치가 폄하되어 온 것이 현실이다. 참여정부 이후 이러한 현상을 타파해보겠다는 노력이 있었다. 행정수도를 표방하는 세종특별자치시가 생기고, 각 지역에 혁신도시를 만들어 중앙에 몰려 있던 공공기관들을 분산시키기도 했다. 그러나 그 효과는 아직 몸에 느낌으로 다가오지 않는다.

    가장 지역적인 것이 가장 세계적이라는 말에 동의한다. 제목을 『현대시와 지역 문학』으로 했다. 제1부는 50년대 지역에서 발간되었지만 당당히 '중앙'의 역할을 한 종합문예지 「신문학」 등 지역 문학에 대한 논문이고, 제2, 3, 4부는 지역에서 활동하고 있는 시인들에 대한 비평 글로 엮었다. 제1부 논문을 제외한 글들은 소위 '주례사 비평'이라고 하는 글들이지만 주로 광주 지역을 중심으로 활동하는 시인들의 작품을 소개하고 있다는 데 의의를 둔다.

    지난 몇 년 동안 '지역문화교류호남재단'을 꾸려오면서 자연스레 '지역 문화'와 '지역 문학'에 관심을 가졌는지도 모르겠다. 정년퇴임을 앞두고 지난 몇 년 동안 써 온 글들을 한 권으로 정리한다는 의미가 나에게는 뜻깊다.
선뜻 책을 묶어준 국학자료원 정찬용 회장과의 긴 인연에 감사한다.

2019년 11월
정남진 장흥 장천지가(章泉之家)에서
백수인

목차

제1부

지역 문학 탐구

종합문예지『신문학(新文學)』

1. 서론

　『신문학』은 1951년 6월 1일 창간호를 발행하여 1953년 5월 25일 제4집을 끝으로 종간된 종합문예지이다. 이 무렵 우리나라는 한국전쟁이 한창이어서 수도를 임시로 부산으로 옮겨야만 했다. 따라서 이 시기의 잡지들은 주로 부산에서 창간되어 발행되었다. 대중잡지『希望(희망)』이 1951년 5월에, 여성대중잡지『女性界(여성계)』가 1952년 7월 1일에, 문화잡지『문화세계 (文化世界)』가 1953년 7월 1일 각각 창간되었다. 이 잡지들은 모두 편집, 발행, 인쇄인이 김종완이며 모두 임시수도 부산에서 창간되었다. 이밖에 조병옥이 1952년 1월 25일 창간한 정치 문제 중심의 종합지『자유세계(自由世界)』와 장준하가 1953년 4월 1일 창간한 종합잡지『사상계(思想界)』도 전쟁 중 부산에서 나왔다. 그리고 1952년 8월 황준성이 창간한 대중종합잡지『신태양(新太陽)』은 대구에서 나왔다.[1] 이와 같이 부산과 대구에서 몇 개의 잡지들이 창간되었지만 이 중 순수한 종합문예지는 하나도 없었다. 해방 후 호남

---

1) 최덕교 편저,『한국잡지백년』3, 현암사, 2004, http://terms.naver.com. 참조.

에서도 몇 개의 잡지가 창간되었다. 『예술문화』(1945, 목포), 주간 『전우』(1950, 목포) 그리고 『갈매기』(1950, 목포)가 그것이다. 목포 예술문화동맹에서 낸 『예술문화』는 1945년부터 이듬해까지 2년에 걸쳐 발행한 계간 잡지이다. 문학 작품이 대거 실렸지만 예술일반과 시사 문제들이 다루어져 있어 순문예지라고 보기엔 다소 무리가 있다. 특히 『전우』와 『갈매기』는 목포해군경비부에서 출판비를 조달한 정훈잡지의 성격을 띠고 있다.[2] 따라서 광주에서 창간된 『신문학』은 유일한 순수 종합문예지라는 점에서 우리나라 잡지사와 문학사에서 특기할만한 의미와 가치를 지니고 있는 것이다.

『신문학』을 본격적으로 연구하여 소개한 논문은 두 편이 있다.[3] 이 중 이동순은 주로 시 작품에 초점을 맞추어 소개했고, 박태일은 『신문학』 4호에 발표된 황순원의 '소나기'의 초본 문제와 전쟁기의 의식에 논의의 중심을 맞추었다.

『신문학』은 이 두 연구를 바탕으로 보다 더 여러 시각과 다양한 방법으로 탐구할 필요가 있다고 판단했다. 『신문학』은 우리 문학잡지의 역사에서 상당히 중요한 사료임이 분명하고, 이 잡지의 실체와 문학사적 위상과 의의를 정립해야 할 필요가 있기 때문이다. 따라서 이 논문은 『신문학』의 성격, 내용, 우리 문학잡지사에서의 위상, 그리고 이 잡지의 창간과 발행 편집을 주도했던 김현승의 역할을 규명하는 데 의의가 두고자 한다.

---

2) 박태일, "목포지역 정훈매체 『전우』 연구─한국전쟁기 정훈문학 연구 1", 『현대문학이론연구』 제38집, 현대문학이론학회, 2009.09.
이동순, "해군목포경비부의 정훈잡지 『갈매기』 발굴의 의미", 『근대서지』 제8호, 소명출판, 2013년 하반기.

3) 이동순, "한국전쟁기 순문예지 『신문학』 연구", 『현대문학이론연구』 제43집, 현대문학이론학회, 2010.12.와 박태일, "전쟁기 광주지역 문예지 『신문학』 연구", 『영주어문』 제21집, 영주어문학회, 2011.02.가 있다. 두 논문은 발표 시기에 2개월 정도 차이가 있으나 뒤늦게 발표한 박태일은 이동순의 발표 사실을 확인하지 못한 체 연구가 이루어진 것으로 보인다.

2. 『신문학』의 잡지 성격

『신문학』의 성격에 대해서는 몇 가지 주장이 있다. 첫째, 동인지로 보는 견해이다. 허형만은 "1950년대 전남의 동인활동"의 범주에 『신문학』을 넣음으로써 동인지로 간주했고, 박형철 또한 마찬가지로 보았다.[4] 네이버에서 '신문학'을 검색해보면 '네이버 지식백과'에 "1954년 전남 광주(光州)에서 창간된 문예 동인지."[5]라고 소개하고 있다. 『신문학』을 발굴하여 학계에 소개한 이동순과 박태일도 시각은 약간 다르지만 동인지의 일종으로 보고 있다.[6]

둘째, 종합문예지로 보는 견해이다. 이명재는 "다형 김현승의 문학사적 위상"이라는 글에서 『신문학』을 '종합문예지'로 규정하고 있다.[7]

『신문학』이 비록 전쟁의 와중에 '광주'라는 지방에서 나왔지만 동인지의 성격과는 다소 거리가 있다. 당시 문단에서 이름이 있는 기성 문인들이 이 지면을 통해 작품을 발표하고 있을 뿐만 아니라, 정식으로 당국의 허가를 받은 등록된 간행물이었다. 당시의 문단 풍토로 보아서 아마추어가 아닌 기성 문인들이 만든 동인지의 경우도 있을 수 있다. 그 경우는 동인들의 명단이 확실히 확보되어 있다. 그러나 이 잡지의 어디에도 동인 명단은 없다.[8]

---

4) 허형만, "문학동인활동 변천사", 『全南文學變遷史』, 전남문학백년사업추진위원회, 1997, 483쪽.
　박형철 엮음, 『광주·전남 문학동인사』, 한림, 2005, 47쪽. 그러나 『신문학』 창간호에 실린 좌담회 기사를 전재하면서 붙인 주석에는 "전남에서 해방 이후 처음으로 발행한 순수문학 전문지 「新文學」 창간호..."라고 쓰고 있다.
5) 1954년이 아니라 1951년 6월로 정정해야 한다.
6) 이동순, "한국전쟁기 순문예지 『신문학』 연구", 앞의 논문, 148~149쪽.
　박태일, "전쟁기 광주지역 문예지 『신문학』 연구", 앞의 논문, 342쪽.
7) 이명재, "다형 김현승의 문학사적 위상", 문학춘추 69호(2009. 겨울), 127쪽.
8) 가령 당대의 전형적 동인 형태를 본다면 『신문학』 제3집 58쪽에 실린 광고를 들 수 있다. "詩同人誌 詩鄕(七月中 發刊) (同人) 李秉岐 辛夕汀 徐廷柱 金顯承 徐廷太 李東

창간호에 실린 "湖南文學을 말하는 座談會" 기사에 참석자를 소개한 난이 있는데 "出席者(無順) 張龍健 朴洽 李東柱 林秉周 孫철 金海錫 高文錫(未參) 昇志行(未參)— 本社側 白完基 金顯承 때 四二八四年四月十六日(下午三時) 곳 新文學社 編輯室"로 되어 있다. 여기에 연명된 문인들을 동인으로 볼 수도 있다. 왜냐하면 고문석과 승지행을 출석자의 명단에 넣어 놓고 "미참"이라고 부기해 두었기 때문이다. 그런데 "본사측"이라고 하여 백완기와 김현승의 이름을 따로 적고 있다. 그러나 이들 중 백완기는 4집을 내는 동안 단한 편의 글을 발표한 적이 없고 장용건은 단한 편의 희곡을 발표했을 뿐이다. 그런가 하면 이 명단에 없는 이석봉은 매번 작품을 발표하였고, 이진모와 이가형도 매호 적극적으로 참여하고 있다. 따라서 이들이 중심, 즉 편집동인(위원)이 되어 『신문학』을 간행했다고 볼 수는 있지만 이 잡지를 단순한 동인지로 규정하는 것은 옳지 않다고 본다. 이밖에 이 잡지를 통해 작품을 발표한 서정주, 신석정, 최태응, 황순원, 이은상, 노천명 등을 동인으로 간주할 수 없기 때문이기도 하다.

한편 『신문학』의 형식적인 발행 주체인 "신문학사"의 주소를 보면 창간호는 광주, 제2집에는 서울과 광주에 각각 두었다가 제3집부터는 서울에 두고 있다. 이는 『신문학』이 처음부터 전국을 대상으로 하는 종합문예지를 지향했음을 짐작할 수 있다.

이 잡지를 처음부터 끝까지 주관하여 편집한 김현승은 창간호 편집후기에서 "호남에서는 처음 맺는 순문예지"9)라고 잡지의 성격을 규정하고 있다. 이처럼 『신문학』은 '동인'들의 명단을 한 번도 밝힌 바가 없고 이 잡지의 편

柱 朴洽", 이처럼 시동인이라고 밝히고 있고 7명의 동인 명단도 소개하고 있다.
9) 김현승이 쓴 '편집후기'에 '동인' 또는 '편집동인'이라는 용어가 자주 나오지만 이는 편집위원의 의미로 받아들여야 한다. 왜냐하면 '동인'들의 명단을 한 번도 밝힌 바가 없고 이 잡지의 편집 방침이 지역 문인들만의 작품 발표 무대로 제한하여 폐쇄되어 있는 것이 아니라 어디까지나 전국으로의 개방을 지향하고 있기 때문이다.

집 방침이 지역 문인들만의 작품 발표 무대로 제한하여 폐쇄되어 있는 것이 아니라 어디까지나 전국으로의 개방을 지향하고 있음을 확연히 확인할 수 있다.

따라서 『신문학』은 단순한 한 지역의 동인지가 아니라 서울이 함락되어 있는 한국전쟁 시기에 지방 도시인 광주에서 발행된 순문예지, 종합문예지의 성격을 가진 우리 현대문학사에서 중요한 가치와 의의를 갖는 잡지이다.

3. 창간호와 제2집의 서지 사항과 내용

『신문학』의 창간은 1951년 6월 1일이지만 오랜 준비 기간이 필요했던 것 같다. 이러한 사정은 창간호의 맨 뒷장의 '판권' 내용에서도 어느 정도 짐작할 수 있다. 창간호의 '판권' 내용은 다음과 같다.

> 『新文學』創刊號, 定價 三,五〇〇圓, 四二八四年五月三十一日 印刷,
> 四二八四年 六月一日 發行, 許可年月日 四二八二年十二月十二日, 許可
> 番號二六一號, 發行兼編輯人 白完基, 印刷所 光州市錦南路一街一 全南
> 日報社 印刷局, 發行所 光州文化社

이를 통해 백완기[10]가 발행 겸 편집인이고 인쇄는 전남일보사에서, 발행

---

10) 문학평론가. 전남 광주(光州) 출생. 본명은 용기(龍基), 호는 강정(江庭). 광주중학 졸업, 만주에 건너가 신경법정대학(新京法政大學)을 중퇴했다. 1959년 <한국일 보> 신춘문예에 평론 ≪현대문예(現代文藝)의 새로운 방향(方向)≫이 당선되었다, 그 뒤 수십 편의 평론을 발표했으며 출판을 하다가 가산(家産)을 탕진하기도 했다. (국어국문학자료사전, 1998, 한국사전연구사) 백완기는 이 때 이미 1946년 4월 전 국 조직으로 결성된 "조선청년문학가협회"에 가입하여 활동한 광주 지역 대표적 문인으로 활동하고 있었다. 이 단체는 김동리 최태응, 조지훈, 조연현, 서정주, 박

은 광주문화사에서 했음을 알 수 있다. 그런데 허가연월일은 1949년 12월 12일로 되어 있어 창간호가 나오기 약 1년 6개월 전에 이미 허가를 얻었음을 알 수 있다. 이러한 사정은 손철의 회고에서도 알 수 있다.

『신문학』창간호가 고고의 소리를 울린 것은 1951년 6월 1일이었다. 그러니까 6·25 난리에서 광주가 수복된 지 8개월째이며 정부는 부산에서 허둥대고 있을 무렵이다. 그러나 이 날이 있기 전『신문학』의 태동부터 더듬는다면 8·15 해방 이후부터로 거슬러 올라가야 할 것 같다. 일제 때 숨을 죽이고 촌마을에 묻혀 살던 김현승 씨를 비롯한 문인들이 광주로 나왔고 서울 문단은 이데올로기나 사상의 혼돈으로 갈피를 잃고 있을 무렵 나오는 깨복장이 친구인 소설가 최태응이 한국문화연구소에 적을 두고 민족 문화 창달을 역설하면서 여러 차례 광주로 내려와 이 곳 문인들과 호남문단이 자주 화제에 오르곤 했다.[11]

『신문학』창간을 위한 태동을 해방 직후 김현승 등의 문인들이 오랜 잠적으로부터 밖으로 나왔고, 최태응이 자주 광주에 내왕하면서 이들과 교류했음을 들고 있다. 전쟁 중이어서 광주가 수복되기를 기다린 탓도 있었겠지만 잉태에서 출산까지 상당한 준비기간이 필요했던 것이다.

창간호의 목차 난을 정리해 보면 다음과 같다.

新文學 第一券 第一號 創刊號 目次

두진, 곽종원, 박목월, 박용구(朴容九) 등이 서울 YMCA에서 결성하여 후에 지방으로 회원을 확산하면서 유치환, 김상옥, 김춘수, 조향, 김수돈, 정진업, 이영도, 이설주, 김현승, 김남중, 백완기, 이경순, 설창수, 조진대, 오영수 등이 참여하여 전국적인 규모로 확대되었다. 이 단체는 8·15광복 이후의 순수문학 전통을 확립한 대표적인 조직으로 평가되었으며, 1947년 '전국문화단체총연합회'로 발전적 해체되었다. (한국민족문화대백과, 한국학중앙연구원)
11) 손철, "광주·전남 문학의 연원을 더듬어 보면—신문학(新文學) 시절을 중심으로", 『光州文學』제18호(2001.3.)

▲表紙·扉畵―千鏡子, 版畵―金斗河

▲創作

탈(一幕)―張龍健, 어떤 兄弟―昇志行, 잃어버린 두 사람―林秉周, 도순이―孫哲

▲번역

詩語와 詩的 眞實―李珍模

▲海外文化토픽

▲文壇메모

▲詩

新綠이 필 때(外一篇)―金顯承, 독수리(外一篇)―朴洽, 좁은 門의 悲歌―李東柱, 比翼鳥―李石奉

▲湖南文學을 말하는 座談會

▲隨筆

光州에―崔泰應, 困惑退行의 法則―李恩泰, 京釜線―高文錫, 아버지―金海錫, 下學道―梁普承

▲編輯後記

표지화와 속표지화(扉畵)[12]는 천경자[13]가, 판화는 김두하가 맡았다. 문학 작품의 발표는 창작, 시, 수필 분야로 나누어 편집했다. 희곡 1편, 단편소설 3편, 시 6편, 수필 5편으로 총 15편의 문학 작품이 발표되었다. 이밖에 번역 소논문 1편과 좌담회 내용을 정리하여 실었다.

---

12) '扉畵'의 '扉'는 일본어의 'とびら'로 '속표지'라는 뜻이므로 '비화'는 속표지화를 의미한다.

13) 여류화가. 수필가. 1924년 전남 고흥 출생. 전남여고와 도쿄여자미술전문학교(東京女子美術專門學校) 졸업. 국전에서 특선하고, 대한미술협회에서 대통령상을 받았다. 국전 추천작가이며, 홍익대 교수를 역임했다. 한국전쟁 이후 <현대문학> 등 문예지에 수필을 발표하기 시작했다. 수필집으로 『여인소묘』(정음사, 55), 『유성이 가는 곳』(영문각, 64), 『언덕 위에 양옥집』(신태양사, 66), 『사모아섬』, 그리고 남태평양을 다니면서 대상을 그려 넣은 『천경자 남태평양에 가다』 등이 있다. 2015년 8월 6일 미국 뉴욕에서 타계했다.

100쪽 말미의 "문단메모" 난을 보면 전쟁기인 당시의 문단 정황을 짐작케 한다. '문총 전남지부'와 '문총구국대 전남지대'를 결성한 소식 등이 주를 이루고 있다. 그해 2월 17일 "시인 고 김영랑 추도식"을 문총전남지부 주최로 열었다, 3월 19일 이동주의 시집 "婚夜" 출판기념회를 재광문인들의 발기로 개최했다, 2월1일 목포해근경비부정훈실이 발행하는 종합문화지 『갈매기』가 창간되었다는 등의 소식을 정리해 놓고 있다. 또한 창간호의 광고를 보면 당시 이 잡지를 내는 데 협찬한 곳을 짐작할 수 있다.14)

제2집은 창간호를 발행한 뒤 6개월이 지나서 나왔다. 이 책 마지막 쪽의 '판권' 내용은 다음과 같다.

> 『新文學』(單行本) 第二輯, 定價 三,五〇〇圓, 四二八四年十一月三〇日 印刷, 四二八四年 十二月一日 發行, 發行人 林貞姬, 編輯人 金顯承, 서울市 鐘路區 寬勳洞一七五, 光州市 忠壯路五街 四〇番地 新文學社, 四二八四年七月 一〇日 登錄 登錄番號 二〇二號, 木浦市務安通三番地 印刷處 第一印刷所 登錄年月日 四二八四年九月二六日 登錄番號 壹貳參壹號

6개월만인 1952년 7월 15일 발행된 제2집은 창간호와 달라진 부분이 많다. 발행인 겸 편집인이던 백완기의 이름이 사라지고 발행인은 임정희, 편집인은 김현승으로 바뀌었다. 추정컨대 백완기가 재정 지원을 할 수 없게 되자 발행인을 재정적 뒷받침을 할 수 있는 박용철의 부인인 임정희로 바꾸고 창간호의 사실상의 편집인이었던 김현승이 표면에 나선 것이다.15) 발행소는

---

14) 창간호에는 뒤표지 전면광고는 "朝鮮大學"에서 했고, "조선이화학공업주식회사 회장 고광표 사장 최정기", "전라남도학도호국단 학생회관 위원장 이한우", "육군 대장 정인 저 <情熱의 書> 印刷中", "주식회사 한흥화학공업사 사장 박경홍" 등의 광고가 실려 있다.

15) "재정적 경영면을 박용철 씨 부인인 임정희 여사가 담당하기로 되었다. 당시

'광주문화사'에서 '신문학사'로 바뀌었다. 신문학사의 주소는 두 개가 표기되어 있는데, 서울과 광주에 각기 주소를 가지고 있다. 이로 미루어 이 때 신문학사는 광주 본사와 서울사무실을 두었던 것으로 추정된다. 인쇄처는 광주의 전남일보사에서 목포의 제일인쇄소[16]로 옮겼다. 당시 전남일보사는 수필가 김남중이 경영했고 제일인쇄소는 정판길이 경영했다.

제2집의 목차 난을 정리해 보면 다음과 같다.

임정희 여사는 전란을 피해 고향인 광산군 송정읍 소촌리에 3형제 분을 거느리고 내려 와 계셨는데 고문석 씨가 허락을 얻어 내가 경리를 맡기로 하고 신문학이 재출발하게 됐던 것으로 기억한다."(손철, 앞의 글)
16) 이 인쇄소는 『갈매기』와 『전우』등의 잡지를 인쇄했던 곳이다.
17) 曺喜灌의 오식임.

제2집의 목차를 통해 표지화는 김보현[18]이, 컷은 차재석이, 판화는 창간호와 마찬가지로 김두하가 맡았다. 문학작품의 발표는 단편소설 4편, 평론 2편, 시 7편, 수필(기타 포함) 7편으로 총 20편이다.

"문인동정"을 통해 당시 몇몇 문인들의 활동 상황이나 정황을 짐작할 수 있다. 동정에 소개된 문인으로는 장용건, 이가형, 박흡, 이진모, 승지행, 조희관, 손철, 임병주, 김해석, 차범석, 이석봉, 전병순, 차재석, 이동주, 김현승 등이다.[19]

제2집은 인쇄소를 목포로 옮긴 탓으로 광고가 다양해졌다. 당시 굵직한 회사의 광고도 있지만 문인들이 자주 드나들던 다방 광고도 있다.[20]

---

[18] 당시 조선대 미술학과 교수. 1917년 경남 창녕에서 태어나 일본 태평양미술학교를 졸업하고 귀국하여 마침 설립된 조선대 미술학과의 첫 전임교수로 부임했다. 1955년 일리노이대학 교환교수로 미국에 건너가서 미국에서 활동했다. 세계적 명성을 갖고 1992년 귀국하여 한국에서 전시회를 개최해 국내에 알려지기 시작했다. 조선대에는 그와 그의 아내 이름을 딴 "김보현 &실비아미술관"이 있다. 2014년 향년 98세를 일기로 미국에서 타계했다.

[19] 동정 내용에는 특기할 만한 몇 가지 사실들이 있다. 장용건은 "조선대학 학생예술 소극장"을 인솔하여 "뇌우"라는 작품으로 1개월여 동안 전남 일대를 순회공연을 하고 귀임했다. 박흡은 광주서중에 재직하는데 고등학교로의 전직을 고사했다. 聯大(전시연합대학)와 조대에 강사로 나간다. 이진모는 목포상대에 재직 중인데 연대와 조대에도 출장 강의를 한다. 조희관은 "戰友社" 사장으로 취임했다. 손철은 병원을 신장 이전했다. 임병주는 건강 이상으로 정양 중이다. 김해석은 광주서중에서 광주고교로 전근했다. 전병순은 신혼인데 장성군여한청단장으로 활동 중이다. 차재석은『戰友』의 편집국장에 취임했다. 이동주는 목포에 체류하며『湖南詩文學全集』편집하고 있다. 김현승은 조선대에서 교편을 잡고 있으면서 잡지 편집으로 바쁘다. 등이다.

[20] 뒤표지 광고는 "전라남도석유조합 조합장 고광표", "목포상선주식회사 사장 金大仲" 등 두 건이다. 여기에서 '김대중'은 중자가 다르지만 대통령을 지냈던 김대중이다. "다방 신성 광주시 황금동", "손소아과 광주시호남동 원장 손철", "조선기선주식회사 목포지점 지점장 한도원", "전남순범선해운조합 목포시 수강동 2가 3번지", "대동고무공업사 사장 김문오", "시사와 문예 주간 戰友", "조선대학생 예술소극장 공연 曺禹 作·金光洲 譯·張龍健 演出, 雷雨(4幕) 때…12월 2, 3, 4일, 곳…목포 평화 극장", "좀스러운 보금자리 茶房 麥園(목포 구 고향다방)", "목포시 무안동 茶房 麥園", "목포시 무안동 茶房 桑港", "조선이화학공업주식회사", "광주금융조합", "전남

제2집에서 특기할만한 것은 중학교 교과서에 수록되어 일반인들에게 널리 잘 알려진 이동주의 대표작 '강강술래'가 처음으로 제2집 84쪽과 85쪽에 걸쳐 발표된 점이다. 지금까지 '강강술래'는 그의 제3시집 『강강술래』(1955, 호남출판사)의 표제작으로, 이 시집을 출전으로 보아왔다. 그러나 시집에 실린 텍스트는 오히려 2연이 통째로 빠져 있는 등 현재 알려진 텍스트 보다 더 다른 곳이 많다.21) 『신문학』제2집에 실린 작품 원문을 그대로 전사하면 다음과 같다.

강강술레

여울에 몰린 銀魚떼.

삐비꽃 손들이 둘레를 짜면
달무리가 빙 빙 돈다.

가아옹 가아옹 수어얼 레에.
목을 빼면 설음이 솟고…………

白薔薇 밭에
孔雀이 취했다
뛰자 뛰자 뛰어나 보자

뇌누리에 테프가 감긴다
열두발 상모가 마구 돈다

극장문화협회", "茶房 秘苑 광주시 황금동" 등이 광고를 통해 협찬을 했다.
21) 시집에 실린 테스트를 그대로 옮기면 다음과 같다 "강강술레 // 여울에 몰린 銀魚떼 // 가옹 가옹 수워얼 레에 // 목을 빼면 서름이 솟고 // 白薔薇 밭에 / 孔雀이 취했다 // 뛰자 뛰자 뛰어나 보자 / 강강 술래 // 뇌누리에 테프가 감긴다 / 열 두 발 상모가 마구 돈다 // 달빛이 배이면 / 슬보다 독한것 // 갈대가 스러진다 / 旗幅이 찢어진다 // 강강 술래 / 강강 술래"

달빛이 배이면 술보다 독한 것

갈대가 쓰러진다
旗幅이 찢어진다

강강 술레.
강강 술레

　맞춤법과 띄어쓰기 몇 군데를 제외하면 지금 일반에 알려진 텍스트와 크게 다른 점이 없다. 현재의 텍스트에는 '강강술레'를 '강강술래'로, 3연의 '수어얼'을 '수어워얼'로, '테프'를 '테이프'로 바뀌어 있다. 그리고 '열두발'을 '열두 발'로 현재 맞춤법에 맞는 띄어쓰기로 표기했고, 마지막 연 '강강 술래'라고 띄어 썼던 것을 '강강술래'라고 붙여 썼다. 그러나 도드라지게 달라진 것은 8연이다. "갈대가 쓰러진다 / 旗幅이 찢어진다"의 두 행의 순서가 바뀐 것이다. 순서가 바뀐 것은 의미의 차이가 거의 없다. 기폭과 갈대의 찢어지고 쓰러지는 행위는 동시에 일어나고 있기 때문이다. 그런데 '쓰러진다'가 '스러진다'로 바뀌었다. 이 두 단어 사이에는 상당한 의미 차이가 느껴지는데, 바꾼 의도를 짐작하기는 어렵다.

　여기에서 하나 짚고 넘어가야 할 것은 '강강술래' 이외의 작품('좁은 門의 悲歌', '鳳仙花', 黃土밭엔 太陽도 독하다", "妖花")은 이동주의 어느 시집에도 수록되지 않고 알려지지도 않은 새로이 발굴된 작품이라는 것이다.[22]

　또 하나, 김현승의 시 "고향에"를 두고 이동주는 새로운 작품의 '발굴'이라 했고, 박태일은 이를 "산줄기에 올라"로 개작하여 『신태양』1958년 6월에 재발표했다고 보았다.[23] 그러나 원래 "고향에"를 발굴하여 문단에 소개한

---

22) 이동순, "한국전쟁기 순문예지『신문학』연구", 앞의 논문, 159쪽.
　　박태일, "전쟁기 광주지역 문예지『신문학』연구", 앞의 논문, 326쪽.
23) 이동순, 위의 논문, 155~159쪽.

이는 그의 제자 박홍원이다. 그는 다음과 같은 설명과 곁들어 이 작품을 소개했다.

사족 같지만 필자는 여기, 세상에 널리 알려지지 않은 다형의 시 한 편을 소개함으로써 감추어져 있는 그의 일면을 살펴보고자 한다. 그 것은 「김현승전집」이나 타계 후에 출판된 「마지막 지상에서」나 기타 그의 어느 시집에도 수록되지 않은 "고향에"라는 제의 작품인 바, 이 작품에서는 고향인 광주에 대한 다형의 집념 및 애착이 어떠한 양상 으로 아로새겨져 있었던가를 볼 수 있어, 참으로 소중한 자료라고 생 각되어서이다. (중략)

바로 이 "고향에"는 다형이 편집을 맡았던 『신문학』(제2집, 1951년 12월)에 발표되었던 작품이다. 광주를 <산에 오르면 언제나 꽃처럼 피어 있는 도시>라고 찬미 하는가 하면 온난한 기후를 <남국의 황금 빛 사흘들>이라고 찬양한다.[24]

박홍원은 이 글에서 두 작품을 다른 작품으로 설명하고 소개하였다. "고향 에"는 총 16행, "산줄기에 올라"는 총 23행으로 이루어져 있다. 박태일의 주 장대로 이 두 작품이 개작 관계에 있는지 다음 예시를 통해 따져 보기로 하자.

산에 오르면
언제나 꽃처럼 피어 있는 都市다

最後의 詩를
나는 다시 이 거리에 돌아와 바치련다

다수운 가을을 더 받고 가려던

박태일, 위의 논문, 323쪽.
24) 박홍원, "김현승의 인간과 시", 『전남문단』 1976년판. 이를 재수록한 다형김현승 선생기념사업회 편, 『다형 김현승의 삶과 문학』, 2015, 137~138쪽.

南國의 黃金빛 사흘들이
그만 사랑도 기억도 남기지 못한
故鄕이 되고 말았다
나는 어느듯 그만 나무와 같이 자라고 말았다

나는 그들의 祖上이고
詩人이 될 수 있을까

나는 天國을 拒否치 않는다
天國을 오히려 한숨 많은 이 廢墟위에……

이 한 句節을 언제나 거센 물줄기처럼
나의 砂丘―나의 都市를 지나 흐르게 하라
來日은 늙어 버릴 詩人의 이름으로.

　　　　　　　　　　　　　　　　　　　―"고향에" 전문

산줄기에 올라 바라보면
언제나 꽃처럼 피어 있는 나의 都市―

지난 날 自由를 위하여
공중에 꽂힌 칼날처럼 强하게 싸우던
그곳에선 무덤들의 푸른 잔디도
兄弟의 이름으로 다스웠던.....

그리고 지금은 기름진 平野를 蠶食하며
煙氣를 따라 擴張하며 가는 그 넓은 周邊들.....

지금은 언덕과 수풀 위에 새로운 지붕들이 솟아올라,
學問과 詩와 밤중의 實驗館들이
無形의 드높은 塔을 쌓아 올리는 그 象牙의 音響들.....

산줄기에 올라 바라보면
언제나 꽃처럼 피어있는 나의 故鄕 —
길들은 치마끈인 양 풀어져,
낯익은 酒店과 冊肆와 理髮所와
잔잔한 시냇물과 푸른 街路樹들을
가까운 이웃을 손잡게 하여주는 .....

그리고 아침과 저녁에
共同으로 듣는 汽笛소리는
멀고 먼 나의 꿈과 타고난 슬픔을 끌고가는.....

아아, 시름에 잠길 땐 이 산줄기에 올라 노래를 부르고,
늙으면 돌아와 追憶의 眼鏡으로 멀리 바라볼 사랑하는 나의 都市 —
詩人들이 자라던 나의 故鄕이여!
　　　　　　　—"산줄기에 올라 —K都市에 바치는" 전문

　첫 두 행만 비교해 보면 박태일의 의견이 어느 정도 맞는 것 같지만 나머지를 보면 시적 대상이나 의미, 화자의 위치, 언술 방식 등 모든 면에서 판이하다. 따라서 "고향에"와 "산줄기에 올라"는 완전히 별개의 작품으로 보아야한다. 결론적으로 "고향에"는 발굴도 아니며, 이를 개작한 것도 아니다.

4. 제3집과 제4집의 서지 사항과 내용

　제3집은 2집이 나온 지 7개월 반만인 1952년 7월 15일 발행되었다. 이 책마지막 쪽의 '판권' 내용은 다음과 같다.

『新文學』第三輯, 定價六,〇〇〇圓, 四二八五年七月十日印刷, 四二
八五年七月十五日發行, 發行人 林貞姬, 編輯人 金顯承, 서울市鐘路區
寬勳洞一七五 發行處 新文學社, 四二八四年七月十日登錄 登錄番號二
〇二號, 光州市光山통七八 印刷處 韓國印刷公社

　　제2집과 달라진 것은 '신문학사'의 광주 주소가 없어지고 서울 주소만 밝
히고 있는 점이다. 따라서 공식적으로『신문학』을 발행하는 '신문학사'는 서
울 종로에 소재한 셈이다. 이는『신문학』이 전국지를 표방하고 있는 대목으
로 해석된다. 인쇄처는 목포에서 다시 광주로 옮겼다. 목차 내용을 정리하면
다음과 같다.

　　창간호와 제2집의 제자는 각각 다른데 누구 누구가 맡았는지는 밝히지
않았었다. 제3집부터는 서예가 손재형[25])이 맡았음을 알 수 있다. 표지화는

2집에 이어 김보현이 맡았다. 문학작품의 발표는 시에 11명, 단편소설에 3명, 번역에 2명, 기타 1명으로 총 17명의 문인이 참여했다. 제3집에는 시인이 대거 참여한데 반해 수필은 따로 편집하지 않았다는 것이 특징이다. 그러나 '동경통신'은 편지 형식의 글이니 수필로 보아야 한다. 시인이 11명이나 포진된 것은 제2집의 '편집후기'에서 이미 예고된 것이었다.

> 말이 앞서고 보면 뒷이 허한 법이나 다음 호에는 동인들의 안목을 높이기에 힘써 볼 것이며 특히 호화로운 시 특집을 가져 볼 속셈이다. 중앙에서 이미 와 있는 원고도 서너 편 있으나 그 때 한몫 싣기로 아껴 두고 가져올 예정의 집필자는 모윤숙, 김동리, 서정주, 조연현, 조지훈, 최태웅, 이한직, 김윤성(무순) 제씨다.26)

이를 정작 제3집의 편집 내용과 비교해 보면 '시 특집'이란 예고는 어느 정도 달성됐다고 보지만, 예정 집필자 중에 실제로 작품을 발표한 사람은 서정주뿐이다. 이는 『신문학』이 그만큼 원고 모집에 한계를 느꼈음을 알 수 있

---

25) 1903년 전라남도 진도에서 출생하였다. 호는 素田·素荃·篠顚·篠田 등을 썼으나 '素荃'을 가장 즐겨 썼다. 1925년 양정고등보통학교, 1929년 외국학원을 졸업하였다. 어려서부터 할아버지인 병익(秉翼)에게 한학과 서법을 익혔으며, 중국금석학자 나진옥(羅振玉)에게 배웠다. 1924년 제3회 선전(鮮展)에 서 「안씨가훈(顏氏家訓)」이 첫 입선하고 해마다 거듭 입선한 이후 제10회 선전에는 특선을 하였다. 1949년 제1회 국전부터 제9회(1960)까지 심사위원으로 활동, 그 뒤 고문(1961)·심사위원장(1964, 제13회)을 역임하며 국전을 통해서 현대 서예계에 크게 영향을 끼쳤다. 그의 글씨는 각 체에 걸쳐 기교가 두드러지고 전서에 독특한 경지를 보였으며, 기교적인 그의 개성이 깃들인 여기(餘技)로서의 문인화도 그렸다. 1947년 재단법인 진도중학교를 설립, 이사장이 되고 예술원회원(1949), 민의원의원 (1958), 한국예술단체총연합회 회장(1965), 예술원 부회장(1966), 국회의원(1971) 등을 지냈다. 서예작품으로는 「진해이충무공동상명」(한글예서체)·「육체사육신묘비문(六體死六臣墓碑文)」·「이충무공벽파진전첩비문(李忠武公碧波津戰捷碑文)」 등이 있다. 1981년 향년 78세를 일기로 타계했다.
26) 편집후기, 『신문학』제2집, 신문학사, 120쪽.

다. 그러나 서정주 이외에 신석정, 이상로, 구상, 김종문 등 명성 있는 문인들이 새로이 작품을 발표함으로써 문예지로서의 격을 높였다.

제3집에는 12개의 광고가 실려 있다. 주로 다방과 기업체 광고이다.[27]

제4집은 1953년 5월 25일 발행되었다. 제3집이 나온 뒤 약 10개월 만에 발행된 것이다. 제4집의 '판권' 내용은 다음과 같다.

新文學 第四輯(季刊)

定價 一〇〇圜, 檀紀四二八六年五月二〇日 印刷, , 檀紀四二八六年
五月二五日 發行, 發行人 林貞姬 編輯人 金顯承, 發行處 서울市鐘路區
寬勳洞一七五番地 新文學社, 檀紀四二八四年七月十日登錄 登錄番號二
〇二號, 印刷處 木浦市 務安洞 株式會社 第一印刷所 登錄檀紀四二八四
年九月二六日 一二一三號

발행처는 제3집과 마찬가지로 서울시 종로구의 신문학사이지만, 인쇄는 다시 목포의 제일인쇄소에 맡겼다. 여기에서 중요하게 눈여겨보아야 할 것은 '계간'이라고 밝힌 점이다.[28] 그리고 책값은 100환이다.[29] 제4집의 목차 내용은 다음과 같다.

---

27) 다방 광고는 4개('아폴로', '금잔디', '태평', '우리집'), 기업체 광고는 6개(합동통신 전남지사 지사장 차정옥, 조일산업주식회사, 한국미곡창고주식회사 여수지점, 대한금융조합연합회전남지부 지부장 임정기 외 직원일동, 전라남도석유조합 조합장 고광표, 천일산업주식회사 여수공장)이다. 이밖에 앞서 언급한 "시향" 동인지 광고가 있고 이 책을 인쇄한 "한국인쇄공사" 광고가 있다. 제4집에서는 여수 소재의 기업 광고가 나타난 것이 특징이다.

28) "『신문학』은 낼 때부터 반연간지를 겨냥한 매체였다. 이런 사실은 호마다 맨 뒤에 발간 정보를 담아 붙어 있는 「편집후기」로 알 수 있다." (박태일, "전쟁기 광주지역 문예지 『신문학』 연구", 앞의 책, 315쪽.)고 했으나 제4집에 이르러서는 '계간'을 표방했음을 알 수 있다.

29) 제1집과 제2집은 3,500원이었는데, 제3집은 6,000원으로 올랐다. 그리고 제4집은 그 해 화폐개혁이 있어서 100환으로 정해졌다. 100환은 구화로 10,000원이다. 당시 전쟁 상황에서 인플레가 얼마나 심했던가를 이로써 짐작할 수도 있다.

新文學 第四輯 目次

▲題字—孫在馨, 表紙畵—千鏡子, 版畵—千百元

▲創作

소나기—黃順元, 三十六計—李佳炯, 모루—林秉周, 江村 사람들—金海錫

▲外國文學

小說·쾨스뜰러 「文法的 虛構—李佳炯 譯, 평론·사르뜨르 「神話의 創造者」—梁秉祐 譯, 紹介·로빈슨 「사르뜨르, 쾨스뜰러」—李祺燮

▲

白樂天의 新樂府—李殷相, 풀잎 斷章을 읽고—趙演鉉

▲詩

運河—朴洽, 妖花—李東柱, 밤비—李石奉, 어제—金顯承, 亞熱帶—金正鈺, 窓—李榮植, 祈禱—盧榮壽, 매아미에게—朴允煥

▲수필

神經痲痺症—丁來東, 後悔라는 熟語—金一鷺

▲文人꼬싶 ▲編輯後記

제4집의 표지화는 창간호 표지화를 그렸던 천경자가 맡았다. 4명이 단편소설을, 8명이 시를, 3명이 번역을, 2명이 평론을, 2명이 수필을 발표했다. 이로써 제4집은 총 19명이 작품을 발표하는 무대가 되었다. 시를 발표한 김정옥, 이영식, 노영수, 박윤환은 생소한 인물이다. 이들의 작품을 실었던 것은 "예견을 허하는 꾸준한 시학도"를 격려하는 차원이라고 한다.30)

단연 돋보이는 것은 국민소설이라고 할 정도로 잘 알려진 황순원의 단편

---

30) 김현승이 쓴 제4집 편집후기에 "金正鈺 李榮植 盧榮壽 朴允煥 四人의 詩는 처음 보는 얼굴이다. 金과 李는 서울文理大 在學中, 盧와 朴은 光州尙武台에 服務中…… 그러나 豫見을 許하는 꾸준한 詩學徒들이다. 四人의 詩가 새로이 新文學에 取扱된 것은 그들에 대한 旣成待遇로서도 아니요, 新人推薦으로서도 아니다. 激勵以上 아모런 動機도 갖지 않았다."고 했다. 그런데 유독 노영수와 박윤환의 작품 말미에는 '徐廷柱選'이라고 되어 있다. 박윤환은 본인이 작성한 것으로 보이는 조선일보 '인물정보'에 "1953년 '신문학'을 통해 문단 데뷔"라고 밝히고 있다.

'소나기'가 최초로 이 잡지 제4집을 통해 발표되었다는 사실이다.

그런데 최근 김동환이 이에 대해 이론을 제기했다. 1953년 11월에 발행된 『협동』에 실린 황순원의 '소녀'가 초간본이라는 주장을 폈다.[31] 그의 주장은 '소녀'에는 결말부분에 4개의 문장이 더 있는데, 이걸 나중에 빼고 '소나기'로 제목을 바꾸어 개작했다는 것이다. 처음 이 주장을 제기할 때 김동환은 『신문학』의 실체를 확인하지 못했다고 한다. 이 논문의 심사 후 수정과정에서야 한국잡지정보원에 소장되어 있는 『신문학』을 보고 결말 부분이 '소녀'의 그것과 같다는 것을 확인했다고 한다.[32] 이 주장은 2013년 9월 13일 경희대와 양평군이 주최하는 문학제 중 '황순원 기념사업의 방향과 초기작품의 재조명'을 주제로 열리는 세미나에서도 논쟁이 되었다. 이 세미나에서 김동환의 주장에 박태일이 반론을 제기했고, 박태일은 다시 다양한 분석을 통해 초본 시비를 다음과 같이 마무리했다.

'소나기'는 1952년 10월 무렵 창작을 끝낸 뒤 초본이 광주에서 나온 문예지 『신문학』 4호(1953. 5)에 '소나기'로 처음 실렸다. 그 뒤 『협동』 추계호(1953. 11)에 '소녀'로 재발표되었다. 이어서 소설집 『학』(1956. 12)에 '소나기'로 실려 오늘날까지 이어졌다. 따라서 『신문학』본 '소나기'는 첫 창작본인 초본이자 첫 간행본인 원본임에 확실하다.[33]

황순원의 '소나기'가 맨 먼저 이 세상에 빛을 본 것은 『신문학』에 의해 이루어진 것이 사실이다. 이상에서 살핀 것처럼 『신문학』이 비록 4집으로 중단 되었지만 종합문예지로의 품격을 갖춘 잡지일 뿐만 아니라, 동인지 시대

---

31) 김동환, "초본과 문학교육", 『문학교육학』 26권, 한국문학교육학회, 2008, 279~303쪽.
32) 위의 논문, 283~28쪽.
33) 박태일, "황순원 소설 「소나기」의 원본 시비와 결정본", 『어문론총』제59호, 한국문학언어학회, 2013.12, 627쪽.

에서 본격적인 전문 종합문예지 시대로 넘어가는 가교적 역할을 했음을 알 수 있다.

5.『신문학』과 김현승의 역할

김현승은 숭실전문 재학 때인 1934년 <동아일보> 5월 24일자에 양주동의 추천으로 '쓸쓸한 저녁이 올 때 당신들은'을 발표하면서 문단 활동을 시작하였다. 그해 연말 <신동아>의 시단총평에서 평론가 홍효민은 "혜성 같이 나타난 시인", "촉망할 수 있는 신인"으로 극찬하기에 이른다. 이후 1936년까지 총 18편의 작품을 발표하여 활발한 활동을 전개했다. 그러나 그는 그 후 붓을 놓고 1945년 해방을 맞이할 때까지 침묵하였다.[34] 해방이 되자 그의 문학열은 다시 용솟음치기 시작했다. 1946년 4월『民聲』에 '내일'이라는 작품을 발표함으로써 그는 우리 문단에 복귀하게 된다. 그러나 1950년까지 5년 동안 그가 발표한 작품은 6편에 불과하다.[35]

1951년에 이르러서부터 본격적인 시작활동을 전개해 나갔다. 그는 이 해에 개인적으로 두 가지 일이 있었다. 하나는 4월에 김기림의 월북으로 공백이 된 조선대학교 시학 교수로 취임한 일이고, 다른 하나는 6월에 종합문예지『신문학』을 창간한 일이다. 이 두 가지 일은 거의 동시에 이루어졌다고 해도 무방하다.

『신문학』은 처음부터 김현승에 의해 창간되었고 편집 발행되었다. 김현

---

34) 그의 일제 말기 절필 이유는 건강문제, 그리고 일제의 우리 문화 말살 정책과 신사 참배 문제로 인한 투옥 등이 복합적으로 작용한 것으로 보인다.(백수인, 대학문학 의 역사와 의미, 앞의 책, 14쪽.)

35) 위의 책, 13~14쪽.

승은 순수한 문학지로서 종합문예지를 꿈꾸어 왔지만 그에게는 재정을 충당할만한 능력이 없었다. 그래서 발행 겸 편집인으로 백완기를 앞세워 놓고 편집과 발행 등의 일을 도맡았던 것이다.

막상 순문예지를 발간키로 결정이 되자 응당 명칭에 대한 궁리가 생길 밖에요. (중략) 은연중에 '호남문학' 아니면 '순문학' 중 이자택일일까 싶은 분위기로 기울어 갔는데 말없이 가만히 듣고만 있던 김현승 씨가 진즉부터 생각을 해놓고 있었던 것이었을까 너무나도 자연스럽게 "신문학이 어때" 하자 또한 약속이나 한 듯 즉각적인 만장일치의 박수로 통과되었습니다.36)

위의 증언에서처럼 김현승은 잡지 명칭까지 미리 지어놓는 치밀함을 보였다. 잡지의 명칭에는 손철의 해석처럼 "민족의 수난과 문학의 암흑기"인 사회현실에서 "새로운 문학의 활로"를 찾겠다는 의미37)도 있지만 그가 초기부터 추구해 온 '모던' 지향의 의미도 있다고 본다.

김현승이 편집을 주도하였으므로 '편집후기'는 매번 자신이 썼다.38) 창간호에 실린 "호남문학을 말하는 좌담회"의 참석자에는 '출석자'와 '본사측'을 구분하여 '본사측'에는 백완기와 김현승의 이름을 밝혔다. 백완기는 창간호에 '발행 겸 편집인'으로 등재되어 있지만, 이 잡지를 통해 평론가로서의 작품을 한 편도 발표한 바가 없을 정도로 실제로의 활동 상황은 없어 보인다. 그리고 판권에는 발행소가 "광주문화사"로 되어 있는데, 이 좌담회 기사의 장소(곳)는 "신문학사 편집실"로 밝히고 있어 제2집부터가 아니라 이 때 이미 "신문학사"라는 명칭을 썼음을 알 수 있다. 김현승은 『신문학』을 문학적

---

36) 손철, "신문학 시절", 『哲2』(송정문화사, 1991), 36쪽.
37) 위의 글, 같은 쪽.
38) 2집의 편집후기 말미에 "承·柱"라고 적어 이동주와 함께 쓴 것으로 되어 있지만, 필자는 김현승으로 보인다.

수준을 잃지 않은 높은 품격의 '순문예지'로 꾸릴 것을 지향했다.

앞으로 어떠한 困難을 헤치고라도『新文學』은 계속 成長할 수 있을 것이다. 創刊號에 실린 作品들은 全部가 編輯委員會의 合評을 거친 것들이다. 앞으로 이 方針은 堅持될 것이고 이것은 湖南文學의 眞實한 發展과 小成에 陶醉되는 弊端을 막기 위하여 어느 時期까지는 必要한 일이 아닐까 생각한다.[39]

九月中 發刊豫定이던 第二輯이 두 달 가까이 늦은 理由는 率直하게 作品의 質的面에 自信들이 없기 때문이었다. 同人의 大部分이 改作努力에 二個月을 보내고 말았으나 그러한 結果가 이 모양이다.[40]

편집위원회의 합평을 거쳤다는 것은 친불친에 의해 함부로 게재하지 않았고 어디까지나 편집위원들의 평을 종합하여 수준에 부합되는 작품만 실었다는 의미이다. 그리고 김현승은 이러한 엄격한 편집 방침이 계속 견지될 것임을 선언하고 있다. 제2집의 발간 지연 이유를 "작품의 질적 면"에 두고 있는 것도 같은 맥락이다.

김현승은『신문학』을 "인적 구성과 질적인 면에서 볼 때 처음으로 전남적인 역량을 가능한한 집결하여 보인 최초의 문단적 활동의 형태"[41]라고 의의를 두면서도『신문학』이 지속적으로 나오지 못하고 제4집으로 끝난 이유를 '작품 생산의 빈곤'으로 적시하고 있다.

『신문학』의 폐간 경위는 필자가 그 책임 편집자이었던 만큼 어느 누구보다도 잘 안다.『신문학』은 자금 관계로 폐간된 것도 아니고 그

---

39) 편집후기,『신문학』창간호, 광주문화사, 121쪽.
40) 편집후기,『신문학』제2집, 앞의책, 같은 쪽.
41) 김현승, "전남문학의 전망",『新文化』(1956.07)의 글을 전재하고 있는 박형철, 앞의 책, 61쪽.

밖의 다른 이유에서도 아니고 오로지 집필자들의 작품생산의 빈곤으로부터 폐간에 이르게 되었던 것이다. (중략) 전남문단의 기성 대가들로써 집필멤버를 구성한 『신문학』이 작품 생산의 양적 또는 질적 빈곤으로부터 무너져버렸다는 것은 곧 전남의 기성 대가들의 작가로서의 빈곤을 폭로한 사실밖에 아무 것도 아니다.[42]

이와 같이 『신문학』 폐간 이유[43]를 빌려서 '전남의 기성 대가들의 작가로서의 빈곤', 즉 '작품의 양적 또는 질적 빈곤'을 질타하고 경종을 울리고 있다. 이것이 지역 문단을 이끌어가는 김현승의 올곧은 자세였던 것으로 보인다.

김현승 시인에게 『신문학』 폐간은 참으로 안타까운 일이 아닐 수 없다. 그러나 이후에도 전남 지역 문학 발전에 어떠한 형태로든 기여하고 싶었을 것이다. 그래서 마침 찾은 곳이 차재석이 주도하고 있던 『詩精神』이다. 1952년 『시정신』이 창간되던 당시에 김현승은 오직 『신문학』에 전념했었다. 그러나 『신문학』이 폐간에 이른 제2집부터는 차재석, 이동주와 함께 공동 편집인으로서 5집으로 종간될 때까지 편집에 적극 참여하게 된다.[44]

이명재는 이 무렵 김현승의 활동에 대해 다음과 같이 평가하고 있다.

다형 김현승은 특히 어려웠던 과도기에 광주ㅡ전남 문학을 키우고 활성화 시킨 공로 면에서 지방 문단의 代父같은 존재였다. 그의 역할은 한반도가 세계사적인 동족상잔의 전쟁 기간에 이루어진 터라 더욱 값진 것이었다. 조선대학교 부교수로 취임한 1951년부터 그는 더욱

---

42) 위의 글, 같은 쪽.
43) 손철은 폐간 이유를 "재정난"으로 보고 있다. "원고난이 아닌 재정난에 빠지고 만 것"이다.(손철, "신문학 시절", 앞의 책, 40쪽), 그러나 손철은 제4집에는 참여하지 못했다. 이미 군의관으로 전선에 복무하고 있었기 때문이다. 제4집의 "문인까십" 난을 보면 "孫哲씨ㅡ軍醫官이 되어 一線에 出征. 戰線르뽀르따쥬를 新文學에 보내기로."라고 쓰고 있다.
44) 이동순, "시 전문지 『시정신』 연구", 앞의 논문, 339~340쪽.

강단 안팎에서 이 지방의 젊은 문학도들을 지도하였다. 온나라가 전쟁의 소용돌이에 빠져 있던 당시 황량한 땅에다 평화로운 미래 문단을 마련하기 위한 묘목을 심어 가꾸었다. 그리고 기존의 중앙문예지 『白民』과 『文藝』가 폐간되거나 휴간된 상태에서 이를 대신할 새로운 문예지까지 펴내며 장래의 인재를 키우는 못자리를 가꾼 것이다.[45]

이후 그는 1950년대 후반부터 『현대문학』심사 추천위원을 맡아 많은 문학도들을 문단에 등단시킬 때에도 "질적 수준"의 원칙에는 초지일관이었다. 그의 추천을 받고 『현대문학』을 통해 문단에 나온 시인은 32명에 이른다.[46]

6. 결론

이상으로 한국전쟁이 한창이던 1951년에 창간호를 낸 『신문학』에 대한 서지 사항과 내용, 그리고 이 잡지를 통한 김현승의 역할과 지역문단, 나아가서 한국문단에의 기여를 살펴보았다.

『신문학』의 잡지 성격은 단순한 동인지가 아니라 서울이 함락되어 있는 한국전쟁 시기에 지방 도시인 광주에서 발행된 순문예지, 종합문예지의 성격을 가진 우리 현대문학사에서 중요한 가치와 의의를 갖는 잡지이다. 『신문학』은 호남 지역 최초로 순문예지를 표방한 종합문예지로서 공시적으로는 지역과 중앙을 잇고, 통시적으로는 전쟁기의 공백을 메웠다. 『白民』(1945~1950)과 『文藝』(1949~1950, 휴간)가 폐간되거나 휴간된 상태에서 『문학예

---

45) 이명재, 앞의 글, 127쪽.
46) 주명영, 임보, 박홍원, 낭승만, 이성부, 김대환, 정현웅, 문병란, 김광회, 박봉섭, 최학규, 손광은, 이기원, 김규화, 정의홍, 최만철, 권용주, 조남기, 오규원, 박경석, 이환용, 이운룡, 이생진, 박정우, 이병석, 진헌성, 강우성, 오경남, 문순태, 진을주, 김충남, 이병기 등이다.

술』(1954~1957)과 『현대문학』(1955~현재), 그리고 『자유문학』(1956) 등 본격적인 종합문예지 시대로 넘어가는 가교 역할 했다고 할 수 있다.

『신문학』에는 시인 15명이 27편의 작품을, 소설가 8명이 12편의 단편을 발표했다. 그리고 수필에는 14명이 15편을 발표했고, 평론은 4명에 4편, 번역은 4명에 6편을 발표했다. 따라서 총 41명의 작가가 참여하여 64편의 작품을 발표하였다.

『신문학』은 특히 이동주의 "강강술래", 황순원의 "소나기" 등 중등 교과서에 실려 널리 읽혀진 작품들이 최초에 발표된 무대였다. 이 점으로만 보아도 당시 『신문학』의 역할과 위상을 높이 평가할 만하다.

김현승은 『신문학』 창간과 편집을 주도했고 두 가지 원칙을 견지하는 데 노력을 경주했다. 첫째는 잡지의 질적 수준을 높이기 위해 일종의 심사 장치라고 할 수 있는 "편집위원회의 합평"을 거치는 과정을 두었다. 이는 문단 활동에서 스스로의 '엄격성'과 '엄정성'을 강조한 것이다. 둘째, 이 잡지가 지역성을 넘어 전국 잡지로서의 위상을 갖도록 발표 작가의 외연을 넓히는 데 노력하였다.

『신문학』이 비록 4집으로 중단 되었지만 종합문예지로의 품격을 갖춘 잡지일 뿐만 아니라, 동인지 시대에서 본격적인 전문 종합문예지 시대로 넘어가는 가교적 역할을 했음을 알 수 있다.

참고문헌

<기본자료>

1. 『신문학』 창간호, 광주문화사, 1951. 6. 1.
2. 『신문학』 제2집, 신문학사, 1951. 12. 1.
3. 『신문학』 제3집, 신문학사, 1952, 7. 15.
4. 『신문학』 제4집, 신문학사, 1953. 5. 25.

<단행본 및 논문>

김동환, "초본과 문학교육―「소나기」를 중심으로", 『문학교육학』 제26호, 한국문학교
　　　육학회, 2008.

김현승, "전남 문단의 전망", 『신문화』 창간호, 1956. 07.

＿＿＿, 『김현승시전집』, 시인사, 1974.

네이버 지식백과, 『국어국문학자료사전』, 한국사전연구사, 1998.

박태일, "목포지역 정훈매체 『전우』 연구―한국전쟁기 정훈문학 연구 1", 『현대문학이
　　　론연구』 제38집, 현대문학이론학회, 2009..09.

＿＿＿, "전쟁기 광주지역 문예지 『신문학』 연구", 『영주어문』 제21집, 영주어문학회,
　　　2011. 02.

＿＿＿, "황순원 소설 「소나기」의 원본 시비와 결정본", 『어문론총』 제59호, 한국문학언
　　　어학회, 2013.12.

박형철 엮음, 『광주·전남 문학동인사』, 한림, 2005.

박홍원, "김현승의 인간과 시", 『전남문단』 1976년판. 이를 재수록한 다형김현승선생기
　　　념사업회 편, 『다형 김현승의 삶과 문학』, 2015.

백수인, "평론문학변천사", 『전남문학변천사』, 전남문학백년사업추진위원회, 1995.

＿＿＿, 『대학문화의 역사와 의미』, 국학자료원, 2003.

손 철, "광주·전남 문학의 연원을 더듬어 보면―신문학(新文學) 시절을 중심으로", 『光
　　　州文學』 제18호. 2001. 03.

_____, "신문학 시절", 『哲2』,송정문화사, 1991.

이동순 엮음, 『박흡문학전집』,국학자료원, 2013.

_____, "시 전문지 『시정신』 연구", 『한국언어문학』 제93집, 한국언어문학회, 2015. 06.

_____, "한국전쟁기 순문예지 『신문학』 연구", 『현대문학이론연구』 제43집, 현대문학 이론학회, 2010. 12.

_____, "해군목포경비부의 정훈잡지 『갈매기』 발굴의 의미", 『근대서지』 제8호, 소명출판, 2013년 하반기.

_____, 『광주전남의 숨은 작가들』, 케포이북스, 2014.

조선대학교, 『朝鮮大學校 史料集』 제1집~제3집, 조선대, 1995.

최덕교 편저, 『한국잡지백년』3, 현암사, 2004.

허형만, "문학동인활동 변천사", 『全南文學變遷史』, 전남문학백년사업추진위원회, 1997, 483쪽.

김현구 시의 '새' 이미지

1. 들어가며

　시문학파 시인 김현구(1903~1950)는 우리 현대시문학사의 수면 아래 있어서 잘 알려지지 않았다가 1970년대부터 서서히 알려지고 연구되기 시작했다. 그의 문단 활동으로는 1930년대 문예지『詩文學』등에 12편[1]의 작품을 발표한 것이 전부이다. 그렇지만 당시 이하윤, 박용철 등에 의해 호평[2]을 받았고 문단에서 주목을 끌었던 것은 사실이다. 그러나 그는 이후의 시작 활

---

1)『詩文學』2호(1930년 5월호)에「님이여 강물이 몹시도 퍼렷습니다」,「물우에 뜬 갈매기」,「거룩한 봄과 슯흔 봄」,「寂滅」등 4편을, 3호(1931년 10월호)에「黃昏」,「밤새도록」,「눈감고 생각하며」,「哀別」등 4편을 발표했다. 그리고『文藝月刊』창간호(1931년 11월호)에「풀우에 누워서」를, 그리고『文學』창간호(1931년 11월호)에「내 마음 사는 곧」, 2호(1934년 2월호)에「길」, 3호(1934년 4월호)에「山비달기 같은」을 발표했다. 이 12편이 문예지에 발표한 작품 전부이다.

2) 이하윤, "우리 詩壇에 드물게 보는 充實한「뮤―즈」의 使徒",「1930年中의 문단」,『別乾坤』5권 11호, 1930.12.
　이하윤, "우리 抒情詩史上 한 그루 아름다운 樹木과 같았다",「韓國新詩發達의 徑路」,『白民』21호, 1950.3.
　박용철, "玄鳩는『黃昏』(詩文學 3호)에서 그 莊嚴한 슬픔의 美에 잠기고,『풀우에 누어서』는 뜬구름같이 덧없는 그 생명을 恨歎합니다.",「辛未詩壇의 回顧와 批判」,『中央日報』, 1931.11.17.

동은 보여주지 않았다. 그가 주로 활동하였던 『詩文學』, 『文藝月刊』, 『文學』 등의 잡지가 차례로 종간되어 1934년 이후 적절한 활동무대를 찾지 못하였고, 1940년 이후에는 일제에 의해 우리말과 글을 사용하는 창작 활동이 극히 제약되었다는 것이 주된 이유일 것이다. 따라서 그는 광복 후에 그동안 써왔던 미발표 작품들을 모아 시집을 간행하려 했던 것으로 추정된다. 그런데 시집을 묶는 일은 수포로 돌아갔고 모아 놓은 원고마저도 자취 없이 사라져 버렸다. 더욱이 그가 1950년 한국전쟁 시기에 목숨을 잃게 됨에 따라 그는 우리에게 영영 잊힐 뻔한 시인이었다. 다행히 1970년 <현구기념사업회>에서 여기저기 흩어져 있던 유고들을 모아 『玄鳩詩集』(문예사, 1970.5.)을 발간하여 우리 문학사에 그의 이름을 다시 불러내는 계기를 마련했다. 이후 7년이 지난 후에 김학동은 이 시집을 자료로 하여 김현구의 시 세계를 최초로 조명했다.[3] 그러나 김현구의 시에 대한 후속 연구나 비평은 나오지 않았고 여전히 수면 아래에 잠겨 있었다. 또 15년의 세월이 흐른 후인 1992년에 <현구기념사업회>는 강진군의 후원으로 『玄鳩詩集』 재판을 『金炫耇詩集』이란 이름으로 출간하고, 강진군립도서관 앞에 '현구시비'를 세웠다.

　김학동의 연구 이후 김현구에 대한 본격적인 연구는 김선태에 의해 이루어졌다.[4] 한편 2012년 현구의 고향 강진에 <시문학파기념관>을 개관하면서 시문학파 일원으로서의 존재를 재조명하게 되었다. 그동안 <시문학파기념관>이 주최한 학술강연회에서 발표된 9편의 논문을 묶어 단행본으로 내놓은 성과를 이루었다.[5] 지금까지의 김현구에 대한 연구는 크게 두 가지로

---

3) 김학동, 「玄鳩 金炫耇論」, 『韓國現代詩人研究』, 민음사, 1977.
4) 김선태, 「金玄鳩 詩 研究」, 원광대 박사학위 논문, 1996.
　　　　, 『金玄鳩 詩 研究』, 국학자료원, 1997.
　　　　, 『김현구 시 전집』, 태학사, 2005.
5) 시문학파기념관 학예연구실, 『1930년대 시문학파 김현구 시와 서술적 순수성』, 시문학파기념관 총서 ④, 전남대학교출판문화원, 2018. 여기에는 김선태, 정과리, 임환모, 김선기, 최동호, 유성호, 이경수, 김종회의 논문이 실려 있다.

진행되었다. 김현구의 생애와 시 세계에 대한 종합적인 연구가 그 하나요, 시문학파와 관련지어 그 일원으로서의 문학사적 연구가 그것이다. 따라서 이제는 김현구에 대한 주제별 연구가 필요하다고 보았다.

이 글은 김현구의 시에 나타난 '새' 이미지를 통해 그의 시 세계의 특질에 접근하고자 한다. '새'에 주목하게 된 이유는 그의 시 작품에 '새'가 비교적 빈번하게 등장할 뿐만 아니라, '새'를 통해서 그의 시적 정서를 드러내고자 하는 의도가 엿보이고 있기 때문이다. 그가 자신의 호를 '玄鳩'(검정 비둘기)로 정하고, 자신을 투영하는 자화상과 같은 시를 「검정 비둘기」라는 제목으로 쓸 정도로 자신과 새의 관계를 밀접하게 느끼고 있는 점도 이런 의도를 뒷받침한다. 그의 시에 나타나는 새는 주로 '비둘기', '종달새', '꾀꼬리', '갈매기', '뻐꾹새', '쑥궁새' 등이고 범칭으로 '산새', '잘새'로 나타나기도 한다.

2. '비둘기'[6] ― 허무의 자화상

그의 작품 중 「검정비둘기」는 그 자신을 그린 대표적 작품으로 평가된다. 이 시를 두고 김학동은 "玄鳩 자신의 모습을 自畫한 것"[7]이라 했고, 김선태는 "자신을 형상화한 자화상에 해당 된다"[8]고 했다. 임환모도 "자신의 처지를 검정 비둘기에 빗대어 표현한 것임에 틀림이 없다."면서 "현구의 자화상

---

6) 현구는 '비닭이', '비달기', '비들기' 등으로 표기하고 있다. 고려가요인 유구곡에서 '비두로기'로 불렸고 조선시대에는 1527년 최세진이 쓴 훈몽자회 상편 16장에서 '비두리'로, 1576년 신증유합에서 비둘기로 불렸다. 安玉奎의『語源辭典』(延吉:동북조선민족교육출판사, 1987)에서는 "非+다라[鷄]"로 보았다. 시인이 '비닭이'로 쓴 것은 그 어원을 '飛+닭(鷄)'의 뜻으로 이해하고 있는 듯하다.
7) 김학동, 앞의 책, 134쪽.
8) 김선태,『김현구 시 연구』, 앞의 책, 157쪽.

이라고 할 만한 시"9)라고 했다.

> 뉘눈살에 시다끼여 그맵시 쓸쓸히
> 외로운넋 물고오는 검정 비들기
> 해늙은 느릅나무 가지에 앉어
> 구구꾸 목노아 슬피우노나
>
> 깨우면 꺼저버릴 꿈같은 세상
> 사랑도 미움도 물우에 거품
> 그서름 香火처럼 피워지런만
> 날마다 못잊어 우는비들기
>
> 웰트슈매—쓰? 니힐의 속아푼 우름?
> 알이없고 둘곳없는 저혼잣 서름!
> 귀먹은 地獄거리 가에앉어서
> 虛空에 우러데는 외론비들기
>
> 높고푸른 하날은 끝없이 멀리개여
> 太古然한 햇빛만 헛되이 흐르는날
> 오날도 혼자앉어 슬피울다가
> 어디론지 간곳몰을 검정비들기
>
> ―「검정 비들기」 전문

'비둘기'는 일반적으로 평화를 상징하는 새로 알려져 있으나 현구의 시적 인식은 사뭇 다르다. 특히 자신과 동일시한 '검정비들기'는 그런 긍정적이고 밝은 이미지와는 거리가 멀다. 전체적으로 '검정비들기'는 외로움, 슬픔(설움), 그리움, 방황 등의 정서에 대한 객관적 상관물로 나타난다. 1연에서는 외양적으로의 쓸쓸함과 내면적으로의 외로움, 그리고 행위로서의 슬픔을

---

9) 임환모, 「김현구 시 연구」, 『어문논총』 24호, 전남대한국어문학연구소, 2013. 145쪽.

나타내고 있다. 2연에서는 허무함과 "날마다 못잊어 우는" 그리움의 이미지가 강하다. 3연에서 '비둘기'는 "地獄거리 가"라는 참담함과 괴로움의 공간에 처한 외로운 존재이다. 4연에는 "높고푸른" 끝없이 멀리까지 맑게 개어 있는 공간에 아득한 옛 모습 그대로인 햇빛에는 헛되기만 한 시간이 흐르고 있다. 이와 같은 '맑음', '밝음'의 이미지와 대조적으로 '검정 비둘기'는 갈 곳을 몰라[暗] 방황하는 존재로 나타나 있다. 김종회는 "느릅나무 가지에 앉아 금방 꺼져버릴 것 같은 꿈같은 세상을 향해 울음소리를 내는 비둘기는, 자연의 물상 가운데서 자신의 모습을 유추해내는 그의 시적 특성을 확고하게 반영하고 있다."[10]고 했다.

이 시 전편에 흐르는 '검정 비둘기'의 공통적인 행위는 '울음'이다. 이를 구체적으로 보면 "구구꾸 목노아 슬피우노나"(1연), "날마다 못잊어 우는비둘기"(2연), "虛空에 우러데는 외론비둘기"(3연), "오날도 혼자앉어 슬피울다가"(4연)와 같다.

김학동은 이 '울음'을 "玄鳩 자신의 內面 깊이 도사리고 있는 <죽음>의 意識을 바탕으로 하고 있는 처절한 울음소리"로 규정하고, 그 실체를 "어디를 향해 봐도 허공뿐인 그런 고독감과 허무에서 m발하는 작자의 목소리"로 파악한다.[11] 김선태는 '검정'이 '죽음을 상징하는 색'이라는 것을 강조하며, "그 새에게 남은 것은 허무와 죽음의 시간뿐"이라고 하여 '검정 비둘기'의 존재를 절망적 상황으로 인식한다.[12]

    덧없는 세월은 흐르고 흘러서
    우리들 젊은꿈도 낡아버리고
    허물어진 객사터 뷘마당 가에서

10) 김종회, 「김현구, 또는 강진 시문학파의 시」, 『1930년대 시문학파 김현구 시와 서술적 순수성』, 시문학파기념관 총서 ④, 전남대학교출판문화원, 2018. 145쪽.
11) 김학동, 앞의 책, 134쪽.
12) 김선태, 앞의 책, 157~158쪽.

산비들기 구구 꾸꾸 우러데누나

　　　　　　　　　　　　　　　— 「옛사랑」 중에서

달빛 희부얀 새벽ㅅ山골 안개속같은 내가슴
숲속에 수머앉어 가만이 나래떨고
졸리운 양 눈을가믄 산비달기 같은 내넋은
머얼리 가즉이서 나직하게 이러나는
大地의 Elegie를 한가이 듯습내다.

　　　　　　　　　　　　　　— 「山비달기 같은」 중에서

　‘山비달기’, ‘산비들기’는 표준어로는 ‘산비둘기’ 또는 ‘멧비둘기’로 지칭한
다. 「옛사랑」에서의 ‘산비들기’ 역시 ‘검정 비들기’에서와 마찬가지로 ‘공허’,
‘허무’, ‘고독’의 상황에서 “구구 꾸꾸” 울어대고 있는 상태를 묘사하고 있다.
「山비달기 같은」에서는 “산비달기같은 내넋”이라고 하여 나의 넋과 ‘산비달
기’를 동일시하고 있다. 즉 “숲속에 수머앉어 가만이 나래떨고 / 졸리운양 눈
을 가믄” ‘산비달기’가 자신의 모습과 동일하다는 것이다. 그리고 ‘내넋’은 슬
픔의 악곡인 ‘大地의 Elegie’를 듣는다. “머얼리 가즉이서 나직하게 이러나
는” 대지의 모든 현상은 시적 화자에게 비탄과 애통의 엘레지일 따름이다.

山에안저서 우는 쑥궁새처럼
나무가지에 쉬여잇다가
　이마를 흘너가는 바람결갓치
　간 길도 모르게 사라져바리는
　그러케 혼적업는 노래를
　나는 부르고 십다

　　　　　　　　　　　　　— 「나의 노래는」 중에서

쌈안눈에 물어리여 발길도 고요히
혼자서 아득히 머―ㄴ하날 바라보든
가엽슨 그봄은 이어덕에 쏘차저와
머언山서 들녀오는 쑥궁새 우름

山서림을 아뢰이는 쑥궁새 우름이
드을내ㅅ가 쌍씰내 눈물이되여
님두고 가는가슴 째여질드시
그대는 서런길을 쩌나시엿다

—「M夫人의게」 중에서

쑤꿍새의 우름마자 멀어졌구나
이산골 싫다 외로웁다 나라갔는가
집앞에 시냇물은 흘러흘러 가버리고
혼혼한 봄시름만 산마루에 잠겼구나

—「산골사내의 부르는 노래(2)」 중에서

'쑥궁새'는 흔히 전라도 지역에서 '쑥국새'라고 부르는 '산비둘기'를 말한
다. '쑥궁' 혹은 '쑥국'이라는 산비둘기 울음소리에 대한 의성어를 새의 이름
에 붙인 것이다. 김현구는 '산비들기'와 '쑥궁새'가 같은 새이지만 어감이나
의미 등을 고려하여 시에서 달리 사용한 것으로 보인다.

「나의 노래는」에서의 '쑥궁새'는 "山에안저서" 운다. 이 '쑥궁새'처럼 "나
무가지에 쉬여잇다가" "흔적업는 노래"를 부르고 싶은 것이 화자의 소망이
다. 그는 '쑥궁새'를 매개로 "흔적 없이 사라지는 노래를 이상적인 목표로 설
정"[13]한 것이다.

13) 최동호, 「시문학파와 김현구의 시 세계」, 『1930년대 시문학파 김현구 시와 서술적
순수성』, 앞의 책, 90쪽.

「M夫人의게」에서 'M부인'은 실제로는 김영랑의 요절한 아내를 가리킨다. 여기에서 "가엾쓴 그봄"은 "쌈안눈에 물어리려 발길도 고요히 / 혼자서 아득히 머―ㄴ하날 바라보든" 'M부인'이 이승을 떠난 계절이다. 그 영원한 이별의 봄이라는 것을 환기해 주는 매개물이 '쑥궁새'의 울음이다. 이 시에서 '쑥궁새'의 울음은 산의 서러움을 표출하는 통로이다. 그리고 그 서러운 울음은 들판의 냇가에 자라난 땅찔레의 눈물로 치환된다. 그대('M부인')는 깨지는 가슴을 안고 '님'을 두고 서러운 길을 걸어 '쑥궁새'가 우는 숲으로 떠났다.

「산골사내의 부르는 노래(2)」에서의 '쑥궁새'는 이 산골을 떠나서 그 울음소리마저 멀어져 있다. 화자는 '쑥궁새'가 이 산골을 떠난 이유를 '외로움'으로 보고 있다. 이 외로움과 더불어 "집앞에 시냇물은 흘러흘러 가버리고 / 혼혼한 봄 시름만 산마루에 잠겼구나"라고 하여 허무한 시간과 '시름'만이 남아 있음을 한탄한다. 이 시에서도 '쑥궁새'는 '외로움'과 '허무'의 정서를 환기하고 있다.

> 하날에 쇠북소리 맑고 향기롭게 굴니여가듯
> 비닭이 하얀털에 도글도글 밋글리는 저녁ㅅ해빗,
> 마음이 비최일듯 환한 꽃닙이 언덕에 고이지고
> 누리는 지금 빗나는서름에 저지워잇다
>
> ―「寂滅」14) 중에서

> 웃슥칩고 가슴답답한 재ㅅ빗구름이 흐터저버리여
> 푸른하날에 비닭이가튼 횐날이 은ㅅ빗 춤을추고
> 온갓수목의 싹을틱는 미끈한바람이 쏘다저나오면
> 버드나무 피리ㅅ소리 요란한 봄ㅅ거리우에
> 발버슨 어린이들이 긴행녈을 시작합니다
>
> ―「거룩한 봄과 슯흔 봄」15) 중에서

---

14) 자필 시집 원본에는 「落花頌」으로 제목을 바꾸었다.

「寂滅」은 '저녁햇빛'을 형상화하는데 "비닭이 하얀털에 도글도글 밋글리는" 모습을 동원했다. 여기에 덧붙이는 것은 "하날에 쇠북소리 맑고 향기롭게 굴니여가듯"이라는 수식이다. 여기에는 청각(쇠북소리)과 후각(향기롭게), 그리고 시각(하날, 맑고, 굴니여가듯) 이미지들이 공감각16)으로 섞여 있다. 이러한 이미지들은 '검정 비들기', '산비들기' 보다는 밝고 명랑한 이미지이다. 설움조차 '빛나는 서름'이라고 표현하여 허무, 고독 등을 바탕으로 한 부정적 이미지가 아니라 긍정적 의미를 내포하고 있다.

「거룩한 봄과 슯흔 봄」은 춥고 답답한 부정적 의미를 품은 "재ㅅ빗구름"이 '흐터저'버리고 밝고 긍정적 상황으로 변환되는 봄날을 그리고 있다. "푸른하날에 비닭이가튼 흰날이 은ㅅ빗 춤을추고" 있는 모습이 바로 봄날의 이미지이다. "온갓수목의 싹을틔는 미끈한바람이 쏘다저나오면 / 발버슨 어린이들이 긴 행렬을 시작합니다"라는 구절도 봄날의 희망적인 이미지를 내포하고 있다.

3. 꾀꼬리와 종달새─환희와 그리움

현구의 시에는 비둘기 종류의 새가 제일 많이 등장하고(8편), 다음이 꾀꼬리(4편)와 종달새(4편)이다. '비둘기'의 계절적 배경이 봄이라면 꾀꼬리의 계절은 주로 여름이다.

---

15) 자필 시집 원본에는 「두나라」로 제목을 바꾸었다.
16) 임환모는 "청각/시각/촉각이 뒤섞어 공감직긱으로 하늘의 쇠북소리가 맑고 향기롭게 굴러가듯이 저녁 햇빛이 비둘기의 하얀 털에 도글도글 미끌미끌 미끄러지는 시각에 자연의 섭리로서의 때의 물결에 따라 눈물같이 예쁘게 달린 꽃잎이 고이 떨어지는 낙화에서 시인은 '빛나는 설움'을 읽어낸다."고 했다. 앞의 논문, 144쪽.

오월아츰 이슬실은 풀포기에서
후두둑 뛰여나온 歡喜의 精靈!
푸른하날 솜구름 하이얀 가슴에서
포르르 날아나온 은실꿈의 織女!

푸른물 흘러내리는 가지에 앉어
맑은옥 향기롭게 날리는 노래가
한여름 낮조름에 선듯 뛰여들어와
하날가에 幻想의꽃 송이송이 피여난다

—「꾀꼬리(其一)」 전문

　이 시에서 '꾀꼬리'는 "歡喜의 精靈"이요 "은실꿈의 織女"이다. 5월 아침
에 이슬 실은 풀포기에서 뛰어나온 꾀꼬리를 기쁨의 화신으로 인식한 것이
다. 푸른 하늘의 솜구름, 그 하얀 가슴에서 날아 나온 꾀꼬리는 은실로 꿈을
직조하는 직녀로 비유했다. 그런가 하면 꾀꼬리의 울음을 "맑은옥 향기롭게
날리는 노래"라고 했고, 그 노래는 하늘가에 "幻想의꽃"을 송이송이 피어낸
다고 했다. 이처럼 이 시에서 '꾀꼬리'는 밝고 긍정적인 '환희', '꿈', '환상'과
같은 아름다움의 이미지로 표현되었다. 이와 같은 시적 분위기는 「쐬소리
(其二)」에서도 마찬가지이다. 가령 "幻想의 깃드리는집", "歡喜의 새녁시
여", "샘갓치 소사오는 노래의 물결"이라는 표현에서 같은 이미지를 짐작할
수 있다.

저녁때 구슬픈 꾀꼬리 노래를
어덕에 혼자서 고요히 들으면
초여름 욱어진 나무숲 그림자
마음은 그리운 追憶의 나라로

실바람 새여드는 어덕에 누어서

고요히 귀기우려 저노래 듣는날
가삼에는 빛난보람 푸른꿈 그리며
먼하날 바라보는 그옛날 그옛날

—「그리운 옛날」 중에서

느티나무 욱어진 푸른가지 사이로
노래하며 나라드는 꾀꼬리같이
이슬끝에 소근거린 달빛속으로
내넋이 스미여든다 녹아흐른다

—「恍惚」 중에서

「그리운 옛날」에서는 "구슬픈 꾀꼬리 노래"를 혼자서 고요히 들으면 마음은 "그리운 追憶의 나라"로 간다고 한다. 또 언덕에 누워서 귀 기울여 '꾀꼬리'의 노래를 들으면 가슴에 "빛난보람 푸른꿈"이 솟는 그 옛날이 그립다는 것이다. 이처럼 이 시에서 '꾀꼬리'는 그리운 과거를 회상하게 하는 기재가 된다. 그리고 그 회상의 핵심 개념은 "빛난보람 푸른꿈"이 된다.

「恍惚」에서는 "이슬끝에 소근거린 달빛속으로 / 내넋이 스미여든다 녹아흐른다"고 노래한다. 이처럼 달빛 속에 스미어 녹아 흐르는 황홀의 경지를 노래하는데, 이 황홀의 경지는 "노래하며 나라드는 꾀꼬리"와 동일시하고 있다. 임환모는 "현구의 마음이 바다 위의 황홀한 달빛을 따라, 꽃향기가 그늘 밑으로 소리 없이 흐르듯이, 그렇게 움직이는데 그것이 곧 시인이 경험한 '황홀'이다."라고 하였다.[17)]

이처럼 그의 시에서 '꾀꼬리'는 '환희', '환상', '꿈', '노래', '추억', '황홀' 등의 정서를 환기하며 비교적 밝고 긍정적인 이미지를 나타내고 있음을 알 수 있다.

---

17) 위의 논문, 152쪽.

내마음 웨이리 외로울까요
보—얀 하날에는 부드러운별
강건너 들꽃은 따스한 입김
종달새 저리기뻐 지줄그린데—

—「내마음 웨이리」 전문

하날간대 우지지며 종달새의 하는말은
간밤에 이슬맞고 꿈꾸든 얘기래요
바람에 몸을싫고 비오는길 날러가서
조롱조롱 달린별을 맛나고온 얘기래요

들에앉어 우지지며 종달새의 하는말이
나물캐는 시골색시 위로하는 말이래요
큰일한다 가시든님 이봄가도 소식없어
비비 배배 슬픈마음 위로하는 말이래요

—「종달새의 말」 전문

　　「내마음 웨이리」에 등장하는 '종달새'는 화자의 마음과는 유리되어 있다. 화자의 마음은 심각한 '외로움'에 처해 있는 반면 '종달새'는 "저리기뻐 지줄그린" 모습이다. 「종달새의 말」은 '종달새'가 "우지지며" "하는말"에 대한 화자의 해석이다. 1연에서 종달새의 말은 간밤에 꾼 '꿈 얘기'이고, 비 오는 길 날아가서 '별을 만나고 온 얘기'이다. 이 종달새의 시적 존재 공간은 '하늘 가운데'이다. 2연에서 종달새의 말은 "위로하는 말"이다. 위로의 대상은 "시골색시"인데, 그녀는 큰일을 하겠다고 떠난 임이 이 봄이 다 가도 소식이 없어 슬퍼하는 마음으로 나물을 캐고 있다. 여기에서 종달새의 시적 존재 공간은 '들'이다. 이처럼 두 편의 시에서 화자는 '종달새'에 투사하여 '종달새'의 마음과 메시지를 해석하는 방식으로 노래했는데, 여기에서 '종달새'는 모두 밝고 긍정적 이미지로 드러나 있음을 알 수 있다. 또한 '봄'이 빨리 지나가버린 것에 대한 서운함을 노래한 「봄(其二)」에서도 "종달새 노래아래 / 꽃속에서 졸든봄아"라고 하여 '종달새'의 노래에 낭만적 이미지를 부여하고 있다.

4. 갈매기, 두견이, 뻐꾹새 ─ 외로움과 설움

현구의 시에는 '갈매기', '두견이', '뻐꾹새' 등의 새가 등장하는 작품도 몇편 있다. '갈매기'는 물새이고 '두견이'와 '뻐꾹새'는 산새이다.

밝은날빛에 바다가 은ㅅ결같이 반짜기고
머언곧 하날이 나직히 내려와 속살대며
사랑어우르는 갈매기떼 어지러히 흐터나르고
춤추는물결에 은비늘고기 꼬리처 굼실거리며
물새와 고기들이 서로 즐기는곧

(중략)

江南제비 도라오는길 아득한 바다
그곧이 내마음 사라있는곧
파초열매 무르노근 향기가 가득 떠돌고
닭알처럼 히고 예쁜배가 날마다 돗달고가며
새노래와 고기뛰염 끄니지않는 바다물결에
내마음은 물오리가치 잠방그리고 있다.

　　　　　　　　　　　　　　─「내마음 사는 곧」 중에서

내마음은 물우에 뜬 갈매기 서런 갈매기
날마다 날마다 아득한 물ㅅ결새에 떳다 잠겻다
외롬이 자져 푸른그림자 흐른물에 떨치고
하날에 소사 끗없는 한탄을 노래하느니
—「물우에 뜬 갈매기」[18] 전문

「내마음 사는 곧」은 "사랑어우르는 갈매기떼 어지러히 흐터나르"는 곳, "물새와 고기들이 서로 즐기는곧", "江南제비 도라오는길 아득한 바다", "새 노래와 고기뛰염 끄니지않는 바다물결"이다. 그는 그의 마음의 가운데에 '갈 매기', '물새', '제비', '새노래'와 같이 새나 새와 관련된 이미지들을 끌어와 관념적인 그의 마음을 형상화한다. 임환모는 이를 두고 "자연을 시인의 마음 속에 끌어들여 그것을 인격화하는 동화(assimilation)와 자연 속에 자신을 상 상적으로 투여하는 투사(project)의 원리가 작동하여 만들어진 강진 남녘 바 다의 관념적인 이상향"[19]이라고 했다. 최동호는 "아름다운 자연은 그가 자 부심을 갖고 살 수 있는 하나의 이상향"이라면서 "김현구가 아무리 풍요로 운 자연 속에서 자신의 이상을 찾는다고 하더라도 현실 속에 있는 그는 고독 하고 외로운 존재였다."[20]고 했다.

「물우에 뜬 갈매기」는 한 마디로 "서런 갈매기"이다. 그 갈매기의 행위는 아득한 물결 사이를 떳다 잠겼다 하는 일이다. 잠기는 일은 "외롬"을 떨치는 행위이고, 뜨는 일은 "한탄을 노래하"는 행위이다. 김선기는 "그 갈매기는 즐거움도 그 무엇도 아닌 한탄을 노래하는 갈매기이다. 즉, 향리에 묻혀 사 는 불운한 현구 자신에 다름 아니다."[21]라고 했다. 따라서 이 시에서 갈매기

---

18) 자필 시집 원본에는 「갈매기」로 제목을 바꾸었다.
19) 임환모. 앞의 논문, 251쪽.
20) 최동호, 앞의 논문, 92쪽.
21) 김선기, 「시문학파와 김현구의 시 세계」, 『1930년대 시문학파 김현구 시와 서술적 순수성』, 앞의 책, 127~128쪽.

는 화자의 '외로움'과 '한탄'을 지닌 서러움의 표상이다.

> 두견이울며 두견이울며
> 이른봄을 밤새도록 바람이불면
> 산에는 진달래 꽃이 피였네
>
> 어덕에 혼자서 어덕에 혼자서
> 푸른하날 한업시 바래보다가
> 나는내서럼의 얼골을 만낫다
>
> ―「밤새도록」22) 중에서

이 시에서 '진달래 꽃'23)의 개화 원인은 '두견이'24)이 우는 것과 밤새도록 부는 '바람'이다. 그리고 이와 대비하여 화자 자신이 만나게 된 자신의 "서럼의얼골"은 "어덕에 혼자서" "푸른하날 한업시 바래보다가" 이루어진 일이다.

> 두견이 울음소리는 진달래꽃의 붉은 빛으로 전환되며 감각의 경계를 넘어선다. 저 자연의 서글픈 아름다움 앞에서 시의 화자는 언덕에 혼자 앉아 푸른 하늘을 한없이 바라보다가 "내서럼의 얼골"을 만난다. 푸른 하늘을 한없이 바라보는 행위는 시간의 경계와 공간의 경계를 동시에 뛰어넘는 행위이다. 고독의 경지에 이른 화자가 시간적·공간적 경계를 뛰어넘으면서 마주하게 되는 것이 자신의 '설움의 얼굴'이라는 것은 의미심장하다.25)

---

22) 자필 시집 원본에는 「出現」로 제목을 바꾸고 2연을 개작하였다.
23) 참꽃, 두견화(杜鵑花)라고도 부른다.
24) '두견이'는 두견(杜鵑), 접동새, 불여귀(不如歸), 귀촉도(歸蜀道), 자규(子規) 등의 이칭이 있다.
25) 이경수, 「김현구 시에 나타난 공간 표상의 변모와 그 의미」, 『1930년대 시문학파 김현구 시와 서술적 순수성』, 앞의 책, 196쪽.

'진달래 꽃'의 개화와 '두견'을 결부시킨 것은 이에 대한 전설[26]에서 착상한 것으로 보인다. 아무튼 이 시에서 '두견이'는 화자가 지닌 '외로움'의 심상으로 표현한 것이다.

> 숨긴눈물 흐려낼듯
> 잠든서름 불러낼듯
> 실바람 호리 호리
> 뒷산에 뻐꾹우름
>
> 님의바림 못내 서뤄
> 거름 거름 매친한숨
> 복사꽃 피든봄날
> 눈물쏫고 가시드니
>
> ―「M夫人의 追憶」 중에서

이 시는 "―이 노래를 永郎의게 드림"이라는 부제와 내용으로 보아 아내를 잃은 영랑의 마음에 감정을 이입하여 노래한 것으로 보인다. 김학동도 "金永郎의 부인을 두고 쓴 것"이라고 전제하고, "<눈물>·<울음>·<한숨>·<설움>으로 이어지는 悲哀의 情調를 바탕으로 하고 있다."고 했다. 특히 여기에서 "뻐꾹우름"은 "숨긴눈물 흐려내듯 / 잠든서름 불러내듯"한 이별의 비애를 표출하는 청각적 이미지로 작용한다.

---

26) 중국 축(蜀)나라 임금 망제(望帝) 두우(杜宇)와 관련된 전설을 말한다. 이 전설과 관련한 수 많은 시가 있으나, 유명한 시로는 당나라 시인 백거이(白居易)의 <산석류, 원구에게 붙인다(山石榴, 寄元九)>라는 시에 "두견이 한번 울 때마다 두견화는 한 가지씩 핀다(一聲催得一枝開)"는 구절이 있다.

5. 산새―이별의 외로움

산새는 산에 깃들어 사는 새를 통틀어 이르는 범칭이다. 김현구의 시에는 앞에서 살핀 구체적인 새 이름이 다양하게 등장하지만, '산새', '잘새'처럼 범칭으로 사용한 작품이 몇 편 있다.

> 산새야 이리 오렴으나
> 깊숙한 까끔속 양짓갓이 나는 좋단다
> 여기 無心과 靜寂이 숨은 잔디에앉어
> 나와 단두리 죄없는 얘기나 하잤구나
> ―「산새야 이리 오렴으나」 전문

> 나라드는 봄나비, 이슬비 소근거린 여름花園
> 초밤별 엿보는 가을黃昏 강변의 어둔숲길
> 또 양짓갓 까끔속 겨울산새의 모양하고
> 나의 얕든 잠결속에 아양지며 아른덴다
> ―「妖精」 중에서

「산새야 이리 오렴으나」에서 화자는 '산새'에게 이리 오라고 권유한다. '이리'는 화자가 좋아하는 "깊숙한 까끔속 양짓갓"이다. "까끔속 양짓갓"은 전라도 방언인데 표준어로 바꾸면 '작은 숲속 양달진 곳'의 의미가 된다. 이 곳은 "無心과 靜寂이 숨은" 공간이다. 화자는 여기에서 산새와 단둘이 앉아 "얘기나" 하자는 요청이다. 즉 이 시에서 '산새'는 외로운 화자의 대화 상대로서 존재하는 것이다.

「妖精」에서 요정은 "얕든 잠결속에 아양지며 아른덴다"고 한다. 그 모습은 계절마다 다르다. 봄이면 "나라드는 봄나비"로, 여름이면 '여름화원'에 소

곤거리는 이슬비의 모습으로, 가을에는 "가을黃昏 강변의 어둔숲길"에 "초
밤별 엿보는" 모습으로, 겨울에는 "양짓갓 까끔속 겨울산새의 모양"으로 나
타난다. 따라서 여기에서 '산새'는 요정의 모습을 이미지화 했는데, 그 모습
은 '외로움'을 함축하고 있다.

> 앓이가들 못하는 길이었든가
> 피배트다 어린너는 산새처럼 가버리고
>
> 천지에 둘곳없는 내마음 홀로 외로워
> 오날도 섭섭히 도라가는 너와놀든 이자리
>
> 아아 복사꽃 연연이 붉은 저녁노을속에
> 그대생각 그리움 千갈래로 흐릅니다
> ──「어린 너는 산새처럼 가버리고」 전문

> 내무덤에 오려거든
> 조용히 혼자오소
>
> 날새면 찾아와서
> 나와두리 노는산새
>
> 여러사람 지꺼리면
> 아여 놀라 나라가리
> ──「내무덤에 오려거든」 중에서

「어린 너는 산새처럼 가버리고」에서 '산새'는 '사별'의 이미지를 나타낸
다. "피배트다 어린너는 산새처럼 가버리고"에서처럼 화자는 피를 뱉는 병
고에 시달리다 결국 죽음의 길로 가버린 어린 생명을 안타까워하고 있다.

「내무덤에 오려거든」에서 화자는 무덤 안에 있다. 화자는 이승의 친근한 존재들에게 메시지를 전한다. 그것은 "내무덤에 오려거든 / 조용히 혼자오"라는 것이다. 산새는 날이 새면 무덤 속의 나를 찾아와 나와 함께 놀아주는 친구이다. 그런데 여러 사람이 와서 지껄이면 그 친구인 산새가 놀라 날아갈까 두렵다는 것이다. 이 시에서 '산새'의 이미지는 산속 무덤에 홀로 있는 화자에게 외로움을 달래주는 존재이다.

> 산새가 이제 울고간뒤
> 바린듯 외로운 무덤하나
> 忘却의 廢墟같이 寂廖한 沈默속에
> 산그늘 고요히 묘우에 어리우다
>
> —「산소」 중에서

> 이럴때 산ㅅ골의 저녁수풀 속에는
> 보금자리에 깃드려 있는 어느잘새[27)]가
> 오늘 포수의 모진손ㅅ결에 잡히여
> 목숨을 빼앗시고 도라오지안는
> 제 짝을 기다리는슬픔 잇겟습니다.
> 집에는 서러우신 늘근 어머니가
> 모ㅅ마루에 혼자안저 우르시겟습니다
>
> —「黃昏」 중에서

「산소」의 공간에 '산새'는 부재의 새다. 이미 산새가 '울고간뒤'의 묘지 모습을 그렸기 때문이다. 그래서 산새마저 버린 듯한 하나의 "외로운 무덤"이다. "忘却의 廢墟같이 寂廖한 沈默"만 흐를 뿐이다. 그리고 산그늘이 고요히

---

27) 자필 시집 원본에는 "산새"로 바꼈다.

묘 위에 어린다. 따라서 여기에서 '산새'의 이미지는 '외로움'의 의미를 더해주는 역할을 한다.

「黃昏」에서 "잘새"는 "밤이 되어 자려고 둥우리를 찾아드는 새"를 의미한다. "해가 지고 어둑어둑할 때"인 '황혼'의 때를 형상화하기 위해 사용된 이미지이다. '잘새'는 "보금자리"에 깃들어 포수에게 잡혀 돌아올 수 없는 처지가 된 제짝을 기다리는 '슬픔'의 모습이다. 이와 대비되는 "늘근 어머니"는 "모ㅅ마루에 혼자안저" 울고 있는 모습이다. "잘새"와 "늘근 어머니", "보금자리"와 집의 "모ㅅ마루", '슬픔'과 '울음'이 대비되어 있다. 따라서 '잘새'의 제짝을 잃은 슬픔은 '어머니'의 울음의 원인이 아버지의 죽음이라는 것을 짐작하게 해준다. 따라서 이 시에서 '잘새'의 이미지는 사별의 슬픔, 짝을 잃은 외로움이라는 의미를 환기한다.

6. 마무리

김현구의 시 85편에서 '새'가 나타나는 시들에 주목하여, 그 낱낱의 이미지를 살펴보았다. '비둘기'는 '검정 비둘기', '산비둘기', '쑥궁새', '비둘기' 등으로 표현된다. 현구 자신의 자화상이라는 평을 받은 '검정비둘기'는 외로움, 슬픔(설움), 그리움, 방황 등의 정서에 대한 객관적 상관물로 나타난다. '山비달기', '산비들기'는 '공허', '허무', '고독'의 상황과 비탄과 애통의 정서를 환기한다. 산비둘기의 전라도 방언인 쑥궁새' 역시 '외로움'과 '허무'의 심상을 드러낸다. 수식어가 없는 '비들기'는 '검정 비둘기', '산비들기' 보다는 밝고 명랑한 이미지이다. 설움조차 '빛나는 서름'이라고 표현하여 허무, 고독 등을 바탕으로 한 부정적 이미지가 아니라 다소 긍정적 의미를 내포하고 있다.

다음으로 '꾀꼬리'와 '종달새'의 이미지는 '검정 비둘기', '산비둘기'와는 조금 다른 정서와 의미를 보여주었다. '꾀꼬리' 이미지는 밝고 긍정적인 '환희', '꿈', '환상'과 같은 밝은 심상으로 표현되었다. 가령 "幻想의 깃드리는 집", "歡喜의 새녁시여", "샘갓치 소사오는 노래의 물결"이라는 표현에서 그 의미를 짐작할 수 있다. '종달새' 또한 대체적으로 밝고 긍정적 이미지로 드러나 있음을 알 수 있다.

'꾀꼬리', '종달새'와는 달리 갈매기 이미지는 '외로움'과 '한탄'을 지닌 서러움의 표상이며, '두견이' 이미지 또한 '외로움'의 심상으로 표현한 것이다.

그리고 "뼈꾹우름"은 "숨긴눈물 흐려내듯 / 잠든서름 불러내듯"한 이별의 비애를 표출하는 청각적 이미지로 작용한다.

마지막으로 범칭인 '산새'의 이미지는 '외로움'을 함축하고 있다. 사별의 슬픔, 짝을 잃은 외로움을 형상화하는 기재로 작용한다. 특히 「어린 너는 산새처럼 가버리고」에서 '산새'는 '사별'의 이미지를 나타낸다.

이처럼 현구의 시에 나타는 '새'의 이미지는 '환희'와 같은 밝은 의미를 환기하는 경우도 있지만 대체적으로 '허무', '외로움', '설움' '죽음' 등 부정적인 정서를 환기하는 경우가 많은 것이 특징으로 드러난다.

참고문헌

김선기, 「시문학파 김현구의 시 세계」, 『1930년대 시문학파 김현구 시와 서술적 순수성』, 시문학파기념관 총서 ④, 전남대학교출판문화원, 2018. 107~133쪽.

김선태, 『김현구 시 전집』, 태학사, 2005.

_____, 「金玄鳩 詩 硏究」, 원광대 박사학위 논문, 1996.

_____, 「비애와 무상의 시학」, 『1930년대 시문학파 김현구 시와 서술적 순수성』, 시문학파기념관 총서 ④, 전남대학교출판문화원, 2018. 157~187쪽.

_____, 『金玄鳩 詩 硏究』, 국학자료원, 1997.

김종회, 「김현구, 또는 강진 시문학파의 시」, 『1930년대 시문학파 김현구 시와 서술적 순수성』, 시문학파기념관 총서 ④, 전남대학교출판문화원, 2018. 137~154쪽.

김학동, 「玄鳩 金炫耈論」, 『韓國現代詩人硏究』, 민음사, 1977.

김현구, 『玄鳩詩集』, 문예사, 1970.

오세영, 「왜 시문학인가?」, 『1930년대 시문학파 김현구 시와 서술적 순수성』, 시문학파기념관 총서 ④, 전남대학교출판문화원, 2018. 13~40쪽.

유성호, 「『시문학』의 문학적 위상과 가치」, 『1930년대 시문학파 김현구 시와 서술적 순수성』, 시문학파기념관 총서 ④, 전남대학교출판문화원, 2018. 43~58쪽.

이경수, 「김현구 시에 나타난 공간 표상의 변모와 그 의미」, 『1930년대 시문학파 김현구 시와 서술적 순수성』, 시문학파기념관 총서 ④, 전남대학교출판문화원, 2018. 189~214쪽.

임환모, 「김현구 시의 문학사적 의의」, 『1930년대 시문학파 김현구 시와 서술적 순수성』, 시문학파기념관 총서 ④, 전남대학교출판문화원, 2018. 217~240쪽.

_____, 「김현구 시 연구」, 『어문논총』 24호, 전남대한국어문학연구소, 2013.

정과리, 「이른바 '순수 서정시'가 출현한 사태의 문화사적 의미」, 『1930년대 시문학파 김현구 시와 서술적 순수성』, 시문학파기념관 총서 ④, 전남대학교출판문화원, 2018. 61~82쪽.

최동호, 「시문학파와 김현구의 재발견」, 『1930년대 시문학파 김현구 시와 서술적 순수성』, 시문학파기념관 총서 ④, 전남대학교출판문화원, 2018. 85~103쪽.

이수복 시의 전통 서정

1. 서론

이수복(1924~1986)은 대표적인 과작(寡作) 시인이다. 등단한 지 15년이 된 1969년 봄, 현대문학사에서 낸 『봄비』가 그의 첫 시집이자 마지막 시집이고, 여기에는 그동안 쓴 작품 중 34편만 실려 있다. 그는 1954년 첫 작품 <동백꽃>을 발표 한 이후 1986년 작고하기까지 32년 동안 겨우 115편의 작품만을 발표했다.[1] 그렇지만 그의 문명(文名)은 널리 알려져 있다. 그 이유는 그가 우리 시문학사에서 나름의 개성적 영역을 개척해 냈기 때문일 것이다.

이수복은 일반적으로 "민요적 정서를 바탕으로 섬세한 한국적 서정의 세계를 '한(恨)'의 미학'으로 승화시킨 시인", "담백하고 소탈한 자신의 인생과 시를 통해 겸손하고 고결한 인간의 보편적 가치를 실현해 보여준 시인", "박

---

1) 최근 이수복에 대한 문학계의 관심은 "장이지 엮음, 『이수복 시전집』(현대문학사, 2009)"과 "광주광역시문인협회 편, 『이수복 전집 봄비와 낮달』(2010)이 잇달아 출간된 것으로 미루어 짐작해 볼 수 있다. 특히 뒤에 나온 『봄비와 낮달』은 이미 발표된 115편의 시 작품 외에 미발표 유고시 22편을 발굴하여 게재했고, 1955년부터 3년 동안 문예지(현대문학)에 발표했던 소설 4편을 수록함으로써 소설가로서의 일면도 엿보게 하였다.

재삼(朴在森), 이동주(李東柱) 등과 함께 1950년대 한국의 서정시를 대표하는 시인"으로 알려져 왔으며 특히 김소월(金素月)을 계승한 시인으로 평가되기도 한다.[2]

특히 장이지는 "1950~60년대 전통 서정시의 지형도에서 이수복은 자기만의 영역을 확실히 구축"했다고 평가하고, 그를 김영랑의 서정을 계승한 시인이라고 주장한다.[3]

사실 이수복이 일반인들에게 널리 알려지게 된 것은 <봄비>라는 작품 때문이다. <봄비>는 그가 시인이 되기 위하여 통과해야만 했던 마지막 관문인 '추천완료' 작품이다. 이 시는 『현대문학』 1955년 5월호에 서정주에 의해 추천되었고, 후에 자신의 시집 표제로 삼았다. 이후 이 시는 고등학교 『국어』(국정 교과서), 『문학』(검인정 교과서) 등의 교과서에 꾸준히 수록되었고, 지금(제7차 교육과정)도 중학교 『국어 3−1』(국정교과서)과 2종의 고등학교 『문학』(검인정 교과서)에 실려 있다. 따라서 1970년 이후 지금까지 한국에서 중등교육 이상을 받은 사람이면 누구나 '이수복의 봄비'를 한 번쯤 읽지 않을 수 없게 되었다.

그러나 그의 명성에 비해 그의 시에 대한 연구는 미미한 편이다. 앞에 소개한 그에 대한 일반적 평가는 조연현이 "섬세한 감성이 한국적인 정감을 통하여 형성된 조용한 정신의 능력"[4]이라고 갈파한 데 바탕을 두고 있거나 국어 참고서 등에 단편적으로 소개된 글을 통해서 이루어진 것으로 보인다.[5]

---

2) www. naver.com, 참조
3) 장이지, 「기질적 우수(憂愁)와 세정(細情)의 리리시즘」, 『이수복 시전집』, 현대문학, 2009, 173쪽. 이 글은 "이동주의 풍속풍류, 박재삼의 고전 인유·서민적 정한, 구자운의 도자기·문인화 취향, 김관식의 유가도가를 아우르는 정신주의에 대해 이수복은 1930년대 시문학파의 순수사를 계승한 세정의 세계를 구축"했다고 평가하고 있다.
4) 조연현, "序文", 이수복 시집 봄비(현대문학사, 1969), 8쪽.
5) 이수복에 대한 학위논문은 아직 없고, 학술 논문으로는 문호성의 연구(「이수복 시의 텍스트성」, 『한국문학이론과 비평』 12집, 한국문학이론과 비평학회, 2001)가 유일

이후 그의 문학에 대한 이해와 평가는 『이수복 시전집』(현대문학, 2009)의 발간을 계기로 이루어졌다. 이 전집의 엮은이 장이지가 이 책의 말미에 붙인 해설6)이 그것이다.

따라서 이수복의 시는 한국의 시문학사에서의 위치나 독자에 대한 영향력 등을 고려해 볼 때 본격적 연구가 필요하다. 그러므로 그의 문학적 성과에 대한 학술적 논의와 시학적 특성을 해명하는 일은 충분한 의의를 갖는다. 그의 시학적 특성은 이미 알려졌듯이 '전통 서정성'에 초점이 맞춰져 있다. 따라서 그의 시가 지니는 '서정성'이 구체적으로 어떤 특징을 갖는가를 해명하는 것이 이 글이 지니는 목표이다.

2. 전통 서정의 구현

시의 장르적 특질은 서정성에 있다. 시는 존재론적으로 서정성을 필요조건으로 할 수밖에 없기 때문이다. 그렇지만 모든 시가 기계적이고 도식적 방식으로 서정성을 구현하고 있는 것은 아니다. 민족이나 국가에 따라서 그 구현 방식이 다르고, 각 언어의 특성에 따라 그 표현 양식이 다를 수밖에 없다. 한국시의 전통성에 대한 그 동안의 논의도 따지고 보면 이 관점의 가운데에 있는 것이다.

이수복 시가 '전통 서정성'의 관점에서 주목을 받는 것은 일반적으로 널리

하다. 그러나 이 연구조차도 이수복의 시학적 특성을 해명한 것이라기보다 시에서의 '텍스트성'을 소개하는 데 그의 작품을 텍스트로 삼았을 뿐이다. 간단한 평문으로는 백수인, <부드러운 운율의 전통적 서정세계―시인 이수복>, 『조대신문』, 1998. 3. 16.(백수인, 『대학문학의 역사와 의미』, 국학자료원, 2003. 재록), 백수인, <봄비 같은 시인 이수복>, 『광주문학』 통권 38호, 2006. 봄.(백수인, 『소통의 창』, 시와사람, 2007. 재록) 등이 있다.
6) 장이지, 앞의 글, 169~188쪽.

알려진 '봄비'를 비롯한 초기 시들이 한국의 전통 서정을 대표하는 김소월, 김영랑 등이 구현해낸 요소들과 맥이 닿아 있기 때문이다. 이 요소들이란 형식적으로는 운율이며 내용적으로는 '이별의 정한', '울음', '은둔' 등과 같은 민족의 공통적 체험이라고 할 수 있다.

> 이 비 그치면
> 내 마음 강나루 긴 언덕에
> 서러운 풀빛이 짙어오것다.
>
> 푸르른 보리밭길
> 맑은 하늘에
> 종달새만 무에라고 지껄이것다.
>
> 이 비 그치면
> 시새워 벙글어질 고운 꽃밭 속
> 처녀애들 짝하여 새로이 서고
>
> 임 앞에 타오르는
> 香煙과 같이
> 땅에선 또 아지랑이 타오르것다.
>
> ―〈봄비〉 전문

이 작품에는 봄비가 그치면 펼쳐질 생동하는 자연의 아름다운 정경을 배경으로 되살아오지 않는 임에의 그리움과 슬픔이 암시적으로 표현되어 있다. 온화하고 잔잔한 분위기에서 아름다운 풍경과 슬픈 감정을 어울리게 하여 독자로 하여금 미묘한 감정을 느끼게 하는 작품이다. 봄비가 그친 뒤에 올 봄날의 아름다운 풍경을 단순하게 묘사하고 있는 것이 아니라, 부드러운 안개가 감싸고 있는 한 폭의 수묵화에서처럼 슬픔의 그림자를 아늑하게 드러낸다. 이 시의 특징은 슬픔의 감정을 강렬하게 드러내지 않은 데 있다. 즉, 죽은 임에 대한 그리움을 시간의 흐름 속에서 잘 다스려 내어 잔잔히 가라앉게 하는 감정 절제가 그것이다. 이와 같이 그의 시는 전반적으로 동양적 정서를 부드러운 운율로 담아내는 전통적 서정시의 전형을 보여 준다.7)

그의 시가 전통적 서정시라는 평가의 바탕에는 몇 가지의 요인이 있다. 첫째는 3.4조의 음수율과 3음보격의 민요조를 들 수 있다.8) 위에 예시한 '봄비'를 비롯해서 초기작에서 이러한 전통적 운율이 구현되고 있으며, 전반적으로 이러한 정형적 운율의 관성이 깔려 있다. 둘째로 섬세한 감성을 드러내고 있는 점이다. 그의 섬세한 감성이란 예시한 작품에서 보면 '봄비'가 내리는 정경의 상상에서 비롯된다. '강나루 언덕', '보리밭의 종달새', '꽃밭 속 처녀애'와 같이 형상화된 시적 대상이 그것이다. 이러한 섬세한 감성은 그의 작품에 드러나는 전반적 특질이다. 셋째로 한국적인 정감을 한의 미학으로 승화시킨 점이다. 이 시에 드러나는 형상들은 실재하는 것이 아니라 마음속에 이루어질 관념이다. 이 시의 배경이 되는 '강나루 긴 언덕'은 화자의 마음을 은유한 것이기 때문이다. 그 마음의 정조는 '슬픔'이고, 그것의 원인은 '향연'이라는 시어가 암시하는 바와 같이 임과의 사별에 있는 것이다.

> 冬柏꽃은
> 홋시집간 순아누님이
> 매양 보며 울던 꽃
>
> 눈 녹은 양지쪽에 피어
> 집에 온 누님을 울리던 꽃.

---

7) 백수인, 「부드러운 운율의 전통적 서정 세계」, 『대학 문학의 역사와 의미』, 국학자료원, 2003, 36~37쪽.

8) <봄비>의 운율은 김소월의 그것과 맥이 닿아 있다. 우리의 전통적 음수율인 3.4조를 밑바탕에 깔고 있고, 특히 음보의 측면에서 보면 민요의 전통을 계승한 3음보이다.

홍치마에 지던
하늘 비친 눈물도
가녈피고 씁쓸하던
누님의 한숨도
오늘토록 나는 몰라……

울어야던 누님도 누님을 울리던 冬柏꽃도
나는 몰라
오늘토록 나는 몰라…….

지금은 하이얀 촉루(髑髏)가 된
누님이 매양 보며 울던 꽃
빨간 冬柏꽃.

　　　　　　　　　　　　　　　　　　　　　－<冬柏꽃> 전문

　　이 시의 화자는 '동백꽃'이라는 대상에서 누님의 이미지를 읽고 있다. 그
것은 '홋시집간 누님'의 울음과 결합된 이미지 때문이다. 텍스트에 흐르는
시간은 1연:과거, 2연:과거, 3연:과거—현재, 4연:과거—현재이다. 이러한 시
간적 상황에서 화자의 행위는 과거에 누님이 동백꽃 곁에서 울었던 체험을
상기 시키고 있지만, 누님과 동백꽃이 지닌 슬픔의 의미를 '오늘토록' 모르
고 있다는 사실을 진술하고 있다. 이런 측면에서 볼 때 이 시의 핵심은 마지
막 연에 집중된다. 화자가 처해 있는 현재 상황에서의 누님과 동일시된 '빨
간 동백꽃'은 '하이얀 髑髏'가 되어 있다. 촉루는 해골의 다른 표현이다. 따
라서 '봄비'에서 '향연'이 유명을 달리한 부재의 임을 암시하듯, '동백꽃'에서
는 '촉루'라는 시어가 죽음의 정서를 환기한다. 즉 이 텍스트에서 주인물인
누님은 화자가 오늘토록 알 수 없는 눈물과 한숨을 간직한 채 이미 유명을
달리하고 있음을 넌지시 암시하고 있는 것이다.
　　"이 텍스트를 지배하는 이미지는 '붉음'의 시각적 이미지와 연결된 눈물

인데, 누이의 눈물을 붉음의 이미지로 환원시켜 표현한 것은 서러움의 강도를 예시하는 것이다. '홍치마에 지던 눈물'과 '씁쓸하던 누님의 한숨'을 '나'는 모르는 채 세월을 보내야 했던 회한의 정서가 집약"되어 있는 것이다.9)

'冬柏꽃'은 시적 대상인 '동백꽃'을 통해 드러내는 누님에 얽힌 정한의 스토리를 담고 있다. 일종의 서술시(narrative poem)인 셈이다. 원래 서술시는 "감각적 이미지에 의존하기보다 인간의 행위나 생생한 삶의 모습에 의하여 인간적 의미나 감정을 표현"하는 것이 일반적이다.10) 그렇지만 이수복은 이러한 서술시에서 조차도 이미지를 통해 서사하는 방식을 취하고 있는 점이 특징이다.

3. 식물 이미지와 울음의 정서

앞에서 말한 '형상화된 시적 대상'이란 그가 주되게 노래하고자 하는 대상에 대한 비유적 이미지들에 다름 아니다. 이 때문에 그의 시는 '전통 서정성'에 있어서 다른 전통 서정 시인들과 변별되는 개성을 갖게 된다. 그것은 그가 생산해 놓은 이미지의 결합이 결국에는 '전통 서정성'에 수렴되도록 시를 조직하는 방식에 기인한다.

> 내 詩는 왜 노을에 비끼는 高原地帶를 노을에 비끼는 高原地帶 그것으로서만 敍景하지 못할까. 거기에다 왜 무슨 千古의 秘密이라도 쭈글써고 앉아서 새김질하고 있는 듯한 스핑크스나 그런類의 저무는 表情을 삭이려고만 들까.
> 내 詩는 왜 自彊不息 돌고 있는 해와 달과 뭇별을 自彊不息 돌고 있

---

9) 문호성, "이수복 시의 텍스트성", 한국문학이론과 비평 12집(한국문학이론과 비평학회, 2001), 143−144쪽.
10) 김준오, 시론(삼지원, 1982), 92쪽.

는 해와 달과 뭇별 그것으로서만 살피고 滄浪의 파도소리를 滄浪의 파
도소리 그것으로서만 듣지 못할까. 왜 內外로 있는 여러 일을 內外로
있는 여러 일 그것으로서만 끄덕이고 그 나머지는 잠잠해버리지 못하
는 걸까.

―'그 나머지는' 전문

이 시의 내용은 그의 시 창작방법, 더 넓게는 자신의 시관에 대한 시적 진
술이다. 그는 시적 대상인 '노을 비낀 高原地帶'를 그리려면 "무슨 千古의 秘
密이라도 쭈글씨고 앉아서 새김질하고 있는 듯한 스핑크스나 그런類의 저
무는 表情을" 가져와 결합시키는 방식으로 시를 창작한다는 것이다. 이는 은
유의 원리이고 이미지 생산의 방식이다. "自彊不息 돌고 있는 해와 달과 뭇
별", "滄浪의 파도소리"라는 시적 대상을 다른 시각 이미지, 다른 청각 이미
지로 변용시킨다는 것이다. 이 시에서의 어조는 마치 이러한 자신의 창작 방
법에 불만하는 것처럼 보이지만, 실은 자신의 이미지즘적 시 창작 방법에 대
한 해명으로서의 메타시인 셈이다.11) 그는 서구의 모더니즘적 창작 방법을
우리의 전통 서정 구현의 한 방식으로 도입한 것이다.

> 葡萄한테서는
> 이제 마악 소나기 개인 뒤
> 멀리 건너가는 우뢰소리가 들린다.
>
> 蓮꽃봉오리가

---

11) 그는 광복 후 서울대 예과를 마친 뒤 생을 마감할 때까지 영어교사를 했고, 세익스
피어를 원전으로 독파하는 등 영어로 된 문학이론서와 작품 등에 대한 많은 독서를
한 것으로 알려져 있다. 미국 유학을 결심하여 추진하였으나 가정 사정으로 포기한
적도 있다. 이러한 전기적 사실로 미루어 보면 그는 이미지즘 등 서구적 문예사조
나 이론에 밝았을 것으로 추정된다. 서정주, "광주에서", 서정주문학전집 제3권(일
지사, 1972), 333쪽. 범대순, "봄비 또는 이수복 시집", <범대순의 세상보기>, 광
주타임스, 2001.3.8. 참조.

못물에
망울지듯이
흐린 더위를 숲속처럼 헤치고 나온
葡萄한테서는
바다를 솟구쳐올라오는 *海女*의 *肉體*가 뵌다.

葡萄는 하냥
숙어내리는 叡智에 깊다
외롭고 고달플 제
내가 한 철 쉬어가는 그늘…….

葡萄한테서는
달빛에 젖는 옥토끼의 기쁨을 받는다.
　　　　　　　　　　　　　　　　　　―＜葡萄＞ 전문

　이 시는 포도를 이미지화하여 표현했다. 즉, 포도를 '우뢰소리', *海女*의 *肉體*', '그늘', '달빛에 젖는 옥토끼'의 이미지로 치환한 것이다. 포도라는 식물의 성격을 다른 감각적 이미지들과 결합시켜 병치함으로써 시적 정서를 드러내는 방식이다. 이는 단순하게 1:1의 시어 치환에 의한 확장은유가 아니고, 각각의 시어들을 특수한 배경 안에 존치시킴으로써 독특한 정서를 환기한다. '우뢰소리'는 예사의 우레가 아니고 "마악 소나기 개인 뒤 / 멀리 건너가는"이라는 배경을 장치해 두었다. 마찬가지로 "해녀의 육체"는 "바다를 솟구쳐올라오는"이라는, "그늘"은 "외롭고 고달플 때 / 내가 한 철 쉬어가는"이라는 배경 안에 그 의미를 한정시킴으로써 보다 선명하고 효과적인 이미지를 창출해 낸다.

　이와 같은 그의 상상력은 자연에 대한 관조적이며 친화적 태도를 드러내는 특징을 갖고 있다. 이러한 그의 전통적 서정의 근원은 한 마디로 식물 이미지에 있다고 할 수 있다.

홀 홀
호롱불
내걸리는 도리기둥……

울파주 밖으로 물러서는
柔한 夜色.

장꽝 모롱이엔
茶紅 분꽃

이슬에 함초롬
깜박이고

靜寂이 山査처럼 상긋한 三更.

流星 날아나간 뒤면
별들은 행결 멀어져가도

가만히 눈감으면
자그만히 宇宙가 내 안에서 돈다.

─<눈을 감고> 전문

이 시는 눈을 감은 상태에서 떠오르는 이미지들을 열거하는 방식을 취했
다. '호롱불', '도리기둥', '울파주', '장꽝', '분꽃', '流星', '별' 등이 화자의 내면
에 그려진 '宇宙'로 표현된다. 이러한 열거된 사물 중에 시인이 그려내고자
한 핵심 이미지는 '분꽃'이다. 부연하면 '장꽝 모롱이'에 이슬을 함초롬 머금
고 깜박이며 피어 있는 다홍빛 분꽃이다. 그런데 텍스트 내면에 흐르고 있는
시간은 깊은 밤(三更)이다. 따라서 분꽃을 제외한 나머지 이미지들은 '밤' 시
간을 드러내기 위한 배경 이미지에 불과하다. 즉, '호롱불 / 내걸리는 도리기

둥', '울파주 밖으로 물러서는 / 柔한 夜色', '靜寂이 山査처럼 상긋한 三更', 그리고 '流星'과 '별'은 모두 밤이라는 시간적 배경을 나타내는 이미지들이다. 따라서 화자가 눈을 감고 떠올리는 자신의 우주의 가장 가운데 존재하는 것은 바로 '장꽝 모롱이'의 '茶紅 분꽃'인 것이다. 깜깜한 밤 아무도 모르게 피어 있는 '분꽃'의 존재를 인식하는 화자의 내면 의식을 드러낸 것이다. 이처럼 이수복의 내면에 중요하게 자리 잡고 있는 것은 식물 이미지이다.

그의 시집 "봄비"에 수록된 작품에서 차례로 몇 편을 열거해 보면, 그의 시적 대상이 식물이거나 대상을 식물 이미지로 바꾸고 있음을 볼 수 있다.

<蟋蟀>: 능금나무, 으능잎사귀
<외로운 時間>: 山菊花
<石榴>
<모란頌(Ⅰ)>
<모란頌(Ⅱ)>
<小曲>: 百合꽃
눈을 감고: 茶紅 분꽃
<葡萄>
<거울>: 水仙
<꽃씨>
<무서움>: 紅桃나무
<和解>: 石榴꽃

이처럼 그의 서정 세계는 식물성 언어에 닿아 있음을 알 수 있고, 이는 자연의 이미지를 생산하는 장치로 보인다. 즉 이수복의 시적 기교는 다양한 비유와 상징 등을 동원하여 자연 이미지, 특히 식물 이미지를 창조해냄으로써 깊이 있는 서정을 표출하는 데 있다고 하겠다.

일반적으로 그의 시의 특성을 '한국적 정서'와 '한의 미학'에 있다고 한다.

이러한 평을 얻는 데에는 그의 시가 울음과 은둔의 정서를 표출해 내고 있기 때문이다.

> ·누님이 매양 보며 울던 꽃(동백꽃)
> ·하늘도 울고 / 땅도 울고…부두에서 울고…(창)
> ·누룩먹은 꿈들이 / 꽃이 운다.(꽃의 出帆)
> ·베옷입고 숨어 울어…애처로이 숨어 울어(꽃喪輿 엮는 밤)
> ·마음이 뽑아보는 우는 보검(寶劍)에(모란頌 I)

위의 예시에서 보듯이 그의 시적 정조는 '울음'이 지배적이다. 그런데 이것은 소리 내어 우는 통곡이 아니라, 소리 없이 남몰래 홀로 우는 나직한 울음이다. 그에게서의 울음은 항상 은둔의 정조와 결합되어 나타난다. 가령 '동백꽃'에서의 누님의 울음이나, '꽃喪輿 엮는 밤'에서의 정조가 그러하다. 이러한 애상의 정조는 반드시 우는 행위로만 구현되는 것이 아니라 '서러움', '슬픔' 등 관념적인 시어로 드러나는 경우도 허다하다. 또한 "돌아간 아버지가 쪼아 세운 / 돌때 끼는 石燈에다 / 불 혀 놓고, 들어 와 묻은 / 쏘롸 안에 不在……."('가을에')처럼 애상의 정조를 암시적으로 드러내는 경우도 많다.

4. 사투리의 향토성

이수복의 시가 전통 서정의 특색을 갖게 하는 데 기여하는 또 하나의 요소는 전라도 사투리를 적절히 구사하는 데 있다. 장이지는 앞에서 인용한 <봄비>가 '국민적 애송시로 널리 회자'된 이유의 하나로 "'~것다' 투의 감칠맛나는 전라도 사투리의 반복이 만들어내는 음악적 효과"를 들고 있다.[12) 그러나 이수복은 <봄비>에서 뿐만 아니라 그의 시 전반에 걸쳐 '감칠맛 나는'

전라도 사투리를 구사하는 특징을 갖고 있다. 따라서 이수복 시에서의 전라도 사투리는 향토적 정서와 시어의 뉘앙스 등에서 매우 효과적으로 작용하고 있는 것으로 여겨진다.

> 아지랑이로, 여릿여릿 타오르는
> 아지랑이로, 뚱 내민 배며
> 입언저리가, 조금씩은 비뚤리는
> 질항아리를…… 장꽝에 옹기옹기
> 빈 항아리를
>
> 새댁은 닦아놓고 안방에 숨고
> 낮달마냥 없는듯기
> 안방에 숨고.
>
> 알길없어 무장 좋은
> 모란꽃 그늘……
> 어떻든 빈 하늘을 고이 다루네.
>
> ─<모란頌(Ⅰ)> 부분

시에서 사투리는 박목월의 "니 뭐라카노"나 김영랑의 "오매, 단풍들것네" 등과 같이 구절 혹은 문장으로 드러나는 경우가 있고, 단지 단어만 사용하는 경우가 있다. 전자는 사투리의 어조까지 환기하는 효과가 있어서 독특한 음악적 리듬감을 준다. 그렇지만 후자의 경우에도 향토적 정서를 환기 하는 기능으로서 충분하다. 위에 인용한 시에서 "뚱 내민 배", "낮달마냥 없는듯기" 등은 전라도 사투리의 어조를 반영하고 있는 것으로 보인다. '뚱'은 투박하게 볼록 튀어 나온 형상을 표현할 때 쓰는 부사이다. "뚱 내민 배"는 전라도

---

12) 장이지, 앞의 글, 172쪽.

언어권에서 익숙하게 사용되는 토속적 표현이다. "낮달마냥 없는듯기"의
"~마냥 ~듯기"는 "~처럼 ~듯이"의 전라도 사투리이다. 이 시에 등장하는
"낮달마냥 없는듯기" 안방에 숨는 '새댁'은 '모란'이라는 시적 대상이 갖는
'수줍음'의 이미지를 만들어 내기 위해 동원된 것이다. "뚱 내민 배" "입 언저
리가 조금씩은 비뚤리는" "질항아리"는 의인화되어 인격을 획득하고 있다.
이것들을 '아지랑이'로 닦아 놓고 안방에 숨는 '새댁'의 행위는 '수줍음'의 이
미지는 모란꽃의 성격을 서정적으로 잘 나타내 준다. 특히 이러한 이미지의
생산에 적절한 사투리의 구사는 그 효과를 배가시켜 주고 있다.

"장꽝"은 김영랑의 시에도 나오는 시어로서 '장독대'의 전라도 사투리이
다. 그리고 "무장"이라는 부사는 "갈수록 더" "점점"이라는 뜻으로 사전에
표준어로 올라와 있지만 표준어 권역에서 보다 전라도에서 많이 쓰는 말이
다. 이 시에서의 사투리는 작품 전체적으로 '은근하고 소박한' 분위기를 조
성하는데 도움을 주고, 부드러운 어감으로 말미암아 밝은 서정을 만들어 낸
다. 그는 이와 같이 전라도 사투리의 구사와 시적 대상의 전형성 등에 있어
서 김영랑의 그것과 유사한 면이 있으면서도 또 다른 개성을 확립하고 있다.

이밖에 그의 작품에 자주 등장하는 전라도 사투리를 시집 『봄비』를 중심
으로 살펴보면 다음과 같다.

·한 이파리 으능잎사귀(蟋蟀)
·금방 천둥 울듯 뒤시일 성싶어져(외로운 時間)
·두다리는 소리(石榴)
·옆구리가 쩌릉 빠개어지는(石榴)
·오, 오정타고 오실랑가(모란頌 II)
·울파주(눈을 감고)
·장꽝 모롱이(눈을 감고)
·행결(눈을 감고)

·밤이 길사록(겨울)

·다순 해 나래를 접고(꽃씨)

·향가론 핏줄들이 모여서 허논 토끼눈같이(和解)

·돌머리(峰) 후미진 곳(무덤과 나비)

·그만큼 쩌른 것이다(無等賦)

·흐부여히 물살을 일고(꽃喪興 엮는 밤)

·화톳불이 날아올라(꽃喪興 엮는 밤)

·쑤꾸기가 울어(꽃喪興 엮는 밤)

·거르막을 들어서며 웃는 꿈을(꽃喪興 엮는 밤)

·쩌른 목숨(꽃喪興 엮는 밤)

·홋시집간 순아누님이(冬柏꽃)

·떠나가는 고물(船尾)에서(窓)

·다문다문 다박솔 남구나 뿌리박고 사는(黃土山에서)

·황소라도 쭈글시고 앉은 듯한(黃土山에서)

·모퉁이(詩魂)

·거머득이 짚이는(詩魂)

·불싸라기들(사철나무 裂果)

·퉁기치는 乳房(깊숙한 꿈속같은)

·험벅지, 발자국(깊숙한 꿈속같은)

·목받고 섰다(하 아까움이여)

·이뻐하잘 게 없다고(薔薇가 말없이 붉게 피게)

·뜨락, 살눈썹(살아나가는 동안)

·끄슬린 손바닥으로(迎春賦)

·험벅지(迎春賦)

·머릿박도 뜩뜩 긁어보다가(迎春賦)

·두메 가잿골(迎春賦)

·눈 궁게 굶주린(迎春賦)

·험벅지(迎春賦)

·머릿박을 긁다가 모가지를 만지다가(迎春賦)

이상에서 살핀 것처럼 그는 정겨운 사투리를 다양하게 구사함으로써 향토적 서정을 더욱 효과적으로 노래하고 있다고 볼 수 있다.

5. 결론

이수복의 작품은 지금까지 '전통 서정성'의 관점에서 주목을 받아 왔다. '봄비'를 비롯한 그의 작품들이 운율, 섬세한 감성, 한국적 정감 등의 측면에서 김소월, 김영랑 등의 전통 시인들의 그것과 맥이 닿아있는 것은 사실이다. 확실히 그의 시적 상상력은 자연에 대해 관조적이며 친화적 태도를 지니고 있으며 전통적 정서를 환기하고 있다.

그렇지만 이수복은 다른 전통 서정 시인들과 변별되는 개성을 지니고 있다. 그의 개성 중 돋보이는 것은 서구의 모더니즘적 방식을 우리의 전통 서정을 구현하는 창작 방법으로 도입한 것이다. 동 시대의 김수영 등과 같은 모더니스트들의 시적 경향이 서구 지향적이고 전통 일탈의 방향인 데 반해 그는 텍스트 내의 이미지들이 결국에는 '전통 서정성'에 수렴되도록 시를 직조했다.

이러한 그의 전통적 서정의 근원은 한 마디로 식물성 이미지에 있다고 할 수 있다. 이수복의 시적 기교는 다양한 비유와 상징 등을 동원하여 자연 이미지, 특히 식물 이미지를 창조해냄으로써 깊이 있는 서정을 표출하는 데 있다. 이러한 이미지들이 궁극적으로 한국적 정감, 즉 울음과 은둔의 정서를 통한 한의 미학과도 연결되는 것이다.

그리고 이수복의 시가 전통 서정의 세계를 더욱 효과 있게 하는 요소로 전라도 사투리의 적절한 활용과 구사를 들 수 있다. 그의 시에서의 전라도 사투리는 향토적 정서와 시어의 뉘앙스 등에서 매우 효과적으로 작용하고 있음을 보았다.

이수복은 시의 형식과 내용, 이미지 생산을 통한 서구적 창작 방식, 시어 사용 등의 측면에서 확실히 독특하고 개성 있는 전통 서정의 세계를 구축했다.

따라서 이수복의 서정시는 우리 시문학사에서 1950년대의 전통 서정의 영역을 확고히 계승하고 있다고 할 수 있다.

참고문헌

광주광역시문인협회, 『봄비와 낮달』, 예원, 2010.

이수복, 『봄비』, 현대문학사, 1969.

장이지 엮음. 『이수복 시전집』, 현대문학, 2009.

김준오, 『시론』, 삼지원, 1982.

문병란, 「現代詩에 나타난 方言의 詩的 效果」, 『師大論文集』제1집, 조선대, 1970, 55—
        67쪽.

문호성, 「이수복 시의 텍스트성」, 『한국문학이론과 비평』12집, 한국문학이론과 비평학
        회, 2001, 138—161쪽.

백수인, <봄비 같은 시인 이수복>, 『소통의 창』, 시와사람, 2007, 54—64쪽

_____, <부드러운 운율의 전통적 서정세계 ─ 시인 이수복>, 『대학 문학의 역사와
        의미』, 국학자료원, 2003, 35—38쪽.

범대순, "봄비 또는 이수복 시집", <범대순의 세상보기>, 광주타임스, 2001.3.8.

서정주, 「광주에서」, 『서정주문학전집』 제3권, 일지사, 1972, 328—335쪽.

장이지, 「기질적 우수(憂愁)와 세정(細情)의 리리시즘」, 『이수복 시전집』, 현대문학,
        2009, 169—188쪽

조연현, 「序文」, 『이수복 시집 봄비』, 현대문학사, 1969.

장흥의 현대문학 형성과 김용술

1. 들어가며

장흥은 지난 2008년 문화체육관광부로부터 "문학관광기행특구"로 지정받았다. 전국에서 최초일 뿐만 아니라 아직 유일하다. 장흥이 "문학관광기행특구"로 지정받은 데에는 그만한 이유가 있다.

역사를 거슬러 올라가 보면 장흥은 조선시대 가사문학의 본산으로 알려져 있다. 장흥은 우리나라 기행가사의 효시로 알려진 "관서별곡"을 쓴 기봉 백광홍을 필두로 위세직, 위백규, 노명선, 이상계, 이중전, 문계태 등 가장 많은 가사작가를 배출하였고, 그들이 창작한 가사 작품의 양 또한 가장 많기 때문이다. 그러나 이러한 사실보다 더 중요한 것은 장흥은 이러한 문학 전통을 현대에 계승하여 다른 지역에 비해 우리나라 문단에서 손꼽히는 훌륭한 문학 작가들을 많이 배출하였고 그 활동이 문단에서 괄목할만하기 때문이다. 더욱이 작가 한강이 2016년 아시아작가로는 최초로 맨부커상을 수상하자 다시 한 번 '문학 장흥'이 세간의 관심을 불러 일으켰다. 김재석은 이리한 문학적 면모를 장흥의 특성으로 파악하고 있다.

할 말을 입으로 하지 않고 / 눈빛으로 하는 / 산들의 전언을 / 다들 나름대로 받아쓰고 있다 // 송기숙 / 이청준 / 한승원 / 김석중 / 이승우 / 백성우 / 김현주 // 김재현 / 정재완 / 위선환 / 이한성 / 전기철 / 백수인 / 조윤희 / 윤석우 / 이대흠 / 장일구 // 할 말은 입으로 하나 / 수국水國의 말로 하는 / 탐진강의 전언을 / 다들 나름대로 번역하고 있다
　*장흥에는 문인들이 많다. 그분들의 이름을 다 거명하지 못한 것을 이해하기 바란다.

―김재석, 「장흥」 전문1)

오늘날의 시점에서 장흥의 현대문학이 하나의 맥을 이룰 수 있었던 것은 여러 가지 요인이 있을 수 있겠다. 김재석은 인용한 시에서 장흥의 문인들은 '산들의 전언'과 '탐진강의 전언'을 "나름대로 받아쓰고", "나름대로 번역하고 있다"고 하여 장흥의 자연 환경과 문학 창작과의 연관을 말하고 있다. 장흥의 산과 강과 바다와 같은 자연 풍광도 중요하겠지만 무엇보다도 문학에 대한 교육과 문학에 관심을 가질 수 있는 환경 등을 생각해 볼 수 있을 것이다. 일찍이 장흥의 중등교육기관으로는 장흥중고등학교가 있었고 통상 거기에서 국어교육의 일환으로 문학교육이 이루어졌을 것이다. 이는 다른 지역도 마찬가지였을 것이다. 그런데 한국전쟁이 멈추고 학교교육이 비로소 자리를 잡아갈 무렵인 1955년에 장흥고에는 여러 분야의 특별활동이 이루어졌는데 이때 '문예반'이 생겼고, 아울러 학생들이 문예작품을 발표할 수 있는 지면으로서의 교지 '억불'이 창간되었다. 이 문예반 활동을 통한 창작 교육과 교지 '억불'의 창간의 한 가운데 남전 김용술 선생이 위치해 있다.

따라서 장흥의 현대문학 형성에 김용술 선생이 상당한 교육적 영향을 끼쳤다고 보고 그의 삶을 조명해 보고자 한다.

---

1) 김재석, 시집 『장흥』, 사의재, 2017. 시인은 장흥고 출신으로 1990년 「세계의문학」으로 등단했다. 시집으로 『까마귀』, 『달에게 보내는 연서』, 『만경루에 기대어』 등 30여 권을 펴냈고, 번역서 『즐거운 생태학 교실』이 있다.

2. 선생의 삶과 남긴 글에 대하여

연보에 따르면 선생은 1924년 6월 16일 전남 장흥군 장흥읍 순지리에서 태어나서 1983년 3월 1일 향년 60세를 일기로 타계했다.

일제강점기에 장흥보통학교를 졸업하였고, 함흥고보를 거쳐 경성제국대학을 졸업했다. 해방 직후인 1946년 10월 9일 장흥중학교의 개교와 함께 국어교사로 부임하였다. 이후 줄곧 장흥중고등학교에서 교사로 봉직하다가 1961년 6월부터 1963년 2월까지 약 1년 8개월간 목포중학교에서 근무하다가 다시 장흥중학교로 돌아와 장흥에서 교사와 교감으로 봉직했다. 1979년 3월 진도군내중학교 교장으로 승진 전보되기 전까지 약 31년간 장흥중고, 장흥여중 등 장흥에서 근무했다. 이후 화순교육청 장학관을 거쳐 칠량중 교장을 마지막으로 일생을 마쳤다.

1975년에는 장흥군향토지편찬위원회 부위원장을 맡아 장흥에서는 최초로 향토지 편찬을 주도했다. 나중에도 얘기가 나오겠지만 그는 장흥고 교사로 있던 한국전쟁 때 빨치산으로 입산한 경력이 있다. 이 때문에 그의 삶은 "반공을 국시"로 삼은 군사정권 시절에 함부로 이름을 내놓기 어려웠을 것으로 추정한다. 따라서 그가 자신의 사상을 문학작품이나 글로 써서 발표하기를 주저했을 것이다. 따라서 개인적인 사유를 남긴 글은 별로 발견되지 않는다.

다만 장흥중학교 '교가'와 '장흥군민의 노래'를 작사했기 때문에 그 노랫말을 통해 그가 지닌 사상의 일단을 짐작해 볼 수밖에 없다.

1. 산 높고 물도 맑은 호남 장흥에 / 장상에 높이 솟은 불멸의 답은 /
해방의 서기 어린 배움의 터전 / 거룩하다 우리 학당 장흥중학교
2. 억불산 푸른 정기 우리의 기상 / 탐진강 맑은 물은 우리의 지조 /

쏟아라 타는 정열 진리 탐구에 / 거룩하다 우리 학당 장흥중학교
　　　　　　　　　　　　　　　—"장흥중학교 교가" 노랫말 전문

1절에서는 장흥중학교를 "불멸의 탑"으로 은유했고, "해방의 서기"가 어려 있는 "배움의 터전"이라고 했다. 이는 학교교육이란 미래의 역사에서 절대로 없어져서는 안 될 존재로 인식했다는 것이고, 여기에 민족이 해방된 상서로운 기운을 결합시켜 해방된 조국의 밝은 미래를 염원했다.

2절에서는 학생들에게 기상과 지조, 그리고 정열로 진리탐구에 매진하라는 격려의 의미를 담고 있다. 저마다 타고난 올곧은 마음씨와 그것이 겉으로 드러난 모양이 '기상'이고, 옳은 원칙과 신념을 굽히지 아니하고 끝까지 지켜 나가는 꿋꿋한 의지가 '지조'다. 그리고 내면으로부터 맹렬히 불타오르는 적극적 감정이 '정열'이다. 그는 이러한 젊은이가 갖추어야 할 덕목을 제시하고 이를 통해 진리를 탐구하는데 힘쓰라는 메시지를 표명한 것이다.

　　　1. 국사봉 정기 뻗어 천관에 맺히고 / 남해바다 푸른 물결 희망 부푸네 / 이 들과 저 바다는 우리 살림터 / 손잡고 땀 흘리어 살찌워 가세 / 금수강산 남쪽 땅 복된 내 고장 / 그 이름 장흥 장흥 길이 흥하리
　　　2. 탐진강 산을 스쳐 들을 누비니 / 강산도 아름답고 인심도 곱네 / 조상의 피와 얼이 서려 있는 곳 / 힘과 마음 합쳐서 가꾸어 가세 / 금수강산 남쪽 땅 복된 내 고장 / 그 이름 장흥 장흥 길이 흥하리
　　　　　　　　　　　　　　　—"장흥군민의 노래" 노랫말 전문

1절의 내용은 장흥에 펼쳐 있는 산과 바다, 그리고 들판은 장흥 주민들의 일상생활의 터전인 "살림터"라는 것이고, 이 "살림터"를 바탕으로 서로 협력하여 열심히 일하여 부유한 공동체를 이루자는 것이다.

2절은 장흥의 아름다운 강산과 고운 인심을 찬양하며 장흥 땅의 역사적

전통을 되새기며 이러한 복된 땅을 우리 주민들은 서로 협동하여 가꾸어가
자는 내용이다.

후렴구에는 장흥은 "복된 땅"이며 장흥의 한자 의미처럼 "길이 흥하"기를
염원하는 의미를 담고 있다.

이 두 편의 노래 가사에 공통적으로 나타나는 사상은 "올곧음"과 "협동"
이라고 할 수 있다.

선생은 1975년 『長興郡鄕土誌』를 편찬해 낸 바 있다. 이 책의 "편집후기"
는 그가 썼을 것으로 추정된다. 왜냐하면 선생의 직책은 편찬위원회 부위원
장으로 되어 있지만, 실질적 편찬을 주도했다는 것을 짐작할 수 있기 때문이
다. 그 임원진을 살펴보면 당시 최정학 군수가 위원장이고 2인의 부위원장
이 있는데 부군수와 김용술 선생(장흥여중 교감)이 맡았다. 그리고 고문 3인
(국회의원, 경찰서장, 교육장), 자문위원 5인(향교 전교, 유도회 고문, 한학
자), 감수위원 1인(김두헌) 편찬위원 12인, 총무위원 6인으로 구성되어 있다.
이와 같은 구성을 보면 형식적인 인물들이 다수임을 알 수 있다. 이들을 제
외하고 보면 선생과 12인의 편찬위원이 실질적으로 편찬 업무를 수행했을
거라는 것은 자명하다. 따라서 편찬을 주도한 책임자로서 마지막에 "편집후
기"를 집필했을 것이다. "편집후기"란 편집을 마치고 난 후에 쓴 글로 의례
적인 감사 인사, 편집과정에서의 에피소드, 어려운 점, 보람된 점 등을 술회
하는 것이 보통이다. 그런데 한 부분에 선생의 특유한 개인적 감정을 표현하
고 있다.

> 編纂過程에서 艱難辛苦 本郡의 沿革變遷年代表를 完成했을 때는 喜
> 悅도 맛보았지만 護國英靈의 記名을 할 때 문득 故友의 姓名三字가 마
> 주치면 저도 모르게 肅然해지면서 가슴에 소리 없는 嗚咽을 느끼기도
> 했다.
> ─장흥군향토지편찬위원회, "편집후기" 중에서[2]

이 짧은 서술에 한국전쟁과 민족 분단의 슬픔이 배어있다. 나라 위해 목숨을 바친 자들의 명단에서 옛 친구의 이름 석 자를 보았을 때의 심정을 "가슴에 소리 없는 오열"이라고 표현했다. 이것은 편찬위원회가 공통으로 느꼈던 것이 아니라 이 글을 쓴 개인의 감정이라고 할 것이다. 이는 동족상잔의 비극을 남다른 위치에서 견뎌냈던 선생의 감정이라고 생각한다.

3. 『億佛』 창간에 대하여

『億佛』은 1955년에 창간한 장흥중고등학교 교지였다. 이 교지를 창간한 주역이 김용술 선생이었다. 여러 기억들을 종합해 보면 당시 군사조직과 같은 학도호국단이 생겼는데, 김용술 선생이 그 예산에서 교지를 만들어 정서교육에도 힘써야 한다고 제안하였다. 이 제안이 관철되었고 문예부 지도교사였던 김용술 선생이 교지의 편집지도도 도맡았다.

장흥중고등학교 교지는 전남에서는 두 번째로 창간한 것으로 당시로서는 큰 의미와 가치를 갖는 존재였다.[3]

> 이 교지는 물론 교지로서 간행된 것이지만 학생 문예지라 할 것이고, 학생 문예지이지만, 장흥의 지역적 특성과 당시의 장흥의 문학 환경과 이 교지가 창간된 시기들을 종합해 볼 때 장흥에서는 처음 간행된 문예물로서의 가치뿐만 아니라, 장흥의 현대문학을 기록한 첫 페

---

2) 장흥군향토지편찬위원회에서 간행했고, 발행인은 장흥군수, 인쇄인은 전남매일신문출판국이며, 발행일은 1975.04.12.이다.

3) 조은숙, 「전쟁, 빨치산 선생님과의 조우」, 『송기숙의 삶과 문학』, 도서출판 역락, 2009, 283쪽. 인터뷰 내용 중 "조은숙: 한승원의 글을 보니까 선생님께서 장흥고등학교 교지 『억불』을 만들 때 문예부장을 하셨던데요? 송기숙: 내가 처음으로 장흥고등학교 교지를 만들었어. 그 때 광주고등학교 교지가 전라남도에서 유일하게 있었는디.

이지로서의 가치에 대하여도 비중 있게 평가되어야 할 것이다.[4)

77쪽 분량의 창간호에는 김하선 교장의 창간사와 손석연 사친회 이사장의 축사를 필두로 교사들의 논단 6편, 11편의 시(교사의 시조, 한시 번역, 영시 번역 포함), 3편의 수필, 3편의 창작(교사의 단편, 꽁트, 단편[5)) 등의 문예작품이 게재되어 있다. 그밖에 설문, 은사프로필, 학교연혁, 편집후기 등으로 구성되어 있다.

이 창간호에 김용술 선생에 대한 언급은 세 번 나오는데, 하나는 "은사프로필" 난에 "金容구先生 …(중략) 하두 키가 크시니까 그런 말도 나는 것이지요. 그렇게 키가 크시면 극장에서는 한목 보실 테지만 문턱 드나들 때는 상당량의 주의가 필요할 걸요" 아마도 편집부에서 교사들의 인상을 재미있게 서술하는 난으로 보인다. "큰 키"가 인상적이었던 같다. 또 하나는 은사록(恩師錄)에 "金容구 國語 長興郡長興邑蓴池里"로 기록되어 있다.('구'는 인쇄단계에서 '沈'을 구로 잘못 읽은 데에서 온 오식임)

그리고 편집후기 맨 서두에 "생각 以外로 바쁘고 어려운 일이었습니다. 허나 하고 싶은 일을 해나가는 즐거움과 金 先生님의 親切하신 指導의 激勵로 잘됐던 못됐던 이런 定度의 것이 나오게 되었습니다."[6)라고 되어 있어서 지도교사인 선생의 지도를 칭송하고 있다.

이 창간호에서 주목되는 것은 단편 「火葬터」라는 작품이다. 이 작품은 "松峴生"이라는 필명으로 발표된 교사 작품이다. 아주 짧은 작품인데 '갑수'라는 주인공이 일제 때인 어릴 적부터 무서운 곳으로 알려진 화장터에 살 집

---

4) 위선환, "나의 『억불(億佛)』時代", 『長興文化』 제27호, 장흥문화원, 2005, 159쪽.

5) 송기숙의 단편 「물쌈」, 위선환은 "장흥에서는 처음으로 발표된 현대소설이 될 것이다."라고 했다. 위의 글, 같은 쪽.

6) 편집후기의 말미에는 편집위원 명단이 있다. "宋基淑 李玉敎 劉洪鎭 高在右 金永弘 朴長熙 魏瑄煥"

을 짓고 있는 노인을 만나 얘기를 나누는 것이 줄거리다. 오죽했으면 가족과 함께 살 집을 화장터에 짓겠는가를 생각하게 한다. 귀향한 가난한 노인의 처지를 보여주는 작품이다. 이 작품은 선생의 작품일 가능성이 크다. 필명으로 발표했다는 것과 그 내용이 그러한 추정을 해보게 한다.

『億佛』이라는 문예지가 창간된 이후, 학생들의 문예활동이 활기를 띠었다. 1957년 가을 위선환(고2)을 주축으로 장흥에서 최초의 문학동인 <돌다리>가 결성된다. 그해 11월 <돌다리> 동인지도 발간했다.『億佛』제4호는 <돌다리> 동인들이 편집을 했고, <돌다리> 동인은 1958년 10월 장흥에서는 최초로 '시화전'을 개최했다.[7] 이처럼『億佛』의 창간은 장흥에서 학생문예의 시대를 열어가고 있었다.

『億佛』은 창간 이후 교사와 학생들의 문예작품의 마당으로 꾸준히 이어오다가 1972년 장흥중학교와 장흥고등학교가 분리되면서『億佛』은 중학교 교지로 남고, 고등학교는 새로이『蹄巖』이라는 제호로 발간하였다. 그러나 이 교지들이 언제 그 맥이 끊어졌는지는 필자로서는 아직 알 수 없다.

1972년 이후 징흥중과 장흥고가 분리되어 고등학교 캠퍼스는 건산리 '모정등'으로 옮겼다. 50년대 장흥고의 문학동인 <돌다리>의 후신은 30년의 세월이 흐른 후에 탄생했다. 1984년 12월 이대흠을 중심으로 결성된 <文脈>이 그것이다. 이 <문맥>은 동인지도 만들고 시화전을 여는 등 15기까지 이어져 활발한 활동을 했다. 1989년에는 끊어진 교지『제암』을 재창간하기도 했다. 이대흠, 정상철, 박계윤 등을 비롯한 <문맥> 출신 문사들은『億佛』시대로부터 발원된 장흥고의 문학 전통을 이어받았다고 본다.[8]

---

7) 위선환, 앞의 글, 160~162쪽. 참조.
8) 이대흠,「꿈의 나이 문맥의 시절」,『탐진강 추억 한 사발 삼천 원』, 문학들, 2016. 참조.

4. 기억으로 남은 모습에 대하여

"장흥에 소설가랑 문인이 많은 이유가 김용술 선생님이나 장흥고등학교 교지인 『억불』의 영향이라고 볼 수도 있겠네요?"[9]

조은숙이 송기숙과의 인터뷰에서 한 질문이다. 장흥의 현대문학 형성에 영향을 준 여러 일 중에 '김용술'과 '억불'을 말한 것은 타당하다고 본다. 『억불』이라는 교지는 김용술 선생에 의해 탄생되었으므로 결국 여기에서의 '영향'은 '김용술'에 귀결된다. 그가 평범한 국어교사가 아닌 문학도들에게 지대한 영향을 준 스승이라는 점이 오늘날 그를 기억하고 추모하는 이유일 것이다.

> 송기숙은 1953년 19세의 나이에 장흥 고등학교에 입학한다. 다른 학생들보다 나이가 많았던 탓에 한때 빨치산으로 활동했던 김용술이 들려주었던 이야기는 송기숙이 역사를 보는 시각에 지대한 영향을 준다. 김용술은 좌익과 우익의 구분은 '배부른 자'들의 관념적인 이념이요, '정치인들이 만들어 놓은 이데올로기'일 뿐 자신이 빨치산 활동을 했던 것은 '밥'의 문제로 양심적인 행위였다고 말한다.
>
> 즉 당시 대부분이 농민이었던 실정에 김용술은 '빨갱이'도 '흰둥이'도 아닌 농민들이 잘 먹고 잘 사는 사회를 꿈꾸었던 것이다. 송기숙은 이러한 김용술을 통해서 시골 사람들의 가난이 개인의 문제가 아니라 사회의 구조적 모순에서 기인함을 자각하게 된다.[10]

> 송기숙은 김용술의 영향으로 동학농민운동과 6·25전쟁을 연장선에서 생각하게 된다. 그리고 날마다 자포지재를 넘나들면서 바라보았던 석대들이 동학농민운동의 항전지였음을 알게 된다.[11]

---

9) 조우숙, 앞이 책, 284쪽.
10) 조은숙, 「시대를 파수하는 이야기꾼들의 삶: 송기숙의 삶과 문학」, 제7회 한국문학 특구포럼 주제발표문, 2017. 10. 28, 1쪽.

이처럼 선생은 송기숙의 문학에 지대한 영향을 주었고, 그의 문학적 지향에 결정적 역할을 한 것으로 보인다. 선생은 송기숙의 작품에 모델로 나타나기도 한다.

> 「백의민족·1968년」에서 '양 선생'은 송기숙이 장흥 고등학교 재학 시절 국어 선생으로 교지를 발간하고 문학적 소양을 갖추게 해 주었던 김용술이 모델이다. 김용술은 빨치산으로 활동하였고, 이후 호국단(우익단체) 학생들에게 붙잡혔으나 평소에 그 학생들의 존경을 받았던 인물로 다시 복직하여 학생들을 가르칠 수 있었다. 그는 송기숙뿐만 아니라 당시의 장흥 중·고등학교 학생들에게 많은 영향을 주었던 인물이었지만, 그에게는 언제나 '좌익'이라는 이데올로기적 멍에가 따라다녔다. 이런 이유로 송기숙은 김용술을 자주 만날 수 없었다. 그는 '화려한 훈장'이었던 빨치산의 전적이 있어 언제나 반공의 올가미에 걸릴 수 있는 인물이었기 때문이다.12)

이 「백의민족」은 '양 선생'이 반공주의자인 '운동모'에게 간첩으로 오인받아 봉변을 당하는 이야기이다. 남북분단의 상황에서의 극단적 이데올로기의 충돌이 빚어낸 남한사회의 모순을 그려낸 작품이다.

한승원은 선생에 대해 다음과 같이 회고한다.

> 친구가 나더러 문예반에 가자고 해서 그 친구 따라서 문예반으로 들어갔지. 담당 선생님이 김용술 선생님이었고, 3학년 다니는 송기숙이 문학 공부를 한다는 것을 처음 알았어. 송기숙을 문예반장으로 하고 나는 문예부원이 되었지. 그래서 문예반에 막 들어갔는데 김용술 선생님이 다음 주 금요일에 오면서는 시를 써오든지, 소설을 써오든지 수필을 써오든지 다 한 편씩을 써가지고 오라고 그랬어. 그래서 나

---

11) 위의 글, 2쪽.
12) 위의 글, 1쪽, 각주3), 송기숙, 인터뷰, 2008. 4. 2.

는 그때부터 열심히 썼지. 내가 단편소설을 하나 쓴 거야. 처음으로 단편소설을 한 30장정도 써서 내가 냈지. 누군가에게 읽으라 그랬어. 다 읽고 나니 김용술 선생님이 그걸 다 들어보고 나서 학생들 앞에서 "이 학생은 앞으로 훌륭한 소설가가 될 것이다."고. 그러니까 잘 못 쓴 소설이었지만 학생한테 용기를 주려고 했겠지. 그래서 그 선생님 그 말씀을 듣고 내가 소설가가 되어야 되겠다는 생각을 했지.[13]

이 회고에 의하면 그가 운명적으로 소설가의 길로 들어서게 된 데에는 선생의 "훌륭한 소설가가 될 것이다."라는 '칭찬'이 주효했다는 것이다. 오늘에 와서 보면 선생의 '예언'은 적중했다.

송형은 고3때 문예반장이고 나는 고2 문예반원이었으며, 김용술 선생의 지도로 함께 교지 '억불'을 창간했다, 우리는 함께 리얼리즘문학을 했다, 나는 신화적 환상적인 리얼리즘 쪽으로, 송형은 끝까지 저항적인 리얼리즘을 표방했다, 송형과 나는 장흥에서 타오른 동학 최후의 치열한 횃불의 부채감을 이기지 못하여, 송형은 '녹두장군'을 나는 '동학제'라는 대하소설을 집필했다[14]

이 글은 제7회 한국문학특구포럼 "시대를 파수하는 이야기꾼 송기숙의 삶과 문학'에서 밝힌 한승원의 회고다. 송기숙과 한승원은 '리얼리즘문학'을 했는데, 동학에 대한 부채감으로 송기숙은 <녹두장군>을, 한승원은 <동학제>라는 대하소설을 썼다는 것이다. 이러한 문학적 경향의 근원에는 김용술 선생의 영향이 있었다는 것을 말하고 있다.

편집회의 자리가 김용술 선생님이 우리를 가르치는 자리였다. 선생

---

13) 한승원 작가 인터뷰에서 발췌.
14) 김선욱, "송기숙의 삶과 문학 조명되다", 장흥신문, 2017년 11월 6일 치.

님은 잔말을 하지 않고도 많은 것을 가르치는 분이었다. 감화력 때문이리라. 선생님은 따뜻했으나 글에 대해서는 엄격했다. (중략) "똑바로 써야지" 하시면 또 문장이나 문맥이 잘못됐구나 했다. "이거 왜 이러냐?" 하시면 글이 진지하지 못 했구나 했다. 선생님은 "꾸몄어!"하시며 치장한 글을 싫어했다. 또 선생님은 "시시해!" 하거나 "못 써!" 하거나 "이건 배가 나왔어!" "교만해!"하기도 했다. 무엇보다 선생님은 바르고 진실한 글, 튼실한 글을 쓰라 했다. 진지하게 쓰라 했다. '글이 사람이다'했다. 이 가르침들은 뒤에 나와 내 문학의 뼈가 되었다.15)

위선환의 이 글은 김용술 선생이 제자들에게 문학을 가르치는 모습을 비교적 자세하고 구체적으로 술회하고 있다. 선생은 "바르고 진실한 글", "튼실한 글", "진지한 글"을 쓰는 문학정신을 강조했던 것으로 보인다.

지금까지 내가 기억하는 선생님의 큰 모습을 그때 뵈었던 것이다. 그렇지 않아도 큰 키이신데, 술자리가 길어지면 더러 그랬듯, 지난 밤 술자리에서도 바른 문학을 말씀하신 뒤여서 더욱 커 보였을 것이다. "글로 쓴다 해서 다 문학이 되는 것 아니야. 문학은 발라야 해, 그게 문학이지."16)

제자 위선환이 목포로 은사인 선생을 찾아갔다. 선생은 당시 목포중고에 근무하고 있을 때였다. 그날 저녁 사제가 만나 술자리를 가진 후 선생의 하숙집에서 자고 난 이튿날 아침에 제자가 먼저 일어나 아직 잠자리에 있는 선생을 보면서 생각한 내용이다. 원래 큰 키의 소유자였지만 그날따라 제일 크게 보였다는 진술인데, 그것은 실제의 체구에 대한 것이 아니라 정신적 대인의 풍모를 발견했다는 의미이다. 그 이유는 전날 술자리에서 "바른 문

---

15) 위선환, 앞의 글, 157쪽.
16) 위선환, "김용술 선생님", 『長興文化』 제32호, 2010, 277~278쪽.

학"에 대해 역설한 선생의 사상과 철학에 대해 새롭게 이해했고 감동했기 때문이다.

    필자가 광주시에서 개최되는 호남예술제에 대표 학생으로 참여하게 되었을 때 학생의 대외 문예 활동 여비를 학교에서 지원해 주어야 한다고 발의하여 주신 분이 김용술 선생이었다고 황길현 선생이 귀띔해 주셨다. 그 여비를 받기 위해서 설레고 긴장되어 서무과에 들렀더니 마주친 김용술 선생께서 이런 말씀을 하셨다.
    "우리 학교에서 학생 여비 주는 것이 니가 첨이다. 꼭 상을 받아 와야 한다."
    그 기대에 부응해서였을까. 필자는 호남예술제 백일장 시 부문 최고상을 수상하였고 광주일보를 비롯한 지방신문에 사진이 곁들여진 기사가 게재되기도 하였다.[17]

    김석중의 기억에 남아 있는 선생은 예술제에 참가하는 학생의 여비까지 챙겨주도록 발의하는 자상함과 개인적으로 격려를 아끼지 않은 따뜻함을 지닌 어른이다.

5. 마무리

    장흥은 조선시대에 이룩한 문학적 성가를 현대에 이어 받아 다른 어느 지역과도 다른 현대문학의 맥을 형성하고 있다. 오늘날 장흥의 현대문학이 지역의 특성으로 자리 잡은 데에는, 그 시원을 거슬러 올라가 보면 1950년대

---

17) 김석중, 장흥 중·고 교지 "억불" 창간호와의 그리운 만남, <장흥신문>, 2018년 04월 27일 치.

중반에 이루어진 장흥고의 문예반 창설과 교지 『억불』의 창간이 한 축을 이루고 있다는 데에 이견이 없다.

1955년에 장흥고에 '문예반'이 생겼고, 아울러 학생들이 문예작품을 발표할 수 있는 지면으로서의 교지 '억불'이 창간되었다.

선생은 교지 창간을 제안하여 그 뜻을 달성하였고, 창간 이후 수년 간 편집을 지도하면서 한 편으로 문학에 뜻이 있는 학생들을 모아 문예반을 만들고 이들을 지도했다. 이것이 장흥 지역의 학생문예 활동을 활성화한 계기가 되었고, 이러한 활성화가 기반이 되어 장흥에서 최초로 문학동인과 동인지도 만들어 졌고, 최초로 시화전이 열리기도 했다. 선생의 제자들 중 문학의 길을 성실히 걸어 온, 성공한 작가 4인의 기억을 통해 이야기한 것처럼 이들에게 선생의 영향은 지대했다고 본다. 그러나 문학으로 성공한 이들에게만 영향을 준 것은 아니다. 당시 선생의 문하에서 국어를 배운 거의 모든 학생들의 기억에는 선생의 올바름의 정신과 철학이 물들어 있다.

선생이 작사한 장흥중 교가와 장흥군민의 노래, 이 두 편의 노래 가사에 공통적으로 나타나는 사상은 "올곧음"과 "협동"이라고 할 수 있다. 젊은 학생들에게는 옳은 원칙과 신념을 굽히지 아니하고 끝까지 지켜 나가는 꿋꿋한 의지를 가르쳤고, 주민들에게는 서로 믿고 마음을 합하는 협동 정신을 통해 부유하고 행복한 미래를 이룰 수 있다는 희망을 제시했다.

남전 김용술 선생은 일제와 한국전쟁, 그리고 남북이 분단된 상황에서의 군사독재 시대를 뚫고 지나면서도 조금도 흔들리지 않고 제자들에게 바른 문학과 옳은 정신을 언행으로 설파한 큰 스승이다.

참고문헌

김선욱, "송기숙의 삶과 문학 조명되다", 장흥신문, 2017년 11월 6일 치.

김석중, 장흥중·고 교지 "억불" 창간호와의 그리운 만남, <장흥신문>, 2018년 04월 27일 치.

김재석, 시집 『장흥』, 사의재, 2017.

위선환, "김용술 선생님", 『長興文化』 제32호, 2010.

_____, "나의 『억불(億佛)』 時代", 『長興文化』 제27호, 장흥문화원, 2005

이대흠, 「꿈의 나이 문맥의 시절」, 『탐진강 추억 한 사발 삼천 원』, 문학들, 2016.

장흥군향토지편찬위원회, "편집후기", 『長興郡鄕土誌』, 장흥군, 1975.

조은숙, 「전쟁, 빨치산 선생님과의 조우」, 『송기숙의 삶과 문학』, 도서출판 역락, 2009.

_____, 「시대를 파수하는 이야기꾼들의 삶: 송기숙의 삶과 문학」, 제7회 한국문학특구 포럼 주제발표문, 2017.

한승원, 작가 인터뷰

탐진강 유역의 인문학 기반과 가사문학의 특징

1. 들어가며

탐진강 유역이란 행정구역으로 말하자면 장흥군과 강진군이다. 이 두 지역을 문학의 측면에서 보면 나름의 특성을 가지고 있다. 장흥은 지난 2008년 문화체육관광부로부터 "문학관광기행특구"로 지정 받았다. 전국에서 최초일 뿐만 아니라 아직 유일하다. 장흥이 "문학관광기행특구"로 지정받은 데에는 그만한 이유가 있다. 지난 2016년 소설 <채식주의자>로 맨부커상을 받은 한강의 아버지 한승원을 비롯하여 이청준, 송기숙, 이승우 등 우리나라에서 문학적 가치를 높이 평가 받고 있는 100여 명의 현대 작가와 시인들을 배출했기 때문이다. 강진은 현대문학사의 한 페이지를 장식하고 있는 '시문학파'의 핵심적 시인인 김영랑과 김현구가 있고, 현재 활동하고 있는 이름 난 문인들이 많다.

탐진강 유역의 인문학 기반에 영향을 준 요인을 과학적으로 증명하기는 어렵지만 소박하게 말하자면 이 지역의 자연 환경과 이 지역에서 생활했던 사람의 영향이라고 추정할 수는 있을 것이다. 이 지역은 특히 아름다운 산과 바다와 강을 끼고 있는 자연 환경을 갖추고 있다. 그리고 사람의 영향은 역시 당대의 수많은 사대부 지식인들의 유배가 이 지역의 인문학적 기반 형성에 직간접으로 기여했을 것으로 볼 수 있다. 특히 강진에 유배된 정약용의 영향은 강진뿐만 아니라 탐진강 유역의 인문학 기반에 지대한 영향을 끼쳤다고 본다. 장흥에 유배된 인물은 28명이고, 강진에 유배된 인물은 35명에 달한다.[1)

조선시대의 시조 문학을 살펴보면 장흥에는 백광훈(1537−1582)의 1수와 위백규(1727−1798)의 "농가" 9수가 있고, 강진에는 시조 작가 이후백의 <소상팔경> 등 12수가 전한다. 가사문학을 보면 장흥에 집중되어 있다. 가사는 장흥 출신 가사 작가와 그 작품이 양적으로나 질적으로 다른 지역에 비할 수 없을 만큼 많고 뛰어났다는 점은 특이한 현상이다. 이 글은 탐진강 유역의 '가사 문학'에 초점을 맞추어 살펴보도록 하겠다.

2. 장흥 가사문학의 위상

조선 시대의 가사 작품은 호남 지방에 집중되어 있다. 가사 작품의 효시인 "상춘곡"의 작자 정극인으로부터 시작하여 30여명의 가사 작가가 호남 출신이다. 또한 유배, 전쟁 출정, 관리 부임 등으로 이 지방에서 지은 작품과 작가도 많다. 유배 가사의 효시로 알려진 조위(1454−1503)의 "만분가"로부터 이서(1482−?)의 "낙지가", 정철(1536−1593)의 "성산별곡" "관동별곡" "사미인곡" "속미인곡" 등에 이르기까지의 가사들은 모두 호남 지방과 직접적 관련이 있는 작품들이다. 이상의 작가와 작품까지를 아우르면 지금까지 알려진 호남의 가사는 40여 명의 작가에 70여 편의 작품에 이른다. 가히 가사

---

1) 김대현, "호남의 유배문화 현황", 『제30회 향토문화연구 심포지엄 호남의 유배문화와 그 활용 방안 모색』 자료집, 전남문화원연합회, 2018, 42쪽.

문학의 보고라 할 만하다.

그런데 중요한 것은 이러한 호남 지방 가사 문학의 중심에 장흥 지역이 놓여 있다는 점이다. 장흥 출신 가사 작가와 그 작품이 양적으로나 질적으로 다른 지역에 비할 수 없을 만큼 많고 뛰어났다는 점은 특이한 현상이다. 호남 지방의 가사 작가와 그 작품을 출신 지역 별로 따져 보면 <표1>과 같다. 표에서 보는 바와 같이 지금까지 알려진 호남 출신 가사 작가는 총 31명이고, 그 작품 수는 56편이다. 이를 다시 출신 시군으로 나누어 보면 <표2>와 같다. 장흥 출신 가사 작가는 기봉 백광홍을 비롯한 7명으로 호남 지방 가사 작가 전체의 22.58%를, 이들의 가사 작품 수는 총 15편으로 호남 지방 출신 작가에 의해 창작된 전체 작품의 26.79%를 차지하고 있다. 이로써 작가 수에서나 작품 수에 있어서 장흥은 호남 가사 문학의 중심에 위치함을 알 수 있다.[2]

<표1> 호남 출신 가사 작가와 작품 일람

연 번	작자(생몰 연대)	작 품	출 신
1	정극인(1401−1481)	상춘곡	전북 태인
2	송 순(1493−1582)	면앙정가	전남 담양
3	백광홍(1522−1556)	관서별곡	전남 장흥
4	정 훈(1563−1640)	용추유영가, 수남방옹가, 탄궁가, 우활가, 성주중흥가	전북 남원
5	윤현변(1616−1684)	귀산곡, 태평곡, 청학동가	전남 나주
6	박사형(1635−1706)	남초가	전남 보성

2) 백수인, 「長興의 歌辭文學」, 김석중 편저, 『長興의 歌辭文學』, (장흥군 · 장흥향토사 연구회, 1997) 12~15쪽.

7	윤이후(1636－1699)	일민가	전남 해남
8	박순우(1686－1759)	금강별곡	전남 영암
9	위세직(1655－1721)	금당별곡	전남 장흥
10	황 전(1704－1772)	피역가	전북 고창
11	노명선(1707－1775)	천풍가	전남 장흥
12	정 방(1707－1789)	효자가	전남 창평
13	위백규(1727－1798)	자회가, 권학가, 합강정선유가	전남 장흥
14	강응환(1735－1795)	무호가	전북 고창
15	박이화(1739－1783)	낭호신사, 만고가	전남 영암
16	김 익(1746－1809)	권농가	전북 부안
17	김상직(?)	계자사, 사향가	전남 장성
18	이상계(1758－1822)	인일가, 초당곡, 권학가, 경독가, 독락가, 담락가	전남 장흥
19	김상성(1768－1827)	서호별곡	전북 부안
20	남석하(1773－1853)	초당춘수곡, 사친가, 원유가, 백발가, 애경당충효가	전남 담양
21	천형복(18c－19c)	사은가	전남 장성
22	이방익(18c－19c)	표해가	제주도
23	민주현(1808－1882)	완산가	전남 화순
24	김경흠(1815－1880)	삼재도가, 불효탄, 경심가, 성주선정가	전북 태인
25	김석정(19c－?)	불효탄	전남 화순

26	이중전(1825—1893)	장한가	전남 장흥
27	임도관(19c—?)	경술가, 사미인곡	전남 창평
28	김영상(1816—1911)	금릉세덕돈목가	전북 태인
29	정해정(1850—1923)	석촌별곡, 민농가	전남 창평
30	권광범(1871—1931)	용서별곡	전북 익산
31	문계태(1875—1955)	덕강구곡가, 덕천심원가	전남 장흥

<표2> 호남 지방 가사 작품과 작가의 출신 지역별 분포

출신 시군	작가수	백분율(%)	작품수	백분율(%)	비 고
전북 태인	3명	9.68	6편	10.71	
전남 담양 (창평 포함)	5명	16.13	11편	19.64	
전남 장흥	7명	22.58	15편	26.79	작자 미상 2편 제외3)
전북 남원	1명	3.26	5편	8.93	
전남 나주	1명	3.26	3편	5.36	
전남 보성	1명	3.26	1편	1.79	
전남 해남	1명	3.26	1편	1.79	
전남 영암	2명	6.45	3편	5.36	
전북 고창	2명	6.45	2편	3.57	
전북 부안	2명	6.45	2편	3.57	
전남 장성	2명	6.45	3편	5.36	
제주	1명	3.26	1편	1.79	

전남 화순	2명	6.45	2편	3.57	
전북 익산	1명	3.26	1편	1.79	
계	31명	100.00	56편	100.00	

장흥의 가사문학 작가 중 가장 이른 사람은 "관서별곡(關西別曲)"을 쓴 백광홍(白光弘, 1522－1556)이다. 백광홍은 조선 명종 때의 시인으로, "조선왕조실록"에 거명된 것은 두 번이다. 정치적인 일로 거명된 것이 아니고, 두 번모두 이산해(李山海), 최경창(崔慶昌), 최립(崔岦), 이순인(李純仁), 윤탁연(尹卓然), 하응림(河應臨) 혹은 이이(李珥), 송익필(宋翼弼) 등과 함께 '팔문장'의 한 사람으로 기록되어 있는 것이다.

3. 백광홍에게 영향을 준 신잠

장흥의 대표적인 서원인 "예양서원"에는 5위가 배향되어 있다. 예양서원은 1620년(광해군 12)에 지방유림의 공의로 이색(李穡, 1328－1396)의 학문과 덕행을 추모하기 위해 창건하여 위패를 모셨다. 1668년에 신잠(申潛, 1491－1554)과 김광원(金光遠, 1478－1550)을 추가 배향하고 1681년에 남효온(南孝溫, 1454－1492), 1683년에 유호인(劉好仁, 1445－1494)을 추가배향하여 선현 배향과 지방 교육의 일익을 담당하였다. 그 뒤 대원군의 서원철폐령으로 1868년(고종 5)에 훼철되었으나 1970년 지방 유림에 의해 복원되어 오늘에 이르고 있다.4) 이들을 예양서원에 배향한 뜻은 이들이 장흥 지역의 후학들에게 학문적으로 영향을 준 인물들이었기 때문으로 풀이된다.

3) 필자가 발굴한 "相思曲"과 "英宗大王處士歌"이다. 위의 책, 269~302쪽.
4) [네이버 지식백과] 예양서원(汭陽書院), 한국민족문화대백과, 한국학중앙연구원, 참조.

즉, 이들은 모두 장흥 지역 인문학 기반에 기여한 인물들로 보아야 한다. 이색, 신잠은 장흥에 유배되어 이곳에서 생활하였고, 김광원은 만년에 벼슬을 버리고 고향인 장흥에서 후학을 가르쳤다. 그리고 남효온과 유호인도 장흥에 머물면서 후학들에게 영향을 준 인물들이다.

이 중 영천(靈川) 신잠은 백광홍의 스승이다. 백광홍이 태어나서 자란 기산의 사자산 기슭에는 사설 교육기관인 '봉명재(鳳鳴齋)'라는 서당이 있었다. 백광홍은 어린 시절 이 서당에서 학문의 기초를 닦는데 전념했다. 이 무렵 기봉은 이곳으로 유배 온 신잠에게 수학했을 것으로 추정된다. 신잠이 유배되어 생활했던 장소가 장흥의 어디인지 정확히 단정하기는 어렵지만 다음의 시를 통해 사자산 근방일 것으로 보인다.

> 남녘 땅 어느 곳이 가장 맑고 시원한가
> 명봉정 높은 정자 한 고을에 으뜸일세
> 정자 기둥 예양강의 고기 등에 솟아있고
> 사자산 잇닿아 계수나무 향기롭다.
> 이내가 돌빛 꾸며 앞뫼는 희디 흰데
> 백로는 양화(楊花) 털고 먼 포구는 아득하다.
> 영천 상공 북녘으로 가는 길 전송하매
> 들판의 왕손초는 이별 애를 끊나니
> ―백광홍, 다시 칠언 율시를 올리다[5]

이 시는 "갑진년 4월 신잠 선생을 삼가 전송하며(甲辰四月奉靈川)"라는 시에 덧붙여 선생께 올리는 시이다.[6] 두 작품 모두 1544년 4월 신잠이 장흥

---

5) 鄭珉 譯, 白光弘, 『국역 岐峯集』 증보 재판, 岐峯白光弘先生記念事業會, 2018, 185쪽. '又呈七律'이라는 제목의 이 시 원문은 다음과 같다. "南中何處最淸涼 鳴鳳高亭擅一鄉 楹立沴江魚鱉背 覺連獅岳桂杉香 嵐粧石色前峯白 鷺拂楊花遠浦蒼 爲送靈天還北路 王孫原草斷離腸"
6) 이 시 제목에는 "申潛字元亮 時先生爲詩山守 過冠山舊居"라는 주석이 달려 있다. 여

에 들렀을 때 백광홍이 쓴 시이다. 신잠은 1521년 안처겸(安處謙)의 옥사에 연루되어 장흥에 유배, 17년간 귀양살이를 했다. 유배가 풀린 후 1543년 태인 군수로 부임했다. 그 다음 해에 오랜 동안 귀양 생활을 했던 장흥을 다시 찾은 것이다. 이때 백광홍이 신잠에게 올린 시가 바로 이 작품이다. 이 시에 "예양강(지금의 탐진강)"과 "사자산"이 배경으로 나오는 것으로 보아 지금의 장흥읍과 사자산 근방에서 유배 생활을 하면서 사자산 기슭에 자리한 서당 '봉명재'에서 후학들을 가르쳤을 것으로 추정된다. '봉명재'가 있던 기산 마을은 조선 중기에 명성이 높은 문인을 한꺼번에 여덟 명이나 배출하여 이들을 '기산 8문장'이라 불렀다. 김윤, 백광홍, 백광훈, 백광안, 백광성, 임분, 임회, 김윤, 김공희 등이 그들이다. 한 마을에서 당대에 여덟 명의 문장가가 나올 수 있었던 것은 '봉명재'라는 교육기관이 있었기 때문이고, 또한 거기에서 후학을 가르쳤던 신잠의 영향이 컸다고 할 수 있다. 신잠이 백광홍을 비롯한 이들을 교육했다는 것은 '기산8문장' 중 한 사람인 김윤과도 사제간임을 알게 해주는 백광홍의 시가 있다. 이 시 앞에 "공이 김윤과 서헌에서 글을 읽는데 하인이 꽃 한 가지를 가져왔다. 비 맞은 잎새가 이들이들하고 금빛 꽃떨기가 선명했다. 자세히 보니 국화였다. 아! 국화꽃은 반드시 서리 가을 피는데 여름날에 피었으니 괴이쩍다 할만하다. 영천 선생께서 보내심이 어찌 뜻이 없겠는가? 각자 장편고시 한 수씩과 절구 두 수를 나란히 지었다." 라고 해설해 놓았다.[7]

또한 역시 '기산8문장' 중 한 사람인 백광안도 스승인 신잠을 찾아 인사했다는 백광홍의 시가 있다. 이 시에도 앞에 "무신년 여름 아우 이수(二粹) 백광안(白光顔)이 남녘의 전염병을 피해 능가산에 놀러왔다가 돌아가려고 할

기에서 '관산'은 장흥 지역을 범칭한 것이나.

7) 鄭珉 譯, 앞의 책, 187쪽. "公與胤讀書西軒, 侍僮侍花一枝來, 雨葉新沃, 金英又鮮, 熟視則菊也, 噫! 菊之花, 必於秋霜, 而夏一來開, 信可怪也, 先生之奇, 豈無意焉, 各述長篇古風幷二絶"

때, 또 시산(詩山)에서 영천(靈川) 신잠(申潛) 선생께 절 올리고, 가고 머무는 마음을 인하여 시를 지어 증별(贈別)하였다. 이때는 7월초였다."[8]라는 설명을 붙여 놓았다.

이 두 사실은 백광홍 외에도 '기산8문장'에 들어 있는 문사들이 신잠과 사제 관계에 있었다는 것을 말해 준다. 특히 태인 태수로 있던 신잠은 자신의 제자인 백광홍을 당시 태인에서 후학들을 가르치고 있던 일재(一齋) 이항(李恒, 1499−1576)에게 소개하여 그의 문하에서 수학하게 했다. 신잠이 장흥을 방문한 그 해인 1544년 6월 14일 밤에 백광홍이 신잠을 모시고 함담정[9]에서 달구경을 했다는 시[10]가 있는 것으로 보아 이 시기에 이항에게 나아간 것으로 추정된다.

이상에서 살핀 바와 같이 신잠은 백광홍뿐만 아니라 '기산8문장' 등 장흥의 문학에 큰 영향을 끼친 학자요 예술가임이 분명해 보인다.

4. 백광홍의 가사 '관서별곡'이 끼친 영향

신잠의 천거로 이항의 문하에서 수학하던 백광홍은 1549년 28세의 나이로 과장에 나아가 '사마양시(司馬兩試)'에 합격하게 된다. 그리고 그로부터 3년 후인 1552년에 홍문관 정자의 벼슬에 오르게 되었다. 이듬해 10월 명종임금은 영·호남 문신들로 하여금 성균관에서 시문으로 글재주를 겨루게 하

---

8) 위의 책, 146쪽. "戊申夏, 舍第而粹避南州之癘, 遊于楞伽, 將還, 于拜靈川於詩山, 因去留之思, 詩而贈別, 時七月之初也."
9) 태인의 객관 동쪽, 진남루의 서쪽에 있었다. 현감 장우규(張友奎)가 창건했다. 임진전란 때 소실되었다.
10) 鄭珉 譯, 앞의 책, 185쪽. "甲辰六月十四日, 夜陪靈川先生, 翫月菡萏亭, 用佔畢齋鳳棲樓韻"

였다. 여기에서 기봉은 "동지(冬至)"라는 부(賦)를 써서 장원을 했다. 이 때 명종 임금은 상으로 "선시십권(選詩十卷)11)"을 하사했다.

1553년에는 그가 지향했던 학문의 길을 걸을 수 있는 기회가 생겼다. 순수한 학문 연구 기관이라고 할 수 있는 "호당(湖堂)"에 뽑혔기 때문이다. 그러나 그것도 잠시였고 1555년 봄에 뜻밖에도 평안도 평사의 벼슬을 제수 받게 된다. 이 때 평안도의 외직에 부임한 기봉은 그곳에서의 삶과 정취, 자연 풍광을 노래한 가사 "관서별곡(關西別曲)"을 지었다. 안타깝게도 이듬해인 1556년 8월 병으로 부안의 처가에서 세상을 떴다. 그러나 이 가사는 최초의 기행가사로서 인구에 널리 회자 되어 가창되었으며 다른 가사 작가들에게 지대한 영향을 끼쳤다.

백광홍이 작고한 지 몇 년이 지난 후에 쓴 최경창(崔慶昌, 1539~1583)의 작품을 보면 "관서별곡"이 계속 전창되었음을 알 수 있다.

> 금수산 고운 경치는 옛 모습 그대로이고
> 능라도의 향기론 풀은 지금까지 봄이건만
> 님은 떠난 후 소식이 없으니
> 관서별곡 한 곡조에 수건 가득 눈물이네.
> —최경창, "평양에서 백 평사의 별곡을 듣고"12)

---

11) 전라남도 장흥의 기양사에 소장되어 있는 『선시보주』 등 전적류. 기양사는 장흥군 안양면 기산리에 있는 사우로 조선 중기의 문인 백광홍(白光弘, 1522~1556)을 배향한 곳이다. 『선시(選詩)』는 중국 원나라의 문인 유리(劉履, 1319~1379)가 『문선(文選)』에서 뽑은 시에 일부의 시를 더하여 주석을 첨가하여 만든 책으로 『풍아익(風雅翼)』으로도 불린다. 크게 『선시보주』 8권 7책, 『선시보유(選詩補遺)』 2권 1책, 『선시속편(選詩續編)』 5권 2책 등 15권 10책이며, 420수의 시가 실려 있다. 1442(세종 24)에 처음 간행되었으며, 1553년(명종 8)경에 다시 간행하여 백광홍에게 하사한 책이다. 2010년 10월 25일 보물 제1664호로 지정되었다. 이 책은 갑인자본 완질 10책으로 국내에서 유일하게 모두 갖추어져 있다. 수록 시의 내용이나 서지적 측면에서 매우 귀중한 전적이다.(네이버 지식백과 참조)

12) "錦繡烟花依舊色 綾羅芳草至今春 仙娘去後無消息 一曲關西淚滿巾 一箕城聞白評事

"관서별곡"을 부르며 떠나고 없는 백광홍에 대한 아쉬움과 그리움이 애절하게 노래한 시편이다.

백광홍의 아우 백광훈(白光勳, 1537-1582)에게도 "관서별곡"에 대한 시가 있다.

> 고운 여인이 관서곡을 부르니
> 마부가 오히려 그 때 일을 말하네.
> 봄바람에 그 곡조 들으니 더욱 쓸쓸하고
> 흐르는 물, 뜬 구름 같은 30년 세월이구나.[13)

1600년에 편찬된 옥봉집에 실려 있는 "관서에서 최고죽과 이별하며 줌(贈崔孤竹關西之別)"이라는 시의 일부이다. 이 시 원문의 "關西曲"이라는 구절 곁에는 "큰형님이 이 좌막에 머무를 때(伯氏留此佐幕時)"라는 주석이 달려 있다. 따라서 이 시는 기봉이 죽은 지 30년이 지난 후(1586년 전후)에도 관서별곡이 널리 불려 졌다는 사실과 관서별곡의 작자가 옥봉의 큰형인 기봉이라는 사실을 알려준다.[14)

조우인(曹友仁, 1561-1625)은 "관서별곡"이 자신의 가사 창작에 끼친 영향을 다음과 같이 직접 술회하고 있다.

> 예전 사문 백광홍이 관서평사가 되어, 우리말로 장가 한 편을 지었다. 세상에서 말하는 「관서별곡」이란 것이 그것이다. 지금까지도 노래 잘하는 자가 전해 외우고 노래한다. 말의 운치가 호방하고 굳세고 담긴 뜻이 빼어나 그 사람됨을 떠올려 볼 수 있다. 병오년 여름 내가 공무로 용만을 다녀왔다. 나그네로 있는 동안 3개월의 시간이 금새 지나가 버렸다. 계절도

別曲" 백수인,『기봉 백광홍』, 문화관광부, 2004, 24쪽.
13) 佳人解唱關西曲 郵僮尙說當時事 春風廳曲倍凄然 流水浮雲三十年
14) 백수인,『기봉 백광홍』, 앞의 책, 44~45쪽.

바뀌고 길도 험해서 저도 모르게 나그네의 시름이 있었다. 그래서 이를 이
어 「출관사(出觀詞)」한 편을 지으니 무려 수백 마디였다. 대저 말의 뜻이
백광홍의 「관서별곡」에서 나왔으나 뒤집어서 쓴 것도 적지 않다.15)

또한 고경식은 "출관사" 뿐만 아니라 조우인의 가사 작품 전반에 '관서별
곡'이 직접적인 영향을 끼쳤음을 고증하고 있다.16) 위의 인용문에서 '병오년'
은 1606년을 가리키므로, 이는 "관서별곡"이 창작된 지 50년 후의 일이다.

홍만종(洪萬宗, 1643－1725)도 『순오지(旬五志)』(권하)에서 "관서별곡"
에 대하여 다음과 같이 언급하고 있다.

　　「관서별곡」은 기봉 백광홍이 지은 것이다. 공이 평안평사가 되었
　　을 때, 강산의 아름다움을 두루 다니면서 중국과 우리나라의 사이를
　　찾아보았다. 관서 땅의 아름다움을 한편에 쏟아 냈다.17)

『순오지』가 1678년에 제작된 책임에 비추어 보면 123년 후에 홍만종이
"관서별곡"의 가치를 말하고 있는 셈이다.

특히 "관서별곡"보다 25년 뒤에 쓴 정철의 "관동별곡(關東別曲)"에는 직

---

15) 曹友仁, "題『出觀詞後』", 『頤齋集』券之二, 鄭珉 譯, 앞의 책, 268쪽. "昔白斯文光弘,
　　爲關西幕評, 以俚辭, 製長歌一篇, 世所謂關西別曲者是也, 至今善謳者, 傳誦而歌之,
　　詞致豪魅, 用意飄逸, 可以相見其爲人, 丙午夏, 余以公幹, 往返龍灣, 客裏光陰, 悠過
　　三箇月, 節序變遷, 道途崎嶇, 不覺有羈旅之思, 續作出觀詞一編, 無慮數百言, 大抵語
　　義出入白詞, 而反之者亦多"
16) 高敬植, "「關西別曲」과「出關詞」", 「국어국문학」제36집, 51－57면에서 「頤齋集
　　卷二, 題出關詞後, 出寒曲後」와 "白詞則鳴於關西 鄭詞則播於關東"을 들어 당시 기
　　봉의 관서별곡과 송강의 관동별곡이 인구에 회자되었음을 알 수 있고, 조우인은 양
　　대 가객의 영향을 입었다고 하여 성익섭의 간접 영향설과 달리 그의 모든 가사 작
　　품이 기봉의 관서별곡에 직접적인 영향을 입었음을 밝히고 있다.
17) 鄭珉 譯, 앞의 책, 271쪽. "關西別曲, 岐峯白光弘所製, 公爲平安評事, 歷遍江山之美,
　　聘望夷夏之交, 關西佳麗, 寫出於一詞"

접적 영향을 끼쳤다. 이러한 사실은 두 작품을 분석하여 비교한 여러 학자들의 연구에 의하여 극명하게 증명되었다. 즉 이상보, 정익섭의 연구는 "관서별곡"이 모티프, 구성 형식, 표현 기법에 있어서 "관동별곡"의 모체가 되었음을 적시하였다. 정익섭은 "이 가사가 나오게 되자 정철의 「관동별곡」이 나오게 되고, 같은 유형의 조우인의 「속관동별곡」, 위세직의 「금당별곡」 등이 나올 수 있었던 것이다. 백광홍의 관서별곡은 조선조의 모든 기행가사의 모체가 되었다는 점에서 크게 평가받아 마땅하리라 생각한다."[18] "그는 湖南詩歌史 뿐만 아니라 우리 문학사에서 길이 찬양 받아 마땅한 존재"[19]라고 그 문학사적 가치를 평가하고 있다.

따라서 백광홍이 장흥 지역의 가사 작가들에게 끼친 영향은 지대하였으리라 짐작할 수 있다. 앞에서도 언급했지만, 장흥의 가사 작가 중 한 사람인 위세직의 「금당별곡」에는 직접적 영향을 주었을 것은 분명하다. 뿐만 아니라 기행가사인 위백규의 「합강정선유가」, 노명선의 「천풍가」 등 위백규와 노명선의 가사 창작에도 영향을 주었을 것이다. 또한 장흥의 가사 작가로 "초당곡" 등 7편의 가사를 남긴 이상계는 1808년 장흥 유생들의 기양사 계청(啓請)을 주도하였다. 당시 기양사가 백광홍을 비롯한 '기산8문장'을 배향한 것으로 보면 "관서별곡"이 이상계에 끼친 영향도 짐작할 수 있다.

5. 장흥의 가사 작품 개관

백광홍의 "관서별곡" 이외의 가사 작품을 소개하면 다음과 같다. 조선시대 가사에 현대 규방가사 작가를 덧붙였다.

---

18) 丁益燮, 『改稿 湖南歌壇研究』(민문고, 1989), 103쪽.
19) 정익섭, "關西別曲과 조선조 歌辭文學", 『岐峯集』重刊本, 39쪽.

(1) 위세직(魏世稷, 1655–1721)의 "금당별곡(金塘別曲)"

'금당별곡'의 내용은 배로 금당도와 만화도를 유람하면서 느끼고 생각한 감정을 서경적으로 읊은 일종의 기행가사이다. 백광홍과 정철의 가사가 북방의 승경을 노래한 기행가사라고 한다면, 이 작품은 남방의 해양 도서 지방의 승경을 노래한 가사라는 점이 특이하다고 하겠다. 이종출은 이 작품에 대하여 "작자의 자유로운 시상이 마음껏 펼쳐져 있고, 비록 은일적 사상이 다소 엿보이기는 하되, 평민적이면서도 자연에 순화된 정도로서는 오히려 관동별곡보다 승한 느낌마저 없지 않다. 그리고 이 작품이 전대 가사에서 이른바 환골탈태는 못될지언정, 그 표현 및 구성에 있어서도 전대 가사들에 비하여 결코 못지 않은 스스로의 값어치를 지니고 있다."고 평가하고 있다.[20]

(2) 노명선(盧明善, 1707–1775)의 "천풍가(天風歌)"

'천풍가'는 장흥의 명산인 천풍산(천관산)의 자연 풍경을 서경적으로 읊은 가사 작품이다. 이종출이 발굴한 가칭 '三足堂歌帖'에 수록되어 있는 작품인데, 거기에는 한글로 "천풍가라, 노청사라"고만 기록되어 있어서 작자의 본명조차 알 수 없었다. 그러나 「長興誌續錄」卷之三 學行條 夫山面項에 "盧明善, 光山人 光原君毅后 號淸沙 從遊閔老峰 鼎重文學名世 作天風歌 行于世"라는 기록이 있어 천풍가를 지은 노청사의 본명을 확인할 수 있었고, 「光山盧氏族譜」를 통해 그의 생몰 연대를 알 수 있었다.[21]

이 작품도 일종의 기행가사로서 작자가 겨울에 천풍산의 여러 골짜기와 봉우리, 절과 암자 등을 구경하고 돌아오는 내용이다. 표현의 기법도 관동별

---

20) 李鐘出, "魏世寶의 金塘別曲攷", 「國語國文學」 제34, 35 합병호(國語國文學會, 1967), 188쪽.
21) 이종출, "「천풍가」 해제", 「한국어문학」 제4집 (한국언어문학회, 1966), 139쪽.

곡과 흡사한 점이 발견된다. 이 작품의 내용으로 보아 지은이는 부귀공명과
는 거리가 먼 청빈한 선비이며, 창작 시기는 "빈발이 호백하고, 기력이 쇠잔
하니"의 구절로 보아 노년으로 추정된다.

(3) 위백규(魏伯珪, 1727－1798)의 "자회가(自悔歌)", "권학가(勸學歌)",
     "합강정선유가(合江亭船遊歌)"

위백규는 생전에 『政絃新譜』 등 수십 권의 저술을 남긴 조선 후기의 대표
적 실학자이다. 그는 전 생애를 거의 고향인 관산에서 학문에만 전념하였으
나 만년에 옥과 현감의 벼슬에 1년여 동안 나간 적이 있다. 그의 작품으로는
세 편의 가사와 시조(農歌) 9수가 전한다.

자회가는 효사상을 바탕으로 작중 화자가 생전에 불효했던 과거를 참회
하고, 사친지도를 술회하는 내용으로 되었다. 이 작품의 내용상의 구조는 ①
父母恩功 (序詞) ②忘恩不孝 ③老後悲哀 ④天運猜忌 ⑤風樹之嘆(不孝懺悔)
⑥善行顯親 ⑦孝行勸奬 ⑧再緣祝願(結詞)과 같이 8단으로 구성되어 있다.

권학가는 제자 혹은 젊은이들을 위하여 지은 것으로 보인다. 그 내용은 제
목에서도 짐작할 수 있듯이 본연 심성을 방실하고 자포자기하여 박혁음주
하고 이욕여색 탐을 하면 금수되기 멀지 않고 사람되기 어려우니, 효제충신
예의염치 뿐만 아니라 선대명자를 알기 위하여도 배워야 하며, 사람이 할 일
은 문필밖에 없다고 술회하여 학문을 권장하고 있다.

'합강정선유가'는 존재가 옥과 현감에 재임시(71세, 1797년) 순찰사가 도
임하여 전라남도 곡성군 옥과면 합강리 소재의 합강정에서 인근 지역의 여
러 수령들과 함께 선유하는 내용을 읊은 것으로 추정하고 있다. 이 작품의
내용상의 구조는 ①船遊悲感 ②苛斂享樂 ③守令揶揄 ④冠蓋相望 ⑤官人接
待 ⑥泰平祈願 ⑦竭力輔民과 같이 7단으로 구성되어 있다.22)

(4) 이상계(李商啓, 1758—1822)의 초당곡(草堂曲), 인일가(人日歌), 권학가(勸學歌), 경독가(耕讀歌), 독락가(獨樂歌), 담락가(湛樂歌)

그의 문집으로『止止齋遺稿』(1958년 간행)가 있다. 또한 그의 사손에 의해 보관하여 온 필사본인『草堂曲全』이라는 가첩이 남아 있는데, 여기에는 그의 가사 작품 '초당곡'과 '인일가'를 비롯하여 아직 작자가 확실히 밝혀져 있지 않은 "勸學歌" "闕里歌" "耕讀歌" "獨樂歌" "湛樂歌" 등 모두 7편이 실려 있다. 이 중 '궐리가'는 분명히 이상계의 작이라고 볼 수 없다. 왜냐 하면, 이 가사는 내용은 동일하나 "안택가" "도덕가" "퇴계선생 안택가" 등의 다른 이름으로 널리 가창되었던 작품이다. 따라서 '초당곡'과 '인일가'는 확실히 이상계의 작으로 확인되었으며, 나머지 네 작품도 이상계의 작으로 간주해도 무방하리라고 생각된다.

"초당곡"의 창작 연대는 묵촌리 아양골에 초당을 구축(1908년 정월 20일)한 시기와 가사 내용 중 "知命年이 되온後에"라는 구절을 근거로 지지재가 51세 때이며 초당을 준공한 후인 1908년 3,4월로 추정하고 있다. '인일가'의 창작 연대에 대하여는 문집의 기록이나, 가사 내용 중에 짐작할 만한 단서가 없어서 추정하기가 어렵다. 다만 초당을 짓고 기거한 후, 즉 초당곡과 거의 같은 무렵인 만년의 작이 아닌가 생각된다.[23]

"초당곡"은 그 내용을 구분하면 ①醉起言志(序詞) ②學而時習 ③草堂風景 ④草堂淸遊 ⑤月下仙遊 ⑥安貧樂道의 6단으로 구성되어 있다. 속된 세상을 벗어나 자연을 벗삼아 안빈낙도하고자 하는 작자의 심경을 읊은 것이다.

"인일가"는 유가적 사상과 인륜 도덕을 가사라는 형식으로 술회한 작품으로, 그 내용을 구분하면 ①人日讚美(序詞) ②和親敦睦 ③道心警覺 ④堯舜欽

---

22) 이종출,「한국고시가연구」(태학사, 1989), 467~487쪽.
23) 李鐘出, "止止齋 李商啓의 歌辭攷",「국어국문학」제33호 (국어국문학회, 1966), 83~84쪽.

仰 ⑤千古貽笑 ⑥五倫解義 ⑦博覽習訓 ⑧人日醉興으로 구성되어 있다.24)
정월 초이렛날 밤에 인일회를 열고 친족 친구들이 모여 놀며 이 '인일가'를
수창케 하였다고 전한다.

(5) 이중전(李中銓, 1825─1893)의 "장한가(長恨歌)"

유고집인『愚谷集』단권1책이 전하는데, 664구에 달하는 장가인 "장한
가"는 여기에 실려 있다. '장한가'의 창작 시기는 이 작품의 말미에 "丙子臘
月"의 기록과 내용에 "時年이 半百이라 人間公道 저白髮이 늬의頭上 오것구
나"로 읊고 있는 것으로 보아 우곡이 52세 때인 1876년 12월임을 알 수 있
다. 이 가사는 내용 구조상 다른 가사 작품과 다른 특색을 가지고 있다. 모든
가사가 대개 일관된 주제나 내용을 담고 있는 것이 일반적인 것인데, 이 작
품은 전반부는 작가의 기구한 인생 역정을 도덕 사상에 근거하여 읊은 것이
고, 후반부는 금강 유람을 소망하는 작자의 심경을 읊고 있다. 따라서 한 작
품 안에 두 개의 주제를 담고 있는 특이한 형식을 갖추고 있다. 경세적이고
교훈적인 내용이 강하게 표출되어 있는 장한가는 ①太極造化 ②早失父母
③勸農勸學 ④禁酒禁色 ⑤喪故不絶 ⑥逍遙自適 ⑦願遊金剛의 7단으로 구
분할 수 있다.25)

(6) 문계태(文桂泰, 1875─1955)의 "德岡九曲歌", "德泉尋源歌"

겸재 문계태(는 장흥군 유치면 덕산리 사람으로, 구한말에 태어나서 일제
시대를 거쳐 6.25 동란 이후에 생을 마쳤다. 그는 한학자로 일생을 학문과

---

24) 위의 논문, 84~87쪽.
25) 丁益燮, "愚谷의「長恨歌」攷",「韓國言語文學」제24집(韓國言語文學會, 1986), 193~
     227쪽 참조.

함께 보냈다. '덕강구곡가'는 구곡의 서경에 빗대어 지은이의 나라 잃은 설움을 간접적으로 나타낸 구한말, 혹은 일제 시대에 창작된 작품으로 추정된다. '덕천심원가'는 인간이 갖추어야 할 덕의 연원을 찾아가는 내용을 읊은 것이다. 공맹을 역람하고 나서, 우리나라 여러 학자의 맥을 구경하는 식으로 그들의 학문적 업적과 도의 높음을 칭송하고 있다. 가령 "一圃牧兩宅이分明히尙存ᄒ엿구나靜菴宅을잠관진ᄋ여退溪宅을차져가니道學은泰山싯고 德義은河海싯터我東方大君子라홀만ᄒ도다" 식으로 되어 있다. 문계태의 이 두 작품은 비교적 최근의 가사로 그 형식에 있어서 3.4조 혹은 4.4조의 정형이 많이 파괴되어 산문적으로 변화되는 과정에 있음을 볼 수 있다.

(7) 고단(高端, 1922—2009)의 규방가사[26]

고단은 장흥읍 평화리 출신으로 현대에는 드물게 전통적인 가사형식을 통해 작품 활동을 하였다. 따라서 이 시대 최후의 규방가사 작가로 회자되었고, 생전에 "친정길", "思母曲" "平和四時詞", "회초리", "추회(秋懷)"등 100여 편 이상의 작품을 남기었다. 규방가사 작품 선집 『평화사시사』(2013)가 있다.

(8) 그 밖의 가사 작품

필자의 본가(장흥군 안양면 동계길 57)에서 발견된 필사된 가첩이 있다. 가칭 『죽촌가첩』이다. 이 가첩은 원래 두 책으로 되어 있던 서로 다른 책을 그간 유전되어 오면서 누군가가 임의로 합책한 것으로 보인다. 앞부분은 동양의 유명한 경서의 서문만을 모아 필사한 것이며, 뒷부분은 한글 가사가 필

---

26) 고단의 규방가사를 연구한 논문으로 "박요순, 「紹古堂 高端과 그의 歌辭 研究」, 『한남어문학』 제30집, 한남어문학회, 2006."이 있다.

사되어 있다. 여기에 들어 있는 가사 작품은 모두 다섯 편이다. 이 작품을 게재 순서대로 그 제목을 나열해 보면 "퇴계선생안택가(退溪先生安宅歌)", "인일가(人日歌)", "초당곡(草堂曲)", "상사곡(相思曲)", "영종대왕처사가('英宗大王處士歌)"이다. 이 중에 '퇴계선생안택가'는 '안택가' 혹은 '도덕가'라는 이명으로 널리 가창되던 작품인데 작자 미상으로 이미 학계에 알려진 작품이다. 이는『지지재 가첩』에 있는 '궐리가'와 내용이 같은 가사이다. 이 작품을 혹자는 이퇴계의 작이라 보기도 하는데, 이 가첩을 필사한 이는 '퇴계선생안택가'라 적은 것으로 보아 퇴계 작으로 간주한 모양이다. '인일가'와 '초당곡'은 앞에서 소개한대로 이미 지지재 이상계의 작으로 알려진 작품이다. 내용은 같으나 필사 과정에서 있을 수 있는 표기 방법이나 자구가 약간 다른 부분이 있을 뿐이다. 그러나 이 가첩에는 작자를 명기하지 않고 있다.

그런데 이 가첩에 필사되어 있는 5편 중에 아직 알려지지 않은 작품은 "상사곡"과 "영종대왕처사가"의 2편이다. 아쉬운 것은 두 편 모두 작자 명이 기록되지 않아 지은이를 짐작할 수 없다는 점이다.

"상사곡"은 서사와 결사를 갖춘 전형적인 달거리 가사인데, 형식이 매우 정제되어 있다. 내용은 열두 달의 각 민속 명절날 떠나고 없는 '님'에 대한 간절한 그리움을 노래하고 있다. 영종대왕처사가' 역시 지은이를 알 수 없다. 가사의 내용과 필사의 의도로 보아 "퇴계선생안택가"와 마찬가지로 필사자는 '영종(영조)'를 작자로 본 듯하다. 영조는 1664년에 나서 1776년에 서거한 조선의 21대 왕이다. 그는 인쇄술을 개량하여 많은 서적을 발간하고, 많은 학자를 양성하는 등 문교를 크게 일으킨 임금이다. 그러나 영조가 가사를 지었다는 기록은 아직 발견되지 않고 있다. 이 가사의 내용은 필자가 세상 공명을 하직하고 운림처사가 되어 자연 경개를 벗 삼아 인생을 유유자적하게 즐기는 자연 친화의 사상을 담고 있다.

이 가첩에 실린 가사로 보아 널리 전창되던 "안택가"가 이 지역에서도 애창된 작품이라는 것을 알 수 있다. 또한 지지재 이상계의 "인일가"와 "초당곡"이 당대에 이 지방에서 애창되었다는 것도 알 수 있다. 그리고 지금까지 알려지지 않았던 "상사곡"과 "처사가"는 비록 그 작자를 확실히 알 수 없으나, 발견된 지역으로 보아 장흥 지역의 작가에 의해 창작된 것으로 추정된다.

이 밖에 장흥군 용산면 월림리 출신 안홍식의 가사 작품 "성대가(聖臺歌)"와 "사친곡(思親曲)"이 유전되고 있다고[27] 하나 그 내용은 접할 길이 없다.

가사의 장르적 성격은 가창을 전제한 운문으로 이루어져 있지만 다른 시가 장르에 비해 서정성 보다는 교술적 성격이나 서사성이 더 도드라진다는 특성이 있다. 따라서 일반적으로 가사는 운문의 형식에서 산문의 형식으로 넘어가는 교량적 역할 한다고 말한다. 이렇게 볼 때 조선시대 백광홍 이후 장흥 지역의 가사문학의 융성은 현대에 와서 장흥의 소설문학 융성과 무관하지 않을 것으로 보인다.

6. 마무리

탐진강 유역의 인문학적 기반에 영향을 준 요소로는 수려한 자연환경과 인물을 들 수 있다. 탐진강 유역은 산과 강, 그리고 바다를 갖춘 천혜의 자연환경을 갖추어 인문적인 풍토가 조성되기에 알맞다고 할 수 있다. 그리고 여기에 덧붙여 정약용을 비롯한 유배 온 선비, 학자들의 학문적 예술적 활동과 이들의 교육 활동은 이 지역 학문과 예술에 직접적 영향을 끼쳤다고 본다. 탐신강 유역에 유배 온 지식인 사대부들은 63명에 날한다.

---

27) 장흥문화원, 「蓉山面誌」, 장흥문화원, 1995, 201쪽.

그 중 장흥의 가사문학에 초점을 맞춰 논의해 보았다. 신잠은 17년간 장흥에서 유배 생활을 하면서 후진 교육에 힘쓴 결과 당대에 '기산8문장'을 배출하였고, 이 중 백광홍은 일찍이 출세하여 조선의 대표적 시인으로 활동하면서 최초의 기행가사인 "관서별곡"을 지었다. 관서별곡은 정철, 조우인 등의 가사 창작에 직접적인 영향을 주어 우리나라 가사문학에 많은 영향을 끼쳤다. 또한 위세직, 위백규, 노명선 등의 기행가사에 영향을 주는 등, 소위 '장흥가단'의 형성에 막대한 힘으로 작용했다.

이처럼 장흥 지역에서 가사 문학이 특징적으로 융성하게 된 역사적 사실은 현대에 이르러 장흥의 현대문학, 특히 이청준, 송기숙, 한승원, 이승우 등 소설 문학이 전국 어느 지역과도 비교할 수 없을 만큼 융성하게 된 것과 결코 무관하지 않을 것이다.

참고문헌

高敬植, "「關西別曲」과 「出關詞」", 「국어국문학」 제36집, 국어국문학회, 1967.

김대현, "호남의 유배문화 현황", 『제30회 향토문화연구 심포지엄 호남의 유배문화와 그 활용 방안 모색』 자료집, 전남문화원연합회, 2018.

박요순, 「紹古堂 高燽과 그의 歌辭 硏究」, 『한남어문학』 제30집, 한남어문학회, 2006.

백수인, 「長興의 歌辭文學」, 김석중 편저, 『長興의 歌辭文學』, 장흥군·장흥향토사연구회, 1997.

_____, 『기봉 백광홍』, 문화관광부, 2004.

이종출, "「천풍가」 해제", 「한국어문학」 제4집, 한국언어문학회, 1966.

_____, "魏世寶의 金塘別曲攷", 「國語國文學」 제34,35 합병호(國語國文學會, 1967)

_____, "止止齋 李商啓의 歌辭攷", 「국어국문학」 제33호, 국어국문학회, 1966.

_____, 「한국고시가연구」, 태학사, 1989.

鄭珉 譯, 白光弘, 『국역 岐峯集』 증보 재판, 岐峯白光弘先生記念事業會, 2018.

정익섭, "關西別曲과 조선조 歌辭文學", 『岐峯集』 重刊本, 1987.

丁益燮, "愚谷의 「長恨歌」 攷", 「韓國言語文學」 제24집, 韓國言語文學會, 1986.

_____, 『改稿 湖南歌壇硏究』, 민문고, 1989.

曹友仁, "題出觀詞後", 『頤齋集』 券之二.

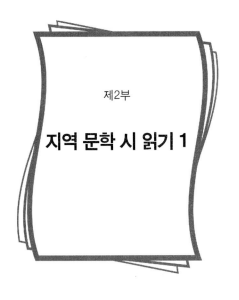

제2부

지역 문학 시 읽기 1

영원한 야성의 목소리

─범대순 시집『가난에 대하여』

범대순 시인은 "시적 진실인 나의 야성"이라는 '담론'에서 "나의 '시 삼백을 일언이폐지(詩三百一言以蔽之)'하면 그것은 야성(野性)이다."라고 밝히고 있다. 야성은 이 우주 삼라만상이 생겨날 때부터 타고난 그대로의 성질을 말한다. 따라서 야성이란 이성, 논리, 도덕 등 모든 인위적 요소를 배격하는 자연 그대로의 성질인 것이다. 공자가 '시경'의 시를 한마디로 '사무사(思無邪)'라고 한 것과 범 시인이 자신의 문학을 한마디로 '야성'이라고 한 데에는 다른 점이 있다. 공자는 시경의 모든 시를 포괄하는 시적 본질을 한마디로 표명했고, 범 시인은 자신의 시가 가지고 있는 시정신으로서의 개성을 한마디로 적시한 것이다.

범 시인이 시를 통해 '야성'을 실현하는 데에는 여러 층위의 시학적 장치가 있다. 그는 야성이 공간으로 '무등산'을 설정하고 있다. 하르트만의 개념을 빌리면 공간이란 '실재 공간', '직관 공간', '기하학적 이념 공간'으로 갈래지을 수 있는데, 그에게서 '무등산'은 1,000번을 넘게 오른 실재 공간인 동시에 직관을 통해 수용한 드넓은 체험 공간인 것이다. 이러한 공간 체험이 결국 작품으로 재구될 때 비로소 이념 공간이 될 수 있는 것이다. 이러한 측면에서 그는 '무등산'이라는 실재 공간의 문학적 재구를 통해 야성을 실현하고 있는 것으로 보인다.

평생 무등산을 그 이름으로 높이 외친 적이 없지만
그러나 배고픈 다리 뒤로 걸어도 너무 아름다운 이름
새인봉에 쉬면서 그리고 새삼스럽게 새인봉이구나
가을이 깊은 탓이랴 한사코 이름을 소리내고 싶었다

우로 용추폭포를 높이 좌로 증심 계곡도 같이 외쳤다
하늘 우러른 탓이랴 고개가 겨운 중머리재 억새들
나도 겨운 장불재에 이르러 너무 먼 당신을 보았다

규봉에 쓰러져 보는 푸른 허공이 닿듯 가까이 있다
지공 너덜겅 바위위에 쏟아져버린 나의 돌맹이들
그리고 원효 계곡으로 내려오면서 비틀거리는 생애
실낱같은 명줄이 종소리같이 끊이지 않고 따라왔다
— 「산 산유」 전문

진달래꽃을 따라 산 너머 하늘을 쳐다보다가
갑자기 나도 꿩처럼 소리치고 싶어졌다

그리하여 산이 울리는 큰소리로
그렇다 이놈아 왜 아니냐
나는 새인봉에 미친놈이다
— 「새인봉 광사」 중에서

4월이여 안녕
안녕은 위대하게 미쳤다
미친 너의 추상에 들기 위하여
여기 새인봉 절벽을 뛰어내리려 한다
　　　　　　　　　—「다시 새인봉 광사」 중에서

　「산 산유」에는 '무등산'이라는 실재 공간이 잘 배치되어 있다. 화자의 이동경로에 따르면 '배고픈 다리' → '새인봉' → '용추 폭포', '증심계곡' → '중머리재' → '장불재' → '규봉' → '지공 너덜겅' → '원효 계곡'의 공간을 차례로 재현하고 있다. 이와 같은 '무등산'의 공간을 배경으로 정작 화자가 드러내고자 하는 것은 "한사코 이름을 소리내고 싶"은 욕구이며, "우로 용추폭포를 높이 좌로 증심 계곡도 같이 외"치는 일이다. 이러한 원초적 욕망의 표출은 바로 '야성'과 상관성이 있는 것으로 보인다. 이 시에서 야성적 욕망은 "지공 너덜겅 바위 위에 쏟아져버린 나의 돌맹이들"로 형상화되어 있다.
　마친가지로 「새인봉 광사」에서 "나도 꿩처럼 소리치고 싶어졌다"고 한 것도 야성적 욕망을 표출하고 있는 구절이다. 그의 이러한 야성적 목소리는 때로는 '광기(狂氣)'로 드러난다. 「새인봉 광사」와 「다시 새인봉 광사」에서 "나는 새인봉에 미친놈이다", "안녕은 위대하게 미쳤다 / 미친 너의 추상에 들기 위하여 / 여기 새인봉 절벽을 뛰어내리려 한다"고 한 것은 바로 '광기'를 드러내는 화자의 목소리이다. 이와 같은 '광기'는 바로 '야성'의 한 극단이다. 뿐만 아니라 이러한 '광기'의 영역에로의 진입을 위해서는 '절벽을 뛰어내'리는 행동조차도 서슴지 않겠다는 것이다.

　나닷일 세상일로 구보를 한나뉜 ㄱ 뒤로 깃발이 따를 세 아닌가 파도가 구름같이 하늘을 날 게 아닌가 그를 알면서 사는 사람의 배멀미는 그래서 더욱 틀어 오른다. 아니게 가는 길 배멀미를 하면서 너무 먼

수평선을 보았다

―「배멀미」 전문

나는 예술가 과학자 따위 그 현수막을 거부한다
나는 혁명가 애국자 따위 그 계급장을 거부한다
나는 통장 반장 대통령 따위 스피커를 거부한다
나는 텔레비전 심문 그 미소 그 지식을 거부한다

내가 거부하지 않는 것은 무식한자의 욕설이다
내가 거부하지 않는 것은 무력한 자의 주먹이다
내가 거부하지 않는 것은 미친놈의 헛소리다
내가 거부하지 않는 것은 거꾸로 가는 광기다

―「나는 거부한다」 중에서

「배멀미」에서의 '구토' 행위는 이중의 의미를 갖는다. 단순한 '배멀미'에 의한 것이 아니라 '세상일 나랏일'의 '아니게 가는 길'이 원인이 되는 '구토'이기 때문이다. 더욱이 세상 돌아가는 이치를 뻔히 "알면서 사는 사람의 배멀미는 그래서 더욱 틀어 오른다"고 한다. 따라서 이 시에서 '구토' 행위가 환기하는 의미는 부조리에 대한 거부이며 저항이라고 할 수 있다.

「나는 거부한다」에서 화자는 무엇을 '거부'하고 무엇을 거부하지 않고 있는 지에 주목해 볼 필요가 있다. 이 시에서 화자는 현수막, 계급장, 스피커, 미소와 지식으로 환유된 예술가, 과학자, 혁명가, 애국자, 통장, 반장, 대통령, 텔레비전, 신문 등을 거부한다고 선언하고 있다. 문면을 살펴보면 인간들이 이룩하고 영위해 가고 있는 정치, 경제, 사회의 모든 제도와 문화를 거부하는 것이다. 반면에 거부하지 않는 것은 '무식한 자의 욕설', '무력한 자의 주먹', '미친놈의 헛소리' '거꾸로 가는 광기'이다. 이와 같은 문명과 제도에 대한 저항적 선언도 따지고 보면 시인의 '야성'의 목소리인 것이다.

나의 백지는 소리 없는 절규이다
나의 백지는 소리 없는 광기이다
나의 백지는 그래서 항상 붉다
그래서 나의 백지는 언제나 천둥이다
　　　　　　　　　　　　—「백지를 몰라서 그렇지」 중에서

백지는 땅을 인 젊은 아프리카의 하늘
검은 절규의 피로 말하다가 절필하고 그리고
자기 죽음 앞에 서본 적이 있는 사람
그것으로도 안 돼 천하에 미치고 어느 날 갑자기 푸른 하늘을 볼 때
그때 스스로 깨닫고 천둥같이 울리는 파안대소
　　　　　　　　　　　　　　　　—「다시 백지」 중에서

　위에 인용한 두 편의 시는 "이인평의 인물시 「초연한 선비」에 화답함", "김춘수 선생에게"라는 부제가 붙어 있는 것으로 미루어 볼 때, 두 시인에게 '백지시'에 대한 정확한 인식을 심어주기 위한 시적 해명의 형식으로 이루어진 것으로 보인다. 70년대 중반, 범 시인이 발표한 '백지시'를 처음 접했을 때 필자는 이를 당시의 사회상황에 대한 지독한 저항으로 이해했었다. 국민의 자유가 철저히 억압당하던 소위 유신독재 시대에서의 '백지시'는 예술적 저항의 몸짓으로 받아들여지기에 충분했다. 이는 오늘에 와서도 유효하다고 생각된다. 「백지를 몰라서 그렇지」에서 '절규' '광기' '붉음' '천둥' '저주'로 은유되는 시인의 '백지'시에 대한 인식이 이를 뒷받침해준다. 또한 「다시 백지」에서 보여 주는 '절규', '절필' '죽음'의 시어가 환기하는 엄숙하고 단단한 긴장의 정서도 마찬가지의 의미를 지닌다. 그에게서 이러한 '저항'도 '광기'

와 더불어 '야성'의 중요한 층위의 하나로 여겨진다.

　　무등산이 불이었을 때
　　무등산은 시인이었다

　　너덜겅이 불로
　　살아있을 때

　　절벽과 돌기둥과
　　봉우리는 시인이었다.

　　(중략)

　　그때 다시 너덜겅이 불로 돌아가면
　　봉우리가 절벽이 골이 불로 돌아가면

　　분노한 화산이여 다시 불로 일어서라
　　광기의 무등산이여 다만 시로 있어라
　　　　　　　　　　　　　　—「무등산이 불이었을 때」 중에서

　　너무 조용한 대륙 더 조용한 사람들 그래서 더욱
　　아닌 세상에 지진도 없으면 무슨 놀이가 있느냐
　　백두산 한라산 지리산 모든 사화산은 다 일어나라
　　무등산 너덜겅이여 바위여 모두 다 불로 돌아가라
　　　　　　　　　　　　　　—「바위여 불로 돌아가라」 중에서

　야성은 원시를 지향한다. 따라서 「무등산이 불이었을 때」에서는 무등산
이라는 공간을 '원시'라는 과거 시간으로 되돌려 놓는다. 이 시에서 화자는

무등산의 원초적 존재를 시인과 동일시하고 있는데, 이는 결국 태초의 무등산이 지녔을 불과 같은 '야성'을 닮고 싶은 시인의 욕망으로 이해된다. 「바위여 불로 돌아가라」에서도 화자는 모든 바위는 태초의 불로 다시 돌아가고, 조용한 상태로 있는 모든 사화산은 다시 일어나 태초에서처럼 불을 뿜어내는 '야성'으로 돌아가라고 외치고 있다.

이 시집 「가난에 대하여」의 시편들만 살펴보아도 그의 '야성'은 다양한 층위의 목소리를 담고 있는 것을 알 수 있다. 공간 배열, 야성적 욕망, 광기, 저항, 원시 등 다종다양한 층위를 통해 '야성'을 예술적으로 체현하고 있다. 지면 관계로 '야성'의 빛깔에 대한 층위와 '야성'이 궁극적으로 도달하는 '파안대소'의 시학적 의미에 대해서 덧붙여 서술하지 못한 점이 아쉽다.

경계에서 바라본 '죽음'에 대하여
─진헌성 시전집 제7권 「삼삼한 시 깜깜한 시」

'삼삼한'과 '깜깜한'의 경계

진헌성 시인의 시전집 제7권은 「삼삼한 시 깜깜한 시」 제하에 727편의 연작시로 이루어져 있다. 1년(2010년 10월~2011년 9월 30일)이라는 짧은 기간에 700편이 넘는 작품을 창작해 냈다고 하니, 그 창작열과 집념에 감탄하지 않을 수 없다.

문덕수 시인, 이운룡 시인 등을 비롯한 여러 학자와 비평가들은 그 동안 진 시인의 시문학적 성과를 여러 측면에서 분석하고 그 문학적 가치를 평가해 왔다. 그만큼 진 시인의 시 세계는 우리 문단에서 독보적이고 개성적 영역을 확보하고 있다고 하겠다. 그들은 그가 지금까지 견지해온 시 세계의 특질을 '물성', '공간', '사물', '유물론' 등의 용어로 접근해 온 것 같다. 필자도 진 시인에 대해 논급하는 자리에서 그의 시를 '거대한 시적 담론', '과학적 상상력', '풍자'라는 세 가지의 특질로 아우른 적이 있다.

'거대한 시적 담론'이란 화자와 시적 대상과의 '거리'에 관한 것이다. 그가 시 텍스트에 설정한 화자는 대체적으로 전지적 시점에 있다. 그리고 화자는 태초에서부터 현재를 거쳐 미래를 꿰뚫는, 동양과 서양을 넘어 태양계를 넘나드는 우주적 혜안을 지니고 있다. 이와 같은 시적 화자의 설정을 밑받침하는 것은 '과학적 상상력'이다. 이는 과거의 인간 중심적 유심론의 반대편에 서서 실증적 진실을 기초로 하는 과학적 사고에 힘입은 '유물론적 세계관'이다. 그리고 '풍자'는 그의 시적 언술의 한 방식이다. 풍자란 모순에 대한 비판적 언술이고, 이러한 비판의 규준은 역시 과학적 상상력에 기반을 두게 된다.

그의 시전집 제7권의 표제이며, 연작시의 제목인 "삼삼한 시 깜깜한 시"의 의미에 대해 잠깐 생각해 볼 필요가 있다. 왜냐하면 이 제목이 그의 시적 세계관을 집약하는 의미적 기능을 갖고 있다고 보기 때문이다. 우선 '삼삼한 시'에서 '삼삼하다'의 사전적 의미는 "(주로 '눈'과 관련된 명사와 함께 쓰여) 잊히지 않고 눈앞에 보이는 듯 또렷하다."이다. 따라서 '삼삼한 시'의 영역은 가시적 인식의 세계라는 의미를 쉽게 추론해 볼 수 있고, 이는 필자가 일찍이 다음과 같이 지적한 그의 시적 특성과 연관이 있는 것으로 보인다.

> 그가 취택한 시적 화자는 '눈'이라는 감각적 기관과, 이를 통해 대상을 '보다(觀)'라는 행위에 큰 비중을 갖는다. (중략) 그는 '눈'을 통해 대상을 인지하고, '눈'을 통해 사유하고, 눈 속에 온갖 세상 체험을 저장한다. 그의 시에서 눈이 지니는 상징성은 카메라와 같은 도구의 의미를 갖기도 하지만, 그 의미는 때에 따라 무한으로 확장되어 '하늘'이 되기도 하고 '저승'과 '이승'의 세계를 가르기도 한다.
> ─「과학적 상상력과 풍자, 이 거대한 시적 담론」,
> 『계절문학』 통권 제4호 (2008년 가을), 한국문인협회

그러면 '깜깜한 시'의 의미는 무엇일까. 이는 '또렷하다.'는 뜻의 대척적인 면에 놓여 있는 어두운 세계를 의미하고 있는 게 아닐는지. 이런 방식으로 사유해 본다면 시의 영역에서 삼삼한 것과 깜깜한 것의 의미는 밝음과 어두움, 체험과 미지, 과학으로 밝혀진 세계와 아직 밝혀지지 않은 세계, 이승과

저승, 삶과 죽음 등의 여러 의미로 확장해 볼 수도 있을 것 같다.

　이렇게 보면 그의 시 텍스트 내의 화자는 '삼삼한'과 '깜깜한'의 경계에 서서 우주를 조망하고 있는 셈이 된다. 그런데 이 글은 이와 같은 경계점에서 '죽음'의 문제를 살펴봄으로써 진 시인의 시 의식에 접근해 보고자 한다. 그의 시에 나타난 '죽음'에 대한 이해는 그의 시적 세계관에 접근하는 중요한 통로가 되기 때문이다.

죽음이라는 선약

　우리는 주변에서 수많은 죽음을 만나며 살고 있다. 가까운 사람이 죽으면 장례식에 가서 그의 죽음을 슬퍼하며 안타까워한다. 그리곤 다시 일상으로 돌아온다. 모든 사람은 반드시 죽음을 경험하며, 그 누구도 예외는 없다. 그럼에도 우리는 죽음에 대해 진지하게 생각해 보기를 꺼려한다. 삶에 대한 애착, 죽음이 삶의 끝이라는 통념, 그리고 이에 대한 막연한 두려움이 작용하고 있기 때문일 것이다. 그러나 진 시인은 시를 통해 보다 적극적으로 죽음에 대해 탐구한다. 이는 삶의 문제를 제대로 파악하기 위한 시문학적 접근 방식으로 여겨진다.

> 죽음이 특별한 것인 줄 아나 봐
> 지금 살고 있는 순간순간이 목숨 끊어지는
> 죽음인 줄 모르고
> 죽음이 두렵다며 치료약으로 건강식이법이며 운동법이며 취미생
> 활이며 그리고 종교 등등
> 방송도 시끄럽다
>
> 　　　　　　　　　　　　　　　　—325·세월만큼 선약 없다, 부분

그러나 사람 눈이 현미경 돼도
한 끼를 편히 먹을 수 있을까
또 내일 올 저승사자 꿈엔 듯 보인다면
누가 가정 꾸리고 살 수 있으랴

사람들은 모른다
아무것 모름이 삶을 다스리는 선약임을

(중략)

독 아닌 것 없지만 약 아닌 것 또한 없음이니
세상사 새옹지마듯 만 가지가 약
악은 선보다 더 큰 눈 뜸이란 약
죽음이 삶엔 제일 선약이고.

—266·약, 부분

나는 아무것도 못 보는 한밤중이다
태양의 속눈썹보다 더 깊은 한밤중이다
죽음을 눈 앞에 두고도 못보는
청맹과니의 행복이다.

—479·무식, 전문

'죽음'이 특별한 것은 아니다. 그는 "지금 살고 있는 순간순간이 목숨 끊어지는 / 죽음"이라고 하여 삶과 죽음을 동일시하고 있다. 이를 모르고 건강식이법, 운동법. 취미생활, 종교 등에 집착하는 사람들을 야유한다. 그러나 "모르는 세 약이다."라는 속담이 있듯이 현미경적 눈을 가졌다면 이글거리는 세균을 보면서 행복한 한 끼 식사를 할 수 없을 것이며, 내일 저승사자가 온다는 것을 미리 안다면 평명하게 가정을 꾸리고 살 사람이 없을 것이라는 것이다. 그래서 "모름이 삶을 다스리는 선약"이라는 것이다. "독 아닌 것 없지만 약 아닌 것 또한 없음이니 / 세상사 새옹지마듯 만 가지가 약"이라고 하여 독과 선을 동일시한다. 지금 독이라고 인식하는 것도 미래엔 좋은 일을 만드는 원인이 될 수 있으니 결과론적으로 약이 될 수 있으리라는 것이다. 이런 관점에서 삶을 영위해 가는 데 가장 좋은 약은 '죽음'이라는 것이다. 그래서 죽음을 눈앞에 두고도 못 보는 청맹과니가 오히려 행복하다는 것이다.

죽음은 '완전'한 것

> 신조차 결코 경험할 수 없는
> 초체험의 행사라,
> 신에게도 결코 빼앗길 수 없음이다.
>
> —614·죽음, 전문

「죽음」이라는 소제목을 달고 있는 작품이다. 이 작품에서의 '죽음'은 '초체험의 행사'로 은유되고 있다. '초체험'이란 흔히 숫처녀의 첫 성경험을 뜻하므로 '죽음'의 비유적 의미는 매우 복잡하게 확산된다. 이 '죽음'이라는 체험은 '신'이 경험할 수도, '신'에게 빼앗길 수도 없는 인간의 영역임을 강조하고 있다.

> 완전한 지고선은 너 죽음이다.
>
> —76·직언, 전문

삶이란 불완전해서 불안하고
죽음이란 완전해서 불쾌하다.

―94·문제다, 전문

누가 완전하다면
시공간이 멈춘 죽음만이다

신이 절대계라면
우주계의 일은 아니다

―580·절대계, 부분

'직언'이란 절대적이고 무조건적으로 자신의 생각을 기탄없이 쏟아 내 놓은 언술이다. 시인은 죽음에 대해 '직언'을 한다. 이 한 행의 시적 언술은 여러 가지 의미를 시사해 준다. 담화의 측면에서 보면 '죽음'은 2인칭, 청자로 의인화되어 있다. 따라서 여기에서의 직언이란 '죽음'이라는 인격적 존재에게 건네는 담화이다. 그리고 그 의미는 '죽음'이 바로 최고선, 즉 인간 행위의 최고의 목적과 이상이 되며 행위의 근본 기준이 되는 선이라는 것이다. 사실, 내용적 의미로 보면 이 언술은 상대방 '죽음'에 대한 최고의 찬사이므로 죽음이라는 이인칭에게 건네는 '직언'의 범주에 들지 못한다. 따라서 여기에서의 '직언'이란 오히려 인간들이 두려워하고 피하려고 하는 '죽음'이라는 존재에 대한 보편적 인식의 틀을 과감히 깨뜨리고 있다는 점에서 가능한 것이다.

'삶'이 불안한 것은 '불완전'하기 때문이다. 그러나 '죽음'이 불쾌한 이유는 '완전'하기 때문이다. '죽음'을 '완전'으로 파악하고 있음을 알 수 있다. 「580·절대계」에서도 역시 "시공간이 멈춘 죽음만이" 완전한 것이라고 술회한다.

죽음에 대한 자연과학적 상상력

시간과 공간이 교차하는 0의 좌표가 탄생이기도 하지만
Y축이 X축에 푹 꺼져 버리는 곳 부가 더욱
마음 쓰인다

(중략)

나무는 살아서 산소 [O]를 만드는데
나는 죽어가서야 겨우 0이 된다니
나는 죽어 순환 0의 고리를 끊으런 성문이고자 하고
유신론자는 순환의 고리를 무한 개 [∞]로 잇달아 살겠다니

세상에서 나만 미련한 0인가!
　　　　　　　　　　　　　　　—176·죽어 0의 고리를 끊는다, 부분

우주 본질은
0의 무한수와 유한수 1의 연속적 순환
　내몰린 내 죽음과 삶도 영원과 순시, 시간과 공간을 공유하는 동시
성의 모순, 빛 또한 암흑에서만 살아나는 연속과 불연속의 모순,
　내 심장도 운동과 휴식, 이승과 저승을 왕래하는 회의적 진자 속
나는 들숨과 날숨 어느 편에도 끼고 싶지 않은
불확정성의 존재
나는 쥐도 새도 아닌 회의에 매달린 도착증.
　　　　　　　　　　　　　　　—175·박쥐, 전문

이 시에서는 죽음을 '0의 고리를 끊는 것'으로 보고 있다. 그러나 '0의 좌
표'는 '탄생'이기도 하다. 화자는 죽음을 '순환의 고리를 끊는' 일로 파악하고

있는 무신론자인 셈이다. 그래서 유신론자를 '순환의 고리를 무한 개 [∞]로 잇달아 살겠다'는 사람이라는 야유가 가능한 것이다.

「175·박쥐」에서는 우주의 본질을 이진법으로 파악하고 있다. 박쥐를 화자로 내세워 박쥐의 시각을 통해 우주에 대한 인식을 드러내는 작품이다. '죽음과 삶'을 '영원과 순시, 시간과 공간을 공유하는 동시성의 모순'으로 파악하고 있다. 이러한 인식은 빛과 암흑, 심장의 운동과 휴식, 이승과 저승, 들숨과 날숨 등의 이진법적 세계관으로 확장된다. 그리고 '박쥐'로 표상되는 '나'는 '그 어느 편에도 끼고 싶지 않은 / 불확정성의 존재'이며 '쥐도 새도 아닌 회의에 매달린 도착증'인 것이다.

이밖에 죽음을 과학적 사고로 해석하는 경우는 "$-1 \times -1 = 1$을 나는 모르겠네 / 죽어 다시 고쳐 죽으면 살아날 수 있는지가 / 참 모를 일이네.(-568·불가해, 전문)에서도 나타난다. 여기서는 '-1'을 죽음으로, '1'을 삶으로 은유하고 있다.

상대성이론도
블랙홀에서는 법이 아니듯
죽으면 육법전서도 하늘도 필요 없듯

죽음이 만능의 법이니.

-571·만법, 전문

정지도 움직임도 진공과 암흑세계까지
심지어 죽음까지도 에너지에 불과한
불리적 공식의 숫자 세상이라

-272·손, 부분

아인슈타인이 물질과 에너지는 같다 생각하듯
도란 삶과 죽음이 한 방향이다는
곧장 깨침여든 것.

―371·간결하게, 부분

아인슈타인의 모든 물리학이 끝내는
빛에서 시작해서 빛에서 끝남이라
세상이 이를테면 빛만이냐 어둠만이냐의 한계 지으려함이
세상학과 물리학의 시작이고 끝이란 생각
삶도 죽음도 빛에서 시작하고 끝맺듯
빛의 파동이 인생의 애환이요 세상 역사듯

(중략)

생명은
눈 틔움
빛이 남김은 죽음에 대한 중력뿐
전자나 양성자에서 광자 튀어

끝내 질량 0에의 환원하는 자유다!

―373·빛은 0이다, 부분

위의 시편들에서도 그의 죽음에 대한 과학적 사고를 읽을 수 있다. 저 유명한 아인슈타인의 상대성 이론도 '블랙홀'에서는 적용되지 않듯, 죽은 후에는 법도 하늘도 필요 없다는 것이다. 그러므로 '죽음'은 '만능의 법'이 된다.

정지와 움직임, 진공과 암흑세계, 죽음, 이 모두가 에너지다. 따라서 이 세상은 모두 물리적 공식의 숫자로 풀 수 있다는 것이다. '죽음'도 에너지로 본 것이다.

아인슈타인이 "물질과 에너지는 같다."라는 사실을 깨달았듯이 "삶과 죽음이 한 방향"이라는 사실을 아는 것은 도를 깨치는 일이다.

그런 의미에서 삶과 죽음은 빛에서 시작하고 빛에서 끝맺는 것이라고 한다. 그래서 빛의 파동이 인생의 애환이요 세상의 역사라는 것이다. 빛이 남기는 것은 죽음에 대한 중력뿐이다. 그것은 궁극적으로 질량 0에 환원하는 '자유'인 것이다.

키에르케고르는 '죽음'을 '절망'이라고 보았고, 절망은 병이며 '죽음에 이르는 병'이라고 했다. 그리고 이 병에 걸리는 것은 인간뿐이라고 했다. "인간은 동물 이상이기 때문에 절망할 수 있는 것이다." "이 병으로부터 치유되는 것이 기독교인의 행복이다." 라고 하여 기독교적 실존주의 사상을 피력했다. 그러나 진 시인의 죽음관은 이와는 사뭇 다르다. 그는 "하늘에 나 살려 달라는 생물은 사람밖엔 없"다거나, "사람이 죽을 때 죽어야지 하나 / 안 아프고 죽어야 한다는 게 토씨다"(325·세월만큼 선약 없다)라고 한다. 신의 '절대계'를 '우주계'의 범주 밖으로 인식하고 있기 때문이다.

야스퍼스는 죽음을 한계상황으로 파악했고, 하이데거는 죽음에의 존재로서 인간을 파악했다. 그리고 죽음은 고유한 것이며, 결코 남과 바꿀 수 없는, 반드시 찾아오는 그리고 그것을 초월해서 살 수 없는 가능성이라고 규정하였다. 사르트르는 하이데거와 정반대의 입장을 취하고 있다. 사르트르는 죽음을 가능성이 아니라 출생과 마찬가지로 사실성(facticity)이라고 했다. 이런 측면에서 보면 진 시인의 죽음관은 다소 사르트르적인 부분도 있지만, 전체적으로는 물리학적 관점에서 죽음의 문제에 접근하고 있다. 그러므로 이러한 생사관은 시학적 관점에서 매우 독창적인 세계라고 할 수 있을 것이다.

공동의 슬픔과 시적 치유

— 최봉희 시집 『5.18 엄마가 4.16 아들에게』

최봉희 시인의 이번 시집은 조금 특별하다. '세월호 참사' 1년의 국민적 정서와 슬픔을 시 작품으로 표현해 놓은 일종의 기록 시집이기 때문이다. 2014년 4월 16일(수) 오전 8시 48분경 전남 진도군 조도면 부근 해상에서 '청해진해운' 소속의 인천 발 제주 행 연안 여객선 '세월호'가 침몰하기 시작하여 18일(금)에 수면에서 완전히 모습을 감춰버린 사고가 있었다. 이 사고로 탑승인원 476명 중 172명은 구조되었지만, 295명이 사망하고 9명이 실종되었다. 사고가 발생한 해역은 맹골수도가 위치한 곳으로, 전라남도 진도군 조도면 맹골도와 거차도 사이이다.

특히 이 배에는 제주도 수학여행 길에 마냥 즐거워하고 있던 경기도 안산시의 '단원고' 2학년 학생들과 인솔 교사들이 함께하고 있었다. 아직 제대로 피어나지도 못한 여리디여린 꽃송이들이 아무 영문도 모른 체 깊은 바다 속에 푸른 넋을 묻어야 했다.

우리는 '세월호'가 시나브로 침몰해 가는 모습에서 우리의 가슴이 시시각각 무너져 내리는 쓰라림을 경험했고, 그렇게 대한민국이라는 국가가 침몰하는 모습을 보았다. 우리는 공동으로 한없는 부끄러움과 허탈감에 사로잡힐 수밖에 없었다. 대한민국 국민 304명의 소중한 영혼이 그대로 바다 깊이 가라앉는 것을 물끄러미 지켜보고만 있는 정부의 태도에 무능과 무책임의 극치를 보았다. 이를 지켜보는 국민이라면 누구나 서글픔을 넘어 분노와 좌절을 느꼈을 것이다. 그리고 국가가 우리에게 과연 무엇인가를 회의했을 것이다. 이 참담한 희생을 우리는 어떻게 받아들여야 하나? 그렇지만 지난 1년, 진실은 꽁꽁 숨겨진 채 왜곡과 축소가 이어지고 있을 뿐 세월호의 비극은 아직도 현재형이다.

이런 상황에서 시인은 무얼 해야 하나? 시인은 삶 속에서 느끼는 특수한 정서를 언어로 호환하여 표출하는 장인이다. 그래서 이러한 국민적 패닉 상태를 시적 언어로 기록하는 일은 시인의 사명이요 책무의 하나일 수 있다. 최봉희 시인은 이 슬픈 역사의 시간의 틈을 하나하나 시적 언어로 메워가고 있었다. 이러한 시적 작업은 죽음이라는 극단의 상황, 그 광활한 바다와 같은 슬픔의 정서 속에 시인 스스로를 빠뜨리지 않고는 불가능한 일이다.

가치의 혼돈과 '불이문'

이 사태를 바라보는 시적 시각은 여러 가지일 수 있다. 그 시각의 하나가 국민 한 사람으로서의 관찰자 관점이다. 이는 시적 대상을 비교적 객관적으로 바라보면서 사태의 실체를 담담히 보여 줄 수 있는 시점이다. 다음 작품은 304명의 목숨을 침몰하는 '세월호'에 내팽개친 채 기김 민지 유유히 빠져나와 병실에 앉아 목숨을 잘 보존하고 있는 '선장'의 모습에 초점을 맞추고 있다.

4월 18일 세월호 참사 그날로부터 첫째 금요일
아이들이 수학여행에서 돌아오기로 예정됐던 날

(중략)

하얀 시트가 깔린 병원 침대 위에 앉아
주머니에서 꺼낸 젖은 돈을 한 장 한 장 펼쳐놓는

세월호 선장을 나는 보았습니다.

목숨보다 더 소중한 세월호 선장의 건져 낸 돈들이
햇볕에 잘 마르고 있었습니다.

—'나는 보았습니다' 중에서

이 시에서 화자는 '세월호 선장'의 행위에 주목하고 있다. "목숨보다 소중한" "젖은 돈"을 "한 장 한 장 펼쳐" 햇볕에 말리고 있는 모습이다. 이날은 "4월 18일 세월호 참사 그날로부터 첫째 금요일"이다. '단원고' 학생들이 "수학여행에서 돌아오기로 예정됐던 날"이다. 이날로부터 최봉희 시인의 '세월호 참사'에 대한 시적 기록이 시작된다.

아이들은 수학여행 목적지인 제주항에 다다르지도 못하고 중도의 바다 속 깊은 곳에 생사를 모르고 있는데, 배 안에 있어야 할 '선장'은 이미 뭍에 나와 아늑한 병실 침대 위에 있다. 이 시는 우선 두 대상이 위치하고 있는 당위적 장소의 도치를 지적하고 있다.

이 작품에서 시적 요소의 핵심은 이 사회의 '목숨'과 '돈'의 가치에 대한 비뚤어진 인식을 지적하고 있는 점이다. 이 두 가치의 대조는 햇볕 아래 건강하게 숨 쉬고 있어야 할 '목숨'들은 차가운 바다 속에 젖어 있고, 그걸 도외시한 채 '돈'은 "햇볕에 잘 마르고 있었"다는 사실로 제시되어 있다. 즉 이 시는 물질의 가치를 목숨의 가치보다 더 소중하게 여기는 '선장'의 전도된 인식을 지적하고 있지만, 이 지적의 외연은 이 사회의 '물질만능주의'의 팽배라는 우리 현실에 가 닿고 있다. 시인은 이러한 화자의 시선을 통해 결국 엄청난 '세월호 참사'의 궁극적 원인에는 '물질만능주의'에 의한 부패와 비리에 있다는 점을 시사하고 있는 것이다.

불일 스님이 염불하는 탁자 위에는
누군가 두고 간
제주도의 노란 유채꽃이 놓였습니다.

희생자 한 명 한 명 이름을 호명하며
세상 원망은 버리고 마음 편히 떠나라
극락왕생을 기원합니다.

2014년 5월 20일
세월호 참사 35일째 되는 날
하루 다섯 번의 백 팔배 올리며
톡, 톡, 목탁을 두드립니다.
팽목항 선착장은 간절한 기다림의 항구입니다.

둘이 아닌 한 마음으로 불이문을 열고 들어갑니다
그대와 내가 다르지 않으니
우리 중생들은 다 같은 부모입니다

그대의 고통이 바로 나의 고통입니다.
그대의 슬픔이 바로 나의 슬픔입니다.

― '백일기도' 중에서

이 작품에서의 화자도 관찰자의 위치에 있다. "2014년 5월 20일 / 세월호 참사 35일째 되는 날", "팽목항 선착장"의 모습이다. 화자는 "불일 스님"이 행하는 불교적 의식을 간결하게 묘사하고 있다. '스님'은 염불을 하고, 희생자에 대해 일일이 호명하고, 하루 다섯 번 백팔 배를 올린다. 스님의 이러한 모습은 다만 "극락왕생을 기원"하는 종교적 행위에만 머물지 않는다. 화자가 관찰한 건 '스님'이 염불하고 있는 탁자 위에 "누군가 두고 간 / 제주도의 노란 유채꽃"이다. '제주도의 노란 유채꽃'은 세월호가 다다라야 할 목적지이자, 결국 희생자의 영혼이 다다라야 할 공간(불교적으로는 극락)을 상징한다. 또한 스님은 홀로 염불을 하고, 호명 의식을 하며 백팔 배를 하지만 그건 혼자만의 의식이 아니고 '누군가'라는 특정되지 않은 중생들의 염원이 보태지고 있는 것이다.

그리하여 "간절한 기다림의 항구"로서의 공간성을 지닌 "팽목항 선착장"은 모든 중생의 마음이 하나로 모아지는 "불이문(不二門)"이 된다. 그리하여 화자는 '그대'라는 타자의 '고통'과 '슬픔'을 고스란히 자신의 것으로 인식하는 경지에 이르게 된다.

젖어 있는 언어의 파라독스

극단적인 감정, 특히 슬픔을 헤아리는 방식에는 객관적 관찰자 보다 그 당사자를 화자로 설정하여 그 정서를 진솔하게 언술하게 하는 것이 시적 효과를 높인다. 최봉희 시인은 자신을 어느 날 갑자기 자식을 잃은 부모의 내면에 투사한다.

> 우리 아이가 다니던 학교 근처에서
> 세탁소를 하고 있습니다.

(중략)

5월 5일 세월호 참사 2십일 째

아이는 제 방에서 잠자듯이
참사 2십 일째 가족의 품에 돌아왔지만,
수학여행 갈 때 아이의 손에 쥐어준
이만 원이 전부였으니
그게 너무너무 미안해서 울었습니다.

아이의 젖은 옷에서 꺼낸 지갑에는
두 번 접힌 만 원짜리 두 장이
그냥 그대로 있었습니다.
우리 아이 어떡해요?
그 돈마저도 쓰지 못하고 떠났습니다.

—'용돈' 중에서

이 작품에서 시적 화자는 시신이 "참사 2십 일째 가족의 품에" 돌아온 아이의 어머니다. 그는 "아이가 다니던 학교 근처"에서 "세탁소를 하고" 있다. "제 방에서 잠자듯이" 돌아온 아이를 품에 안고 "너무너무 미안해 울었"다. "수학여행 갈 때 아이의 손에 쥐어준 / 이만 원이 전부"였기 때문이다. 곤궁한 살림에 용돈을 적게 줘서 마음이 아팠는데, "아이의 젖은 옷에서 꺼낸 지갑에는 / 두 번 접힌 만 원짜리 두 장이 / 그냥 그대로 있"는 걸 보고 오열하는 모습이다. 화자인 희생자 어머니의 심정은 "우리 아이 어떡해요? / 그 돈마저 쓰지 못하고 떠났습니다.", 이 두 마디에 함축되어 있다.

다른 아이들은 건져 올라오는데
내 아이는 아직 오지 않았습니다

먼저 올라온 아이의 부모님은
장례를 치르러 아이를 안고 헬기를 타고
팽목항에서 안산으로 날아갑니다

아이를 못 찾은 부모님은
아이를 찾아 팽목항을 떠나는 부모님께
"축하합니다"
슬픈 듯 부러운 듯 기막힌 듯
그렇게 말했습니다

축하하다니요?
그건 말도 안돼요

실종자 가족들은 제 정신이 아닙니다
끝끝내 포기할 수 없는 것이 부모님 마음입니다
— '축하합니다' 중에서

　이 시에서 화자는 한 실종자의 부모로 설정되어 있다. "다른 아이들은 건
져 올라오는데 / 내 아이는 아직 오지 않았습니다"라고 진술하고 있는 화자
는 여러 실종자 부모들 틈에 끼어 '팽목항'에서 아이를 기다리고 있다. 그런
데 실종자 가족들 사이에서 웃지 못할 일이 벌어졌다. "아이를 못 찾은 부모
님"이 시신을 수습하여 "팽목항을 떠나는 부모님"에게 "축하합니다"라는 인
사를 건넸다는 것이다. 시인은 이러한 패러독스를 통해 자식을 잃고 통곡하
면서 하루하루를 기다리며 보내고 있는 부모의 심정을 표현하였다. 차가운
바다 속 그 엄청난 수압과 조류 속에 갇혀 있을 아이를 생각하며 마냥 기다
리고 있는 부모들의 심정은 한 마디로 "제 정신이 아닙니다"이다.

망각의 두려움과 정지된 시간

　'세월호 참사'로 아무 죄도 이유도 없이 희생된 304명의 영혼이 있다. 어느 날 아무 영문도 모르고 사랑하는 사람을 잃어버린 가족이 있다. 그리고 함께 했던 침몰 현장에서 다행히 구조된 사람들이 있다. '생사의 기로'라는 측면으로만 보면 구조된 사람에게 '천우신조', '기사회생', '구사일생' 등의 미사를 붙일 수 있을지 모르겠지만, 이들이 겪은 정신적 상처와 트라우마를 상상해 보아야 한다. 최봉희 시인은 이들의 아픔과 슬픔도 놓치지 않고 있다.

　저희들은 71일 만에 학교로 돌아 왔습니다.
　먼저 떠난 친구들을 잊지 않으려고
　REMEMBER 0416이라고 적힌
　노란 기억 팔찌 하나씩 손목에 매달았습니다.

　특별법을 통과시켜 달라며
　안산에서 국회 앞까지
　1박2일 37km를 걸었습니다.

　교복 반팔 상의 체육복 반바지를 입고
　한낮의 열기에도 짝을 지어 걸었습니다.
　친구들의 억울한 죽음을 알고 싶습니다.

　아무 일도 없었던 것처럼
　그렇게는 살지 못할 것 같습니다.
　친구들은 죽었고 저희는 살아 있음에
　형벌 같은 고통을 견디기 힘이 듭니다.

　먼 훗날 어른이 되어서도 잊지 못할 것입니다.

세상이 달라지는 그 날까지 저희가 앞장 설 것입니다.

그립고 보고 싶은 친구들아!
미안해, 꼭 지켜봐 다오!

―'노란 기억 팔찌' 중에서

이 시의 화자로 설정된 '저희들'이란 "기울어진 선체에서 가까스로 빠져 나온 / 단원고등학교 2학년 생존 학생" 75명이다. "71일 만에 학교로 돌아온" 이들 앞에 놓여 있는 것은 '망각'에 대한 두려움과 '기억'에 대한 의지이다. "REMEMBER 0416이라고 적힌" "노란 기억 팔찌"를 손목에 매단 것도, "안산에서 국회 앞까지 / 1박 2일 37Km"를 "한낮의 열기"를 견디며 걸었던 것도 모두 이 때문이다. "친구들의 억울한 죽음" 곁에 "저희는 살아 있음"으로 "형벌 같은 고통을 견디기 힘이" 든다는 것이 이들의 솔직한 심경 토로이다. 이는 친구들을 잃어버린 상실감, 혼자 살아 나왔다는 자책감 등에 시달리고 있는 생존 학생들의 심리 상태를 잘 전해 준다. 그런 고통 속에서도 이들은 "먼 훗날 어른이 되어서도" 절대로 망각하지 않고 반드시 기억하겠다는 것이다. 이러한 기억에 대한 의지와 다짐에는 비뚤어진 세상을 바로 잡는 데 앞장서서 다시는 친구들의 억울한 죽음과 같은 일이 없도록 하겠다는 맹세("세상이 달라지는 그 날까지 저희가 앞장 설 것입니다.")가 들어 있다.

수학여행을 떠난 아이들이 돌아오지 않으니
떠났던 그날 4월 16일이 그대로라네

4월 16일에서 단 하루도 앞으로 지나가지 않으니
오늘도 4월 16일 그대로라네

아이들의 가방에 달린 노란 리본

교실 뒷벽에 걸린 그림 달력
기둥에 걸린 둥근 시계
모두가 멈춰 섰으니 그대로라네

백번 째의 4월16일
백칠십다섯번 째의 4월16일

오늘이 11월4일이 아니고
이백세 번째의 4월16일이라네

아빠와 엄마는 늙어가도
아이는 열일곱 살, 고등학교 2학년 그대로라네

세상이 달라진 게 하나도 없으니
4월 16일 그대로라네
— '그날 이후' 전문

"수학여행을 떠난 아이들이 돌아오지 않으니 / 떠났던 그날 4월16일이 그대로라네"라고 한탄한 것처럼 아이들의 부모들에게서의 시간은 4월 16일로 정지되어 있다. 화자의 인식에는 주위의 모든 환경과 상황이 '그대로'인 것이다. 그래서 "오늘이 11월4일이 아니고 / 이백세 번째의 4월16일"인 것이다. 그 이유는 한 마디로 "세상이 달라진 게 하나도 없"기 때문이다.

이 시에서처럼 화자의 정지 인식은 '그 날' 이후 우리 사회 전반에 환유적으로 확산되어 있다. 작가 서해성의 컬럼 "좌표 416"은 이 작품과 궁극적으로 동일한 인식을 가지고 있다.

4·16, 그 후 내일은 없었다. 어제도 없었다. 오직 그날이 다시 하루로 반복될 뿐이었다. 365일 8760시간 동안 어제와 내일이 다 오늘이

었다. 고통은 늘 현재였고 상처는 아물 길이 없었다. 대중이 내쉬는 거대한 한숨은 모여 구름이 되어 광장마다 삭발한 비로 내렸다. 양식 있는 주권자들은 저 물비린내 사이를 허우적거리면서 지상에서 가장 긴 장례를 기꺼이 마다하지 않았다. 더 길어도 좋았다. 그 배를 건져낼 수만 있다면. 세월호는 그저 유족과 희생자의 배가 아니라 벌써부터 나의 배였던 까닭이다. 세월호와 함께 침몰해버린 것들을 회복하지 않고는 온전히 살아갈 수가 없으리란 걸 사람들은 너무도 잘 알고 있었다.(한겨레신문, 2015. 04.18.)

'그날 이후'에서의 "달라진 게 하나도 없"는 "그대로"라는 것은 무엇을 의미하는가? '세월호'는 이미 사고를 당한 당사자들의 배가 아니라, 우리 사회의 배요, 우리 국가의 배가 되었다. "세월호와 함께 침몰해버린 것들"을 "회복"하지 않으면 희생자의 유족뿐만 아니라, 우리 국민 모두에게 시간은 거기, 4·16에 머물러 있을 수밖에 없는 것이다.

금지곡의 생환

"5·18"과 "4·16"은 다르면서도 많은 공통점을 가지고 있다. 공통점은 시간이 지나고, 세월이 지나도 아직 현재형이라는 데 있다. 최봉희 시인의 다음 작품은 텍스트 안에 "5·18"의 "광주 시민"과 "4·16"의 "안산에서 오신 유가족"을 "광주 법원 앞"이라는 동일 공간에 배치하여 독자로 하여금 두 역사적 사건에 대하여 연계적 사유를 하게 한다.

세월호 참사 세 번째 재판이 열리던 날
안산에서 유가족 분들이 먼 길에 버스를 타고
광주 법원 앞에 도착했습니다.

광주 시민들이 말했습니다.

"저희는 여러분과 끝까지 함께 하겠습니다.
재판이 열리는 매주 화요일
진실마중 사람띠잇기는 계속 될 것입니다.
노란 리본 가슴에 달고 노란 깃발 손에 높이 들고
노란 손수건 들고 흔들 것입니다.
한 사람 한 사람 모여 서로 손잡고
여러분을 마중하고 배웅하면서
아픔을 함께 하겠습니다.
부디 힘내세요. 만날 때까지 안녕!"

안산에서 오신 유가족 분들이 말했습니다.

"이렇게 따뜻하게 맞아 주시니 정말 고맙습니다.
매번 저희가 광주에 올 때마다
도시락 준비까지 해 주시니
저희도 용기와 힘을 내겠습니다.
고통스런 재판과정을 지켜보고
이제 돌아가렵니다.
광주 시민들께 정말 감사합니다.
안녕히 계세요!"

— '진실마중 사람띠잇기' 전문

나레이터 외에 두 개의 목소리가 한 편의 시를 이루고 있다. "광주 시민"이 "안산에서 오신 유가족"에게 건네는 말과 "안산에서 오신 유가족"이 "광주 시민"에게 하는 답이 그것이다.

"광주 시민"이 메시지에는 다음과 같은 의미를 담고 있다. '진실마중 사람띠잇기'의 방식으로 끝까지 여러분('안산에서 오신 유가족')과 함께 하겠다

는 다짐의 의미이다. '진실마중 사람띠잇기'란 "노란 리본 가슴에 달고 노란
깃발 손에 높이 들고 / 노란 손수건 들고 흔들"면서 "한 사람 한 사람 모여 서
로 손잡고 / 여러분을 마중하고 배웅하면서 / 아픔을 함께" 하는 일이다. '노
란 리본', '노란 깃발', '노란 손수건'은 '무사귀환에 대한 간절한 염원'을 상징
한다. '진실 마중'이란 '세월호 참사'에 대한 진실이 밝혀지기를 바라는 마음
에서 우러나는 말일 테고, '사람띠잇기'는 한마음 한뜻으로 연대하겠다는 의
미를 담고 있을 것이다. 그리고 "광주 시민"의 이러한 메시지에 대해 "안산
에서 오신 유가족"은 "감사"와 "용기와 힘"을 내겠다는 의미로 화답한다.

사실 광주의 오월단체들의 이름으로 '팽목항'에 걸어 놓은 "5.18 엄마가
4.16 엄마에게"라는 플래카드에도 이러한 메시지가 함축되어 있다. "당신
원통함을 내가 아오 힘내소, 쓰러지지 마시오"가 그것이다. "죽은 자식 가슴
에 묻으라 강요하는 책임자들 / 수십 년째 묻지 못하는 어머니들이 대신 위
로합니다. / 자식 잃은 부모 가슴에 대못을 박는 국가의 폭력은 / 수십 년이
지난 오늘, 대통령만 바뀐 채 현재 진행형입니다."가 그것이다.

> 그날의 참상을 잊지 말자고
> 우리 함께 울면서 그 아픔 달래자고
> 대못 박힌 가슴을 꼭 끌어안자고
>
> 실종자 찾기를 희망하는 까닭에
> 우리 모두 가슴에 노란 리본을 달았습니다.
>
> 목숨이 경각에 달려 위태로운데도
> 가만히 있으라고 가르친 이 나라 교육부에서
>
> 누군가 세월호 법을 걷어찬 이후
> 이 나라 교육부에서

시도 교육청 산하에
노란 리본 금지령을 내렸습니다.

노란 리본마저 가슴에 달지 말라고 가르치는
이 나라 교육법이 세월호에 있습니다.
　　　　　　　　　　　　　　　　　—'노란 리본 금지령' 전문

　이 작품에 드러난 '세월호 참사'와 관련하여 '노란 리본'을 다는 이유는
"그날의 참상을 잊지 말자.", "함께 울면서 그 아픔을 달래자.", "대못 박힌
가슴을 꼭 끌어안자."로 요약된다. 그런데 "이 나라 교육부에서 / 시도 교육
청 산하에 / 노란 리본 금지령을 내렸"다는 것이다. 이 시는 교육부의 이러한
비교육적 행위에 대해 야유하는 메시지를 담고 있다. 사실 교육부는 2014년
9월 16일 시·도 교육청에 공문을 보냈다. 공문은 학교 내에서 교직원과 학생
들이 노란 리본을 부착하는 행위를 금지하도록 하여 노란 리본에 불순성을
덧씌웠다. 그리고 세월호 관련 공동수업도 통제하라는 지시였다. 교육부는
공문에서 "교육의 정치적 중립성을 훼손하고 가치 판단이 미성숙한 학생들
에게 편향된 시각을 심어줄 우려가 있다."고 노란 리본 금지 이유를 밝혔다.
"교육 활동과 무관하고 정치적 활동으로 오해받을 소지가 있기 때문"이라는
것이다. '노란 리본'의 상징적 의미가 '생환에 대한 염원', '떠난 자에 대한 애
틋한 그리움', '잊지 않고 기억하겠다.'이라면, 교육부는 학생들을 향해 '생환
을 염원하지 말 것.', '그리워하지 말 것.', '기억하지 말고 잊을 것.'을 강요한
셈이 된다. 대상의 순수성을 불순의 안경으로 재단한 것이다. 교육부의 이런
시대착오적인 사고와 행동에 대해 시인은 시 작품을 통해 야유하는 한 편,
이런 회화적 사실을 기록하고 있는 것이다.

화해와 치유의 길

최봉희 시인은 '세월호 참사'라는 국가적 재앙에 직면하여 이를 시 작품으로 표현하여 역사 앞에 기록하고자 했다. 최 시인은 이러한 정황을 때로는 총체적으로, 때로는 세부적으로 바라보는 등 시각을 다양화 했다. 이는 앞에서 살펴 본 바와 같이 관찰자 시점으로서의 객관적 시각에서 시적 대상을 서술하기도 하고, 1인칭 주인공 시점으로서 실종자 가족의 시각, 생존 학생의 시각, 시민의 시각 등 다양한 층위의 시각에서 시적 언술을 시도했다. 다음 시는 또 다른 시점으로서 이미 유명을 달리한 희생자가 살아 있는 가족에게 보내는 편지 형식으로서, 희생자를 화자로 삼았다.

훗날 어엿한 어른이 되고 싶었지만
앞서 떠나는 걸 슬퍼하진 말아요

엄마 아빠 가슴속에 팔랑개비 되어
바람처럼 살아서 움직이고 있을게요

아침이 오면
푸른 하늘에 나는 종달새 되어
곤히 잠드신 엄마 아빠 깨워 드릴게요

훗날 어둠을 밝히는 등대가 되고 싶었지만
먼저 떠나는 걸 너무 슬퍼하진 말아요

엄마 아빠 가슴속에 그림자 되어
왼 종일 달라붙어 따라 다닐게요

밤마다 어둠이 오면

푸른 불빛이 되어 잠 못 드신 엄마 아빠께
자장가를 불러 드릴게요

행여 울적해서 강변에 나가실 때는
꼭 미리 말씀해 주세요

친구들과 함께 마중 나갈 게요

엄마 아빠 가슴속에 보석처럼 빛나는
강물이 되어 우리 함께 지줄대며 흘러서 가요

—'아이들이 보낸 편지' 전문

이승을 떠난 아이들이 고통과 슬픔 속에 잠겨 있는 "엄마 아빠"에게 보낸
편지 형식을 빌렸다. 화자의 목소리에는 이미 초연의 태도가 묻어 있고, 슬
픔의 격정에 몸부림치고 있을 "엄마 아빠"에 대한 위로의 의미가 담겨 있다.
"앞서 떠나는 걸 슬퍼하진 말"라는 것을 전제로 "엄마 아빠"의 삶의 도처에
항상 함께 하겠다는 것이다. '팔랑개비', '종달새', '가슴속의 '그림자', '푸른
불빛', '강물' 등이 되어 삶 속의 어떤 상황에서든 그 상황에 걸맞은 역할을
하면서 항상 가까이 있겠다는 위로의 메시지를 담고 있다.

시인은 이 시를 통해 우주와의 화해를 꾀하고 있다. 다른 시편들에서는 대
개 슬픔과 고통의 심리와 저항과 야유를 표출하는 등 다소 파토스적 격정을
드러내고 있는 데 반해, 이 작품에서는 서정적 감동을 내세운 화해적 몸짓으
로 전향하고 있음을 볼 수 있다.

이 시집은 '세월호 참사' 이후 1년 동안의 추이와 그 슬픈 감정을 예술적으
로 승화시킨 기록이다. 최봉희 시인은 이런 엄청난 재앙 앞에서 시인이 해야
할 일이 무엇인가를 고뇌했을 것이다. 시인이 할 수 있는 최선의 길은 시로
써 함께 울어주고, 시로써 함께 위로하고, 시로써 함께 주장하고, 시로써 함

께 격노하는 수밖에 없음을 깨달았을 것이다.

언어는 원래 주술력을 갖고 있다. 특히 시라는 언어 형식은 그 주술성이 더 강하다. 최 시인은 시를 통해 희생자와 그 가족, 그리고 시인 자신을 포함한 슬픔의 도가니에 빠져 있는 모든 이들을 어루만져주고 싶었을 것이다. 진정으로 슬픔과 고통을 함께 할 때 마음이 녹는 법이다. 그런 의미에서 이 시집은 우리 모두가 공동으로 갖는 위대한 슬픔이다. 그리고 이 슬픈 노래들을 통해 화해와 치유로 나아가는 길이 열리길 염원한다.

과거와의 소통과 따뜻한 화해
—양병호 시집『구봉서와 배삼룡』

재미있으면서 유익하기

양병호 시인의 네 번째 시집이다. 이제까지의 세 시집, 「그러나 짜라투스트라는 이렇게 말했다」(작가정신, 1993), 「하늘 한번 참말로 맑게 반짝이더라」(신세림, 1997), 「시간의 공터」(모아드림, 2004)에서 보여 준 것처럼 그의 시작은 다분히 어떤 특정 영역에 대한 집요한 시적 탐구로 보인다. 지금까지 그의 시적 탐구의 치열성은 여러 편의 연작시에서 잘 드러났다. <그러나 짜라투스트라는 이렇게 말했다>, <카오스이론>, <칙칙폭폭 칙칙폭폭>, <용담기행> 등의 연작시들이 그것이다. 그의 시는 사소한 일상으로부터 철학적 사유를 끌어내기도 하고, 소년기나 청춘 시절의 체험들에 삶의 의미와 가치를 부여하기도 했다. 그의 시적 사유는 자유롭게 허공에 흩어져 날리는 것이 아니라, 마치 탐구 대상을 분야별로 묶어 정리한 학술논문의 그것처럼 대부분 어떤 정신적 개념 안에 비교적 가지런히 배치되어 있었다. 이 시집이 한 영역에 대한 탐구라는 측면에서 보면 기존에 펴낸 그의 시집들에서 드러나는 경향의 연장선상에 있으나, 다른 측면들에서 보면 또 다른 독창적 특성을 지닌다.

먼저 이 시집을 읽으면서 느낀 것은 "재미있고 쉽게 읽힌다."였다. 일반적으로 "문학 작품은 재미있어야 한다. 문학 작품은 유익해야 한다."고 한다. 이를 두고 어떤 이들은 문학 기능에 대한 케케묵은 명제로 치부할지 모른다. 그러나 이건 만고불변의 당위성을 갖는 문학 존재에 대한 원론이며, 어떤 경우에도 이러한 본질적 의미를 부정하기란 매우 어려운 일이다.

하지만 오늘날 현대시의 현실에서 살펴보면 "재미있으면서 유익하기"란 결코 쉽지 않은 것 같다. 특히 현대시의 난해성은 '재미'를 저해하는 가장 큰 요인이며 그동안 독자를 시로부터 멀어지게 하는데 일조해 왔다. 시에서의 난해성을 부추기는 근본은 과거와 전통에 대한 너무 돌연한 태도에서 비롯된다. 즉, 현대시에서는 전통적 사유에서 너무 동떨어진 이미지들이 돌연하게 결합하거나, 도저히 그 뿌리를 헤아릴 수 없는 상징적 어휘들이 시 텍스트의 수면 위를 부유하기도 한다. 이는 모두 모더니즘이라는 이름으로 태어난 현상들이고, 사유의 전통적 흐름을 인위적으로 단절시키는 방편으로 출현된 형식들이다.

이러한 현대시의 풍토에서 "재미있으면서 유익하기"란 더욱 어려운 일이다. 시 텍스트가 지니는 '재미'와 '유익'은 일물양단(一物兩端)이어서 재미있으면서 유익하지 않으면 그건 재미가 아니고, 유익한 것 같지만 재미가 없다면 그건 진정 유익하다고 말할 수 없다. 그런데도 이 시집을 읽는 '재미'는 어디에서 오는 것일까?

'옴니다큐' 시

이 시집에 흐르고 있는 시간은 대개 6, 70년대이고, 공간은 한국의 농촌 (순창)이다. 이 시집의 시편들은 각기 이러한 시공의 영역을 큰 테두리로 하

여 그 안에 담긴 풍정을 시적 진술로 드러내고 있다. 이러한 시간과 공간의
설정은 시인의 기획된 의도에 의한 것으로 짐작된다.

대갈통 떨어지겄다.
긍게, 어린애가 잠 안자고 어젯밤에 뭐혔댜.
담뱃진 냄새 살살 풍기며
더러운 흰 가운 어설프게 걸쳐 입은
이발사 곰보 아저씨 봉분을 다듬듯 벌초를 한다.
라디오에선 흘러간 옛노래 시들시들 앵앵거리고
연탄난로 위의 양동이물 모기 울음소리를 내며 뎁혀지는 사이
금간 유리창 너머 함박눈은 먼지처럼 내려 쌓이고
덩달아 졸음이 마구 쏟아졌다.
가물가물 꿈결에
봉우리에 만년설을 인 유럽의 어느 영산에서
맑고 푸른 계곡물이 철철 사이다처럼 넘쳐흐르고
들킬세라 훔쳐본 선데이서울 화보 속 비키니 미녀의 다리처럼
죽죽 뻗어 올라간 사철 푸른 자작나무 숲속엔
창고 같은 통나무집이 서늘하게 외로웠다.
그곳에 당도해 게슴츠레 살려고 할 때쯤
자, 대가리 깜아야제.
소망이발관 이발사 얼금이 아저씨
빨래비누로 꿈결의 소망을 벅벅 문질러 깨운 다음
잔거품 이는 몽상을 물조리개로 살살 씻어내고
귓가 서늘한 머릿결 흰한 장부로 만들어주었다.
드르륵 미닫이문을 열고
그림과 딴판인 얼룩진 세상에 내려
쌓인 하얀 눈, 길을
발자국 찍으며 어서 빨리 걸어가라고
면도하듯 내보내주었는데.......
　　　　　　　　　　　　　　　—<구미리 소망이발관> 전문

6, 70년대 시골 이발소 모습의 전형이다. 의자에 앉아 졸고 있는 어린애, 봉분을 다듬듯 이발을 하는 얼금이 아저씨, 흘러간 옛 노래 앵앵거리는 라디오, 연탄난로 위의 양동이, 서구 풍경을 담은 액자, 깨진 유리창... 이는 그 시대를 살았던 사람들의 이발소에 대한 대동소이한 경험이고 기억이다. 그는 이러한 추억의 장면들에 카메라 앵글을 들이대어 거기에 포착된 서사적 요소들을 평명하게 하나하나 기록한다. 이 작품에서처럼 그는 항상 단순한 추억에 대한 묘사로 그치지 않고 그 경험 사실에 대한 자신의 해석을 넌지시 드러낸다. 이 작품의 특징은 주인물로 등장하는 '어린애'의 시선을 통해 이발관 내부와 외부, 그리고 이발관 내부에 걸린 그림을 통해 꿈꾸는 세계와 얼룩진 현실 세계를 대비시키고 있는 데 있다. 졸음이 쏟아질 정도의 따뜻한 온도의 이발관 내부와 "함박눈이 먼지처럼 내려 쌓이는" 차가운 외부 공간의 대비, 만년설을 인 산봉우리 밑에 사이다처럼 강물이 흐르고 자작나무 숲 속 통나무집에 대한 풍요로운 몽상과 "얼룩진 세상에 내려 쌓인 하얀 눈, 길을 발자국 찍으며 걸어가"야 할 눈앞의 차가운 현실과의 대비가 그것이다.

이처럼 이 작품은 6, 70년대라는 역사적 시간과 전라북도 순창(구미리)이라는 자연적 공간의 교차점에 존재하는 '소망이발관'에 대한 시적 기록이다. 단순한 묘사적 기록이 아니라, 한 '어린애'가 이발을 하며 소망을 몽상하고, "대가리를 깎"고 세상 밖으로 걸어 나오는 서정적 서사 행위가 들어 있다. 이는 당대의 풍속이며 역사의 강물을 흘러가는 문화현상의 하나다. 이러한 측면에서 이 시는 다분히 '다큐멘터리(documentary)'의 성격을 지닌다.

그의 시에서 이러한 '다큐'는 이 시 한 편에 그치는 것이 아니다. 5부로 구성되어 있는 이 시집은 각 부마다 특성을 가진 옴니버스(omnibus) 형식으로 꾸며져 있다. 가령 앞에 예로 든 작품처럼 동시대의 시간성과 공간성을 지닌 <가을 門 도배>, <초가지붕 잇기>, <다듬질>, <연탄>, <체 내리는 집> 등 제목만으로도 짐작할 수 있는, 지금은 사라지고 없는 풍속들을 '옴니'적 방식으로 배치하였다. 그런가 하면 '구봉서', '배삼룡', '김일', '이미자' 등 당대의 매스컴을 주름잡던 대중적 인물들을 내세워 그 시대를 해석하기도 하고, 지금은 사라지고 없는 '여차장'과 같은 직업의 여성을 등장시켜 당대의 사회의 구조적 모순을 담담하게 보여 주기도 한다. 이런 측면에서 이 시집은 6,70년대 한국 농촌사회의 풍정을 재미있게 보여주는 '옴니버스' 시라고 할만하다.

과거와의 서정적 소통

양병호 시인의 '옴니버스' 시는 특히 비슷한 체험을 가진 독자들에게 아름다운 추억을 일깨워주는 재미와 공감을 준다. 또한 동일 체험과는 동떨어진 젊은 세대 독자들에게는 전통 풍정에 대한 기록이라는 사회사적 의미로서의 가치를 가져다준다. 이와 같은 양병호 시인의 시적 영역은 이를테면 백석 시인의 '고향 공간'이나 서정주 시인의 '질마재' 공간에 비견할만한 독창적 설정이며 발견이라고 할 수 있다. 그가 재현한 시적 공간은 하르트만의 갈래를 빌리면 실재공간을 체험공간으로, 이를 다시 이념공간으로 배치하는 과정을 거치게 된다. 여기에서 중요한 것은 체험공간을 재현할 때 필요한 상상적 능력이고, 독자들은 이 재현이 갖는 철학적 의미에 주목해야 한다. 양 시인의 이와 같은 기획된 시적 공간의 설정은 결국 6, 70년대의 체험공간을 통한 새로운 문화적 전통의 창조라고 할 수 있다.

> 등구당당 등구당당
> 허기 진 겨울밤 알싸한 청무우 깎아먹고
> 쓰린 속 문지르며 하릴없어 잠 청할 때

어머니와 누이가 연주하던 다듬질.
조곤조곤 펄럭펄럭
희미한 알전구 아래
따스한 그림자 율동이
베랑박에 도깨비춤을 추고요.
이따금 외양간 황소도 쇠풍경을 흔들어 적막을 확인하네요.
차랑차랑 자근자근
들쥐 같이 까만 눈을 깜박이며
우리 새끼들은
눅눅하고 퀴퀴한 이불 밑에서
바람 부는 내일을 덮을 까칠한 이불 맛을 꼼지락대며
까무룩 잠이 드네요.

—<다듬질> 중에서

70년대까지만 하더라도 우리 농촌사회의 일상적 모습이었지만 지금은 좀체 볼 수 없는 '다듬질' 풍경이다. 이 작품에서 화자는 '우리 새끼들'이다. 따라서 '새끼들'의 체험으로 드러나는 '다듬질' 소리는 노동이나 작업이 아니라 '연주'로 들린다. 어머니와 누이가 번갈아가며 다듬잇돌에 내리치는 방망이의 율동, 그것이 벽에 비치는 그림자는 영락없는 '도깨비춤'으로 보인다. 이시는 '다듬질'에 대한 묘사뿐만 아니라, '다듬질'이라는 행위를 둘러싸고 있는 겨울밤의 정황도 재미있다. "청무우 깎아먹고 쓰린 속 문지르"는 행위, "이따금 외양간 황소도 쇠풍경을 흔"드는 소리, "사랑방 할아버지 놋쇠재떨이에 담뱃재 터는 소리", "잠 뒤척이며 식구들 몰래 내쉬는 아버지 한숨소리" 등이 어우러져 그 시대 그 공간의 겨울밤 풍정을 보여주고 있는 것이다. 양 시인의 다른 작품들에서도 시적 화자는 대개 이러한 방식을 통해 '그 시대 그 공간'의 풍정을 보여주는 역할을 하고 있다. 이러한 그의 시작 방식은 민족문화의 측면에서 보면 '전통'에 대한 시적 해석이며 재현이라고 할 수 있을 것이다.

T.S 엘리어트의 말을 빌리자면 전통이란 역사의식을 동반하고 있는 것이며, 이 역사의식은 과거를 과거로서 뿐만 아니라 현대에 살아있는 과거로서 의식하는 것이어야 한다고 했다. 또한 직관과 체험의 공간은 항상 실재 공간인 자연 공간의 질서에 바탕을 두고 있기 때문에 시 텍스트에 나타나는 공간도 자연 공간의 질서를 바탕으로 한 변용된 세계이다. 그러므로 시 텍스트의 공간은 작가의 직관 공간을 바탕으로 한 체험 공간의 상상적 재구성이라고 할 수 있다. 따라서 양병호 시인의 추구는 전통의 새로운 창조이며 과거와 현재의 서정적 소통인 것이다.

궁핍과 고통에 대한 따뜻한 화해

그러면 양병호 시인이 추구하는 과거와의 서정적 소통이 지향하는 바는 무엇일까. 그는 단지 시를 통해 그 시대의 전통적 소재만을 재현하고자 한 것은 아니다. 그의 시편들에는 전통적 풍정과 더불어 그 시대의 궁핍한 삶과 거기에서 오는 고통이 잔잔하게 드러나 있다. 그의 시를 이해하기 위해서는 작품 도처에 공통적으로 녹아 있는 궁핍과 고통에 대한 시인의 시적 태도를 눈여겨 볼 필요가 있다. 왜냐하면 이러한 태도를 통해 독자들은 시인의 세계관을 이해할 수 있기 때문이다.

> 찌그러진 양은 냄비에 짜글짜글 라면을 끓여 허름한 허기 달래주던,
> 빵꾸 난 란닝구 닳고 헤진 빤스를 비누 치덕여 새하얗게 빨래 삶아
> 주던,
>
> — <연탄> 중에서

침침한 알전구 아래
허름한 하루의 허기를 마무리하듯
둥그런 소반에 둘러앉아 식구들이 저녁을 먹는다.
일부러 서로 눈도 맞추지 않고
임전무퇴의 자세로
허겁지겁 궁기어린 젓가락질을 한다.
                              —<체 내리는 집>에서

기미 낀 날들이
넝마처럼 바람에 펄럭이고
허기가 일수 찍듯 찾아와
아침부터 저녁까지 인상 쓰고
막걸리 빛 하늘이나 바라보며 살던 세월
                              —<구봉서와 배삼룡> 중에서

   그의 시에서 궁핍은 언제나 '허기'로 드러난다. 그리고 이러한 허기는 예의 시편들에서처럼 "찌그러진 양은 냄비", "라면", "빵꾸 난 란닝구", "헤진 빤스", "침침한 알전구", "허겁지겁 궁기어린 젓가락질", "기미 낀 날들", "넝마", "막걸리 빛 하늘" 등으로 형상화된다. 따라서 그의 시에서 '허기'는 궁핍한 시대에 대한 환유적 장치로 드러나는 것이다. 그렇지만 이와 같은 궁핍, 혹은 가난이 고통과 갈등으로만 남아 있는 것은 아니다. 그것들은 시 속에서 화해하고 자족함으로써 평화로운 마음 상태를 유지하게 한다.
   <연탄>에서는 "만능의 전천후 몸빼 같은 / 연탄이여. / 마침내 하얗게 속 타버린 / 어머니여."라고 하여, 인간(가족)에게 봉사적으로 복무하고 종국에 가서는 하얗게 타버리고 만 '연탄'의 모습을 '어머니'의 모습으로 치환함으로써 고통과 갈등의 세계를 화해의 영역으로 끌어들인다.
   <체 내는 집>에서 화자는 "임전무퇴의 자세로 / 허겁지겁 궁기어린 젓가

락질"을 한 갈등의 결과는 체증으로 이어지고, 이 체증은 여러 가지 민간요법으로도 뚫리지 않는다. 결국 "시장통 적산가옥의 체 내리는 집"을 찾게 되고, 그리하여 "십 년은 묵었을 체증이 거짓말처럼 쑤욱 내려가고 일 년 전에 먹은 돼지비계가 어리둥절 눈물로 반짝"이는 것으로 모든 갈등과 고통이 해소된다.

<구봉서와 배삼룡>에서는 지독한 허기와 모든 억울을 '웃음' 하나로 해소했던 그 시절 민중의 삶을 보여 준다. "웃으면 복이 온다는 허약한 희망 하나로 비실비실 웃으며 배고픈 저녁이 깊어만 갔"고, "매일 밤 웃고 웃어도 와야만 할 복은 기별조차 없는데 흑백으로 단순명쾌한 세상은 빚 독촉하듯 서두르며 출렁출렁 흘러만 갔다"는 것이다. 이처럼 그의 시에서 궁핍한 현실에 대한 고통과 갈등은 다양한 방법을 통해 화해하는 과정을 거치고 있다.

> 와와 가난한 사람들이 물결처럼 일어선다. 환호한다. 넝마처럼 펄럭인다. 정신력의 힘을 주사 맞는다. 어두운 하루가 일순 환해진다. 구질구질한 일상을 맘껏 두들겨 맞으니 후련하다. 울면서 웃는다. 웃으면서 운다. 아지 못할 억울함이 따라서 피 흘린다. 그래도 살아야지. 남루한 삶을 기꺼이 추스른다. 번쩍, 내일을 향해 박치기를 날린다. 모두가 김일이다.
>
> ─<김일> 중에서

> 오라이 탕탕
> 두고 온 고향의 때 절은 식구들
> 새 옷 갈아 입혀
> 태우고
> 씽씽 신작로를 달려 어디론가 멀리 떠나고만 싶었다.
>
> ─<여차장> 중에서

그러니까 확독에 보리쌀 갈아
꺼끄러운 보리밥 먹고 피똥 싸며
흑백 풍경의 살림살이 하던 시절에도
마당가 화단에 색색의 꽃들은 피어났지요.
　　　　　　　　　　　　　－<그리운 화단> 중에서

그 시절엔 '박치기' 특기로 유명한 김일이라는 프로레슬러가 인기였다.
<김일>에서는 대중적 인기를 누리던 이 선수에 대한 이야기를 소재로 다
루었다. 이 시의 화자는 가난한 민중의 고통을 해소하는 방식으로서의 '김일
박치기'를 제시하고 있다. 상대 선수의 가격에 의해 곤경에 빠져 있던 '김일'
선수가 '박치기' 한 방으로 역전하는 구조는 '박치기'에 대리만족하여 "어두
운 하루"를 일순 환해지게 하는 "가난한 사람들"의 고통 해소 방식과 같다.
궁핍한 시대의 민중들에게는 "구질구질한 일상을 맘껏 두들겨 맞"는 데에서
마조히즘(masochism)적 "우련"함을 느끼기도 하지만, 민중들은 삶을 위해
'억울'과 '남루'를 떨치고 "번쩍, 내일을 향해 박치기를 날린다."는 것이다. 그
리하여 가난한 민중은 모두가 역전의 명수 "김일"과 동일시되는 것이다.
　　그때 그 시절엔 '콩나물시루' 같은 만원 버스에 매달리며 온종일을 시달리
던 '여차장'이란 직업의 여성이 있었다. <여차장>에서는 하루하루의 고통
속에서도 항상 두고 온 고향을 생각하며 그 "고향의 때 절은 식구들"을 "새
옷 갈아 입혀 태우고 씽씽 신작로를 달"리고 싶은 '여차장'의 희원을 보여주
고 있다.
　　<그리운 화단>은 그 시절, "확독에 보리쌀 갈아 / 꺼끄러운 보리밥 먹고
피똥 싸며 / 흑백 풍경의 살림살이 하던 시절"에도 마음의 여유가 있었다는
것이다. 그러기에 그 궁핍한 시절에도 화단에 나팔꽃. 채송화, 봉숭아꽃, 나
리꽃, 다알리아, 맨드라미, 달맞이꽃, 물망초를 가꾸어 다투어 피어나게 했
던 것이다. 이것이야말로 궁핍한 시대의 고통을 아름다운 꽃으로 피우는 따

뜻한 화해이다. 그리고 제목에서 '그리운 ～'이라고 한 것에도 의미가 있다. 현재는 그 시절에 비해 물질적 풍요는 이루었으나, 비록 물질적으로 궁핍했지만 정신적 풍요를 상징하는 그 시절의 아름다운 화단이 그립기 때문이었으리라.

이처럼 그의 시에 드러난 궁핍과 고통에 대한 따뜻한 화해는 독자들로 하여금 이 시대의 상징인 '풍요'의 언덕에 서서 저 멀리 타고 올라왔던 그 시대의 가난과 고통의 골짜기를 여유롭게 바라보는 재미를 맛보게 한다.

설화적 인물의 설정과 객관적 시선

이 시집의 시편들이 궁핍한 시절의 과거를 대상으로 하면서도 그 갈등의 고통을 극복하고 화해의 세계를 드러내는 데에는 몇 가지의 시적 장치가 있다. 이 점이 그의 시를 '재미있으면서 유익하게' 만드는 동력일 것이다. 하나는 '설화적 인물'의 설정이고, 다른 하나는 화자의 '객관적 시선'이다. 거기에 덧붙이자면 특유의 '전북 사투리의 구사'라고 할 것이다.

> 매콤 쏘면서도 달큼하게 앵키는 알싸한 그 맛이여라우.
> 푸―욱 썩어서 그러것지라우.
> 시한이면 겁나게 춥고
> 여름이면 또 펄펄 끓어버리는 옥천에서
> 미역도 감고, 밤하늘 별도 헤면서
> 맨날 푸르게만 자랐지라우.
> 아 그러다가 뒤숭숭 바람불어쌓던
> 열여섯 가을에 참말로 바람이 나버렸지라우.
> 맵고 독하고 얼큰하게 바람 들어버렸지라우.

우리는 눈 맞자마자 들이댑다
가마솥에서 뻘뻘 온몸을 달군 다음
아랫목에서 큼큼 뜨겁게 사랑하다가
서까래에 매달려 엄동설한 깡깡 얼었다가
장독에서 소금물에 질끈 절여졌지라우.
글고도 숯과 고추가 오장육부를 다 뒤집어버리데요.
기진해서 인생 포기하고 널브러져 누웠는데
동네 아주메들이 달라들어갖고
이도령 기다리는 춘향이 마음 한 줌
회문산 휘돌아온 서러운 바람도 한 자락
전봉준 이글거리며 타는 눈빛 한 줄기
강천산 흘러내린 옥천물도 한 바가지
동학 때 베잠방이들의 울분과 함성 한 주먹
별빛 머금은 여치 울음소리도 한 가락
섞어갖고 육자배기 부르며 설설 버무립디다.
한 많은 이 세상
썩어 문드러진 이 년을 어르고 달래
붉고 찰지고 알싸하게 앵키는 년으로 맹글어버립디다.
생각해 봉께, 이러코롬 살아온 내도 모진 년은 참 모진 년인갑소.
　　　　　　　　　　　　　　　 －<순창 고추장> 전문

　이 작품은 '순창 고추장'이라는 음식의 특성을 시적으로 형상화한 것이다. 시적 대상인 '순창 고추장'을 모질고 한 많은 인생을 살아온 전라도의 한 여성으로 치환하여, 그 여성이 겪은 삶의 과정을 통해 고추장 제조 과정을 비유적으로 표현하고 있다. 한 여성의 자전적 생애를 자신의 목소리로 진술하게 진술하게 함으로써 남도의 타령이나 민요적 운율을 연상케 한다. 이 여성은 [맨날 푸르게만 자랐던 어린 시절 → 열여섯 가을에 바람이 남 → 사랑에 빠짐 → 온갖 시련을 겪음 → 기진하여 인생을 포기함 → 동네 아주메들에 의해 새로운 모습으로 거듭남]의 과정을 겪는다. 그리하여 현재 이 여성은

"붉고 찰지고 알싸하게 앵키는 년"이 되었다. 이것이 '순창 고추장'의 인생 역정이다. 이 과정에서 주목할 것은 좌절과 포기의 단계에서 거듭나게 될 때의 '동네 아주메들'의 행위이다. 이러한 행위는 일종의 제의적 성격을 가짐과 동시에 갈등과 좌절을 극복하는 화해의 의미를 지닌다. 따라서 그것은 여러 가지 가치 있는 정신 요소—춘향이 마음, 회문산 바람, 전봉준의 눈빛, 동학의 울분과 함성, 여치 울음소리, 육자배기—를 혼융하여 새로운 모습의 인간(고추장)을 만드는 창조적 행위인 것이다.

이처럼 창조된 인물을 화자로 내세워 진술하게 하는 경우도 있지만, 대부분의 그의 시에서 문제적 인물에 대한 진술은 일인칭관찰자의 시점으로 설정되어 있다. 일인칭관찰자 시점의 설정은 갈등보다는 화해를 추구하는 데 더 적합하다고 볼 수 있다. 이 밖에도 그의 시편들에서 설화적 인물의 설정은 '덕천 양반'(아, 긍게), '병석이 아제'(그러면 너무 크고), '떠들양반'(내 말이 그말이여) '머슴'(머슴설화) 등 그의 작품 도처에서 발견할 수 있다. 여기에 덧붙여 구수한 '전북 사투리'의 구사는 더욱 긴밀하고 다정다감한 현실의 정서를 불러 일으켜 준다.

이와 같은 여러 시적 특성과 요인들이 양병호 시인의 작품을 '재미있으면서 유익한 시'로 읽히도록 한 것이다. 앞으로의 그가 추구할 새로운 영역이 벌써부터 궁금해진다.

시적 고독과 해탈

―김해영 론

　김해영은 월간문예지「순수문학」을 통해 등단한 시인이다. 광주 출신으로 조선대 국어교육과에서 문학수업을 했고, 졸업 후 중앙대부속여고 등에서 국어과 교사로 후진 양성에 기여했다. 현재 캐나다에 거주하고 있는 그는 지난 10여 년 동안 주로 벤쿠버문협을 중심으로 활발한 활동을 해 왔다. 2006년에 첫 시집「홀로라도 좋을레라」(월간문학편집부)를 내 놓은 이래 국내의 여러 문예지에 간혹 얼굴을 내밀기도 했지만, 현지 교민 문단에서 더 활약해 온 것으로 보인다. 현지에서 발행된 잡지에 시와 산문(여행기) 등을 꾸준히 연재하여 문명을 얻었다고 평가되기 때문이다.

　현대는 지구촌 시대, 국제화 시대라고 일컫는 글로벌 문화권이 돼 가고 있다. 따라서 한국문학도 국내 문단에만 국한하여 논의하는 시대는 이미 지났다. 이 시대의 한국문학은 남북한의 문학이 주를 이루지만, 일찍이 독자적인 문화권을 유지 발전시켜 온 '연변문학'을 비롯하여, 하와이, 호주, 미주, 남미, 러시아 등 해외 교민 문학을 아우르게 되었다. 이런 측면에서 캐나다에서 활약하고 있는 김해영의 시 세계를 논의하는 것은 의의가 있다고 하겠다.

김해영은 연전에 '유방암' 수술을 받고 '죽음'의 문턱을 넘나드는 지독한 투병 생활 속에서도 시작(詩作)의 끈을 놓지 않았다. 이 글에서 다룬 작품들은 그가 병상에서 쓴 작품들로 그 동안 벤쿠버의 주간지에 연재된 것들이다. 이 글을 통해 육체적 시련과 고통이 시 정신을 어떻게 단련시키고, 그 정신이 어떻게 시적으로 승화되어 표출되는지를 살펴보고자 한다.

몰래 숨어들어
악의 꽃을 피우고
고요한 마음 밭
엉겅퀴덤불처럼 헝클어놓은 놈
탱자가시 울 넘어
늪지대 건너고
너른 초원 지척에서
발목 거머잡는 파리지옥풀 같은 놈

놈을 찾아 나선다

건성으로 쓴 일기 갈피에 꽂힌
헤아리지 못한 마음과
돌보지 못한 시간들이
찔레덤불처럼 아우성치고
무르익지 못한 글 행간에 숨은
송곳처럼 뾰족한 독설과
진리에 닿지 못한 궤변이
파리지옥풀처럼 물고 늘어지는데

어쩔 것인가
악의 씨 뿌렸으니

털복숭이꽃도 품어 다독일밖에

　　　　　　　　　－ <악의 꽃> 중에서

　　이 작품의 제목은 프랑스의 시인 보들레르가 남긴 유일한 시집의 제목과 같다. 보들레르는 자신의 시집 「악의 꽃」을 "세상의 모든 고통을 담아 놓은 사전"이라고 했다. 보들레르는 자신의 인생을 '저주'라고 생각하며 살다 간 시인으로 알려져 있다. 따라서 이 시의 제목은 '고통', '저주' 등의 부정적 의미를 환기한다.

　　이 시에서 '놈'은 암(癌)을 비유적으로 드러낸 것이다. 즉 '트리플 네거티브 캔서'를 의인화한 것이다. 시인의 전기적 사실을 모른다면, 그리고 '트리플 네거티브 캔서'라는 말만 없다면 '놈'은 매우 다양한 상징적 의미로 해석될 수 있는 부분이다. 이 텍스트에서 '놈'의 행위는 다음 몇 가지로 정리된다. 몰래 숨어듦, 악의 꽃을 피움, 고요한 마음 밭을 헝클어 놓음, 발목을 거머잡음 등이다. 화자는 이 지독한 존재를 찾아 나선다. 그러나 이 이미 개화된 '악의 꽃'의 원인은 결국 자신에게 있음을 발견한다. '헤아리지 못한 마음', '돌보지 못한 시간들', '독설', '궤변' 등이 그것이다. 따라서 '놈'을 찾아서 그 죗값을 치르게 하는 것이 아니라 "품어 다독일 수밖에" 없다는 것이다. 이처럼 이 시는 외부에서 잠입한 물리적 현상을 정신적으로 내면화하여 화해에 이르게 함으로써, 파토스(pathos)적 갈등과 격정을 서정적 조화로 변환시켜 놓은 것이다. 이를 가능하게 한 수사적 장치로는 식물성 이미지의 도입을 들 수 있다. "엉겅퀴덤불처럼", "탱자가시 울 넘어", "파리지옥풀같은 놈", "찔레덤불처럼 아우성치고", "파리지옥풀처럼 물고 늘어지는데" "털복숭이꽃도 품어 다독일밖에" 등의 예에서 볼 수 있다.

　　　　가는 혈관에 구멍이 뚫리고
　　　　찬 액체가 전류처럼

몸속을 타고 흐르면
책을 펼쳐 든다 — 히말라야, 40일의 낮과 밤
웅장한 설산이 열리고
어느 새 만년설 위를 맴도는 까마귀가 된다
삶의 종착점은 죽음
깨달음은 결국 죽음에 대한 해탈
철학을 하는 사이
약 주머니 하나가 비고
손과 발에 채워지는 얼음 수갑
동토의 땅에 서있는 듯
빙산에 오른 듯
매운 현실로 돌아와
새로 들어온 이웃을 넘어다 본다

— <병사와 순례자> 중에서

　이 작품은 병실에서의 생활 체험을 그린 것이다. 고통을 견디며 지내는 암 환자들을 '병사와 순례자'로 은유했다. 병사는 병마와 싸워 '죽음을 이기려는' 환자이고, 순례자는 '삶을 철학하는' 환자를 말한다. 화자는 고통을 잊기 위해 잠시 정신적 외출을 한다. 독서를 하면서 그 책 내용 속에 침잠하는 것이다. 책 속의 '설산'은 현실의 '얼음수갑' '동토'와 '빙산'으로 은유화 된다. 특히 '만년설 위를 맴도는 까마귀'가 된 화자는 "삶의 종착점은 죽음", "깨달음은 결국 죽음에 대한 해탈"이라는 철학적 명제를 생각한다. 여기에서 "까마귀"가 환기하는 상징적 의미와 죽음에 대한 화제는 조화를 이룬다. 결국 '죽음'이 문제가 된다.

　'죽음'은 '삶의 종착점'이며, '깨달음은 결국 죽음에 대한 해탈'이라는 것이 김해영이 갈파한 생사관이다. 죽음이 '삶의 종착섬'이라는 인식은 죽음을 '현존재의 종말'로 본 하이데거와 비슷하지만, '죽음에 대한 해탈'을 제시한 점은 죽음에 대해 영원한 자유를 획득한 또 다른 경지인 것이다.

타닥타닥 빗줄기가 새벽을 깨운다
긴 밤 어두운 골목을
누비고 다니는
야경꾼의 얕은 기침소리
저 짙은 절망 끝에는 여명이
혼란의 뒤에는 평온이
기다리겠지
아무도 손 내밀지 않은
절대고독의 문을
옹이 박힌 손으로 또옥또옥 두드린다.

　　　　　　　　　　　　　　　　―<11월의 첫날> 중에서

뱀의 혀처럼 휘감던
방사선이 걷히면
붉은 화인 찍힌 가슴을 안고
방을 나서는데
귀 속에 때 아닌 풀벌레 소리 요란해

고독 바이러스가
도깨비바늘처럼 묻어왔나 보다

　　　　　　　　　　　　　　　　―<절대고독의 방> 중에서

　　값없이 주어지는 건 없다 설한에 허리 짓이기는 아픔을 겪고 청보
리 더욱 푸르르고 매운 바람 후려치고 지나면 홍매화 서러운 진홍빛
꽃망울 틔운다 시베리아 설원에 유형 온 수인이 한 점 까마귀와 소통
의 창을 열고 육신이 바스러지는 고통을 겪어본 영혼이 암흑의 숲을
건너 가까스로 희망의 언덕에 오르듯이

여명의 문은 절망과 고독과 두려움을 견뎌낸 자의 앞에 스스로 열
린다

　　　　　　　　　　　　　　　　　　　　　　　－<문> 중에서

<11월의 첫날>은 전체적으로 고독의 정서가 지배적이다. 화자는 새벽
이 되도록 깨어 있어서 "긴 밤 어두운 골목을 누비고 다니는 야경꾼의 얕은
기침소리"를 듣는다. 그리고 '절망 끝에는 여명이', '혼란의 뒤에는 평온이'
온다는 신념을 갖게 된다. '절망'은 키에르케고르적으로 말하면 '죽음에 이
르는 병'이다. 기독교적 실존주의자인 키에르케고르는 이 병으로부터 치유
되는 것이 기독교인들의 행복이라고 했다. 그러나 김해영은 '절망'의 끝에
'여명'이 온다는 깨달음을 제시한다. 그런데 이러한 '깨달음'은 '절대고독'이
라는 상황 속에서 이루어진 것으로 보인다. '절대고독'은 김현승의 '견고한
고독' 이후에 낸 시집이며, 그 시집에 실린 시 작품의 제목이다. 김현승의 '절
대고독'은 절망적인 고독이 아니라 인생과 시가 완성되어 가는 새로운 자신
의 모습을 재발견하는 계기가 되는 내적 조건을 말한다. 즉 고독은 인간에게
만 있는 인간의 특권이다. 김현승은 <절대고독>에서의 고독은 절망적인
고독이 아니라고 전제하고, 이를테면 '부모 있는 고아와 같은 고독'이며 '고
독을 표현하는 것은 나에게는 가장 즐거운 시 예술의 활동이며, 윤리적 차원
에서 참되고 굳세고자 함이다'라고 했다. <11월의 첫날>에서 "아무도 손
내밀지 않은 / 절대고독의 문을 / 옹이 박힌 손으로 또옥또옥 두드"리는 화자
의 행위에서 김현승이 말한 '굳셈'이 드러난다.
　시인은 방사선 치료실을 <절대고독의 방>으로 인식한다. 치료가 끝나고
이 방을 나서는 화자의 귀에 '풀벌레 소리'가 들린다. 화자는 이를 두고 그 동
안 선녀온 <절대고독의 방>에서 묻어온 '고독 바이러스'로 치부한다. 이러
한 '고독'의 과정을 거친 후에야 비로소 깨달음을 얻게 되고 희망의 빛이 내

리 쬐는 새로운 세계로의 이행이 가능하다. <문>에서처럼 "육신이 바스러지는 고통을 겪어본 영혼이 암흑의 숲을 건너 가까스로 희망의 언덕에 오르듯이 // 여명의 문은 절망과 고독과 두려움을 견뎌낸 자의 앞에 스스로 열린다."는 깨달음에 다다른 것이다.

어머니 자궁 같은 고치 속에서
누에는
고운 꿈을 꾼다

하얀 나비가 되어
초록 배추 잎새를 뒤적이는 꿈,
잠자리 날개를 달고
붉은 꽃술을 넘나드는 꿈,
알록달록 무당벌레 되어
하늘한 창포 줄기에 대롱이는 꿈

넉 잠을 자고
내려오는
누에의 꽁무니에
눈부시게 흰 소망이 하늘까지 닿아있고
섶에는
쪼글쪼글한 허물만 남아있다

                         — <섶을 내려오며> 중에서

누워 있는 건
아픔이 오기만을 기다리고 있는 게다
관절을 파고드는 송곳 아픔이
정강이 아래로

물처럼 흘러간다

바람에
육신이 풍화되는 걸
냉연히
바라 본다

                                    ―<육탈> 중에서

<섶을 내려오며>에서 '섶'은 항암치료실을, '누에'는 환자를 은유한다.
누에가 섶에서 뽕잎을 받아먹고 넉 잠을 자고 나서 섶에서 내려오는 것처럼
환자는 항암치료실에서 항암치료제 주사를 맞으며 긴 잠을 자고 치료실에
서 나온다. 누에의 고운 꿈으로 표현된 장면은 환자의 소망을 비유적으로 표
현한 것이다. 그리고 이 작품의 시점은 '누에'를 주인공으로 채택하는 3인칭
이다. 이는 항암의 고통을 객관화하여 감정을 서정적으로 순화하는 기능을
한다.

<육탈>은 1인칭 시점이지만 그 시선은 '초탈'에 해당한다. 화자는 아픔
을 예견하여 기다리며, "관절을 파고드는 송곳아픔이 / 정강이 아래로 / 물처
럼 흘러간다"고 담담히 진술하고 있기 때문이다. 그러나 이 고통이란 '육신
의 풍화'로 표현되는 엄청난 것이지만, 이 고통을 '냉연히' 바라본다고 한다.
이를 '냉연히' 바라본다고 한 시적 진술은 고통 자체를 객관화한 극복 정신
의 표출이라고 할 수 있다.

드라이브 5분 거리를
50분 걸려 걸어가고
종아리가 터질 것 같은 비행기 대신
굼시렁거리는 열차를 타고 가며
손뜨개질을 한다

정 없는 전자메일을 끊고
크리스마스 카드와 연하장을 띄우며
그리운 이들을 그리워한다

─<그날 이후> 중에서

쉰다섯 살고서
인생사 초월한 듯 거드름 피우다 만난
뜻밖의 손님
스승으로 맞아
면벽하고 동안거에 든다

육신을 무간지옥에 떨군 영혼이
무한 천공을 자유로이 나닌다

─<영혼의 자유> 중에서

<그날 이후>는 삐에르 상소의 '느림의 미학'을 떠올리게 한다. 삐에르 상소는 "시간에 쫓기고 시간의 노예가 되어버린 현대인이 자유로워지기 위해서는 느림의 미학을 배워야 한다."고 했다. 그의 '느리게 산다는 것의 의미'는 세찬 강물이나 무서운 회오리바람 속에서도 휩쓸리지 않고 자신만의 리듬을 잃지 않는 것이다. 그러기 위해서는 매일 되풀이되는 '하루'의 분주함이 아니라 '하루'의 감성적이고 시적인 형태를 포착하여야만 한다. 이것이 바로 빠른 현대 리듬 속에서도 굼뜨게 사는 능력이다. <그날 이후>에서 화자는 자동차 대신 걷고, 비행기 대신 열차를 탄다. 그리고 손뜨개질을 하고 전자 메일 대신 그리운 이들에게 카드와 연하장을 손수 써 보낸다. 이 시에서의 이런 행위들은 단순히 느리게 사는 것이 아니라, '그날 이후'라는 시간적 전제를 달고 있다. '그날'은 바로 격정의 시절에서 '절대고독'의 과정을 거쳐 '깨달음'을 얻은 시점으로 추측된다.

<영혼의 자유>에서 50대 중반을 넘기던 시절에 찾아 온 '뜻밖의 손님'은 암이라는 무서운 병이다. '손님'이라는 은유는 이 병을 두려워하고, 저주하고, 분통해 하고, 원망하는 게 아니라 오히려 마음을 진정시켜 숙명으로 받아들이는 태도이다. 더욱이 이를 '스승'으로 맞아 면벽 수행하는 '동안거'에 들게 된다는 것은 '죽음에 대한 해탈'의 경지라고 할 수 있다. 죽음이라는 구속에서 벗어나 영혼의 자유를 얻은 경지에 다다랐다고 여겨지기 때문이다.

무념무상의 법열이
파도처럼 남실거리는
해탈의 바다에

번민의 굴레를 벗은 민달팽이
온몸을 던진다
　　　　　　　　　　　　　　　―<바다로 간 달팽이> 중에서

머언 먼 옛날
우주가 어머니 자궁처럼 물에 찰랑일 제
고동을 지고
온 바다를 헤엄쳐 다니던 소라의 기억
실낱같이 남아있는
유전자 속 그 기억을 헤집으며
해캄내 따라
더듬더듬 바다를 찾아가는 길이거든
소망을 걸망에 지고
느릿느릿
본향으로 돌아가는 중이거든
　　　　　　　　　　　　　　　―<달팽이의 꿈> 중에서

두 시편에 등장하는 '달팽이'는 시인의 표상이다. '달팽이'는 앞에서 언급한 바 있는 '느림의 미학'을 몸소 실천하는 존재이다. 그리고 이 달팽이가 지향하는 곳은 '해탈의 바다'다. "무념무상의 법열이 / 파도처럼 남실거리는 / 해탈의 바다"인 것이다. 그리고 '번민의 굴레'에서 벗어난 달팽이는 이 바다에 몸을 던진다. 이는 자아와 세계가 '해탈'이라는 정점에서 합일을 이루고 있음을 드러낸 것이다.

<달팽이의 꿈>에서 달팽이는 "유전자 속 그 기억을 헤집으며" 바다를 찾아 간다. 유전자 속 기억이란 '우주가 어머니 자궁처럼 물에 찰랑일 제'의 것이다. 그 기억 따라 '느릿느릿' 돌아가는 본향은 '바다'이고 그것은 결국 영원한 자유가 살아있는 해탈의 경지인 것이다.

김해영의 시가 궁극적으로 다다른 곳은 '바다'다. 그곳에 다다르기 위해서는 무서운 고통과 길고 긴 고독의 터널을 지나야 했다. '유전자 속 기억을 찾아' 달팽이의 속도로 지나가는 그 시간적 과정이 가치 있는 삶이라는 걸 제시해 준다. 이역만리 땅에서 교민으로 살면서도 그의 시는 항상 유년의 추억 공간, 한국의 전형적 농촌 체험에 뿌리를 두고 있듯이 그가 도달하고자 하는 '바다'는 인간의 본향이요, 영혼을 자유케 하는 이상향이다.

'사랑'의 확장과 변주
─ 임원식의 새 시집 『매화에게 묻다』에 붙여

'사랑'은 예술의 영원한 주제일까. '사랑'이라는 단어를 국어사전에서 찾아보면 6개의 의미를 제시하고 있다. "어떤 사람이나 존재를 몹시 아끼고 귀중히 여기는 마음.", "어떤 사물이나 대상을 아끼고 소중히 여기거나 즐기는 마음.", "남을 이해하고 돕는 마음.", "남녀 간에 그리워하거나 좋아하는 마음." "성적인 매력에 이끌리는 마음.", "열렬히 좋아하는 대상." 등이 그것이다. 이처럼 사랑의 사전적 의미만도 매우 다양하고 그 범주도 아주 넓다. 흔히 기독교에서 말하는 '박애(博愛)', 불교의 '자비(慈悲)', 공맹(孔孟)의 '인의(仁義)', 묵자의 '겸애(兼愛)' 등도 결국 '사랑'의 다른 표현일 따름이다.

특히 공자의 '인'은 다른 종교나 사상에서 부르짖는 '무차별애'에 반하여 자신과의 원근을 따져 사랑의 깊이와 방법을 달리해야 한다는 '차별애'이다. 유교에서 말하는 '사랑'이란 가장 가까운 관계의 실천에서 점차 그 궤를 확산해 가야지, 가까운 관계에서조차 참다운 사랑을 실천하지 못한다면 더 큰 사랑을 실현하는 것은 결코 불가능하다는 것이다. 가장 가까운 관계의 사랑은 자신을 낳아서 길러주신 부모에 대한 사랑(孝)을 가리킨다. "곧은 도리로써 원수를 갚고, 은혜로써 은혜를 갚아야 한다.(以直報怨以德報德)"거나, "사랑을 행하고 남은 힘이 있으면 그때 글을 배워라.(行有餘力則以學文)"라거나 "자신을 닦고 가정을 추스른 후에 천하를 다스릴 수 있다.(修身齊家治國平天下)"라고 한 것도 모두 같은 맥락에서 이해할 수 있다.

임원식 시인은 지금까지 15권의 시집을 펴냈다. 그의 시는 일상적 생활 속에서 만나는 존재와 사건들을 아주 쉬운 시적 언어로 형상화하고 있는 것이 특징이다. 그런데 그의 수많은 시편들의 저변을 관통하는 사상을 한 마디로 말하면 '사랑'이라는 단어로 함축할 수 있을 것이다. 그가 시를 통해 노래하는 '사랑'은 연애 감정을 담은 이성 간의 로맨스가 아니라, 인간 존재의 원초적인 사랑을 담고 있다. 그 사랑의 대표적 표상이 '어머니'이다. 지금까지 발표한 그의 대표적인 작품 중에는 어머니에 대한 사랑을 주제로 한 작품이 참으로 많다. 얼른 보아도 「당신의 탓밭」, 「어머님의 그림자」, 「하늘로 부치는 편지」, 「나의 어머니」, 「다림질하는 여인」, 「어머니의 눈물」, 「어머니의 텃밭」, 「어머니의 베틀소리」 등 가편들이 눈에 띈다. 이번 시집에서도 역시 마찬가지다.

아카시아 꽃피는 때가 되면
어머니는 호미와 망태기를 들고
갯벌로 나가시었다

썰물이 진 갯벌은
열발 사랑게, 짱뚱이, 갯지렁이, 바지락, 낙지……
흙을 뒤지고 먹잇감을 찾아
부지런히 몸을 놀리는
갯것들의 세상이 된다

어머니는 조개를 캐고
바위에 붙어있는 석화를 따고
작은 게들도 잡아다가
풋나물 된장 더불어
풍성한 밥상을 차려주셨다

주인 없는 바다는
갯마을 어머니들의 또 하나의 텃밭
씨 뿌리고 가꾸지 않아도
갯벌은 먹거리들의 곳간
저녁노을 지고 오시는
어머니가 계시다

                        —「갯벌텃밭」 전문

갯벌에서 종일 일하시던 어머니의 모습을 그린 작품이다. 아카시아 피는
계절이 오면 어머니는 일찍이 "호미와 망태기를 들고 / 갯벌로 나가시었다"
가, "저녁노을 지고 오시"는 것이 하루의 일과가 된다. 어머니가 하루를 보내
는 공간은 '갯벌'이다. 이 공간에서의 어머니의 행위는 "조개를 캐고 / 바위
에 붙어있는 석화를 따고 / 작은 게들"을 잡는 일이다. 이것은 흔히 농촌에서
어머니들이 텃밭에 무, 배추, 파, 고구마, 감자 등을 길러 수확하는 행위와 같
은 노동에 해당한다. 따라서 '갯벌'은 어머니에게는 '또 하나의 텃밭'이 된다.
어머니의 텃밭 가꾸기는 결국 시인에게는 "풋나물 된장 더불어 / 풍성한 밥
상을 차려주"시던 추억으로 남아 있다. 어머니의 노동 행위 끝, "저녁노을을
지고" 와서 그것으로 만들어 준 '밥상'은 어머니의 사랑이었으며, 그것을 시
간이 얼마나 흐른 후에 다시 회억하는 일 또한 시인이 보내는 어머니에 대한
지극한 사랑의 메시지인 것이다.

어머니가 무쳐주는
봄동 나물은
보리밥과 더 잘 어울려
가을배추보다
더 달았다.

이름도 시골 계집애 같고
생긴 것도 못났지만
잘 익은 배추김치보다
풋풋한 봄동 나물 먹고 싶다
어릴 적 고향 흙 냄새가 나는

—「봄동」중에서

어머니가 해주시던
무명설빔을 갈아입듯
나무들이 모두 소복을 하고 있다

나무가 부럽다
한 겨울에도 꽃을 피우다니?
나도 나무가 되고 싶다
눈꽃이라도 한번 피워보는

—「눈꽃」중에서

「봄동」에서 화자가 "풋풋한 봄동 나물 먹고 싶다"고 한 것은 어머니에 대한 그리움이다. "잘 익은 배추김치"로 상징되는 현재의 처지에서 이보다는 훨씬 과거의 어느 시간에 쌓아두었던 경험의 시간을 재생해 내는 것이다. 그것은 "어머니가 무쳐주는 / 봄동 나물"이다. '봄동 나물'이 환기해 내는 것은 곧 어머니와 함께했던 아득한 과거의 시간이다. 그리고 그 과거의 시간, 즉

'봄동 나물'은 어머니에 대한 사랑의 시적 상관물인 셈이다.

　「눈꽃」은 눈이 내려 나무 위에 흰 꽃처럼 하얗게 얹혀 있는 모습을 표현한 말이다. 그런데 화자는 이를 보고 먼저 "어머니가 해주시던 / 무명 설빔"을 떠올린다. 화자에게 '눈꽃'은 설날이면 새 옷으로 갈아입었던, 어머니가 손수 만들어주신 하얀 무명옷으로 은유된다. 화자는 "한 겨울에도 꽃을 피우"는 "나무가 부럽다"고 한다. 그래서 "나도 나무가 되고 싶다"고 되뇐다. 나무가 되고 싶어 하는 욕망은 나무가 되어 "눈꽃이라도 한번 피워보"고자 한 것이다. 이 시에서는 "눈꽃이라도"라는 시어는 큰 의미를 담고 있다. 다시 말하면 나무가 '눈꽃'을 피우는 일은 화자에게는 어머니가 만들어 주신 '무명 설빔'을 입는 일이기 때문이다. 따라서 "눈꽃이라도"는 이제 다시는 '어머니의 설빔'을 입어볼 수 없지만, 나무가 되면 눈꽃을 피워 마치 "무명 설빔"을 입은 듯이 어머니의 따스한 손길을 느끼고 싶다는 것이다. 그것은 그렇게라도 어머니에게 다가가고 싶은 임 시인의 마음인 것이다.

> 홑겹 옷으로
> 모진 겨울 남해 갯바람을
> 잘도 견디시던
> 어머니
>
> 어린 자식들 앞에서
> 잃지 않던 그 웃음
> 어쩌면 매화꽃
> 아니던가요.
>
> 박가분 한 통 없어도
> 어머니 얼굴에서
> 나던 땀 냄새

눈바람 이기고 피는
매화 향기였어요.

이제 알겠어요
왜 봄이 오기 전에
섬진강 매화나무들이
나를 불러내는지를
왜 매화나무가
조선의 어머니들의
옛모습인가를.

—「매화에게 묻다」 전문

매화를 통한 어머니에 대한 그리움을 표명한 작품이다. 임 시인은 매화를
보고 어머니를 환기해 낸다. 즉 매화의 모습에서 어머니를 발견한 것이다.
온갖 생활의 어려움 속에서도 그 고통을 감내하고 "어린 자식들 앞에서 / 잃
지 않던 그 웃음", 그 어머니의 웃음은 '매화꽃'의 모습으로 치환된다. 그리
고 "어머니 얼굴에서 / 나던 땀 냄새"는 '매화 향기'로 은유된다.

한 겨울 추위를 견디면서도 아름다운 자태를 보여주는 매화에서 "홑겹 옷
으로 / 모진 겨울 남해 갯바람을 / 잘도 견디시"면서도 항상 '웃음'을 보여주
시던 어머니 모습을 보았기 때문이다. 그래서 시인은 "박가분 한 통 없어도 /
어머니 얼굴에서 / 나던 땀 냄새"와 "눈바람 이기고 피는 /매화 향기"를 등가
(等價)의 후각으로 인식한 것이다. 어머니에 대한 사무치는 그리움을 지닌
시인은 겨울 추위의 질곡 속에서 아름답게 피어나는 매화의 자태에서 아득
한 추억 속의 어머니의 '웃음'을 보고, 그 매화의 그윽한 향기에서 '어머니 얼
굴에서 나던 땀 냄새'를 맡을 수 있는 것이리라.

이 시의 화자는 '어머니'에 대한 그리움에 끌려 '섬진강 매화나무'의 부름
을 받지만, '매화'를 사적 차원의 '어머니'로 인식하는 것으로만 끝나지 않는

다. 이 시에서 '매화'는 개인의 '어머니'에서 '조선의 어머니'로 그 의미를 확
장하고 있음을 볼 수 있다.

> 학교 갔다 돌아오면
> 텃밭에서 땀에 젖은 얼굴로
> 맞아주시던 내 어머니,
> 아니 1980년 5월
> 금남로에서 아들을 찾아 헤매던
> 광주의 어머니 모습도 떠올린다
>
> 어머니는 사랑이다
> 평화다 자유다
> 십자가에서 부활하신
> 예수 그리스도이고
> 마리아 상像이다
> 책상 위에 오신 어머니는
> 나의 기도 속에 살아계시다
>
> ─「어머니 상」 중에서

　이 시는 자신의 책상 위에 놓여 있는 최규철 조각가의 작품 <어머니 상>
을 소재로 쓴 것이다. 앞에 인용한 「매화에게 묻다」에서 개인의 사적인 어머
니에서 '조선의 어머니'로의 의미 확장을 보여주었던 것처럼 이 시에서도 '어
머니'의 의미적 확산 내지는 확대를 엿볼 수 있다. 이 조각 작품을 보고 처음
떠오르는 이미지는 시인 자신이 체험한 "학교 갔다 돌아오면 / 텃밭에서 땀에
젖은 얼굴로 / 맞아주시던 내 어머니"이다. 이 어린 시절 '내 어머니'의 이미지
에는 금세 "1980년 5월 / 금남로에서 아들을 찾아 헤매던 / 광주의 어머니"의
모습이 오버랩된다. 그리고 여기에 그치지 않고 '광주의 어머니'는 '예수 그리
스도'와 '마리아'로 표상되는 종교적 어머니로 전이된다. 그래서 시인에게 '어

머니'의 이념적 사상적 의미는 '사랑'과 '평화', 그리고 '자유'인 것이다.

> 옷장에 새 옷이 없을까마는
> 명품 브랜드가 붙은 옷보다도
> 아내의 사랑의 바느질이 들어있는
> 낡은 옷이 더 값지다
>
> 어머니는 낮에는 밭일 하시고
> 저녁이면 석유 등잔불 밑에서
> 양말이며 헤진 옷 등을
> 밤을 늦도록 꿰매고 계셨다
>
> 모자도 운동화도
> 어머니의 손이 가면
> 모두 새것이 되어
> 학교길이 더 즐거웠다
>
> 아내가 꿰매준
> 셔츠 바람에
> 오늘도 풍암호숫길이
> 한결 시원하다
>
> ─「아내의 바느질」 중에서

이 시에서 시인은 "아내가 꿰매준 / 셔츠"를 입고 산책을 한다. "명품 브랜드가 붙은 옷보다도 / 아내의 사랑의 바느질이 들어있는 / 낡은 옷이 더 값지다"고 한다. 그런데 이 "아내의 사랑의 바느질"의 내면에는 세월 저 편으로 흘러가버린 '어머니'의 시간이 들어있다. 즉 아내의 바느질에 깃들어 있는 사랑에는 어머니의 바느질도 겹쳐 있는 것이다. 그래서 "어머니는 낮에는 밭일 하시고 / 저녁이면 석유 등잔불 밑에서 / 양말이며 헤진 옷 등을 / 밤을 늦도록 꿰매고 계셨다"고 술회하고 있는 것이다. "모자도 운동화도 / 어머니의 손이 가면 / 모두 새것이 되어 / 학교길이 더 즐거웠"던 유소년 시절의 추억을 떠올린다. 이처럼 그의 어머니에 대한 사랑은 아내에 대한 그것과 동일시되는 것이다. 따라서 그의 시에서는 아내에 대한 사랑도 어머니에 대한 사랑과 같은 방식으로 용해되어 드러난다.

아내가 집을 비우고
나 혼자일 때
나는 미아가 된다

오십 년 넘게
꼬박 아내의 손으로 해주는
밥을 먹고
커피며 물까지도
앉아서 받아 오다가
아내가 바깥일을 보러 간 날은
나는 쫄쫄 굶어야 한다

남들은 손수 밥도 짓고
반찬도 만들고
라면도 잘 끓인다는데
아내는 내게 그런 것을
가르쳐 주지 않았고
나도 배울 생각을 못했던 터라
끼니 걱정을 해야 한다

문밖에만 나서면
음식점들이 있으니
무슨 걱정이냐, 하겠지만

왠지 아내가 곧 돌아와서
밥을 차려줄 것 같아서
혼자 서성대고 있다
—「아내의 자리」 전문

　시인에게 아내의 부재는 자신을 '미아'로 만든다. 기실 타자가 자신을 '미아'로 만드는 것이 아니라, 자신이 스스로 자신을 '미아'로 인식하는 것이다. 이러한 인식의 바탕에는 '아내'와 '어머니'를 동일시하는 아내에 대한 믿음과 사랑이 뿌리를 내리고 있다. "오십 년 넘게 / 꼬박 아내의 손으로 해주는 / 밥을 먹고 / 커피며 물까지도 / 앉아서 받아" 먹는 자신의 아내에 대한 태도는 유소년 시절의 어머니에 대한 태도와 동일하다. 그래서 시인은 어머니의 부재처럼 아내의 부재를 견디지 못하고 안절부절 못해한다. "왠지 아내가 곧 돌아와서 / 밥을 차려줄 것 같아서 / 혼자 서성대고 있다"고 한 것은 아내가 부재한 공간을 심리적으로 극복하고자한 자신의 행위에 대한 언술이다.

자식 자랑은
팔불출이라 한다는데
내 아내는 두 아들 두 딸을
효자 효녀라고 한다

가르칠 만큼 가르쳤고
배울 만큼 배웠으니
크게 엇나가는 일 없고
속 썩이는 일 없으니
지어미 눈에는 대견할 밖에

그런데 나는 아이들이
효자 효녀인지는 모르지만

다만 한 가지
내 아내가 효모孝母라는 생각이 든다

먹을 것이 생기면
그저 아이들에게 줄 것부터 챙기고
한 푼 돈이라도 손에 쥐면
아이들 손에 쥐어줄 생각부터 한다
왜 현모賢母라는 말은 있어도
효모(孝母)라는 말은 없을까
세상의 어머니가 다 그렇겠지만
분명코 내 아내는 효모이다

─「효모 孝母」 전문

어버이와 자식 간의 사랑은 '내리사랑'이 있고. '치사랑'이 있다. '내리사랑'은 '자(慈)'고 '치사랑'은 '효(孝)'다. 우리 속담에 "내리사랑은 있어도 치사랑은 없다."는 말이 있다. 윗사람이 아랫사람을 사랑하기는 해도 아랫사람이 윗사람을 사랑하기는 좀처럼 어렵다는 뜻이다. 그래서 유교에서는 그 어려운 '치사랑', 즉 '효(孝)'를 강조하여 권장하고 있는 것이다. 그런데 시인은 "먹을 것이 생기면 / 그저 아이들에게 줄 것부터 챙기고 / 한 푼 돈이라도 손에 쥐면 / 아이들 손에 쥐어줄 생각부터" 하는 아내의 자식 사랑에 '효(孝)'의 의미를 붙이고자 한다. "세상의 어머니가 다 그렇겠지만 / 분명코 내 아내는 효모이다"라고 하여 아내의 자식에 대한 사랑이 남다르다는 것을 강조한다. 이것은 아내에 대한 시인 자신의 사랑의 시선이다. 아내의 '사랑'에서 '어머니'의 사랑을 느낄 때 비로소 가능한 경지인 것이다. 그래서 시인은 '효모(孝母)'라는 조어를 만들어 '자애(慈愛)'와 '효(孝)' 의미를 동일시한, 보다 확장한 개념으로 사용하고 싶은 것이다.

장미를 보면 얼굴이 장미가 되던
아내가 떠올라
오늘은 장미가 밉다

─여보 미안해!
나도 모르게 입속말을 한다

장미에게 묻는다
아내가 건강한 모습으로
여기 올 때까지 시들지 않겠느냐?고
장미는 그저 웃고 있다
오늘은 아내의 병실에
장미를 꽂아주어야겠다

　　　　　　　　　　　　　　　─「장미에게 묻다」 중에서

서울 성모병원에서
아내가 대장암이라는 진단이 나왔을 때
하늘에서 검은 장막이 내려온 것 같은
캄캄한 절망 속에
이건 아니라고 마음속으로 부르짖으며
다만 기도할 밖에
제가 할 수 있는 일이 없었습니다

그리고 여섯 달
아내가 병과 싸우는 동안에도
저와 저의 가족들은
한시도 기도를 내려놓지 못했습니다
홍해를 가르는 모세의 지팡이처럼
기도의 손이 닿았던가요
거짓말처럼 아내의 몸속이

깨끗해졌습니다

감사합니다
저의 기도는 지금부터 시작입니다
　　　　　　　　　―「아내를 위한 기도」 중에서

앞에서 살펴 본 「매화에게 묻다」에서 '매화'를 보고 '어머니'를 환기한 것처럼 이 작품 「장미에게 묻다」에서는 '장미'를 보고 '아내'를 환기해 낸다. 시인에게 장미의 모습은 곧 '아내'의 얼굴로 치환되는 존재이다. 화자는 "오늘은 장미가 밉다"고 한다. 왜냐하면 '병실'에 있는 '아내'를 떠올리게 하기 때문이다. 그리고 장미에게 묻는다. "아내가 건강한 모습으로 / 여기 올 때까지 시들지 않겠느냐?"는 것이다. 이 물음은 아내의 빠른 쾌유를 기원하는 자신의 마음이요, '건강한 모습'으로 다시 올 것에 대한 스스로의 믿음이다. 그 기원과 믿음의 상징은 '아내'의 병실에 '장미'를 꽂아주는 행위로 나타난다.

시인은 절망의 낭떠러지 앞에 서게 되었을 때, 혼돈의 늪에 빠져 허우적거릴 때 '신앙'이라는 든든한 가지를 붙잡는다. "아내가 대장암이라는 진단이 나왔을 때 / 하늘에서 검은 장막이 내려온 것 같은 / 캄캄한 절망 속에 / 이건 아니라고 마음속으로 부르짖으며 / 다만 기도할 밖에 / 제가 할 수 있는 일이 없었습니다"라고 한 것처럼 자신이 할 수 있는 것은 오직 '기도'밖에 없었다고 회상한다. 이 기도의 결과는 놀라웠다. "홍해를 가르는 모세의 지팡이처럼 / 기도의 손이 닿았"는지 "거짓말처럼 아내의 몸속이 / 깨끗해"진 것이다. 이러한 '기도'라는 형식도 결국은 '어머니'의 '사랑'이 그 원형이라고 할 수 있다. 이 원형은 다른 상징적 존재로 그려지기도 한다. 가령 "어릴 적 동산에 올라 / 떠오르는 한가위 달을 보며 / 공부 1등하게 해달라고 / 빌었던 ㄱ 달이 // 이혼해를 지나서 / 아내의 암세포를 / 말끔히 씻어주고 떠오른 것이다(「슈퍼 달 뜨다」)라는 시적 언술에서처럼 한가위 달, '슈퍼 달'로 떠오르기도 한다.

어머니의 두 손이
들어 있고
아내의 가슴이
들어 있고
아이들의 눈빛이
들어 있고

나의 기도 속에는
용서라는 말이 있고
은총이라는 말이 있고
이웃들이 있고
친구가 있고
문학이 있고

내가 살아온 날들이 있고
남은 목숨이 있고
아직도 버리지 못한
욕망이 있고

— 「나의 기도 속에는」 전문

'사랑'이 신앙의 차원으로 승화된 이후에는 자아와 더불어 존재하는 모든 관념들이 '기도' 안에 융합되어 있다는 것을 임 시인은 스스로 자각한다. 임 시인의 기도 안에는 "아내의 두 손"과 "가슴", 그리고 "아이들의 눈빛"이 들어 있다. 또한 "용서", "은총"이라는 '사랑'의 관념이 들어 있다. 그리고 거기에는 또 "이웃", "친구", "문학"이 있다. 그런가하면 "내가 살아온 날들"(과거)과 "남은 목숨"(미래)라는 시간도 '기도'의 범주 안에 존재한다. 마지막으로 "아직도 버리지 못한 / 욕망"마저도 거기에 있다는 것도 고백한다. 이처럼 과거와 현재와 미래를 관통하는 시간적 계기 위에서 시인을 둘러싸고 있는 모든 '사랑'의 대상들은 '기도' 안에 수렴된다.

　임원식 시인이 시를 통해 구현하고자 하는 것은 궁극적으로 '사랑'이다. 그의 '사랑'은 육체와 영혼의 차원에서 가장 가까운 존재인 '어머니'로부터 발현하여 사회와 나라, 그리고 우주 삼라만상에 대한 신앙적 세계로까지 확장되고 승화된다.

상처 속에 피어나는 사랑의 꽃
─허갑순 시집 『상처도 사랑이다』를 중심으로

현대시는 매우 다양한 갈래로 변전되어 왔다. 근대 초기의 시와 비교하면 형태는 물론이고 그 소재나 대상, 감정의 영역도 매우 복잡해졌다. 정형시에서 자유시로, 자유시에서 산문시로 변전하는가 하면 포스트모더니즘 시에서는 형식 자체를 뚫어버리거나 무너뜨리기도 한다. 내용의 측면에서도 복잡한 현대인의 심리만큼이나 실타래처럼 얽히고설킨 의미와 감정이 표출되어 있기 일쑤이다. 그렇지만 아직도 시가 지니는 정체성의 핵심은 '서정'에 있다. 본래 서정이란 자연과 인간의 화해적인 관계 속에서 드러나는 조화로운 감정의 산물이다. 서정의 세계에서는 자연과 인간은 구별되지 않은 존재이며, 시란 언어라는 도구로 구현한 서정의 세계와 다름없다. 자연을 타자로 인식하지 않고 자아와 동일시하는 것, 이것이 시가 가지고 있는 서정 세계의 특질이라고 할 수 있다. 언어 예술로서의 시가 가진 가장 뚜렷한 특성은 비유적 언어로 드러난다. 비유의 세계는 다양하고 복잡하지만 한 가지 분명한 것은 사물과 인간, 사물과 관념, 사물과 사물 등 자연 속에 존재하는 구상, 추상을 막론하고 각종 존재들끼리의 결합 원리라는 점이다.

허갑순의 시는 존재들의 결합이라는 측면에서 매우 참신하다. 어떤 경우에는 존재와 존재들의 돌연한 결합으로 인해 예상을 벗어난 충격을 주기도 한다. 세상의 모든 존재들은 시간과 공간이 교차되는 지점에 비로소 모습을 드러낸다. 시 텍스트 안에서의 존재들도 마찬가지이다. 하르트만의 공간 인식을 바탕으로 바라보면, 공간이란 실재하는 공간이 시인의 인지 과정을 거치면 체험 공간이 되고, 이 체험 공간이 작품 안에 재구될 때 이념 공간으로 거듭나면서 의미와 정서의 무게를 갖게 된다. 이 때 체험 공간을 이념 공간으로 전이할 수 있는 가장 중요한 동인은 상상력이다. 흄은 상상력을 기억과 이성과 그리고 감각과 대조시켰고, 경험과 판단과 그리고 오성과도 대조시켰다. 왜냐하면 상상력은 이러한 것들이 근거하는 바탕이기 때문이다. 허갑순의 상상력은 늘 두 개의 상반된 공간을 설정하고 그 공간과 공간에서 존재하는 것들의 소통과 단절에 주목한다.

저, 가게 문이 닫힌다.
아무도 보이지 않는데 저 혼자
스르르 목숨 끈을 놓아버린다.
그래,
오늘은 이것으로 끝을 내는 거다
종일 가슴앓이를 하던 사랑을 놓아주는 거다
핏덩이 째 그리워하게
불안한 가지들을 잘라내는 거다
흔적 없이 왔다가 가도 생은 자꾸
뻘밭에 제 발목을 적시고
핏물로 고이는 저녁,
차갑고 무겁게 파고드는 눈물
독초로 피었다가 그새 허물어지고 마는

저 붉은 생채기
탱탱하게 부풀어 오른 핏줄이 아프다.
상처가 붉게 타오를수록 맹렬하게
살고 싶어지는 진실한 사랑 하나 가져보았으면
나는 사랑 하나를 놓아주려 한다.
밤과 낮이 사이좋게 뒤집혀지는 이유를
아무리 생각해도 모르겠다.

　　　　　　　　　　　　　　　　　　　　—「일몰」 중에서

　이 시에서 '일몰'은 '가게 문이 닫히'는 것과 등가의 현상이 된다. 그리고 '일몰'은 '저 혼자 스르르 목숨의 끈을 놓아버리'는 일이기도 하다. 이것은 하나의 존재가 삶의 노정에서 종말에 다다른 것을 의미한다. 그 '종말'은 '가슴 앓이를 하던 사랑을 놓아 주는' 것이며, 그리움의 강도를 본격화하기 위해 '불안'을 없애는 일이다. 따라서 이러한 한 과정의 '종말'로서의 '일몰' 이미지는 '핏물', '눈물', '붉은 생채기', '핏줄' 등으로 나타난다. 이와 같은 이미지들이 환기하는 것은 한 마디로 '상처'에 수렴된다. 상처가 깊을수록 '살고 싶어지는 진실한 사랑'을 회원하는 아이러니다. 이러한 '진실한 사랑'은 '밤과 낮이 사이좋게 뒤집혀지는 이유'로 존재한다. 즉, 상처가 깊고 아픔이 강할수록 생에 대한 의욕을 배가시키는 것은 '진실한 사랑'이며, 이것은 밤과 낮의 경계 지점에 존재한다.

건너편 탁자 위 벽 속에서
무표정한 시선으로 누워있는 예수
사내는 자꾸 벽 속에 갇힌 예수를
오늘만큼은 꺼내놓으려 안간힘을 쏟는다.
이미, 떨리기 시작한 손끝으로
죽은 꽃들의 영혼을 베어내고

고통 없이 상처를 들이마신다.
(중략)
그 바다를 앞세우고 아주, 천천히 발을 질질 끌며
돌아오고 있는 예수가
오래 전, 기억 저쪽으로 사라져버렸던 희망을 꾹꾹 눌러
밟고 다시 돌아오기까지
오늘밤, 사내는 몸을 웅크린 채 지금 마~악 꿈꾸기 시작했다.
　　　　　　　　　　　　　　　　　　　　　　—「술」 중에서

　그의 경계 의식은 이처럼 '벽'으로 나타난다. 그의 의식 속에 삶의 저쪽과 이쪽을 가르는 것은 '벽'이다. 이 시에서 화자는 벽 속에 누워 있는(갇힌) '예수'와, 그 '예수'를 꺼내놓으려 안간힘을 쏟는 '사내'에 주목한다. '사내'는 벽 안쪽에서 "죽은 꽃들의 영혼을 베어내고 / 고통 없이 상처를 들이마신다." '사내'가 마시는 술은 상처이며, 이 술 마시는 행위는 '벽' 안쪽에서 이루어진다. 술(상처)을 마시는 행위는 벽 안쪽의 현실이고, 벽의 다른 쪽엔 오래 전에 기억의 저쪽으로 사라져 버린 '희망'이 자리하고 있다. 안팎의 경계에 있는 예수가 그 '희망'이라는 '바다'를 밟고 돌아오는 행위는 화자가 바라는 저쪽과의 '소통'을 의미한다.

　　어제 밤 꿈에 어머니가 다녀가셨다
　　벽 속에 누우신 채로 얼마나 완벽한 소통인가
　　(중략)
　　어머니는 벽에다 벽을 걸어 놓고 말씀을 아끼신다
　　불안한 세상에서 기댈 곳이라곤
　　벽밖에 없다
　　내가 안심하고 기댔던 벽이 와르르
　　무너져 내려도 다시 벽에 기대고 싶은
　　어머니의 벽은 무슨 융단처럼 부드러웠다

질기고 가는 명주실이었다
올가미가 되어 한 발작도 움직일 수 없을
때까지 어머니를 붙들고 벽을 두드렸다
쿵쿵쿵 딱딱딱 zzzzz 지지배배 호호호 카르르
간드러지는 웃음소리, 웃음이 소통이라는 걸
깨달은 적 얼마 되지 않았다
벽은 날카로운 송곳으로 뚫어야 제격이다
어머니가 휘두른 송곳은 너무 힘이 느슨해서
어머니 자신도 뚫지 못했다
어머니가 남기신 뭉툭한 송곳으로 나를 뚫는다
우지끈, 꽈~탕!!!
견고한 나를 넘어뜨리는 소리가 벽 위에다
구멍을 뚫는다
벽은 뚫는 게 아니고 타고 넘거나 아예 쓰러뜨려야
한다
벽이 부드럽고 훌륭한 소통임을 안 것은 내가 완전히
무너진 다음에야 알 수 있었다
어머니가 간밤에 다녀가셨다
무거운 벽을 질질 끌고 아니, 벽을 깔아뭉개면서
아가!
벽은 아름다운 소통이란다. 자, 이렇게 벽에 기대보렴.
　　　　　　　　　　　　　　　　　─「벽에게」 중에서

　이 시에서 어머니는 '벽'이다. 아니 '벽'은 '어머니'이다. 현실과 꿈의 사이에
'벽'이 있고, 꿈속에서 '어머니'는 '벽'에다 '벽'을 걸어 놓는다. 이 시에서 '벽'
은 '불안한' 현실에서 유일하게 의지할 수 있는 존재로 드러난다. 그것은 "안
심하고 기댔던 벽이 와르르 / 무너져 내려도 다시 벽에 기대고 싶은" '어머니'
이다. '벽'은 두드림으로써 '벽' 저 쪽의 반응을 살필 수 있다. 이 시에서 '벽' 저
쪽에서는 "간드러지는 웃음소리"가 반응한다. 이것이 '벽'으로 막힌 두 공간

의 소통이다. 이 소통을 좀 더 용이하게 하기 위해서는 '벽'은 "뚫어야" 할, "타고 넘어"야 할, "쓰러뜨려야" 할 대상이다. 그 대상은 어머니이기도 하고 화자 자신이기도 하다. '벽'은 "완전히 무너진 다음"에는 "부드럽고 훌륭한 소통"이 된다. 따라서 '벽'의 일차적 존재 의미는 '단절'이지만 이 '단절'이 있기 때문에 그 다음 차원의 '소통'이 존재할 수 있다. 그러므로 "벽은 아름다운 소통"이 되고 비로소 기댈 수 있는 따뜻하고 부드러운 존재가 된다.

> 납작한 벽 위에 동그란 벽을 걸었다.
> 흰 도화지가 제 살을 십자가로 못 박은 채 시간 하나를
> 떨어뜨리고 갔다. 그렇게 떨어뜨려진 사랑을 길들이기를 수 십 년,
> 어느 날,
> 앙금 하나가 벽 위에 고이기 시작했다.
> 벽에서 벽으로 어둠이 굴러다니고 천둥 같은 것이
> 고막을 찢어버리고 번개 같은 것들이 찌릿찌릿 교차되었다.
> 파란 심줄이 불끈 솟아오르고 하늘, 그 둥그스럼한 어깨가
> 허물어져 내렸다. 음, 음, 신음소리가 천지에 요동치고
> 째깍 째깍, 털컥, 짧은 팔과 긴 다리로 다시 태어나던
> 그 불쌍한 사랑이 다시 벽 위에 박제되어버린 순간,
> 벽이 벽을 껴안을 때 아무런 느낌이 없다.
> ─「사랑, 너 우울하냐」 중에서

허갑순에게서 '벽'은 여러 형태로 나타난다. "납작한 벽"이 있고 "동그란 벽"도 있다. 그러므로 '벽'에다 '벽'을 걸 수 도 있고 그 '벽'은 어떤 존재를 가둘 수도 있다. 그러므로 '벽'은 인간의 은유가 된다. 이 시에서 '벽'의 변화와 그 의미를 정리해 보면, "납작한 벽" 위에 "동그란 벽"을 건다, '벽'과 '벽'의 결합이다. 여기에 '흰 도화지'가 '시간' 하나를 떨어뜨린다, '시간'은 사랑이다. 그 '사랑'을 길들이기 '수십 년'의 세월이 흘렀다. 그동안 '벽'과 '벽' 사이

에서는 '어둠', '천둥', '번개', '허물어짐', '신음 소리'들이 착종하게 되고 결국 "불쌍한 사랑"이 그 '벽' 위에 박제된다. 이제 '벽'과 '벽'이 껴안는 행위는 결국 아무런 느낌도 의미도 없는 박제된 '사랑'이 되고, 화자는 그것을 '우울'이라고 간주한다.

이곳에 오면
브라인드가 창문을 4분의 3쯤 가리고
있다.
맑은 유리막은 어두운 가리개와
사이좋게 매달려 있다.
둘 다 허공에 배를 대고 있는 것은
그들의 삶이 처음부터 궤도에서
벗어나 있음을 말하는 것 같다.
땅바닥에 발을 딛고 서 있기가
너무 힘들어서 삶의 한 방법으로
허공에서 곡예를 하는 걸까
어제는
잘 견디고 있는 슬픔이
다녀갔다
모처럼 그녀를 대하니 나는 한꺼번에
와르르 무너져 내렸다. 그렇지. 이곳은
아직 안이다.
밖과 안의 경계선이 두 겹으로
포장되어 있는 그래서 아직 말랑말랑한
슬픔이 남아있는 곳, 가려진 너의 모습
이곳이 아직 안이라서 나는 눈을 깜박인다.
투명한 경계선은 무심하게 창밖에 서있는
나무들을 흔들리게 한다.
　　　　　　　　　　　　　　—「가려진 창」 전문

나는, 그가
유리창으로 세상을
밀어내는 것을 지켜보았다.
작은 키에
허름한 작업복을 입고
손에는 밀걸레를 꼬나 쥐고
바닥이 아닌 허공을
닦아내는 모습을 카메라
렌즈에 끼워 넣었다.

—「나는, 그가」 중에서

이 두 작품에서 허갑순의 경계 의식은 '창'으로 나타난다. 「가려진 창」에서는 "맑은 유리막"과 "어두운 가리개"가 안과 밖의 경계이다. 이 경계를 표시하는 두 존재는 '땅'이라는 지면에 있는 게 아니라, 허공에 있다. 경계는 '허공'을 가르고 있는 셈이다. 그런데 화자는 이 경계가 "땅바닥에 발을 딛고 서 있기가 / 너무 힘들어서 삶의 한 방법으로 / 허공에서 곡예를 하는 걸까"라고 생각한다. 현실과 이상을 가르는 경계조차 '땅바닥'(현실)에 존재하기가 너무 힘든 경우를 강조한다. "밖과 안의 경계선이 두 겹"으로 포장되어 있어서 아직 '말랑말랑'한 슬픔이 있지만 "투명한 경계선"의 바깥은 더욱 큰 슬픔이 있다는 위안의 정서를 드러낸다. 「나는, 그가」에서처럼 주인물인 '그'는 '유리창'으로 세상을 밀어낸다. 이러한 일련의 경계에 대한 진술은 현실, 즉 '안'의 공간이 항상 어둡고 무겁게 해석되기 때문이리라.

아무도
이승역이 어디에 있는지 알지 못했다.
나는 이승에서의 마지막 기차를 놓치지 않기 위해
구겨 넣었던 차표를 꺼내어 먼지를 털어냈다.

엉거주춤 어둠을 밟고 서서 호주머니에 마구잡이로
쑤셔 넣었던 한 무더기 어둠도 조심스럽게 털어냈다.
아주 오래된 슬픔이 조심스럽게 달리기 시작했다.
저기, 어머니께서 마중 나와 계실라.....

　　　　　　　　　　　　　　　　　　　—「아무도」 중에서

아버지의 어둠과 어머니의 어둠이
무슨 짐승들의 혀처럼 착착 감기었고
대낮보다 더 환한 낮짝을 들고 저기, 저 모퉁이를
흘러가시고 계시다. 흘러서 흘러가서 눈물 한 방울로
모질게 나를 흔들고 계시다.

　　　　　　　　　　　　　　　　　　　—「어떤 사랑」 중에서

　「아무도」에서의 경계는 우주를 이승과 저승으로 구분한다. 화자가 밟고
선 현실 공간은 '어둠'이고 털어내야 할 대상도 '어둠'이다. 이승의 현실에 가
득한 '어둠'은 결국 '슬픔'의 한 면모이며, '저 모퉁이'로 흘러가는 '아버지의
어둠'과 '어머니의 어둠'은 슬픔을 상징하는 "눈물 한 방울"로 '나'를 흔들고
있다. 이처럼 허갑순에게서의 현실은 '어둠'이며, 어둠은 결국 '슬픔'의 정서
를 환기한다. 이러한 '어둠'은 그의 시 도처에서 여러 형태로 나타난다.

　　*기억 저편 어두운 길을 따라 빨간 불이 달리기 시작한다.(「다리미」)
　　*입구 하나를 막았을 뿐인데 어두운 동굴들이 요새처럼 포진하고
　있습니다.(「인공 호수」)
　　*향기로운 영혼들이 어두운 세상을 마구 날게 한다(「네잎클로버」)
　　*다시 문이 열리고 나는 내 안의 어둠들이 환한 대낮으로 / 천천히
　걸어 나올 때 쯤 익명편지를 쓴다.(「세탁기」)
　　*어둠은 바닥에서부터 무너져 내렸다. (「환승역」)
　　*기다림이 찬란한 어둠이라는 것을 / 삭막한 겨울을 견디는 그냥

침묵이라는 것을 / 가지마다 눈물이 피었다. (「봄이 되었다」)

 그의 시에서 '어둠'이 현실에 대한 현상적 상징이라면, '무거움'은 심리적 상징이라고 할 수 있다. '무거움'은 삶에서 짊어져야 할 '짐', 책무, 사명, 운명 같은 것이다.

> 삶은 아직 유예하다. 내 몸도 아직 멀쩡하다
> 그런데도 내 영혼은 천금처럼 무거워 날 수 없다
> 언제부터인가 나는 나를 앓고 있다
> (중략)
> 무거운 시간들이 손끝에서 자유롭다
> 향기로운 영혼들이 어두운 세상을 마구 날게 한다
> 작은 몸들이 나를 들어 올린다 간지럽다
> 날개가 여러 개다.
> 행복한 것일까
>
> ─「네잎클로버」 중에서

> 이미 낡아버린 나의 사랑은 무게 없이 하늘 저편으로 날아오를,
> 기세다. 날지 못하는 것들의 당당한 자유, 뉴우질랜드의 키위새, 전설의
> 닭, 새, 날개, 날개가 없어도 나는 날 수 있는 본능, 성스러운 본능을
> 키운다.
> 언젠가는 내 몸이 지구 밖에서 영원할 거라는, 절대 아무렇게나 터지지 않을
> 빵빵한 영혼의 핵심이라는 것을,
> 어두운 밤에도 풍선은 터지고 싶지 않다. 뒤돌아다 본 순간 그토록
> 무겁던 당신이
> 날아가 버렸다.
>
> ─「풍선」 중에서

허갑순이 파악한 현실의 '무거움'은 자유로이 비상할 수 없는 속박을 의미한다. "내 영혼은 천금처럼 무거워 날 수 없다"고 현실을 단정하면서 "세상을 마구 날게" 되는 극적인 비상을 꿈꾸고 있다. 날 수 있는 '자유', 그것은 내가 키워야 할 혹은 키우고 있는 "성스러운 본능"이다. '무거움'의 저편에는 항상 희구해마지 않는 '자유'가 있다.

경계의 안쪽에 존재하는 것들은 '어둠'과 '무거움'이다. 벽의 저쪽, 유리창 너머의 저편, 이승의 언덕 너머의 저승에는 '희망'과 '자유'가 존재할 것이라고 그는 상상한다. 현실에서의 '어둠'과 '무거움'은 그의 시에서 '상처'로 상징된다. "아직, 상처가 아물지도 않았는데 / 저렇게, 저렇듯 가볍게 날아오를 수 있는 것은 / 선홍빛 붉은 꽃잎이 다시 터져 무겁다."(「나는, 무겁다」)에서처럼 '상처'는 경계 저쪽으로의 비상을 방해하는 '무거움'의 본질이다. 그래서 "아직 상처투성이인 몸"(「아무도」)을 지닐 수밖에 없는 현실을 극복해야 한다. 결국 이 지독한 현실의 '상처'들을 극복하는 유일한 대안은 '진정한 사랑'으로 경계를 무너뜨리고 '소통'하는 일이다. 이것이 깊은 '상처' 속에 피어나는 '진정한 사랑'의 꽃이다.

타자의 시선으로 자아 보기
─박형동 제5 시집을 읽고

서정시의 세계에서는 우주를 자신과 어떻게 동일화할 것인가가 관건이다. 교과서적 이론에 의하면 동일화에는 '투사(projection)'와 '동화(assimilation)'가 있다. '투사'는 감정이입을 통해 자아와 시적 대상을 일체화하는 것이고, '동화'는 시적 대상을 자아의 내부로 끌어들여 자아화하는 것이다. 시는 궁극적으로 언술 행위이기 때문에 텍스트 내부에서 누가 누구에게 어떤 방식으로 발화하느냐에 주목하게 된다. 박형동은 시적 발화 장치를 통해 우주를 자아와 서정적으로 동일화하는 데 아주 탁월하다.

작은 풀꽃이 힘없이 걸어가는 내게 말했다
가는 걸음을 멈추고 내 말을 들어보라고
나는 이렇게 맨 몸으로 살아가지만
어젯밤도 흔들리며 비바람을 견뎌냈듯이
이렇게 찢겨진 채로 아무렇잖게 지내노라고

내 구둣발에 밟힌 풀꽃이 내게 말했다.
나는 한 잎새를 피워도 언제나 푸르다고
나는 한 송이 꽃을 맺어도 향기롭다고
한 알을 영글어도 질긴 생명을 품고 있다고
　　　　　　　　―「작은 풀꽃이 내게 말했다」 중에서

　이 시의 화자는 '작은 풀꽃'이 자신에게 한 말을 함축적 청자(독자)에게 전달하는 방식을 취하고 있다. 따라서 근원적 화자는 '작은 풀꽃'이며 근원적 청자는 '자아'이다. 즉 시 텍스트 내부에서의 화자―청자는 <작은 풀꽃→자아>이지만, 이를 화자가 함축적 청자(독자)에게 다시 건넨다. 이는 '작은 풀꽃'이라는 '타자'의 시선을 통해 자아를 성찰하는 시적 언술 방식인 동시에 간접적인 자기 내부에 대한 진술이다. "나는 이렇게 맨 몸으로 살아가지만 / 어젯밤도 흔들리며 비바람을 견뎌냈듯이 / 이렇게 찢겨진 채로 아무렇잖게 지내노라"라는 것이 '작은 풀꽃'의 진술이다. '작은 풀꽃'이 자신의 처지를 "힘없이 걸어가는" '시적 자아'에게 건넴으로써 '시적 자아'를 위로하고 있지만, 사실 이는 화자가 자신에게 건넨 독백을 각색한 것에 다름 아니다. 또한 "구둣발에 밟힌 풀꽃"이 나에게 하는 말은 "나는 한 잎새를 피워도 언제나 푸르다고 / 나는 한 송이 꽃을 맺어도 향기롭다고 / 한 알을 영글어도 질긴 생명을 품고 있다"고 당당히 말한다. 나(풀꽃)는 비록 너의 구둣발에 밟혀있지만 나는 여전히 '푸르다', '향기롭다' 그리고 나는 '질긴 생명'이라고 외친다. 이러한 '작은 풀꽃'의 목소리를 들을 수 있는 '시적 자아'의 청력은 결국 자신의 내재적 정신의 객관화인 것이다. 즉 후설(Husserl, Edmund)이 말한 '타자'의 시선을 통해 자신을 보는 것이며, '타자'의 존재는 '다른 자아'로 파악되는 것이다.

가슴이 새까맣게 패이지 않으면
정자나무가 아니다

묵은 세월을 버티고 선 나무
부러진 팔로 오지랖을 편 나무
그런 나무가 없는 마을은
아직은 마을이 아니다

가슴이 꺼멓게 썩은 사람이 기댈 때
나무는, 정자나무는 말한다

바람에 흔들리지 않으면
사람이 아니라고
가슴이 온통 패이지 않으면
인물이 아니라고

정자나무는 말한다
실패와 고난만큼
삶을 아름답게 가꾸어 주는 것은 없다고
그래서 가슴은 패이는 것이라고
　　　　　　　　　　　　　 ―「바람이 부는 날」 전문

　이 작품 역시 '정자나무'의 입을 빌려 '자아'의 내면을 들여다본다. "가슴
이 새까맣게 패이지 않으면 / 정자나무가 아니다"라고 전제하고, 같은 처지
의 "가슴이 꺼멓게 썩은 사람이 기댈 때" 그에게 비로소 말을 건넨다. 정자나
무는 "바람에 흔들리지 않으면 / 사람이 아니라고 / 가슴이 온통 패이지 않으
면 / 인물이 아니라고" 말한다. 이 시 텍스트의 문법에 의하면 "가슴이 새까
맣게 패이"거나 "가슴이 꺼멓게 썩은" 원인은 "실패와 고난"이며, 이것은
"삶을 아름답게 가꾸어 주는" 에너지의 근원이다. 따라서 "새까맣게" 패이거

나 "꺼멓게 썩은" 가슴은 아름다운 삶의 징표가 된다.

이처럼 박형동의 시는 현실의 온갖 갈등을, 삶에서 오는 갖은 부정적 요소들을 화해와 긍정의 세계로 치환해 낸다. 이와 같은 화해와 긍정의 정신은 시인의 삼라만상에 대한 관조의 태도에서 나온다. 그의 시적 대상은 대체적으로 크고 아름답고 위대한 것들이 아닌 작고 미미하고 소박한 것들이다. 이런 시적 대상들을 달관의 자세로 관조함으로써 화해와 긍정의 정신을 현현한다.

아무도 찾아오지 않아도
나 여기 뿌리가 엉키고
몸 부대끼며 살아온 이 땅
이 터가 좋아

쓸모야 있건 없건
그냥 꽃 피우고
씨 맺어 이 터에 다시 뿌리며
어우러져 살아가면 되니까

―「잡초의 땅」 중에서

가진 것은 오직 한 채의 집
드나들 문짝도 없고
눈보라와 땡볕을 가릴 지붕도 없이
한 줄 그물을 방바닥 삼아
가볍게 살아간다네

이부자리 옷가지도
한 끼 차릴 식탁도 없다네
그저 마음을 비우고 살아간다네

기다리며 살아간다네

— 「거미의 집에서」중에서

「잡초의 땅」의 화자는 '잡초'이고, 「거미의 집에서」의 화자는 '거미'이다.
여기에서 '잡초'와 '거미'는 '타자'이며, 사르트르(Jean Paul Sartre)는 이 '타자'
를 원칙상 '나를 바라보는 자'라고 정의한다. '잡초'는 "아무도 찾아오지 않아
도", "쓸모야 있건 없건" '이 터'가 좋다고 만족해한다. 왜냐하면 "여기 뿌리
가 엉키고 / 몸 부대끼며 살아온" 땅이므로, "그냥 꽃 피우고 / 씨 맺어 이 터
에 다시 뿌리며 / 어우러져 살아가면" 되기 때문이다. '거미'도 마찬가지다.
거미의 재산은 오직 '한 채의 집'이 전부다. 그런데 그 집은 "드나들 문짝도
없고 / 눈보라와 땡볕을 가릴 지붕도" 없다. 더하여 "이부자리 옷가지도 / 한
끼 차릴 식탁도 없"는 무소유의 집이다. 오직 "한 줄 그물을 방바닥 삼아"
"마음을 비우고" 살아가는 처지이다. '무욕'과 '자족'의 경지를 보여주는 작
품들이다.

내버려 두세요 꽃이 지게
그냥 내버려 두세요 새가 울게
우리는 그동안 사랑하면 되니까
이리저리 흔들리며 살아가면 되니까

가다가 넘어지는 날도 있고
가다가 돌아오는 날이 있어도
그래도 내버려 두세요.
모른 척 내버려 두세요

지나 간 뒤에야 깨달음은 오고
떠나 간 뒤에야 그리움은 사무치는 것

이별이란 슬프고 쓰라리지만
그래서 인생은 아름답고 행복한 것

내버려 두세요 파도가 치게
그냥 내버려 두세요 낙엽이 지게
날이 저물면 다 집으로 돌아오듯이
떠난 마음들 모두 다 돌아올 테니까
날이 저물면 다 집으로 돌아오듯이
떠난 마음들 모두 다 돌아올 테니까
　돌아와 뜨거운 눈물로 껴안을 테니까
　　　　　　　　　　　　　—「내버려 두세요」 전문

　박형동은 '무욕'과 '자족'의 경지를 넘어 낙관주의에 도달한다. 이 시에서
는 세상은 순리대로 흘러가기 마련이다. 모든 것은 '내버려 두'면 되는 일이
다. "꽃이 지"거나 "새가 울"거나 내버려 두면 된다. 삶이란 "가다가 넘어지
는 날"도, "가다가 돌아오는 날"도 있는 것이다, "이별이란 슬프고 쓰라리"는
일이지만 이런 고통 때문에 "인생은 아름답고 행복한 것"이 된다. "파도가
치게", "낙엽이 지게" 내버려 두면 "날이 저물면 다 집으로 돌아오듯이 / 떠
난 마음들 모두 다 돌아"오게 되어 있고, "돌아와 뜨거운 눈물로 껴안"게 되
어 있다는 것이다. 꽃이 지고, 새가 울고, 가다가 넘어지고, 가다가 돌아오고,
파도가 치고, 낙엽이 지고, 슬픈 이별을 겪는 등 세상의 온갖 부정적 행위나
요소들은 궁극적으로 모두 "아름답고 행복한 것"으로 귀결된다는 낙관주의
적 인생관을 드러낸 작품이다. 이 시에서 시적 자아의 "내버려 두세요"라는
언술은 세상 혹은 타자를 향해 건네는 담화 행위이다. 이러한 '타자'를 향해
건네는 언술 방식은 결국 '타자'의 행위를 통해 자아의 의지를 실현시키고자
하는 것이다.

흔들리고 찢기며 살아가는 것
그것이 삶이 아니더냐
그것이 행복이 아니더냐

흠뻑 젖어 살아가자
신나게 흔들며 살아가자

—「풀꽃에게」

비가 오거든 날개를 활짝 펴라
비오고 바람 부는 이 날을 위하여
해 맑은 날들 그 많은 시간 동안
어둠 속 깊은 구석에서 기다렸나니

비가 오거든 기뻐하라
비오는 거리에 날개옷을 펴고
급한 길을 가는 이의 손을 붙잡아라
함께 비바람에 젖으며 그 길을 가라
날개를 접어도 좋을 길 끝까지

—「우산에게」 중에서

언제나 빈 가슴으로
나를 기다렸으면 좋겠다
언제라도 달려가
그 가슴을 채울 수 있었으면 좋겠다

썼다가 지웠다가 지웠다가 썼다가
사소한 히히덕거림부터
꼬깃꼬깃 접어놓은 속엣말까지
다 네 가슴에 집어넣었으면 좋겠다

네 가슴 저 밑바닥에
통~!하고 떨어뜨렸으면 좋겠다

　　　　　　　　　—「우체통을 바라보며」 중에서

　세 작품 모두 자아가 시적 대상에게 말을 건네는 방식으로 이루어져 있다. '풀꽃'에게는 "흔들리고 찢기며 살아가는 것"이 '삶'이자 '행복'이니 "흠뻑 젖어 살아가자 / 신나게 흔들며 살아가자"고 제안한다. '풀꽃'에게 청유하는 형식으로 자아 자신의 의지를 다지고 있는 것이다. 부정적 요소인 "흔들리고 찢기는 삶"을 당연시 하고, 이를 '행복'으로 치환함으로써 화해와 조화의 감정에 이르게 한다.

　'우산'에게 건네는 언술도 마찬가지이다. 일반적으로 맑은 날은 긍정적이고 비 오는 날은 부정적으로 인식된다. 그러나 이 시에서 화자는 "비가 오거든 날개를 활짝 펴라"고 주문한다. 그리고 "기뻐하라"고 한다. 왜냐 하면 '우산'의 삶이란 '비 오는 날'에만 자신이 해야 할 사명을 달성할 수 있기 때문이다. 그래서 시적 자아는 '우산'에게 "급한 길을 가는 이의 손을 붙잡아라"고 명령한다. 그리하여 그와 "함께 비바람에 젖으며 그 길을 가라 / 날개를 접어도 좋을 길 끝까지"라고 하여 동행을 지시한다. 이러한 '우산'에게 하는 명령과 지시는 '타자'를 통한 시적 자아 자신에게 되돌리는 다짐이며 강한 메시지이다.

　'우체통'은 시적 자아의 내면을 수용해 주었으면 좋을 대상이요 존재이다. '청자'인 '너'에 대한 '나'의 바람은 다음 몇 가지로 드러나 있다. "언제나 빈 가슴으로 나를 기다"리는 존재, 언제라도 내가 달려가 채울 수 있는 가슴을 가진 존재이기를 갈망한다. 그리하여 "사소한 히히덕거림부터 / 꼬깃꼬깃 접어놓은 속엣말까지 / 다 네 가슴에 집어넣었으면", "네 가슴 저 밑바닥에 / 통~!하고 떨어뜨렸으면 좋겠다"고 술회한다. 자아의 내면을 받아주고 자아의 모든 것을 흔쾌히 수용해 주는 존재에 대한 갈망이다.

지고 가다가 메고 가고
들고 가다가 안고 가면서
때로는 오른쪽으로 기울고
때로는 왼쪽으로 기울며
애써 잡아온 중심

무게만큼 땀을 흘리고
두 손의 자유마저 앗겼지만
너는 내 동행
너로 하여 힘을 얻었고
걸어야 할 이유를 얻었다

—「짐」 중에서

인생에서 '짐'이란 임무이고, 부담이고, 끝까지 지고 가야할 멍에이다. 지고, 메고, 들고, 안고 가는 짐은 '나'에게 "무게만큼 땀을 흘리"게 하고 "두 손의 자유마저" 앗아가 버린 존재이다. 이러한 부정적이고 갈등적인 사유는 시적 자아에 의해 돌연한 반전을 가져 온다. '동행'으로 인식한 것이 그것이다. 그러므로 '짐'은 부정적이고 갈등적인 존재가 아니라 "너로 하여 힘을 얻었고 / 걸어야 할 이유를 얻었다"고 인식하며 인생의 소중한 '동반자'로 여기게 된다. 이처럼 박형동의 시적 사유는 우주와의 갈등을 자아와의 동일화를 통해 화해의 세계로 인도하고 있는 것이다.

벌써와 아직도는
오늘 내 안에서 만났다

벌써는 내가 지나온 거리를 재고
아직도는 내가 가야 할 거리를 잰다
벌써는 반밖에 안 남았다고 말하고

아직도는 반이나 남았다고 말한다

하나는 희망을 말하고
하나는 절망을 말한다
하나는 긍정을 말하고
하나는 부정을 말한다
하나는 감사를 말하고
하나는 불평을 말한다

벌써의 편을 들었다가
아직도의 편을 들었다가
나도 내 안에서 싸운다

벌써 일흔 살이 가까워졌는데
아직도 나는 나와 싸우고 있다
　　　　—「벌써와 아직도」전문

나는 결코
너를 이기지 않아야 한다
아무도 이기지 않아야 한다

일부러 지고
억울해도 지고
자존심이 상해도 지고
얼마 되지 않을 것까지 다 빼앗겨야 한다

사는 날이 모두 싸움이기에
삶이 끝나는 날까지 싸우는 것이기에
너에겐 져도 좋다
그리고 너에게도, 너에게도, 너에게도

마지막 눈을 감는 순간
두 눈 가득 따뜻한 눈물을 흘리며
나는 이겼다고
기어이 나를 이겼다고 되뇌이면 된다
—「나의 싸움」 전문

'싸움'에 관한 두 편의 작품이다. 「벌써와 아직도」는 시적 자아의 세계 인식에 대한 내면의 갈등을, 「나의 싸움」은 인생의 행로에서 부닥치는 현실적 갈등을 화제로 삼았다.

'벌써'와 '아직도'는 하나의 시간적 사실에 대한 인식의 차이를 드러내는 부사로 쓰인다. 알다시피 '벌써'는 "예상보다 빠르게", "이미 오래 전에"의 의미이고, '아직도'는 '아직'이라는 부사에서 파생한 것으로 "어떤 일이나 상태 또는 어떻게 되기까지 시간이 더 지나야 함을 나타내거나, 어떤 일이나 상태가 끝나지 아니하고 지속되고 있음을 나타내는 말"이다. 그래서 자아의 내면에서 만난 두 부사, "벌써는 내가 지나온 거리를 재고 / 아직도는 내가 가야 할 거리를 잰다"는 것이다. 그리하여 "희망"과 "절망", "긍정"과 "부정", "감사"와 "불평"이라는 대립된 가치관이 자아의 내면에서 다툰다는 것이다. 결국 자아는 "일흔 살"이라는 나이를 '벌써'로 지각하며 이 내면의 '싸움'을 '아직도'로 인식한다.

「나의 싸움」은 시적 자아와 현실의 대결이다. 그런데 자아는 모든 싸움에서 패배하기를 원한다. 모든 상대에게 져주어야만 한다. "일부러 지고 / 억울해도 지고 / 자존심이 상해도 지고 / 얼마 되지 않을 것까지 다 빼앗겨야 한다"는 것이다. 이 시 텍스트에서는 이렇게 져주는 것이 결국 '나'를 이기는 싸움이 된다. 삶의 현실에서 맞닥뜨린 모두에게 지는 것이 "마지막 눈을 감는 순간" 나에게 이겼다는 최종 승리를 선언하는 것이 된다.

원래 '싸움'이란 갈등을 넘어 극단의 대결에서 발생되는 일이다. 그러나 박형동의 대결과 싸움은 그의 내면에서도, 현실에서도 치열하지 못한다. 모든 싸움을 화해정신으로 승화해 버리는 세계와 자아의 동일화를 꾀하는 부드러움의 서정이 그의 시정신의 근본으로 자리하고 있기 때문이다.

> 아무 데나 자리를 잡으면 잡초다
> 있지 말아야 할 자리에 있으면 잡초다
>
> 콩도 팥도 밀도 보리도
> 제 밭에서 나지 않으면 잡초가 되고
> 아무리 예쁜 채송화도
> 아무 데나 터를 잡으면 잡초가 된다
> 애써 뽑아내야 하는 잡초가 된다
>
> 분수에 맞지 않는 자리에 앉아
> 물러나야 할 때 물러나지 않고
> 비켜서야 할 때 비킬 줄 모르면 잡초다
> —「잡초」 중에서

이 작품에서의 '잡초'라는 시어는 앞의 「잡초의 땅」에서와는 다른 의미로 기능한다. 이 텍스트에서 '잡초'의 의미는 한 생명으로서의 소박한 존재가 아니라, 불필요하고 세상에 조금도 기여할 수 없는 부적절한 존재이다. 따라서 모든 존재는 '잡초'로 치부되는 존재가 아니라 그 자리에 꼭 필요한 당당한 이름을 가져야 한다는 것이다. 그래서 어떠한 존재도 "있지 말아야 할 자리에 있으면 잡초"가 되는 것이다. "콩도 팥도 밀도 보리도 / 제 밭에서 나지 않으면 잡초"이고, "아무리 예쁜 채송화도 / 아무 데나 터를 잡으면 잡초"이므로 뽑아내야 한다는 것이다. 존재하는 공간의 적합성에 대한 판단에 따라 모든 이질적이고 부정적 존재들에 대한 경종의 메시지이다. 이처럼 박형동은 세상의 모든 존재들이 적재적소에서 화해로운 삶을 영위하기를 희원하고 있는 것이다.

박형동의 시는 '작은 풀꽃', '정자나무', '거미', '우산', '우체통'등의 사소한 대상을 통해 항상 자아의 도덕적이고 화해로운 존재를 확인한다. 그는 마음을 비우고 무욕과 자족의 경지에 서 있는 자아의 모습을 '타자'의 시선을 통해 되돌아본다. 시 텍스트에 등장하는'타자'는 "나를 바라보는 자"이지만 결국 "또 다른 자아"이기 때문이다. 박형동이 그의 시에서 공통적으로 보여주는 것은 이러한 화해로운 삶에 대한 태도를 굳건히 견지하고자 하는 것이다. 그리고 그에게 있어서 이러한 태도는 '자아'와의 필생의 '싸움'으로 간주된다.

사랑과 그리움의 시학
─김선욱의 시집 〈등 너머의 사랑〉에 붙여

인간이 가지는 고유한 욕망의 한 형식으로 드러나는 사랑은 인간 내면의 정서이며 사회적이고 심리적인 현상이다. 사랑은 인간이 서로 공유하는 정서적, 의지적 지향 중에서 가장 중요하고도 본질적인 것 중의 하나이다. 따라서 서정시에 있어서 사랑은 매우 중요한 본질이다. 미국의 심리학자 로버트 스턴버그는 '사랑의 삼각형 이론'에서 사랑은 세 가지 구성 요소로 이루어진다고 한다. 세 가지란 '친밀감', '열정', '개입'을 말한다. '친밀감(intimacy)'은 상대방을 가깝게 생각할 뿐만 아니라 삶의 여러 문제를 서로 주고받는 '친숙한' 상태를 말한다. 반면에 '열정(passion)'은 사랑하는 사람에게서만 느끼게 되는 강렬한 욕망이다. 그리고 '개입(commitment)'은 상대방의 생활이나 행동에 끼어들 정도로 상대의 삶과 많이 얽혀 있는 상태이다. 그는 이 세 가지가 모두 갖추어져 있을 때 완전한 사랑이며, 이 요소들 중 하나 또는 두 가지가 있고 없고에 따라 여러 가지의 사랑이 가능해진다고 한다.

김선욱의 시는 자아가 열정적인 사랑의 상태에 있음을 보여준다. 서정시에서 자아가 독특한 상태에 처해 있음은 보편적으로 받아들여지는 사실이다. 그의 시에 드러난 사랑의 상태는 열정적인 '그리움'의 추구로 나타난다.

죽은 듯 적요해서
아무도 찾아오지 않는다고 외로운 것은 아니다

허기진 겨울바람에 입술은 퍼렇게 질린다
푸른 피부는 부들부들 떨린다
뼈 마디마디 관절마다 얼어붙는다
그렇다고 사랑이 죽은 것이 아니다
동안거冬安居에 들었을 뿐이다

사랑은 사랑 안에서 침몰하고
사랑 안에서 다른 사랑은 움 틔우니
잔인한 세월을 건너가며
눈물 빛 환한 날을 꿈꾸는
저 겨울강.
　　　　　　　　　　－「그리움도 동안거에 드니 －겨울강 1」 전문

이 시는 '아무도 찾아오지 않는' '죽은 듯 적요'한 겨울강의 내면을 그렸다. '겨울강'은 극한 상황에 처해 있다. '겨울강'은 '허기진 겨울바람' 때문에 '입술은 퍼렇게 질'려 있고, '푸른 피부는 부들부들 떨'고 '뼈 마디마디 관절마다 얼어붙'어 있다. 그러나 결코 절망하지 않는다. '겨울강'은 '아무도 찾아오지 않는다고 외로운 것이 아니다', '그렇다고 사랑이 죽은 것이 아니다'고 자신의 마음을 다독인다. '동안거(冬安居)'에 들었을 뿐이라는 것이다. 알다시피 '동안거'란 승려들이 외출을 금하고 참선을 중심으로 수행하면서 마음의 겨울을 건너는 일을 말한다. 이 문법대로 말하면 동안거에 들어 찾아오지 않은 사랑과 그리움은 승려의 동안거와 같은 수행을 행하고 있는 중인 것이다.

그래서 '겨울강'은 "잔인한 세월을 건너가며 / 눈물 빛 환한 날"을 꿈꾸는 것이다. "사랑은 사랑 안에서 침몰하고 / 사랑 안에서 다른 사랑은 움 틔우"게 되기 때문이다. '눈물 빛 환한 날'과 '사랑 안에서' 틔운 다른 사랑의 움은 희망이며 긍정이다. 이처럼 김선욱의 시에서의 미래 시간은 희망과 긍정의 시계를 지향한다.

한동안 얼음장 밑에서 더 웅크리고
나 있는 줄도 모르고 까맣게 잊으면 되리
쪽빛보다 쪽빛에서 나온 빛이 더 푸르고
물에서 나온 얼음이 물보다 더 차듯
생生도 다시 빚어 태어나는 생이
더 빛날 수 있으리니
나, 허리 펴고 세상 밖으로 고개 드는 날
내 몸빛은 더 환하게 빛나리니
　　　　—「쪽빛보다 쪽에서 빚은 빛이 더 푸르다 —겨울강 3」 중에서

이생에서 너 만남은 큰 축복이었다
여전히 변하지 않은
내내 변하지 않을
우리의 눈물 사랑
너는 내게 눈물로 스미고
나는 네게 눈물로 빨리는
우리의 생이 너무 아프구나

지금은
네 몸이 으스러지도록 껴안고 울리니
너는 울부짖으리
우리의 사랑이 저 환희의

빛 무리에 이를 때까지.

　　　　　　　　　　　　　　—「눈물의 사랑 —천관산 억새 3」 중에서

　「쪽빛보다 쪽에서 빚은 빛이 더 푸르다 —겨울강 3」에서의 화자는 '겨울
강'이다. '겨울강'이 자신의 목소리로 자신의 처지를 언술하고 있다. '겨울강'
에 투사되어 있는 '나'는 "한동안 얼음장 밑에서 더 웅크리고" 있는 처지이
다. 그 고통과 추위를 견디는 방식은 자신의 존재조차 망각해 버리면 된다는
것이다. "푸른 빛은 쪽 풀에서 뽑아내지만 쪽빛보다 더 푸르고 얼음은 물이
얼어서 이뤄졌지만 물보다 더 차다('取之於藍 而靑於藍 氷水爲之 而寒於水)"
라는 '순자 권학편'의 명언에 빗대어 "생生도 다시 빛이 대어나는 생이 / 더
빛날 수 있"다고 자위한다. 그리고 그 지점에서 고통과 좌절의 부정적 의미
를 벗어버리고, 지금은 "얼음장 밑에서 더 웅크리고" 있지만 "나, 허리 펴고
세상 밖으로 고개 드는 날 / 내 몸빛은 더 환하게 빛나리"라는 밝음과 긍정
의 세계로 인식을 전환하고 있다.

　「눈물의 사랑 —천관산 억새 3」은 서정적 자아가 '너'에게 건네는 담화 형
태로 이루어져 있다. 여기에서 청자 '너'는 '천관산 억새'이다. 자아와 억새,
두 존재의 관계는 '사랑'으로 맺어져 있다. 현재의 두 존재의 '사랑'은 '눈물
의 사랑'이다. "너는 내게 눈물로 스미고 / 나는 네게 눈물로 빨리는" 너무 슬
프고도 아픈 사랑이다. 그러나 화자는 "이생에서 너 만남은 큰 축복이었다"
고 두 존재의 만남에 매우 긍정적 의미를 부여한다. '눈물의 사랑'은 서로 으
스러지도록 껴안지만 그것은 두 존재의 울음과 울부짖음이다. 그리고 그 울
음의 종착점은 "환희의 빛 무리"라는 밝고 긍정적이고 희망적인 미래라고
할 수 있다. 이처럼 김선욱의 시에서는 현실은 고통스러운 사랑이지만 미래
의 지향은 밝은 긍정이다.

김선욱 시에서의 사랑은 '그리워하는 행위' 그 자체다. '그리워하다'의 사전적 의미는 "사랑하여 몹시 보고 싶어 하다."이고, '그리움'은 "보고 싶어 애타는 마음"이다. 김선욱의 시에서의 '그리움'은 '사랑'을 향한 간절한 추구이며 '사랑'에 도달하기 위한 열혈 도정이다.

산꽃이 그리운 날은
꿈속에서도 산꽃 냄새가 진동한다
그리 그리워하라고 바람이 내 어깨를 다독이는 날이면
나는 바람이 되어 산에 오른다

저만치 서성대는 봄날을 위해
겨우내 잠갔던 빗장 풀어헤치고
속진의 독한 냄새도 거두어 삭히고
아지랑이 같은 맑은 몸내 피워내며
기어이 온몸으로 향 보시하는 산꽃들

이생에서 얼마나
더 많은 겨울을 보내야
이 땅에서 그윽한 향 피우는
산꽃의 그 싹이나 틔울 수 있을까.
　　　　　　　　　　　　　　　　　　　　ー「산꽃이 그리운 날」 전문

이 시에서 '그리움'은 후각 이미지로 드러난다. '산꽃 냄새', '속진의 독한 냄새', '맑은 몸내', '향 보시', '그윽한 향'의 시어들은 모두 후각 이미지를 환기한다. 화자 '나'는 '산꽃'을 그리워하는 존재이다. '나'의 산꽃을 그리워하는 정도는 "꿈속에서도 산꽃 냄새가 진동한다"라는 언술로 그 지극함을 짐작케 한다. 그래서 '나'는 '바람'으로 변전되어 산을 오른다. 산의 공간에 실재하는 '산꽃들'은 '봄날'을 맞기 위한 준비를 하고 있다. "겨우내 잠갔던 빗장"을 풀어헤치는 일과 "속진의 냄새도 거두어 삭히"는 일이 그것이다. 전자는 고통으로부터 닫았던 마음의 개방을 의미하고, 후자는 더러운 세속의 일들에서 벗어나 한 차원 높은 곳에서의 정신적 발효를 뜻한다. 그리하여 '산꽃들'은 "아지랑이 같은 맑은 몸내"를 피워내고, "온몸으로 향 보시"를 하는 것이다. 결국 화자는 산꽃들이 향기를 뿜어내는 일을 '보시(布施)'로 인식한다. '보시'란 대승 불교에서 행하는 자비의 마음으로 다른 존재에게 아무런 조건 없이 베풀어 주는 행위를 말한다. 그러므로 화자는 '산꽃들'이 향기를 뿜는 행위를 '이타정신(利他精神)'의 극치로 읽어 낸 것이다. 그리고 화자는 산꽃의 정신을 거울삼아 나는 "이생에서 얼마나 / 더 많은 겨울을 보내야 / 이 땅에서 그윽한 향 피우는 / 산꽃의 그 싹이나 틔울 수 있을까."를 되돌아본다.

속살이 그리 아찔하도록 빛나는 것은
속으로만 삭이고 쟁여온 그리움의 빛깔
살 거죽마다 빼곡히 뚫고 솟아난
날 선 뼈 가시는 내 속울음의 눈물

얼마큼 생을 돌고 돌아야
뼈 가시 드러내지 않고 통째로 문드러지며
그대 가슴 안에 안겨들 수 있을까

내가 이생에서 물속에 피는 것은
차고 넘치는 눈물을
감추기 위해서임을 알리라.

　　　　　　　　　　　　　　　　　　—「비련 —가시연꽃」 중에서

헤어진 지 1년만이다
난 열병을 앓듯 널 그리워했다
만나고 헤어지고 다시 만나는 것이 삶이지만
처음 널 만난 이후 여태 해마다
겨울 끝물쯤에 간절히 그리게 하는 이는
오직 너 뿐이다

보는 것만으로 세상 시름 다 잊는다
보고 또 봐도 싫증나지 않고
내 삶을 반추하게 하는 너이기 때문이다
아주 내 곁에 두고도 싶지만
넌 본시 그 자리에 있어 더욱 빛나므로
너를 내게로 데려올 수도 없다
하여 해마다 널 찾아간다

오늘 널 만나러 산에 오르는
내 얼굴이 화끈 달아오른다.
가슴도 쿵쾅쿵쾅 뛴다.
　　　　　　　　　　　 ―「다시 만나러 간다 ―노루귀 2」중에서

　「비련 ―가시연꽃」에서 화자는 '가시연꽃'이다. '가시연꽃'이 '비련'의 주
인공이 된 자신의 처지를 토로하고 있는 작품이다. 비련(悲戀)의 사전적 의
미는 "슬프게 끝나는 사랑", "애절한 그리움"이다. 화자는 "속살이 그리 애절
하도록 빛나는 것은 / 속으로만 삭이고 쟁여온 그리움의 빛깔"이고 "살 거죽
마다 빼곡히 뚫고 솟아난 / 날 선 뼈 가시는 내 속울음의 눈물"이라고 술회한
다. 내면은 '그리움'으로 가득 차 있고, 외양은 '눈물'로 이루어졌다는 것이
다. 자신이 운명처럼 받고 있는 천형의 슬픔을 "얼마큼 생을 돌고 돌아야 /
뼈 가시 드러내지 않고 통째로 문드러지며 / 그대 가슴 안에 안겨들 수 있을

까"하고 자탄한다. 즉, 화자 자신이 염원하는 사랑이 이루어지려면 얼마나 많은 윤회(輪回) 속에서 얼마나 많은 고통과 눈물의 시간을 보내야 하는지를 헤아려 보는 것이다. 그래서 지독한 그리움만을 안고 한 생을 살아가는 처지가 '비련'이다. 그리고 덧붙여서 화자는 '이생'(이승)에서의 삶이 "차고 넘치는" '비련'의 눈물을 감추기 위해 물속에 존재하고 개화한다는 사실을 적시하고 있다. 이처럼 이 시는 '가시연꽃'의 형상을 통해 비련의 이미지를 그려내고 있다.

「다시 만나러 간다 —노루귀 2」는 '내'가 '너'에게 말을 건네는 담화 형식이다. '너'는 '노루귀'라는 작은 꽃이다. 나와 너, 둘의 관계는 연애 상태에 있다. 그러나 일반적인 연애가 아니라, 1년에 한 번 만나는 안타까운 사랑이다. 그래서 "난 열병을 앓듯 널 그리워했다", "겨울 끝물쯤에 간절히 그리게 하는 이는 / 오직 너 뿐이다"고 고백한다. 화자에게 있어서 '너'는 보는 것만으로 "내 삶을 반추하게 하는" 소중한 존재이다. 그래서 욕심을 내면 아예 자신의 곁에 두고도 싶지만, 그 욕망을 버린다. 그 이유는 "넌 본시 그 자리에 있어 더욱 빛나므로". 즉 '너'를 사랑하기 때문이라고 한다. 이 또한 마음을 비우는 행위이다. 그래서 1년 동안 '그리움'을 견디며 보내다가, 오늘 '너'를 만나러 산에 오르는 것이다. '너'를 만나러 가는 화자 자신은 "얼굴이 화끈 달아오르"고, 가슴이 쿵쾅쿵쾅 뛰는 '열정'으로 가득 차 있다. 아직 그 화려한 만남은 이루어지지 않았고, 화자는 지금 열병처럼 그리워 하던 '너'에게로 가는 도정에 있다.

  새벽에 억새를 만나던 날
  억새 능선 동서쪽에 팬 억새들이
  제 사랑이 서로 나은 사랑이라고 말싸움한다
  동쪽 억새는 아침엔 불붙지만
  서쪽은 불붙는 듯 마는 듯해서 나온 말이었다

해가 이울 녘 또 속삭이는 소리를 듣는다
서쪽은 이젠 우리가 더 잘 불붙는다고
동쪽은 아침 사랑의 여진일 뿐이라고
서쪽은 미진한 사랑으로 시작하지만
저녁엔 불타는 사랑이란다
동쪽은 아침에 불붙는 사랑이었으므로
저녁엔 미진한 사랑일 뿐이란다

어느 사랑이 나은지 가려서 뭐 하랴
크고 작든 처음에 불붙든 나중에 불타든 무슨 대수랴
종일 사랑 안에 머무르다 사랑 안에 져 가는
우주의 사랑 안에 생멸하는
너희 생이니.
　　　　　　　　　－「억새의 사랑법 －천관산 억새 5」 전문

　　「억새의 사랑법 －천관산 억새 5」는 '천관산'의 '억새 능선'이라는 공간
배경을 가지고 있다. 화자는 이 공간에서 '동쪽 억새'와 '서쪽 억새'가 '새벽'
과 '해 이울 녘'에 따라 서로 자신이 '불붙는 사랑' '불타는 사랑'이라고 '말싸
움'하는 소리를 듣는다. 화자가 억새의 햇빛에 비친 모양을 '불타는 사랑'의
빛깔로 인식하는데서 이러한 상황은 가능하다. 이처럼 시적 대상을 열정적
사랑의 모습으로 간주하는 것이 이 시가 갖는 특징 중 하나이다. 그러나 여
기에 그치지 않고 화자는 "어느 사랑이 나은지 가려서 뭐 하랴 / 크고 작든
처음에 불붙든 나중에 불타든 무슨 대수랴"라는 관조의 태도를 견지한다. 보
다 큰 차원에서 '우주의 사랑'을 깨닫게 된 것이다. 즉 모든 존재들의 삶이란
"종일 사랑 안에 머무르다 사랑 안에 져 가는 / 우주의 사랑 안에 생멸하는"
것이라는 깨달음이다.

아무도 모르는 나만의 외사랑
땅에 뿌리내리는 사랑이 아니다
하늘을 우러르는 사랑도 아니다
소외된 땅 음지의 바위 틈새에 깊이 뿌리내리고
몸뚱이와 길고 질긴 손발은 모질게 엉겨 붙이고
갯내음 뒤집어쓴 채 파도 소리 들으며
생이 다 닳도록 진화를 꿈꾸고
거친 바위 숨결과 함께 천 년을 기다리는
아무도 알아주지 않아도
햇빛과 별빛과 달빛과 해풍이 품어주고 키워주는
외롭지만 홀로 즐기는 고독한 사랑

내 사랑이 현생에선
비록 허공으로 산산이 흩어질지라도
결코 포기 못 하는 이유이다
이생에선 이생에 미쳐야 한다는
믿음으로.
　　　　　　　　　　　－「포기를 모르는 사랑 －지네발란」 전문

　　이 시도 시적 대상인 '지네발란'을 화자로 삼은 작품이다. 즉 '지네발란'에
투사된 '나'가 발화하는 형식이다. 역시 주된 시적 관심은 '사랑'이다. 화자는
자신의 사랑을 "아무도 모르는 나만의 외사랑"으로 간주한다. '외사랑'이란
"한쪽만 상대편을 사랑하는 일", "자신이 상대편을 사랑하고 있다는 것을 그
상대편이 알지 못하는 경우에 이르는 말"이다. 화자는 자신의 '외사랑'을 "거
친 바위 숨결과 함께 천 년을 기다리는 / 아무도 알아주지 않아도 / 햇빛과 별
빛과 달빛과 해풍이 품어주고 키워주는 / 외롭지만 홀로 즐기는 고독한 사
랑"이라고 술회한다. 이 시에서의 '사랑'은 "결코 포기 못 하는", "이생에 미
쳐야 한다는 믿음"으로 승화되어 있다.

이처럼 김선욱 시에서의 '사랑'은 열정적 그리움의 과정을 거치며, '이생'(이승)과 '저승'의 차원을 넘나드는 우주적이며 시간 초월적인 개념을 갖는다. "이생이 끝나는 찰라 / 사랑받지 못했어도 후회하진 않는다 / 여한 없이 자기를 태웠으므로"(「누군가의 어떤 길 —붉나무잎」), "내 생을 미친 사랑으로 / 불태우며 살고 싶은 거다"(「내가 원하는 생 / —연꽃의 항변」), "네 다음 생은 지구별 어느 외진 곳에서 / 홀로 거침없이 창창히 빛나는 / 생이길 기도한다"(「네 생이 장하다 —애기앉은부채」) 등의 시구에서도 마찬가지이다.

그대는 늘 등이다
온밤을 새워도 다 읽지 못하는
태풍 뒤 고인 고요처럼 돌아누운
눈 감고 영혼으로 다가가야 하는

그대는 늘 나를 지나쳐 앞서가니
그대와 마주하더라도
한 찰나에 불과할 뿐

그대에 이르는 길이
하얀 사막을 맨발로 걸어가는 듯
이리 고독한
그대의 등 너머의 사랑

그런데도
늘 그대를 넘어
그대와 마주서는
꿈을 꾼다.

—「등 너머의 사랑」

김선욱 시에서의 '사랑'은 늘 「등 너머의 사랑」이다. 이 시에서 '그대'는 "온밤을 새워도 다 읽지 못하는 / 태풍 뒤 고인 고요처럼 돌아누운 / 눈 감고 영혼으로 다가가야 하는" '등'이다. 그 '등' 너머에 '사랑'이 존재한다. 그래서 그 사랑에 '이르는 길'은 "하얀 사막을 맨발로 걸어가는 듯"한 고독한 노정이다. "그대는 늘 나를 지나쳐 앞서가니" 만남은 '한 찰나'일 뿐이다. 그럼에도 불구하고 화자는 "늘 그대를 넘어 / 그대와 마주서는/ 꿈을 꾼다"는 것이다.

김선욱의 시는 대체로 모든 시적 대상의 존재를 타자로 인식하지 않고 자아와 동화하거나 감정을 이입하여 투사를 꾀하는 '친화'의 시선을 전제로 한다. 그의 시적 대상은 '고향 공간'이거나, 식물이거나, 어떤 관념이거나 정신이나 마음이거나 구애하지 않는다. 이러한 객관적 상관물들은 결국 그의 마음이나 정신, 사랑을 현현하기 위한 시적 장치로서 활용된다.

그의 시에서는 시적 대상과 자아의 사이에 짙은 그리움이 존재한다. 이 '그리움'은 항상 눈물, 울음 고통, 고독을 수반하는 지독한 '열병'과 같은 것이다. 그렇지만 이 그리움은 언젠가는 진정한 '사랑'에 도달할 것이라는 미래 비전을 담고 있다. 따라서 시적 현실은 열병의 고통 속에 놓여 있지만, 그때마다 그것을 극복할 수 있는 에너지가 되는 것은 미래 시간에 대한 기대라고 할 수 있다. 그것이 가능한 것은 그의 시 속에서의 미래 시간이 대체로 희망과 긍정의 시계를 지향하고 있기 때문이다.

그의 시에서 '사랑'에 도달하기 위한 과정은 열정이 넘치는 그리움이지만, 이를 지탱하고 지속할 수 있는 방편은 한마디로 '마음을 비우는 행위', 즉 '이타정신(利他精神)'이라고 할 수 있다. 그의 시는 보다 큰 차원에서의 '우주적 사랑'을 꿈꾸고 있다고 할 수 있다. 따라서 김선욱 시에서의 '사랑'은 열정적 그리움의 과정을 거쳐 '이생'(이승)과 '저승'의 차원을 넘나드는 우주적이며 시간 초월적인 개념을 갖는다.

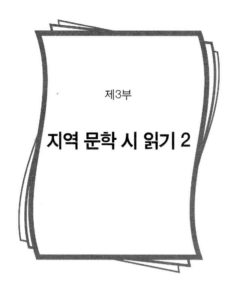

제3부

지역 문학 시 읽기 2

과학적 상상력과 풍자, 이 거대한 시적 담론
─진헌성의 시집을 읽고

　　최근 진헌성 시인에 관련된 서적 세 권이 한꺼번에 출간되어 문단의 화제를 모았다.『진헌성 시 연구 Ⅰ』(푸른사상, 2008),『진헌성 시 연구 Ⅱ』(시문학사, 2008),『상상의 숲』(진헌성 시 전집 제5권, 도서출판 한림, 2008)이 그것이다.

　　『진헌성 시 연구 Ⅰ』은 진헌성의 시를 주로 '물성', '공간'의 관점에서 분석하고 '과학철학'의 시각에서 해석한 연구서이다. 이 책은 이운룡 박사의 저서로 무려 400쪽에 가까운 분량의 역저이다. 그리고『진헌성 시 연구 Ⅱ』는 우리나라에서 내로라하는 문학자, 평론가, 시인 등 시학 전문가들이 펼쳐 놓은 진헌성 시에 대한 평설을 집대성한 것이다. 여기에는 문덕수, 원형갑, 장백일, 채수영, 정광수, 주기운, 문병란, 손광은, 허형만, 김종, 김준태 등이 각각 참여하고 있다.

　　이처럼 12명의 문학가들이 진헌성 시인을 연구 또는 비평의 대상으로 삼는 데에는 그만한 이유가 있을 터이다. 그가 지금까지 이룩해 온 인생과 시

업이 그 해답이며, 특히 이번에 상재한 전집 제5권 『상상의 숲』에 집약되어 있다고 본다. 따라서 『상상의 숲』에 드러난 그의 시적 특성을 개괄적으로나마 살피는 일이 '진헌성' 시에 대한 이목 집중 현상을 해명하는 열쇠라고 생각한다.

이 시집 또한 그동안(전집 제 1권~4권) 그의 시작 태도에서 큰 특징의 하나로 지적받아 온 '연작시'로 이루어져 있다. 즉 이 책에는 「상상의 숲」 제하의 연작시 301편과 「조시」 한 편으로 총 302편의 작품이 실려 있다.

「상상의 숲」 연삭 역시 거대담론의 사상시이다. 그의 시적 대상은 결국 과학적 상상력으로부터 촉발된 우주이기 때문이다. '상상의 숲'이 시인이 사유하는 하나의 우주라면 301편의 작품은 각기 다른 301개의 행성들이라고 할 수 있다. 이와 같은 진헌성 시인이 지어낸 우주라는 거대한 시적 담론은 몇 가지의 특징을 드러낸다.

맨 먼저 관심을 갖게 한 것은 전지적 관점의 화자이다. 그의 시에서의 화자는 태초에서부터 현재를 거쳐 미래를 꿰뚫는, 동양과 서양을 넘어 태양계를 넘나드는 혜안을 지니고 있다. 이는 마치 기독교의 성경이나 유교의 논어와 같은 경전에 드러난 화자처럼 전지적 관점의 시적 언술을 구사한다. 이와 같은 시적 언술은 때로는 신성성을, 때로는 과학성을, 때로는 풍자성을 효과 있게 하는 데 주효하다고 생각된다. 그가 취택한 시적 화자는 '눈'이라는 감각적 기관과, 이를 통해 대상을 '보다(觀)'라는 행위에 큰 비중을 갖는다.

  *눈의 발생은 우주 개벽의 제일성여라,(2)
  *눈에 세상 다 담갔으니 / 하마 젓 맛깔스레 / 소설됐다 고할까나(3)
  *안 보이는 욕망의 눈은 더 커서 / 소망의 신기루를 로또 복권쯤 착각
   하고 세계가 신기루를 쫓는 청맹과니들로 즐비하거니(4)
  *이승이 한 눈이면 / 지로 갈 것을 / 하필이면 두 눈일꼬(8)
  *갓난이 옹알이에서 숨넘이까지 / 우리 눈까풀에는 무한시의 칩이 저

장되었다(21)

*눈은 나 있음의 거울이요(23)

*안·이·비·설·신·의 6근 중에 / 제일 앞줄에 선 / 낯바닥 앞줄 좌우
에 버티고 선 선봉장이 눈이다.

*지금은 눈이 귀보다 더 시끄러운 시대 / 조금 지나면 눈으로 숨 막히
는 병도 동아 나겠다.(41)

*우리 심청전은 눈으로 / 두 세상 사는 이야기다 / 부처는 세상이 빈 것
이라면서 / 백호로 세 세상 살고(51)

*눈이 우주를 처음보고 물음했으리니 / 눈이야말로 철학의 씨주머니
아니려나(52)

*이 세상 가장 정직하게 보던 눈은? / 젖무덤 젖꽃판에 파묻은 첫울음
과 / 뉘 어미의 웃음이 그 본적여든?(55)

*서양은 소망의 눈 끝에 현미경과 망원경의 유리 조각 달아 내어 앞섰
거니(60)

▲( ) 안의 숫자는 「상상의 숲」 연작의 번호임. 이하 인용도 마찬가지.

여기에 보이는 것처럼 그는 '눈'을 통해 대상을 인지하고, '눈'을 통해 사유
하고, 눈 속에 온갖 세상 체험을 저장한다. 그의 시에서 눈이 지니는 상징성
은 카메라와 같은 도구의 의미를 갖기도 하지만, 그 의미는 때에 따라 무한
으로 확장되어 '하늘'이 되기도 하고 '저승'과 '이승'의 세계를 가르기도 한다.
「상상의 숲」 전체로 보면 그에게서 '눈'은 상상의 근원이기도 하다.

문학에서 상상이란 낱낱의 체험들이 사유를 통해 재결합하여 새로운 창
조적 세계를 생성하는 것을 의미한다. 따라서 「상상의 숲」의 근원적 재료들
은 시인의 사유에 의해 재결합된 체험의 편린들이다. 살아온 생을 통해 체득
한 직접 체험들은 직관과 감성을 통해 재현되지만, 간접 체험들은 이와는 달
리 인유의 형식으로 드러나는 경우가 많다. 인유의 원리는 시공을 뛰어넘는
거대한 은유의 일종이다. 시가 갖는 장르적 특성이 비유의 언어에 있다면,

진헌성 시인의 거대담론에 기여하는 기재는 '인유'에 있다고 할 것이다.

*죽음이 석사(夕死)에 있으랴 쇠붙이에 있고 / 죽음이 도에 있지 않고,
하찮게도 길바닥 찻길에도 있으니(9)

*지옥의 골짝에 흐르는 월인천강지곡은 / 억겁세 된 원한 깊어 이무기
된 석가모니의 연한이거니와(24)

*『반지의 제왕』도 불교의 설득과 같이 / 권력 지향의 상징였던 반지
를 버리고 나면 / 웃음과 사랑이 평명한 일상으로 돌아옴을 말하는
그 열반이랴(27)

*달기(妲己)나 양귀비가 주군을 말아먹고 / 헬렌이 트로이라는 도시를
파멸시킴도 숯불만한 가슴 속 삿된 탓(29)

*라캉이 시기(invidia)는 라틴어 본다(videre)에서 유래라듯(31)

*크레타 섬의 미궁에 갇혔던 부자간인 / 다이달로스와 이카루스(42)

*'오셀로'와 '리어 왕'에서 세익스피어는 눈과 세상을 가식이라며 구역
질했다. / 우상을 믿지 말라던 모세를 성경책도 교회도 거역했다(45)

*성쾌감 수치감을 아폴론과 헤라의 우김질에서 본다(49)

*포스트모던 철학의 대부라던 바타유의 소설 / <눈 이야기>는 성
(性)을 뒤엎더라(51)

*녹두장군 격문은야 / 조광조와 최익현이 화순 쌍봉면 중리의 입비의
만남에서 비롯됨이 아닐까나(61)

*인이란 마음이요, 의는 길이라던 맹자는 / 감각을 착하지 않다 천히
보아(64)

*순자(荀子)는 2,300여 년 전 사람인데 / 하늘을 사모하기 보다는 물건
으로 보고(74)

*괴테의 진심에는 빛보다는 여성의 사랑을 구걸했을 거란 생각(76)

*진나라 당계공(堂谿公)이 개혁을 들먹이는 한비자에게 신상의 기우
를 근념하였듯 / 전봉준의 기우가 그게 아니더냐(77)

*친구들에게 말한 후일담엔 까뮈의 《이방인》의 허퉁한 실존을 느
끼게 하는 헛웃음이 있다(151)

*먼발치 기다림의 은하담장 정읍녀의 사부가소리도(175)

*돈은 탄식의 눈물이요, 내일을 일구는 금송아지며 / 우장[烏江]의 항우(項羽)인가 하면 / 해하(垓下)의 유방(劉邦)이기도 하다(179)
*신은 꽃 같은 천사 같지만 브르노를 화형시킨 위선자다(183)
*어우렁더우렁 세상 바람둥이 어우동이 아니고서는 / 연밥 애 안길 수 있으랴(192)
*≪라마야나≫란 한 마리 새가 울고 간 아픔을 역사는 되풀이만 하는지(201)
아인슈타인은 / "신은 주사위 놀이를 하지 않는다," 신의 편에 섰고 / 보어는 '전능하신 신께 하명토록 함을 그만하라.' 인편에 섰다느니 (262)
*그 은혜에 비해 주인의 죄는 수미산보다 높고 엠덴 해연보다도 깊다 (272)
*리처드 도킨스는 / 이 세상은 설계도 우연도 아닌 / 자연 선택이라 했겠다(300)

『상상의 숲』에서 눈에 띄는 '인유' 부분을 대충 적어 보았다. 이와 같이 그에게서 인유의 원천은 그 폭이 대단히 넓다. 인용한 부분에서도 짐작할 수 있듯이 그 인유의 원천은 인류 역사를 통해 알려진 성인들의 사상, 동서양의 고전, 신화와 설화, 역사, 과학이론, 철학, 문학작품, 영화, 정치적 사건 등 헤아릴 수 없이 많고 다양하다. 따라서 고금동서의 시·공간에 대한 다양한 체험이 그의 시 텍스트에 공존하고 있음을 볼 수 있다. 이는 진헌성 시인이 그만큼 풍부한 독서와 여행 등 폭넓은 체험을 쌓아왔고, 이러한 소중한 체험을 바탕으로 우주와 인간의 문제를 깊이 사유하는 태도로 일관되게 살아왔음을 증명한 셈이다.
　인유의 근원을 따져보면 궁극적으로는 사랑의 정신에 도달하기 위한 것이지만, 그 표면적 과정에서 드러나는 것은 풍자의 방법이다. 따라서 진헌성 시인에게 있어서 다종다양한 인유는 결국 풍자를 위한 것이 된다.

예부터 귀신 불러 굿한 집 우환만 들끓던만
신 운운 이 세상 덕 봤으런?

누천 년 신의 중노미로만 살았건만
신이 대신 아파하고 죽어간 일 있어 왔던가

—(52) 중에서

과거의 성경 속 요르단 강을 건너는 찬송가의 행복한 복고 맛에 푹
빠져서
우리도 따라 옛 이스라엘 사람 되어 살면서도
내가 나를 산다며 둘려 살고 있지 않는지

—(68) 중에서

예수·모세·마호메트 하나 없이
혈연적 아버지 없고 싯타르타조차 부모 처자를 모르쇠하고도
인간세를 구한다니 일리가 있는지

—(215) 중에서

이처럼 풍자의 대상은 종교의 창시자나 성인, 또는 인간들이 추앙해마지
않는 신이다. 진헌성 시인은 매우 많은 시편들에서 종교의 신성성과 권위에
대해 과감한 야유를 퍼붓는다. 이것은 그동안 종교와 신이 저질러 온 가식을
폭로하고, 그것을 해학적으로 노래한 풍자의 방식이다. 여기에서 그가 취택
한 폭로 방식에 주목할 필요가 있다. 폭로란 가식의 포장을 걷고 진실을 보
여주는 행위를 말하는데, 그는 이 포장을 걷는 데에 과학철학을 들이대고 있
다. 과학철학은 자연과학적이고 논리적 성격을 갖는 딱딱한 학문의 영역인
데, 이를 시라는 부드러운 예술과 결합시킨 것은 창의적 영역에 속한다. 이

방식은 우리 문학계에서 매우 보기 드문 것으로, 과문한 탓인지 모르지만 진헌성 시인이 이룩한 독보적인 세계일 것이다.(일찍이 편석촌의 시에서 이와 같은 면모가 엿보이긴 했지만, 본격적이지 못했다.)

요컨대, 그가 가식의 커튼을 걷고 보여 준 진실은 한 마디로 '휴머니즘'이다. 그는 생애를 통해 이 휴머니즘을 몸소 생활로 실천해 왔고, 문학적으로는 '어머니'에 관한 많은 시편들에 절절히 드러나 있다. 이것이 종교와 신과 세태에 대한 풍자가 도달한 그의 문학의 궁극적 우주인 것이다. 끝으로 그의 시가 탁월한 음악성을 겸비한 것은 전라도 언어의 리듬과 어법을 바탕에 깔고 있기 때문이라는 걸 첨언해 둔다.

양치기 소년의 사랑 노래
— 양병호 시집『스테파네트 아가씨』

양병호 시인의 다섯 번째 시집이다. 시인은 이 시집의 제목을『스테파네트 아가씨』라 붙였다. 일반적 관행은 시집 안에 들어 있는 작품 중 하나를 택하여 그 제목을 시집의 표제로 붙인다. 그런데 이 시집은 그렇지 않았다. 이 시집 안에는「스테파네트 아가씨」라는 작품이 없을 뿐만 아니라, 이 단어는「夢遊桃園記 8 —사막의 불시착」이라는 작품에 단 한 번 등장할 뿐이다. "북두칠성 국자에 걸터앉은 양치기별이 깰세라 스테파네트 아가씨의 잠을 지키고 있었습니다."의 시구가 그것이다. 잘 알려진 바와 같이 '스테파네트 아가씨'라는 인물은 알퐁스 도데의「별」이라는 단편에 나온다. 시인은 왜 도데의「별」이라는 소설 속 인물을 인유하여 시집의 표제로 삼았을까?

「별」은 아름답고 순수한 사랑을 그린 도데의 대표적인 작품이다. 소설 속에서 주인공 '나'(양치기 소년)가 처한 현실은 양떼와 사냥개만을 상대하며 사는 외로운 삶이다. 이 소설은 그런 현실에서 오직 '나'(양치기 소년)의 '스테파네트 아가씨'를 향한 애틋하고 맑은 사랑이 읽는 이에게 충분한 감동을 주는 작품이다.

양병호 시인의 네 번째 시집 『구봉서와 배삼룡』(고요아침, 2009)의 세계
가 과거 시간의 농촌 공간을 다루었다면, 이번 시집에서는 현실 공간을 주되
게 다루고 있다. 이 현실 공간은 양치기 소년이 처한 그것과 궤를 같이하고
있고, 이 시집에서 시인이 궁극적으로 추구하는 최종 방향은 '스테파네트 아
가씨'로 비유되는 아름답고 순수한 사랑이다.

경계 없는 꿈과 현실

꿈은 몽유록 계통의 고전 소설에서 드러나듯이 현실과 다른 이상향의 세
계인 경우가 많다. 몽유록류는 현실과 꿈의 경계가 뚜렷하여 현실에서 꿈으
로 진입하고, 꿈속의 세계가 전개되다가 다시 현실로 돌아오는 프레임을 가
지고 있다. 안견의 "몽유도원도"도 안평대군이 꾸었다는 꿈의 세계를 회화
공간으로 옮겨 놓은 것이다.

그런데 양 시인은 꿈과 현실의 경계를 무너뜨림으로써 현실 세계를 몽상
화한다. 현실의 몽상화는 현실에 대한 비평적 생각을 구현하기 위한 시적 수
단이다.

> 한여름 우박내리는 이상기후 속에서
> 익명의 발가벗은 수컷으로 비를 맞고 싶은 것이다
> 뉴스와 루머를 바람 쏘여 낡게 하고
> 포털 사이트를 교란하는 바이러스를 숭배하면서
> 하룻밤 동굴을 찾아 방황하고 싶은 것이나
>
> 쑥과 마늘을 씹으며

진자리 뒤척이는 곰의 잠을 자고 싶은 것이다
돌창과 돌도끼를 던지고 싶은 것이다
잠 속의 꿈을 박살내고 싶은 것이다
꿈속의 잠을 자고 싶은 것이다

오늘도
나는
꿈꾼다
깜박깜박
명멸하는 졸음 속 일상으로부터
잠 깨기를

—「夢遊桃園記 1」 부분

　인류가 꿈꿔 왔던 문명의 세상, 컴퓨터와 인터넷으로 대표되는 현실의 물질문명은 '뉴스', '루머', '포털 사이트', '바이러스'가 횡행하는 "깜박깜박 / 명멸하는 졸음 속 일상"이다. 즉 "커서의 명멸로 존재하는 삶"인 것이다. 이런 삶을 화자는 '잠' 또는 그 잠 속의 '꿈'으로 파악한다. 그래서 다시 이 '잠'과 '꿈'으로부터의 또 다른 일탈을 꿈꾼다. 즉 "잠 속의 꿈을 박살내고" "꿈속의 잠을 자고 싶"어하고 있는 것이다. 화자가 진짜 꿈꾸고자 하는 곳은 신화의 세계다. 그가 깃들고자 하는 공간은 '동굴'이다. 이 동굴에서 단군 신화의 원초적 행위인 "쑥과 마늘을 씹으며" 태초에 웅녀가 잤던 그 신화적 잠을 추구한다. 그리하여 "돌창과 돌도끼를 던지"는 원초적 행위를 꿈꾸게 된다.

　지나온 삶의 실타래를 더욱 엉키게 할 수 없을까. 비몽사몽. 내 걸어가는 앞뒤로 낙엽이 한숨처럼 근심처럼 쏟아지네. 나인지 그대인지 한숨을 호흡하며 비틀비틀 꿈길을 가네. 꿈길이 지워지고 이정표도 사라지고 악몽도 잦아지면 도달하기는 한 것일까. 무아지경의 몽유도원 뜨락에. 하늘을 빗금 긋는 유성처럼 내 자취 사라지면 이윽고 멍든

그리움도 희미하게 지워지는 걸까. 어디로 가서 무엇이 되어 또 어디
로 흘러갈 것인지. 참말로 가려운 이승의 놀이

　　　　　　　　　　　　　　　　　　　　—「夢遊桃園記 5」부분

어차피 분명한 것 하나 없는, 운명의 갈림길을 헤매는 나날이지만,
상심한 소망이나마 색색의 꽃으로 피어나길 바랄 수밖에 없는 이 봄
날. 차라리 꿈이었으면 좋았을 오늘이, 마침내 초크 나간 가로등처럼
깜박거리기만 할 뿐인

　　　　　　　　　　　　　　　　　　　　—「夢遊桃園記 6」부분

　화자는 "한숨을 호흡하며 비틀비틀 꿈길을 가"고 있다. '비몽사몽' 상태에
서 꿈길도 이정표도 모두 지워지고 급기야 '무아지경'에 빠진다. 이쯤 되면 꿈
과 현실의 경계는 완전히 허물어진다. "하늘을 빗금 긋는 유성처럼 내 자취
사라지면 이윽고 멍든 그리움도 희미하게 지워지는 걸까."에서처럼 자아의
존재마저도 회의하게 된다. 결과적으로 화자는 삶을 '놀이' 정도로 가볍게 인
식하게 된다. 이러한 인식은 현실에 대한 불만족에 기인한 것으로 보인다.
　'오늘'은 '봄날'이다. 차라리 '꿈'이었으면 좋았을 운명의 갈림길을 헤매는
깜박거리기만 할 뿐인 상심한 날이다. 이처럼 꿈과 현실은 모두 몽환적이면
서, 부정적이고 더 나아가 비관적이기까지 하다.

　　꿈결
　　아련한 허공을 향하여
　　발작하듯 꽃들이 폭발하고 있다
　　미풍에 휘날리는 탄성의 꽃잎들이
　　슬픔으로 빛나는 이 봄날
　　화약에 대이고 싶다
　　삶의 화인을 찍고 싶다

그러나
화르르 화르르 지는 꽃잎처럼
아니 연기로 스러지는 들불처럼
피식피식 고꾸라지는
이루지 못한 꿈의 헛발질로
허청허청 봄날은 간다
통증도 없이 살아지는 나날
미련도 없이 사라지는 날들
데불고

—「夢遊桃園記 4」 전문

꿈결에서 봄날 꽃들의 발화는 폭발적이다. 그렇지만 화려해야 할 꽃잎들은 '슬픔'으로 빛난다. 화자는 "화약에 대이고 싶다 / 삶의 화인을 찍고 싶다"고 절규한다. 무언가 삶에 대한 확실한 의미를 찾고 싶으나 허망하게 흘러가 버린 시간 때문이다. 이것은 주관적으로 삶을 개척해 가는 것이 아니라, 아무런 "통증도 없이 살아지는" 피동적인 삶이다. 이러한 삶은 "이루지 못할 꿈의 헛발질"이며, 꽃잎 폭발하듯 피어났다 지는 화려한 봄날은 "미련도 없이 사라지는" 꿈결과 동일한 허무의 시간이다.

이처럼 꿈과 현실의 경계가 허물어지는 까닭은 현실적인 삶이 꿈속의 그것처럼 허무하고 무의미하기 때문이다. 시인은 이러한 21세기의 현실적 삶의 행태와 본질에 불만을 표출하는 방식의 하나로 몽환적으로 사유하는 화자를 내세우고 있는 것이다.

삶에 대한 풍자적 야유

21세기를 살아가는 현대인들의 삶의 방식에 대한 시인의 회의는 다양하다. 삶의 방식은 사고로부터 이루어지고, 사고는 언어로 표출된다. 오늘날 우리 사회에서 소위 지식인, 전문가들이라는 사람들의 표현 방식을 보면 배배 꼬아 말하거나 두루뭉수리 회피하는 어법을 쓰는 경우가 많다고 지적하는 이도 있다. "ㅡ하는 경향이 있다고 말할 수 있다.", "ㅡ으로 보인다고 판단되어 진다." 등 그 실례는 얼마든지 찾을 수 있다. 일반 시민들의 어투에도 이러한 표현을 볼 수 있다. 이는 자아에 대한 정체성 상실과 탈주관적인 현대인들의 삶을 반영하고 있다고 하겠다. 그래서 시인은 일상적으로 무심코 쓰고 있는 언어에 대해서도 특별한 관심을 갖는다.

> 저는 오늘도 분명히 살아갈 이유가 있는가 봐요.
> 가끔 저도 우울한 기분이 들기는 한가 봐요.
> 이따금 기쁜 일이 저에게도 있는가 봐요.
> 지금 사랑에 빠지기는 빠진가 봐요. 저는
> 제가 어제 승진을 하기는 한가 봐요.
> 그대에게 저는 편지를 쓰고 싶은가 봐요.
> 아침에 토스트와 우유를 저는 먹었는가 봐요.
> 어젯밤 땀나게 섹스를 했는가 봐요. 저는
> 제가 세상에 존재하기는 한가 봐요.
> 어디론가 제가 머얼리 여행을 하고픈가 봐요.
> 펄럭펄럭 나부끼는 저를 확인하고픈가 봐요.
> 이윽고 마침내 내일 아픈가 봐요. 저는
> 그 때 확인 가능한가 봐요.
>
> 그렇다고 봐서는
> 이제는 제발 그만
> 봐요.
>
> ―「봐요」 부분

현대 한국인들이 일상적으로 사용하고 있는 "—ㄴ가 봐요"라는 어투를 계속 반복함으로써 불확실성 시대에서 정체성을 상실한 현대인의 삶에 대해 풍자하고 있는 작품이다. 이 시에서 화자는 삶, 기분, 사랑, 승진, 식사, 섹스, 존재, 욕구, 심지어는 통증에 대해서조차도 아무런 확신을 갖지 못하는 모호한 상태로 하루하루를 살아간다. 그러므로 시인은 어떤 주관도 의식도 없이 무가치한 삶으로 하루하루를 보내는 화자를 내세움으로써 현대인들의 삶을 야유하고 있는 것이다.

> 이른 아침부터 매급시 눈이 떠졌다. 잠옷이 허물 벗겨지고, 토스트와 우유가 입 속으로 찾아들어와진 다음 푸카푸카 양치질이 해졌다. 익숙하게 챙겨진 가방이 어깨에 올려메지고, 구두가 신겨진 뒤 직장으로 걸어가졌다. 전화가 받아지고, 문서가 작성되어지고, 사람들과 대화가 이루어지고, 바람에 출렁이는 물결처럼 울고 웃어졌다. 부장의 기미긴 인상과 만나지고, 쓰디쓴 커피가 마셔지고, 사장의 위대한 과업 명령과도 만나졌다. 후줄근한 빨래로 퇴근 되어지는 길, 물비누 같은 맥주가 흘러들어와졌다. 세탁기 속의 빨래처럼 마구 어지러워졌다.
> ―「졌다 ―오늘의 일기」 부분

이 작품 역시 현대인의 피동적 삶을 풍자한 것이다. 피동의 의미로 만드는 보조동사인 "—어지다/—어졌다"를 계속 과도하게 반복함으로써 풍자하는 방식이다. 화자를 회사원으로 설정하여 자신의 하루 일과를 서술하는 일기의 형식을 취했다. 정상적 표현으로는 "눈을 뜨고, 잠옷을 벗고, 토스트와 우유를 먹고, 양치질을 하고, 가방을 메고, 구두를 신고, 직장으로 걸어가 출근을 해서, 전화를 받고, 문서를 작성하고, 대화를 하고, 부장을 만나고, 커피를 마시고, 사장의 지시(명령)를 받는다. 그리고 퇴근길에 맥주를 마시고 취했다."는 내용이다. 그러나 이 작품은 이러한 능동의 형식을 뒤집어 "—어지다/

―어졌다"를 사용하여 모든 문장을 피동형으로 만들어 웃음을 자아내게 만들었다. 현대인의 무가치한 삶에 대한 풍자적 야유인 것이다.

어느 날 은근히 신흥 테레비교가 발흥했다. 모두들 아침에 일어나 테레비 교주의 설교를 들으며 경건하게 조반을 들었다. 물론 테레비가 제공하는 오늘의 식단이었다. 지난밤의 사건 사고 소식을 경청하며 불안하고 또 안도하였다. 테레비가 지시하는 오늘에 맞는 패션을 입고, 일기예보에 따라 우비를 챙기고, 막히는 길을 피해 출근했다. 테레비는 순간순간 긴급으로 월드뉴스를 타전하며 세상의 궁금증을 긁어주었다. 모두가 사실이었다. 사실들이 굳어져 진실이 되었다. 믿을 수밖에 별 도리가 없었다. '테레비에 나왔당게' 말이면 만사 오케이였다. 아무도 부정할 수 없었다. 어느덧 눈과 귀가 테레비교와 핫라인으로 연결되었다. 테레비는 세상을 상대로 잠도 자지 않고 포교에 열심이었다. 마침내 모두들 충직한 성도가 되었다. 테레비교 교리에 따라 웃고 우는 나날이 연속극처럼 흘러갔다. 통증 없는 마비된 나날이 강물처럼 흐르고 흘러 어디론가 사라졌다. 지지직. 소리 소문도 없이. 지지직.

―「테레비에 나왔당게」 전문

오늘날 현대인의 생활 속에서 텔레비전의 영향력은 굉장히 높아졌다. 그런데 이 텔레비전을 흔히 '바보상자'로 일컫는다. 왜냐하면 텔레비전은 '인간의 주체적인 사고 활동을 방해하고 그저 수동적으로 정보를 받아들이게 만드는 매체'이기 때문이다. 즉 시청자들의 사고를 획일화, 단순화 시키는 역할을 한다는 부정적 측면에서 판단했다. 그런데 이 작품 「테레비에 나왔당게」는 텔레비전의 영향력을 종교의 그것에 비유하여 현대인들의 맹목적인 믿음과 사유를 효과적으로 풍자하고 있다. 그리고 이러한 텔레비전에 대한 대중적 맹신과 이를 정치심리적으로 이용하고 있는 우리네 언론의 왜곡된 보도 환경을 풍자하고 있는 것이다.

공허와 허무, 그리고 가을

시인은 하루하루 흘러가는 세월과 그 세월에 묻어가는 삶을 공허하고 허무한 것으로 파악한다. 서두에 언급했듯이 이 시집에서의 시간 영역은 '현재'라고 할 수 있다. 이 시집에서 시인은 '현재'라는 엄존하는 현실을 비판적으로 개탄하는 태도를 지닌다.

상심한 소망이나마 색색의 꽃으로 피어나길 바랄 수밖에 없는 이 봄날. 차라리 꿈이었으면 좋았을 오늘이, 마침내 초크 나간 가로등처럼 깜박거리기만 할 뿐인 // 별들도, 별똥별조차도 휴직해버린 이 봄날 저녁. 그냥 쓸쓸해서 마시는 한 잔 술로, 느닷없이 세상은 또 살만하다고 속삭이네요. 그래서 오늘도 하루를 살았네요. 내일도……
　　　　　　　　　　　　　　　　　　　　—「夢遊桃園記 6」 부분

굳은 살, 마른버짐, 잡티들이 무차별 침략해오는 오늘, 상심한 나와는 무관하게, 들에는 꽃 핀다. 산에는 산새 운다. 강물은 흘러 제 갈 길로 가버리고, 저무는 강둑에 홀로 앉아, 지난 가을 찬란하게 사운대던 억새를, 폭설에 지워지던 숲의 적막을, 별리의 머플러로 날리던 봄꽃을, 추억을, 환영을 그저 바람에 머리칼 헹굴 뿐
　　　　　　　　　　　　　　　　　　　　—「夢遊桃園記 7」 부분

어제처럼 또 오늘도
섬진강은 너르고 평평한 세상을 꿈꾸며
그저 흐르고 흘러 갈 뿐이네
　　　　　　　　　　　　—「물이 좋아 물 따라 사노라네」 부분

그 아래 아득한 시간과 공간의 거미줄에 포획된 곤충인 나, 마침내 별빛에 젖어 이슬에 젖어 모래알처럼 어둠 속 사막에 조용히 스며들었습니다. 빛나는 별도 아니고 파도 타는 돌고래도 아닌 사막의 흔하디흔한 모래알로 풍화되고 있었습니다. 사랑도, 번민도, 행복도, 절망도, 희망도 바람에 씻겨 무화되고 있었습니다. 아무것도 아닌 것으로 닳아지고 있었습니다. 저 푸르고 깊은 우주를 향하여 떠듬떠듬 날아가고 있었습니다. 허름하게 그러나 가볍게

—「夢遊桃園記 8」 부분

인용한 시 구절들을 '오늘'에 방점을 찍고 읽어보면 화자가 처한 현실이 보인다. 화자의 마음 상태는 항상 상심해 있고, 시간은 허무하게 강물처럼 흘러가고 있다. 화자가 인식하고 있는 현재의 시간적 의미는 '공허', 또는 '허무'라고 할 수 있는 외로움과 쓸쓸함이다. 급기야 「夢遊桃園記 8」에서처럼 자신의 존재를 "아득한 시간과 공간의 거미줄에 포획된 곤충"으로 인식하고, 이는 우주적 세계관에서 보면 사막에 풍화되어가는 모래알에 불과하다. 종국에는 그 모래알마저 '아무것도 아닌 것으로 닳아져' 무화된다. 이렇게 자기 존재에 대한 허무는 항시적으로 지속되는 마음 상태이기 때문에, 그리고 과거나 현재는 "어제처럼 오늘도" 흘러가기 때문에 구태여 구별할 필요조차 없어진다. 이런 구별이 무위의 가치로 자리 잡을 때, 원인과 결과, 나타나는 현상에 대한 이유조차도 따질 의미가 없어진다.

생의 갈피를 뒤척이며
오늘도 하루를 살았다.
매급시

—「몽유도원기 11 ─하루」 부분

고개 숙인 마른 연꽃대
사이로
거미줄이 듬성하고
지난여름의 잠자리 형해가 매급시
바람 쐬고 있다.

―「가을, 덕진공원」 부분

설설 기는 저 포수처럼
우리는 매급시 서성거리기만 하였다

―「낙양(洛陽)성 십리 하에」 부분

불현듯
성욕이 꿈틀대는 것을 모른척했다
매급시 담배만 꼬나물었다

―「북해도」 부분

뭉게구름 한 점

<중략>

매급시 떠 있다가
없다

―「풍경 5」 부분

　양 시인의 작품에는 간혹 전북 방언이 시어로 쓰이는데, 그 중 비교적 자
주 볼 수 있는 단어가 "매급시"다. "매급시"는 그의 시에서 '공허', '허무', 혹
은 '무위'를 단적으로 표현하는 부사다. "매급시"는 까닭 없이, 이유 없이, 괜

히 등의 의미가 들어 있는 전북 방언이다. 전남에서는 "멜갑시/맬갑시"로 쓰이고 있다. 추정컨대 "멜없이/맬없이 > 멜갑시/맬갑시 > 메급시/매급시"로 변화되었을 것 같다. 전남 방언에는 아직도 "그럴 멜이 없다."라거나 "멜없이 그냥 좋다."는 구어 표현이 사용되고 있다. 여기에서 '멜'은 까닭, 이유와 유사한 뜻의 명사임을 알 수 있다. 아무튼 양 시인의 시에서 "매급시"라는 부사는 감칠맛이 나는 단어임과 동시에 화자의 심리적 태도를 함축적으로 보여주는 시어임에 틀림이 없다.

> 시간의 여울에 씻기어
> 빛바랜 새치가 듬성듬성 돋는다.
> 무덤가 응달의 잔설처럼 희끗희끗 슬프다.
> 낡은 생의 페이지마다
> 안간힘으로 낙엽을 물들인 가을날 오후의 햇살
> 길 떠나는 철새의 날갯짓으로 파들거리고 있다.
> 과속으로 지나와버린 세월
> 그 뻔한 비밀을 혼자서만 들킨 것 같다.
>
> —「염색」 부분

노스럽 프라이가 봄을 희극, 가을을 비극으로 비유한 것을 차치하더라도 가을은 계절의 순환에서 허무, 쓸쓸함, 서글픔의 의미를 갖는다. 인생의 가을도 마찬가지이리라. 양 시인의 작품에 외로움과 허무의 이미지가 깔리기 시작한 것도 이와 무관치 않으리라 여겨진다.

이 시의 시간적 배경은 '가을날 오후'다. 그러나 자연의 계절인 가을이 아니라 "낡은 생의 페이지마다 / 안간힘으로 낙엽을 물들인" 인생의 가을이다. 여기에서 화자의 감정은 한마디로 "슬프다"이다. 여기에 "길 떠나는 철새의 날갯짓"과 "무덤가 응달의 잔설"이라는 이별과 죽음의 이미지가 더하여 이런 감정을 더욱 상승시키는 효과로 작용한다.

습관처럼 가을이 당도하고
나는 또 우울해질 채비를 하고 있소
결코 돌아올 리 없는
떠나간 애인의 기억을
수면제로 다스리는 밤이 말라가고 있소
　　　　　　　　　　　　　　―「夢遊桃園記 8」부분

바람 드센 가을 들판
몽상과 환멸의 길을 건너
나는 가고 있다
바람 타는 삶의 이파리
어지러운 갈대의 운명
단순하게 요약하며
가을 속으로
표표히
　　　　　　　　　　　　　　　　　―「풍경 2」부분

가을은 가도
가슴에 남은
차마 하지 못한 말을
말리며
견디는 나날
세월은 뒷모습을 남기고
총총
제 갈 길로 떠나고
결코 지워지지 않을
그리움만
우두커니
그림자를 키우고 있네

바람에 풍화되며

―「슬픔·5 ― 실연」부분

인용한 텍스트의 문법으로 보면 가을은 '우울'해져야 하는 계절이고, '떠나간 애인의 기억'을 다스려야 하는 밤을 보내야 하는 시간이다. 그리고 가을로 가는 과정은 "몽상과 환멸의 길을 건너"야 하고 "바람 타는 삶", "어지러운 운명"을 단순화해야 한다. 그런 자연의 계절인 '가을'은 흘러가도 결국 "결코 지워지지 않을 / 그리움만" 남아 "우두커니 / 그림자를 키우고" 있다.

혼돈과 몽상, 공허와 허무의 현실이 지나가고 난 다음에 남아 있는 건 '그리움'이다. 그러면 양 시인이 이 시집에서 갈구하는 그리움의 대상은 결국 무엇일까.

'스테파네트 아가씨'를 향한 그리움

양 시인의 작품에 드러난 사랑의 감정이 지향하는 곳은 '그대'로 지칭된다. 현실이 몽상적이고 때론 공허하고 쓸쓸하지만 화자가 항상 지향하고 있고, 궁극적으로 도달하고자 하는 세계가 그것이다.

나는 꿈꾸어진다
잠으로부터 가출하여 외박하기를
오프라인 상에서 그대와 접촉하기를

―「夢遊桃園記 1」부분

통증 가신 흉터

빈혈의 진공 속으로
허름한 추회
적막한 생을 관통하여
펄럭이누나. 그대 쪽으로.
하염없이

―「夢遊桃園記 2」부분

이 아리잠직한 세상의 한켠에서 나 마침내 노래 부르네. 그대를 과
녁으로 그리움을 쏘아대네. 날아가는 화살촉 핑그르르 눈물 흘리네.

―「夢遊桃園記 5」부분

길조차 지워져 막막한 내일 속으로
그대 영상 잘곽잘곽 손풍금을 울리며
강을 이루어 어디론가 흘러 흘러가는데
나는 참말로 그대를 생각하는 일 외엔 아무 할 일이 없다

―「손풍금」부분

두드려 패도 사라지지 않는 기억을 구토하기 위하여
거푸 건배를 하네
거듭거듭 그대를 마시네
술잔에 얼비치는 환영으로나마
오늘
나 그대에게 도착했네

―「술 노래」부분

몽상으로부터 깨어나 현실로 다가가고 싶은 곳의 방향은 항상 '그대'로 드
러난다. 화자는 온라인이 아닌 오프라인 상에서 "그대와 접촉"하기를 희구

하고, '적막한 생'을 관통하여 '그대' 쪽으로 펄럭이기를 염원한다. '그대'는 '그리움'의 대상이다. 그래서 "그대를 과녁으로 그리움을 쏘아" 댄다. 손풍금 소리에서도 '그대' 영상을 떠올리고, 화자는 "참말로 그대를 생각하는 일 외엔 아무 할 일이 없"을 정도로 '그대'에 몰입해 있다. 술을 마시는 일도 결국 '그대'를 마시는 것, 결국 "술잔에 얼비치는 환영으로나마" '그대'에게 도착했다고 자위한다.

시인이 이토록 간절히 희구하고 그리워하는 대상은 무엇이겠는가. 그 방향의 마지막에 존재하는 것은 이 혼돈의 현실 속에서 갈구하는 시인의 '순수', 바로 양치기소년의 스테파네트 아가씨에 대한 사랑이다.

자아 성찰과 비움의 시학
─김동옥의 시집에 붙여

시는 시인이 독자에게 건네는 담화이기도 하지만 자아를 성찰하는 도구이
기도 하다. 시 창작이란 어떤 면에서는 시적 대상을 거울삼아 자신을 비춰보
는 일이기도 하기 때문이다. 즉 시인에게 있어서는 시적 대상을 어느 시각에
서 어떤 눈으로 바라보고 그 특성을 어떻게 무엇으로 파악하느냐가 관건이
된다. 따라서 시 작품에는 시인의 사상과 철학, 그리고 사유의 깊이가 다양한
정서의 형태로 녹아 있기 마련이다. 그래서 뷔퐁은 "문체는 곧 사람이다."라
고 했고, 공자는 "사무사(詩三百一言以蔽之曰思無邪)라고 했는지 모르겠다.

김동옥은 평생을 공직에서 주민들을 위해 봉사하면서 시 정신과 문학적
사유를 키워온 시인이다. 그래서 그런지 그의 시에서는 함부로 치장하려 들
지 않고 자신의 내면을 보다 진솔하게 표명하고 있는 점이 돋보인다. 담백한
문체를 통해 자아를 성찰하고 자신의 가치관을 시적 언어로 변용하고 있는
경우가 허다하다. 이러한 그의 시적 태도는 자신의 삶을 관조하는 데서 비롯
되고, 이러한 태도는 읽는 이를 청정한 정신세계로 인도하는 구실을 한다.

후회도 원망도 없다
걸어온 길 뒤돌아보니
농익은 술처럼 노을빛이 아름답다

그 동안 실개천에 빠지지 않게 돌다리 놓아준 바람
척박한 텃밭에 꽃을 심어준 달빛
황톳길 넘어지지 않게 웅덩이 채워준 구름
어둑한 밤길 외롭지 않게 빛이 되어준 별들이 있었기에
넘어지지 않고 여기까지 올 수 있었다

지금 이 순간
30년 나의 생에 한없는 감사를 드린다
이제는 설렘과 두려움
이리저리 교차되는 미련
다 추억으로 간직한 채
오는 세월도 거스르며 전혀 새로운 나의 길
떠날 채비를 한다.

　　　　　　　　　　　　　　　　　　　　　─「외길 30년」 중에서

　이 시는 30년 공직 생활을 되돌아보는 내용을 담고 있는 자전적인 작품이다. 그는 지금까지 이룩한 자신의 삶을 자신의 노력이나 성실성으로 치부하지 않고 오로지 '바람', '달빛', '구름', '별들'의 존재 때문이라고 여긴다. 이들이 자신의 곁에서 각각 한 역할은 "실개천에 빠지지 않게 돌다리 놓아" 주었고, "척박한 텃밭에 꽃을 심어" 주었고, "황톳길 넘어지지 않게 웅덩이 채워" 주었고, "어둑한 밤길 외롭지 않게 빛이 되어" 주었다는 것이다. '바람', '달빛', '구름', '별들'은 지금까지 그의 삶을 지탱하게 해준 주변을 상징하는 기능으로 쓰였다. 따라서 이들은 그에게서 "한없는 감사를" 받을 존재들인 것이다. 이러한 '감사'의 마음을 토대로 "전혀 새로운 나의 길 / 떠날 채비를"

서두르고 있으니, 이 새로운 길도 역시 '바람', '달빛', '구름', '별들'과 함께 걷는 길이 될 것이다.

암담한 어둠이 파고드는
건물 뒤편에 버려진 듯
넘어져 있는 늙은 의자 하나
푸석거리는 바람 하나 이겨내지 못하고
신음하고 있다

세상에 첫선 보일 때
얼마나 튼실하고 풋풋한 아름다움으로
귀염 받았을까
물음표 같은 시간들
끈적끈적한 무게에 만신창이가 되어도
몸뚱이는 오로지
남을 위해 지탱해야 할 운명

이길 수 없는 세월을 버티다
다리 부러지고
몸뚱이는 곪은 자리처럼
닳고 해어져서
이젠
누구하나 거들떠보지 않은 존재가 되었구나

길 가다가 멈춰 선
나는 씁쓸한 몸짓으로
허공에 담배연기만 날려 보낸다.

―「버려진 의자」 전문

'의자'에게는 타자에게 편함을 제공해야하는 봉사의 일이 사명으로 주어져 있다. 이 시에서 화자는 "길 가다가" "넘어져 있는 늙은 의자 하나"를 발견한다. 그리고 거기에서 시간의 거리(세월)를 상상한다. "튼실하고 풋풋한 아름다움으로 / 귀염 받았을" 때로부터 "누구하나 거들떠보지 않은 존재가" 된 현재의 시간까지의 거리를 가늠해 본다. 그 시간의 거리에 "끈적끈적한 무게에 만신창이가 되어도 / 몸뚱이는 오로지 / 남을 위해 지탱해야 할 운명" 이 놓여 있다. 그리고 그 "이길 수 없는 세월"을 버텨온 가운데에 "다리 부러지고 / 몸뚱이는 곪은 자리처럼 / 닳고 해어" 진 고난과 고통이 들어 있다. 평생 타자를 위해 봉사하던 '늙은 의자'는 이제 "암담한 어둠이 파고드는 / 건물 뒤편에 버려"져서 '신음'하고 있는 상태가 되었다. 이 시는 화자가 '늙은 의자'와 자신을 동질적 시각에서 바라보았다는 데에 특별한 의미가 있다고 본다.

얕으면 얕은 대로
깊으면 깊은 대로
물 떠나 살 수 없는 것이 운명이기에
결코 울음 토하지 않는다

비췻빛 떠 올리며
여린 뿌리 내려도
뿌리박을 땅은 아득하고
의지할 물풀 하나
만나기 어렵다

미세한 바람결에도
잔잔한 물결에도
온몸이 흔들거림은
차라리 몸부림이다

오늘도
실바람과 작은 물보라에
가슴을 적신다.

—「부평초」 전문

　잘 알다시피 '개구리밥'이라고도 불리는 '부평초(浮萍草)'는 "물 위에 떠 있는 풀"이라는 한자 의미를 가지고 있다. 일반적으로 이 '부평초'는 정처 없이 떠돌아다니는 신세를 비유적으로 이르는 말인데, 이 시는 조금 다른 의미의 창의적 해석을 담고 있다. 즉 '부평초'는 "물 떠나 살 수 없는 것이 운명이기에 / 결코 울음 토하지 않는다"라고 하여 삶의 환경을 숙명으로 받아들일 뿐 결코 남을 탓하지 않는다는 것이다. 그렇지만 '부평초'는 '뿌리박을 땅'이 아득하여 정주하지 못할 뿐만 아니라 의지할 수 있는 어떤 존재조차 만나지 못한다. 이러한 고독하고 고달픈 삶을 스스로 헤쳐 나갈 수밖에 운명임을 스스로 깨닫고 있다. '부평초'는 미미한 도전에도 몸부림쳐야 하고 가슴을 적셔야 하는 연약한 존재로서 이 사회에서 소외된 이웃인 민초들을 표상하고 있다. 여기에서 시인의 약자에 대한 연민의 마음과 사랑의 태도를 엿볼 수 있다.

누구 하나 눈길 주는 이
이름 불러주는 이 없어도
의연히 자기 색깔로
꿋꿋이 살다
때 되면 피어오르는 그 모습

만겁 세월 속에
거친 비바람 눈보라
온몸으로 감내하면서

모질대로 모질어서
그 속에서 피어나는 진한 향기는
아무리 멀리 있어도
말없이 내 마음 가져가
내내 놓아주지 않네.

　　　　　　　　　　　　　　　─「야생화」전문

　이 시에서 '야생화'는 외롭고 쓸쓸한 존재로 그려져 있다. "누구 하나 눈길 주는 이 / 이름 불러주는 이 없"는 하찮은 생명에 불과하다. '야생화'는 주변으로부터 관심도 받지 못할뿐더러 누구도 그를 호명해주지 않는 고독한 존재인 것이다. 그러나 '의연'하고 '꿋꿋'하게 살면서 때가 되면 꽃을 피우는 모습을 보여준다. 또한 "거친 비바람 눈보라 온몸으로 감내"하는 "모질대로 모질어"진 강인함과 야성을 지녔다. 이러한 강인함과 야성에서 오는 '진한 향기'는 화자가 마음을 빼앗기기에 충분한 매력을 가졌다. 다시 말하면 화자의 마음을 빼앗은 것은 '진한 향기'이고, 그것은 온갖 고난을 온몸으로 감내하는 강인성과 야성에서 비롯된다.

　옷을 벗으면 참 편하다

　편해지고 싶으면 목욕탕에 간다
　하수도 흙탕 물, 공사장 시멘트 물, 바닷가 뻘 물, 소똥 묻은
　겉옷과 땀 냄새 배인 속옷까지 벗고 나면 날듯해진다

　목욕탕에 가면
　돈 푼께나 있다고 쫄랑대던 놈도
　벼슬 높다고 개폼 잡는 놈노 보이지 않는다
　자궁 같은 온탕 안에 들어앉으면
　열병 걸린 비곗덩어리 같은 과욕도 없어진다

태초의 인간이 된다
진짜 인간이 된다

어둡고 가난하다 싶어지면
나는 또
목욕탕에 갈 채비한다.

— 「목욕탕에 가는 이유」 중에서

　이 작품은 인간성 회복에 대한 회원을 담고 있다. 화자가 목욕탕에 가는
이유는 "진짜 인간"이 되고자하기 때문이다. 화자는 옷을 벗은 상태를 가장
편하다고 느낀다. 옷을 벗은 상태로 있을 수 있는 가장 편한 공간은 '목욕탕'
이다. '옷'이 상징하는 것은 인간이 가진 모든 허위의식이다. "하수도 흙탕물,
공사장 시멘트 물, 바닷가 뻘 물, 소똥 묻은 / 겉옷과 땀 냄새 배인 속옷까지
벗고 나면 날듯해진다"라고 술회한 구절에서 보여주듯이 '흙탕물', '시멘트
물', '뻘 물', '땀 냄새' 등은 모두 부정적인 이미지로서 오염된 인간성을 의미
한다.
　몸을 가리는 '옷'으로 대표되는 이러한 부정적인 속박은 결국 인간의 그릇
된 욕망이 빚어낸 것이다. 화자는 그 '옷'으로부터 벗어나 순수와 청렴을 지
향하고자 할 때 가장 편함을 느낀다. 이러한 화자의 지향은 자신의 내면에
있는 모든 욕망을 비워내는 일이다. '목욕탕'이란 공간은 평등한 공간이기
때문이다. 인간의 평등은 우리가 회귀하고자 하는 원초적 세계이다. 우리 사
회에서 '평등'을 저해하는 대표적 요인으로 재력과 권력을 들 수 있다. 따라
서 그에게 있어서 '목욕탕'은 "돈 푼께나 있다고 쫄랑대던 놈도 / 벼슬 높다
고 개폼 잡는 놈도 보이지 않"기 때문에 이러한 평등이 구현되는 공간으로
인식된다.
　'목욕탕'에서도 '온탕'은 그에게 있어서는 '자궁'과 같은 원초적 공간이다,

"온탕 안에 들어앉"는 행위는 아직 세상에 태어나기 전 어머니의 뱃속에 가장 순수한 생명으로 존재할 때로 회귀하는 것이다. 그래서 '온탕'은 "열병 걸린 비곗덩어리 같은 과욕도 없어지"는 무욕의 공간, 순수의 공간, 청결의 공간이 된다. 이 '비움' 공간의 실현이야말로 비로소 '태초의 인간', '진짜 인간'으로 회귀하는 길이다. 이렇게 모든 욕망을 벗고 비울 때 마음의 평정이 이루어지고 가장 편한 상태를 유지할 수 있다는 것이다.

> 혈관 속으로 얼음장 같은 주사액이 전신을 돌아
> 혈관 끄트머리로 전달되면
> 지그시 눈을 감아보라
> 껌 딱지처럼 달라붙은 겉욕심도 오만함도
> 집착과 질긴 고집도
> 다 허상이었음을 알게 되리
> 태어날 때 본래 마음으로 돌아가리
>
> 언젠가 우리 저승으로 긴 여행 떠나는 날
> 우리는 아무것도 가지고 갈 수 없다는 것을
> 아파보면 알게 된다
> 아파보면 깨닫게 된다
>
> 집착에 목멘 자들이여
> 제발 한 번만이라도 아파보라
> 아파보면 다시 나를
> 들여다 볼 수 있게 되리니.
>
> —「허상」중에서

이 시에서도 화자는 '비움'의 상태를 강조하고 있다. 이 시는 환자인 화자가 "집착에 목멘 자들"에게 건네는 담화 형식으로 이루어져 있다. 주된 메시지는 "아파보라"는 것이다. 왜냐하면 "아파보면 알게"되고 "아파보면 깨닫게"되기 때문이다. "껌 딱지처럼 달라붙은 겉욕심도 오만함도 / 집착과 질긴 고집도 / 다 허상이었음을" 알게 되고, "언젠가 우리 저승으로 긴 여행 떠나는 날 / 우리는 아무것도 가지고 갈 수 없다는 것을" 깨닫게 된다는 것이다. 이와 같은 각성은 화자의 체험에서 비롯한다. 화자는 병원이라는 공간에 누워 "혈관 속으로 얼음장 같은 주사액이 전신을 돌아 / 혈관 끄트머리로 전달"될 때 "지그시 눈을 감"고 깨달음의 경지에 이르렀던 경험을 가지고 있다. 이 체험의 결과를 명령조로 강하게 전달하고 있는 것이 이 작품의 요체이다. 결국 '겉욕심', '오만', '집착', '고집' 등이 모두 '허상'에 불과하므로 원초적 마음, 즉 '비움'의 상태로 돌아가야 한다는 것이다.

> 아홉 숫자 중에서
> 팔자(八字)처럼 오묘한 것이 또 있을까
> 원(圓)이든 공(空)이든
> 둘이 만나
> 팔자가 만들어 진다
> 똑같은 팔자라도
> 선수들의 등짝에 붙어 있으면
> 박수갈채 받을 수 있고
> 물 먹은 종이박스에 붙어 있으면
> 땅 바닥에 깔릴 수도 있다
>
> 이것이 바로 팔자의 운명이다
> 팔자 한번 바꿔 보고 싶어
> 뒤집어도 보고
> 던져도 보지만
> 한 번 만난 그 인연은 질겨서
> 잠시 누워 있을 뿐

쉽게 흐트러지지 않고
그대로일 뿐이다.

—「팔자(八字)이야기」

'팔자(八字)'는 생년, 생월, 생일, 생시의 간지 여덟 자를 가리킨다. 대개 이 사주팔자(四柱八字)로 운명을 점치곤 하는 것이 우리나라에 전래해 온 풍습이다. 원래 이 '팔자'는 우주의 원리를 이해하기 위한 '음양오행설'이라는 우주과학에서 비롯되었다고 한다. 그러나 민간에서는 사람의 '운명'이라는 의미를 갖는다.

이 시에서 화자는 "아홉 숫자 중에서 / 팔자(八字)처럼 오묘한 것이 또 있을까"라고 그 오묘성에 감탄한다. 이 시는 아라비아 숫자 '8'자의 형성에 착안한 것이 흥미롭다. 이 시에서 화자는 '여덟'이라는 수효의 의미를 '8'자의 형성, 시각적 모양으로 전이시킨 것이다. "원(圓)이든 공(空)이든 / 둘이 만나 / 팔자가 만들어 진다"는 것이다. 이 구절에는 세 가지 의미가 담겨 있다. 그것은 '원사상(圓思想)', '공사상(空思想)'과 '결합'이 그것이다. 원사상은 모든 존재는 시말(始末), 즉 시작과 끝이 하나라는 것이다. 공사상은 "색즉시공(色卽是空) 공즉시색(空卽是色)"에서 보듯이 '채움'이 곧 '비움'이고 '비움'이 곧 '채움'이라는 것이다. 그리고 세상의 모든 존재는 '둘' 이상이 만나 '결합'함으로써 이루어진다는 것이다. 따라서 이 시의 발상에 의하면 '8'자의 형성은 '원(圓)'+'원(圓)', '공(空)+공(空)', '원(圓)'+'공(空)'의 세 가지 경우의 수에 의해 이루어진다. 이것도 '인연'이라는 '결합'이다.

운명이란 "박수갈채"를 받을 수도 있고 "땅 바닥에 깔릴 수도" 있는 것이다. "팔자 한번 바꿔 보고 싶어 / 뒤집어도 보고 / 던져도 보지만 / 한 번 만난 그 인연은 질겨서 / 잠시 누워 있을 뿐 / 쉽게 흐트러지지 않고 / 그대로일 뿐이"라는 것이다. '인연'도 결국 '팔자(八字)'에서 비롯된 것이며, '8'자처럼 깊은 사상적 의미를 갖고 결합된 것이라는 의미이다.

　김동옥은 시를 통해 자아를 성찰하고 삶의 가치를 돈독하게 한다. 그는 물질에 대한 집착, 권위와 권력, 헛된 욕망, 오만, 고집 등을 '허상'으로 간주하고 이러한 허위의식과 욕망으로부터의 탈피를 추구한다. 탈피는 삶의 가치를 한 단계 상승시키는 일이요 영혼을 자유의 세계로 이입시키는 '비움'의 경지를 의미한다. 공직자로서 평생을 살아온 탓인지 흔히 하찮게 여기는 작고 초라한 존재에게까지도 연민과 사랑의 시선으로 대하는 것을 볼 수 있다. 이와 같은 사랑의 시정신은 고향, 과거의 추억, 친구 등에 대한 여러 형태의 그리움으로 나타나기도 하고 '어머니'에 대한 효심으로 확산되기도 한다. 그의 시에 고여 있는 사랑과 그리움, 그리고 '자아 성찰'과 '비움'의 정신은 언어의 깊이로 반짝인다.

화해와 평정의 시 정신
―신현년의 시집에 붙여

시의 본질은 서정성에 있다. 본래 서정이란 자연과 인간의 화해적 관계 속에서 드러나는 조화로운 감정의 산물이다. 서정의 세계에서는 자연과 인간은 구별되지 않은 존재이며, 시란 인간의 언어를 도구로 구현한 서정의 세계에 다름 아니다. 자연을 타자로 인식하지 않고 자아와 동일시하는 것, 이것이 시가 가지고 있는 서정 세계의 특질이라고 할 수 있다. 따라서 시를 쓰는 일, 시를 읽는 일은 모두 자신의 정신과 마음을 서정의 세계로 이입하는 것을 의미한다. 파토스, 로고스의 일상에서 벗어나 서정의 세계에 드는 일은 세속의 시장에서 신성의 사원으로 삶의 터를 바꾸는 일이다. 그러므로 이 일은 성속의 경계를 넘는 크나큰 일이 아닐 수 없다.

신현년 시인이 스스로 선택하여 걸어 들어간 곳이 바로 이 서정의 세계이다. 이것은 그의 인생에서 아주 중요하고 획기적인 사건이 아닐 수 없다. 그는 "생업을 접고 무료한 날 / 아쉽고 미진한 곳을 살피다 / 구름 따라 시문을 두드렸다"고 하지만 그의 이 두드림은 운명적인 전환이다. 더욱이 고희를 훨씬 넘긴 나이에 이러한 새로운 세계를 선택했으니 특별히 주목받을 만하다.

우리말에 "자연스럽다."라는 표현이 있다. 이 말의 사전적 의미는 "1. 억지로 꾸미지 아니하여 이상함이 없다. 2. 순리에 맞고 당연하다. 3. 힘들이거나 애쓰지 아니하고 저절로 된 듯하다."로 되어 있다. 그러나 이 말의 본래의 뜻은 '자연과의 동화', 또는 '자연과의 일체화'라는 의미에서 비롯되었을 것이다.

온 산 적막을 불러
가슴 가득 맑은 공기
야~호~

먼 곳에서부터
호 호 호 호
훨훨 깃을 벌려 내게 오시네

호흡하듯 호응 하시네
매번 지치지도
나무라지도 않으시고
억년 비의도 다 주실 것 같이

세상에 팔을 벌려 무언의 미소
외롭고 지칠 때 와서
쉬라 하시네
달빛처럼 안개처럼 평안히

—「산울림」전문

이 시에서 화자는 '산'이라는 공간에 위치해 있다. 거기에서 화자는 "야~호~"를 외친다. 그리고 그에 호응하는 산울림, 즉 메아리를 "먼 곳에서부터 / 호 호 호 호 / 훨훨 깃을 벌려 내게 오시네"라고 표현했다. 이는 청각의 산울림을 깃을 벌려 날아오는 형상으로 시각화한 것이다. 이 형상이 바로 산이 화자에게 답하는 메시지이다. 여기에서 산은 화자에게 어떠한 갈등이나 반목도 없는 화해의 존재로서 긍정 세계의 화신이다. 그래서 산을 화자의 대화에 매번 "호흡하듯 호응하시"고, '지침'과 '나무람'도 없이 "억년의 비의"까지 다 내어 주시는 도량이 크고 넓은 존재로 인식하고 있다. 산은 화자에게 "외롭고 지칠 때 와서 / 쉬라 하시네 / 달빛처럼 안개처럼 평안히"라는 메시지를 덧붙인다. 즉, '외롭고 지칠 때'는 언제든지 와서 쉬라는 것이 산의 전언인 동시에 화자가 산을 독해해서 얻은 의미이다. 산에게는 화자가 '달빛'이나 '안개'와 동일한 자연의 일부일 따름이다.

저 장엄하고 눈부신 폭포를 보라
태고로부터 지금 영원히
끌어안은 우주의 기운

높은 데서 내리 꽂는 처절한 희생
바위에 급전직하 머리를 박고
승화하는 하얀 정신

세상을 향해 외치고 계시는
거스를 수 없는 유언 같은
저 천둥소리

하늘이 열리고 땅이 흔들려
떨린 가슴 여미며
천지사방 메마른 광야를 적시는
영원한 생명의 말씀 듣는다
　　　　　　　　　　　　　　—「폭포를 본다」 전문

'폭포'는 "장엄하고 눈부신" 모습이며 "태고로부터" 지금까지 "우주의 기운"을 끌어안고 있다. 그것은 "바위에 급전직하 머리를 박"는 "처절한 희생"이다. 그 '희생'은 "하얀 정신"으로 승화한다. "하얀 정신"이 내는 "천둥소리"는 "세상을 향해 외치고 계시는 / 거스를 수 없는 유언"이다. 화자는 "하늘이 열리고 땅이 흔들려 / 떨린 가슴 여미"는 경건한 태도를 갖춘다. 왜냐하면 폭포가 화자에게 전하는 메시지는 곧 "천지사방 메마른 광야를 적시는 / 영원한 생명의 말씀"이기 때문이다.

> 한 식구로 둘러앉은 그들
> 고향 얘기로 수다를 떨며
> 삶의 한 텃밭에서
> 내어 주고 기대면서
> 한 점의 내가 되었노라고
>
> 서로가 고개를 주억거리며
> 다정한 눈빛들이다
>
> —「다정한 눈빛」 중에서

> 푸른 숨결 마음까지 맑아져
> 발자국 마다 주고받는 얘기를
> 앞서거니 뒤서거니 나비도 거들고
>
> 홀로 오른 산길에서
> 어진 스승, 좋은 벗
> 꽃들의 손짓 새들의 노래
> 도란도란 어깨 걸고 내려오네
>
> —「홀로 걷는 산길」 중에서

「다정한 눈빛」에서 "한 식구로 둘러앉은 그들"은 사람들로 이루어진 일반적인 가족관계가 아니다. 이들은 식탁에 둘러앉은 화자와 아내 외에 '해' '바람' '산' '바다' '땀' '사랑'이다. 식후에 "잘 먹었습니다"라고 으레 인사를 하면 그 식단을 준비한 아내가 좋아하지만, 그 식탁을 위해 정성을 보탠 '해' '바람' '산' '바다' '땀' '사랑'도 알아주니 고맙다고 한다는 것이다. 화자에게는 "고향 얘기로 수다를 떨며 / 삶의 한 텃밭에서 / 내어 주고 기대면서" 다정한 눈빛을 보내는 자연과 관념들의 모습이 보이는 것이다. 이 시는 한 끼의 식사도 우주의 여러 존재들이 어울려 보태고 도와주는 결과로 이루어진다는 것을 깨닫게 한다.

「홀로 걷는 산길」에서 만나는 이 없는 깊은 산길을 홀로 걷는 일은 사색과 사유의 시간이다. 이 시에서도 화자는 홀로이면서 기실 홀로가 아니다. 왜냐하면 걷는 발자국마다 얘기를 주고받는 존재들이 있기 때문이다. 그 대화 상대는 '나무' '샘물' '나비' '꽃' '새'들이다. 이러한 자연물들은 그에게 "어진 스승"이요 "좋은 벗"이 된다. 따라서 산길을 홀로 나섰지만 내려 올 때는 그들과 "도란도란" 어깨를 걸고 돌아오는 것이다.

신현년 시인은 이처럼 자연물이건 관념이건 마주한 시적 대상을 타자로 인식하지 않고 자아와 동화하거나 감정을 이입하여 동일화를 꾀하고 있다.

얼굴은 달라도 본태는 하나
산골에서 바다로 구름으로
천지를 누비며 숨결을 불어넣는

사는 곳은 달라도 마음은 하나
막히고 부서지며 헤어져도
깨끗한 얼 그대로 만나는

너희는 얼마나 더 한 세월을
맞서 바라보며
절름거리며 가야 하나

낮아지면 바다가 되는 것을
저 먼 수평선 하늘을
만나는 바다인 것을

세월 갈수록 하얗게 지워지는 고향
어서 서둘러 돌봐야 돼
기억의 핏줄이 마르기 전에

우리끼리 이마를 맞대고
낭떠러지 손잡고 바위산을 뚫고서라도
금빛 숨은 바다가 기다리고 있는 곳으로

—「흐르는 물」전문

노자(老子)는 물의 이치를 "약지승강 유지승강(弱之勝强柔之勝剛)"이라
고 했다. '약한 것이 강한 것을 이기고, 부드러운 것이 단단한 것을 이긴다.'
는 뜻이다. 물은 부드럽고 연약하지만 바위를 뚫고 무쇠를 녹이는 강한 힘을
지니고 있다. 물은 둥근 그릇에 담기면 둥근 모습을 하고, 네모난 그릇에 담
기면 네모난 모습을 한다.

이 시에서 화자는 '물'의 본질을 "얼굴은 달라도 본태는 하나"로 파악하고
있다. 비록 그 모습은 여러 형태를 보이지만 그 본질은 '하나'라는 것이다. 이
에 덧붙여 "사는 곳은 달라도 마음은 하나"라는 것이다. 이것은 물이 하늘에
구름으로 있거나, 산골짜기에서 시냇물로 흐르거나 세상의 곳곳을 유전하
면서 "막히고 부서지며 헤어져도" 결국 바다로 회귀하고자 하는 '마음'은 '하
나'라고 인식한 것이다. 따라서 물이 도달하고자 하는 궁극적 목표는 '바다'

라는 공간인데, 이는 "세월 갈수록 하얗게 지워지는 고향"의 이미지로 드러난다. 물이 다다르고자 열망하는 곳은 "금빛 숨은 바다가 기다리고 있는 곳"이다. 중요한 것은 그 목표에 도달하려면 자신을 낮추어야만 한다는 사실이다. 낮은 곳을 지향하는 태도는 '겸양의 덕'을 말한다. 이 시의 화자는 '겸양의 덕'을 "낮아지면 바다가 되는 것을 / 저 먼 수평선 하늘을 / 만나는 바다인 것을"이라고 노래하고 있다.

> 가장 눈부실 때는 어둠에서
> 빛으로 나아갈 때이다
>
> 가장 어두울 때는 빛에서
> 어둠으로 들어갈 때이다
>
> 이땐 잠깐 멈춰 서서
> 한숨 돌리고 하늘을 바라보라
>
> 어둠이 네게서 왔고
> 빛도 네게서 비롯되나니
>
> 밤에도 빛이 있고
> 낮에도 어둠이 있다
>
> —「평상심」전문

이 시는 '빛'과 '어둠'에 관해서 간단하게 술회한 작품이다. 이 작품에서의 '빛' '어둠' '한숨' '하늘' '밤' '낮'의 시어들은 모두 시적 장치로서의 상징이다. "가장 눈부실 때", 즉 가장 밝은 빛을 감지할 때는 "어둠에서 빛으로 나아갈 때"라고 한다. 반면에 "가장 어두울 때", 즉 가장 어두운 암흑을 감지할 때는 "빛에서 어둠으로 들어갈 때"라고 한다. 삶에는 항상 명암이 있기 마련이다.

화자는 청자(너)에게 권고한다. 빛과 어둠의 경계를 넘나들 때 "잠깐 멈춰 서서 / 한숨 돌리고 하늘을 바라보라"는 것이다. 빛과 어둠은 자연의 현상이지만 그것은 한편으로 '너'의 마음에서 비롯된 것이라는 사실을 깨달으라고 한다. 이것이 '평상심', 즉 일상적인 마음을 찾는 일이다. '평상심'이란 종교철학적 관점에서는 "우주의 진리에 합일된 마음. 평(平)은 귀천 고하의 계급과 물아(物我) 피차(彼此)의 차별이 끊어진 것, 상(常)은 상주불멸(常住不滅)·여여자연(如如自然)한 것."이라고 한다. 이러한 마음의 경지에 들면 "밤에도 빛이 있고 / 낮에도 어둠이 있다"는 것을 스스로 깨닫게 될 것이다.

> 퐁퐁 샘물이 솟아오르듯
> 상처도 원망도 한숨 자고 나면
> 새순이 돋는다 희망이 보인다
>
> 헤매는 길도 길이다
> 꽃샘바람 눈 속에 망울이 피듯
> 간절한 마음만 잃지 않는다면
>
> 집착은 외려 초라한 그림
> 두려움 딛고 허물 벗고 나면
> 가을 하늘 먼 산이 내 앞에 보인다
> —「먼 산이 보인다」 중에서

> 낮은 곳 그늘진 한 모퉁이
> 감사한 마음으로
> 오직 하늘을 우러르는
> 그 마음에 깃들어
> 멈춰서 숨죽인 나
> —「민들레」 중에서

밖에서 보면 쉽게 보이는 것도
안에서는 가끔
혼돈에 빠지나 보다

나를 아는 것이 쉽지 않듯
세상을 아는 것 또한 그렇거니
한 발짝 떨어져 보면
다 보이는 것을
우물 안에서 요란들이다

—「우물 안 편지」 중에서

「먼 산이 보인다」에서 '한숨 자고 나는' 행위는 마음의 중요한 경계다. 왜냐하면 이 행위를 기준으로 전과 후의 마음은 부정의 세계에서 긍정의 세계로 180도 바뀌는 중간 기재로 존재하기 때문이다. 이 경계는 '상처'나 '원망' 같은 부정적인 마음이 '새순'과 '희망'이라는 긍정적 마음으로 바뀌는 데 중요한 구실을 하는 것이다. 따라서 '먼 산'을 볼 수 있는 조건은 '상처' '원망' '헤매는 길' '꽃샘바람 눈 속' '집착' '두려움' 등을 극복하여 '허물을 벗'는 일이 선행되어야 한다. 이러한 마음공부를 거쳐야 비로소 "가을 하늘 먼 산이 내 앞에 보인다"는 것이다.

「민들레」에서도 화자는 시적 대상인 '민들레'의 존재 공간을 "낮은 곳 그 늘진 한 모퉁이"로 인식하고 있다. '민들레'는 이처럼 소외된 공간에 처해 있으면서도 "오직 하늘을 우러르는" 마음을 지니고 있다. 화자(나)는 그 마음에 빠져 이 광경을 숨죽이며 보고 있다. 이러한 '민들레'의 마음은 결국 화자의 마음과 동일하며, 이와 같은 시적 언술은 시적 대상에 투사를 통해 자신의 마음을 드러내는 시적 장치일 따름이다.

「우물 안 편지」는 시각과 시야에 관한 문제를 다룬 작품이다. <장자(莊

子)>의 "추수편"에 나오는 "정와(井蛙)"가 떠오르는 시이다. 황하의 신 '하백'은 황하가 세상에서 가장 넓은 줄로만 알고 살았는데 처음으로 바다의 끝없이 넓음을 보고 넓은 것 위에 더 넓은 것이 있다는 사실을 깨달았다고 한다. '우물 안 개구리'는 그들이 사는 곳에만 그 시각과 시각이 머물러 있기 때문에 '바다'에 대해 논할 수 없다는 것이다. 그래서 이 작품에서 화자는 "한 발짝 떨어져" 보는 지혜를 제시한다. 그리하면 '우물 안'에서는 보이지 않던 시야, 볼 수 없었던 시각이 생겨 "다 보이는 것"이라는 한다. "우물 안에서 요란"을 피우는 편협한 군상들에 대한 조소의 태도를 보여준다.

신현년 시인이 추구하는 부정의 세계를 긍정의 마음으로 바꾸는 마음, 낮은 곳 그늘진 곳에서도 '하늘을 우러르는 마음', 대상과의 거리를 조절하여 객관적 시각으로 볼 수 있는 마음도 모두 그의 마음 가운데 있는 '평상심'의 범주에 들 것으로 보인다.

수만 권의 장서
흰 두루마기 너풀거리며
먼 길 선비들
몇 줄 읽지도 못하고
처얼석 철석같은
약속만 남기고 돌아서는

수수만 년을 앞서
성현 말씀 간직해 온 지혜의 언덕
몇 줄 전하지도 못하고
먼 바다 선비 기다리는 마음

갈매 빛 넓은 바다 깜박이는 등불
뒤척이며 말씀 그리는 소리 듣고

졸음 쫓는 어머니 등대

수 천 이랑 건너온 하얀 유생들
온종일 시샘하여 배웁하고도
터지도록 익어가는 석류 한마음
철석 처얼석 책 읽는 소리
밤을 새우네

                         —「채석강 언덕」 전문

'채석강'의 모습에서 '시루떡'이나 "수만 권의 장서"를 떠올리는 것은 일반
적인 상상이다. 그러나 이 시는 여기에 그치지 않고 시적 상상력을 더욱 확
장하여 적절한 비유를 통해 새롭게 독서 이미지를 부여한 점이 돋보인다. 그
것은 채석강 언덕에 밀려드는 '파도'를 "흰 두루마기 너풀거리며 / 먼 길 선
비들"과 "수 천 이랑 건너온 하얀 유생들"로 은유하고 있는 점이다. 하얗게
부서지는 파도를 "흰 두루마기를 너풀거리"는 모습으로 보아 '선비'를 유추
해 낸 것이다. 그 선비들이 '채석강 언덕'에 온 것은 "수만 권의 장서"를 읽기
위함이었으나 "몇 줄 읽지도 못하고" 다음을 약속하고 돌아서는 모습을 안
타깝게 그리고 있다. '채석강 언덕'은 "수수만 년을 앞서 / 성현 말씀 간직해
온 지혜의 언덕"이다. 그러나 이 '언덕'의 주체적 입장에서 보면 멀리 찾아
온 '선비'에게 그 지혜를 "몇 줄 전하지도 못한" 것이 또한 안타까울 따름이
다. 그래서 '언덕'은 다시 오기로 '철석'같이 약속한 선비를 기다리고 있는 것
이다.

그런가 하면 "갈매 빛 넓은 바다 깜박이는 등불"인 등대는 항상 독서를 방
해하는 '졸음'을 쫓아주는 '어머니'로 은유하고 있다. 그 언덕에 무수히 밀려
드는 파도의 모습을 "수 천 이랑 건너온 하얀 유생늘 / 온송일 시샘하여 배
웁"하는 이미지로 치환해 놓았다. 또한 청각이미지로서의 그 '파도소리'는

"책 읽는 소리"로 은유했다.

파도소리의 의성어를 앞부분에서는 "처얼석 철석"같은 이라고 했고 뒷부분에서는 "철석 처얼석"이라고 표현했다. 이것은 파도소리이면서도 '쇠와 돌처럼 단단한' '철석(鐵石)'의 의미를 결합시키는 효과를 노린 것이다. 이 작품의 전체적인 시적 이미지가 독서하는 선비와 유생으로 드러나기 때문에 여기에 정신으로서의 단단함을 보여주고자 한 것이 의성어이면서 의미를 갖게 하는 '철석(鐵石)'이다.

따라서 이 작품은 시인 자신이 추구하고자한 '선비정신'을 현현하고 할 수 있다. 신현년 시인이 추구하고 있는 '선비정신'이란 "올곧은 뜻, 경건한 마음으로 학문과 덕을 수행하여 정의로운 길로 지조를 지켜 살아가려는 삶의 정신"이라고 할 수 있다.

누대를 함께 살아온 그들을 보냈다
누대를 지켜준 정신을 보냈다
이렇게 쉽게 보낼 수 있는 것인지
헛헛하고 떨리는 가슴
경망스럽고 불손한 짓은 아닌지!

참화 속에서도 고이 지켜온
선대의 채취와
공맹퇴율(孔孟退栗)의 가르침을
봄가을 멍석을 깔고 햇살을
금지옥엽 쬐여주며 살펴 왔는데....

날마다 할아버지께 외워 바쳤던
어리광 배어있는 추구와 만물집
벌써 의미가 생소해진 대학과 맹자의
추억 까지도 실어 보냈다

그의 향기 찾아 제법 꽃도 피웠지만
주류에서 비껴난 지 이미 오래라
자손들 속속 다른 길 떠났으니

이제 새 지평을 열어
더 아름다운 꽃으로
더 깊은 향기로 피어날
터전을 찾아 주는 것이러니
하냥 두렵고 섭섭해 할 일만은 아니다

그래도 고이 지녀 온
그들의 조촐한 정신만은
길이 보내지 말아야 한다

　　　　　　　　　　　　　　　　　　　　　―「출가」 전문

'출가(出嫁)'란 대개 애지중지 곱게 키워 온 딸을 시집보내는 것을 말한다. 그 심정은 딸을 출가시켜 본 부모들이면 누구나 공통으로 겪은 '서운함'일 것이다. 이 시는 "―고서를 기증하면서"라는 부제를 달고 있기 때문에 그 '출가'의 대상이 애지중지 곱게 간직해 온 '고서'라는 것을 금방 알 수 있다.

그 '고서'들은 "누대를 함께 살아"왔고, "누대를 지켜준 정신"이었다. 그것은 "참화 속에서도 고이 지켜온 / 선대의 채취"요, "공맹퇴율(孔孟退栗)의 가르침"이 오롯이 들어 있는 "금지옥엽"이었다. 더욱이 "날마다 할아버지께 외워 바쳤던" 추억이 서려 있는 '추구' '만물집' '대학' '맹자'까지도 다 보내야 하는 아쉬운 마음은 어찌할 것인가. "이렇게 쉽게 보낼 수 있는 것인지 / 헛헛하고 떨리는 가슴 / 경망스럽고 불손한 짓은 아닌지!" 고민도 해본다. 그러나 한 편으로 "이제 새 지평을 열어 / 더 아름다운 꽃으로 / 더 깊은 향기로 피어날 / 터전을 찾아 주는 것"이라고 마음을 다독인다.

그러나 '고서'들은 보냈지만 길이 보내지 않아야 할 것이 있다. 그것은 "고이 지녀 온 / 그들의 조촐한 정신"이다. 이 "조촐한 정신"이란 앞서 「채석강 언덕」에서도 지적한 바로 '선비정신'이다.

　신현년 시인은 자연물이건 관념이건 마주한 시적 대상을 타자로 인식하지 않고 자아와 동화하거나 대상에 감정을 이입하여 동일화를 꾀하는 서정의 세계를 걷고 있다. 이러한 객관적 상관물들은 결국 그의 마음이나 정신을 현현하기 위한 시적 장치로서 활용된다. 항상 낮은 곳을 지향하는 '겸양의 덕', 어두운 세계에 머물러 있는 마음을 밝은 세계의 마음으로 전환할 수 있는 정신적 에너지, 소외된 공간에 처해 있더라도 항상 희망을 잃지 않고 하늘을 우러르는 마음, 한 발짝 떨어져서 볼 수 있는 객관화한 시각 등이 그가 시를 통해 추구하는 '마음공부'이다. 이러한 마음은 결국 '평상심'으로 귀결되고, 이것은 곧 평정의 시 정신이며, 이 정신의 핵심은 우리 겨레가 전통적으로 가치 있게 추구해 온 '선비정신'에 그 맥이 닿아 있다.

투명한 삶을 지향하는 그리움의 서정
─정서현의 새 시집에 붙여

정서현의 시를 하나의 개념으로 꿴다면 '그리움'이라고 할 수 있다. '그리움'은 사전적 의미로는 "보고 싶어 애타는 마음"으로 간단히 설명된다. 그렇지만 그 '마음'이란 간단하지 않은 것이다. 그 간단치 않은 '마음'이 정서현에게서는 시의 선율로, 이미지로, 절규로 표출된다.

그리움의 본질인 '보고 싶어' 하는 마음이란 그 대상이 현재라는 시간에 자아와 공존하지 않음을 전제로 일어나는 심리 상태이다. 따라서 부재한 존재나 관념에 대한 간절한 추구라고 할 수 있다. 부재한 존재란 현재 시간에는 존재하지 않지만 과거의 시간이나 다른 공간에 존재하고 있다고 믿는 존재를 말한다. 따라서 정서현이 표명하는 '그리움'에는 몇 가지 관념이 동반되어 있다. 시간적으로는 과거의 체험을 현재적 시점에서 재현하고자 하는 욕망이고, 그 욕망은 대상에 대한 '사랑'을 전제로 한다. 그것은 심리학적으로는 자신이 만들어 놓은 '아바타'에 대한 환상성이라고 할 수 있다. 따라서 그 사랑이 현실이 되면 환상성은 깨어지고 말기 때문에 '그리움'의 심리도 사라지고 마는 것이다.

하루에도 수없이 그리워하다
어느 날 내 가슴에
천근의 무게로 내려앉은 그대

그리운 사랑이란
어쩔 수 없이 보내야하는
계절 같은 것

어둠 속에서도 돋아나는
눈물겨운 들풀의 흔들림에
달빛이 내려와 감싸 안아주듯

그립다는 것은
아직도 내 가슴 옹이진 곳에
그대 영혼 살고 있다는 것

　　　　　　　　　　　　　—「그리운 사랑」 전문

　이 시에서 그리움의 대상은 '그대'이다. 화자는 "하루에도 수없이" 그대를
그리워한다. 그러나 궁극적으로 그리움의 대상에 닿을 수 없기 때문에 그리
워하는 행위는 화자의 가슴에 "천근의 무게"로 내려앉는다. "천근의 무게"란
그리워하는 행위에 대한 심리적 고통의 무게일 것이다. 그렇지만 이 고통은
화자에게는 자연의 순리이며 당연한 일상에 불과하다. 그래서 "그리운 사랑
이란 / 어쩔 수 없이 보내야하는 / 계절 같은 것"으로 치부한다. 화자에게 일
상적 삶의 방식이 되어버린 그리움이란 "아직도 내 가슴 옹이진 곳에 / 그대
영혼 살고 있다는 것"이다. 물리적으로 그리움의 대상인 '그대'에게 다가갈
수 없지만 화자의 '가슴'에 '영혼'으로 살고 있다고 간주하는 것이다. '나'와
'그대'의 관계 사이에 놓이는 그리움은 '들풀'과 '달빛'의 관계로 은유되어 있
다. 즉 '어둠 속'이라는 환경 속에서의 "눈물겨운 들풀의 흔들림"은 대상을

그리워하는 행위에 해당하고, "달빛이 내려와 감싸 안아"주는 것은 그 그리
워하는 행위에 대한 화답이다.

　　눈을 감으면 저 멀리 들리는
　　그대 발걸음 소리
　　자꾸만 나를 따라 옵니다.

　　묻어둔 가슴 시린 그리움
　　쪽빛으로 물들어 하늘로 번져도
　　언제나 그대는 내 곁에 있습니다.

　　　　　　　　　　　　　　　　　　—「잊으리」중에서

　　바람이 그리운 날
　　홀로 걷는 숲길
　　문득 번지어오는 그리움

　　솔바람 개울물에
　　외로움의 조각들이
　　무늬지어 젖는다.

　　햇살 실어 내린 미소
　　맑고 고운 목소리
　　나무들이 하나씩 내려놓으면
　　그대 내 가슴에 무지개로 뜨네.

　　　　　　　　　　　　　　　　　　—「숲속의 연가」전문

　　「잊으리」에서 화자는 '그대'를 잊고자 한다. 왜냐하면 그리움의 대상인
'그대'를 물리적으로 소환할 수 없음을 인식하고 있기 때문이다. 그러나 그
것은 어디까지나 화자의 소망에 불과하고 현실에서 보면 '그대'는 화자의 곁

에 항상 환상으로 존재한다. 이것이 그가 삶 속에서 추구하는 그리움의 한 방식인 것이다. 현실에서 화자는 '눈을 감으면' '그대 발걸음 소리'가 "자꾸만 나를 따라"오는 걸 느낀다. 그래서 먼 미래에는 그대에 대한 '잊음'이 실현될지 모르지만 현실은 "묻어둔 가슴 시린 그리움 / 쪽빛으로 물들어 하늘로 번져도 / 언제나 그대는 내 곁에 있"음을 감지하는 환상 속에 있다.

「숲속의 연가」에서 화자는 바람이 그리워 홀로 숲길을 걷고 있다. 그때 문득 그리움이 번져온다. 이 그리움은 '외로움'에서 비롯한다. "솔바람 개울물에 / 외로움의 조각들이 / 무늬지어 젖"어오기 때문이다. 그리고 햇살의 미소와 "맑고 고운 목소리"를 숲속의 나무들이 하나씩 내려놓는 상황에서 비로소 '그대'는 "내 가슴에 무지개"로 뜬다, 그러므로 홀로 걷는 숲속에서도 그리움과 외로움을 느끼지만 결국 사랑과 그리움의 대상인 '그대'는 내 가슴 속에 '무지개'로 현현되는 것이다.

따듯한 봄날에
초연히 홀로 핀 꽃처럼
곱게 피고 싶었던 영혼

가슴 태우며 속으로 울다
빗장 걸지 못했던 인연의 고리

돌아보니 슬픔도 아픔도
낮달 속 그리움으로 밀려오고

홀로 흐르는 강
바람에 흔들려
물결 위에 추억으로 길을 놓는다.

—「홀로 흐르는 강」 전문

「홀로 흐르는 강」은 화자 자신과 동일화되어 있다. '홀로 흐르는 강'의 외로움과 역정이 화자 자신의 그것과 동일하다는 것이다. "따뜻한 봄날에 / 초연히 홀로 핀 꽃처럼 / 곱게 피고 싶었던 영혼"을 갖고 싶은 것은 '강'의 소망이다. 그렇지만 "가슴 태우며 속으로" 우는 주체도, "인연의 고리"에 빗장을 걸지 못한 주체도 모두 '강'이다. '강'의 입장에서 지금까지 흘러온 역정을 돌아보니 "슬픔도 아픔도 / 낮달 속 그리움으로 밀려"온다. 홀로 흐르며 살아온 삶의 노정에서 이제 과거의 슬픔과 아픔, 그리고 사무치는 그리움도 물결 위에 놓인 추억의 길일 따름이다.

> 긴 세월 얼마나 서러워
> 심해의 통곡 지평선 너머
> 이다지 몇 백 년을 울고 있나
>
> 가슴을 때리며 불러야 하는지
> 푸른 바다는 아시려나.
> 저 푸른 하늘은 아시려나.
>
> 한 많은 영혼 목 놓아 울다
> 가슴에 맺힌 그리움
> 심해에 녹아내리면
>
> 바다 속에서 다시 살아나
> 화음 맞춰 심해에서 하늘까지 울리는
> 장엄한 바다 오르간 연주회.
> ─「바다 오르간」 전문

「바다 오르간」에서 화자가 바라보는 대상은 '바다'다. 화자는 "몇 백 년을 울고 있는" "통곡 지평선 너머"에 있는 '심해'를 바라보고 있다. 그러면서 탄

식한다. "가슴을 때리며 불러야 하는지", 푸른 바다와 그 상대에 있는 푸른
하늘에게 묻고 싶은 마음을 토로한다. 화자 자신의 "한 많은 영혼"도 그 바다
처럼 '목 놓아' 울다가 가슴에 맺힌 '그리움'이 그 '심해'에 녹아내린다. 그 '그
리움'은 바다 속에서 다시 살아나 하늘까지 울리는 선율이 된다. 그래서 바
다는 '그리움'을 연주하는 장엄한 오르간이다. '바다'라는 '오르간'이 연주하
는 음악은 "하늘까지 울리는" 감동의 에너지를 갖고 있다. 그것은 바다에서
하늘까지의 거대한 공간을 울리는 감동이다. 그 감동 에너지의 원천은 "가슴
맺힌 그리움"이 된다.

저녁노을 물드는 산 그림자
저무는 아쉬움
거친 호흡 내쉬며
이렇게 또 흘러가고

갇힌 벽에 무엇을 그렸을까,
마른 가지에 남은 이파리들
무수한 눈길 보낸 세월
내 안에 갈잎 지는 소리

나도 이젠 누군가의
그리움이 되고 싶습니다.
                    ―「가을 끝자락에서」 전문

바람으로 불어 올 때는 온 몸으로
느낄 수 있었는데
지나고 보니 홀로 서 있네.

푸른 하늘 떠가는 흰 구름이
내게 말하네.

굽이쳐 흐르는 강물이
내게 말하네.

이제는 내려놓아야 한다고
이제는 정말로
내 안에 모든 것들을
비워야 한다고.

　　　　　　　　　　　　　　　　　　　　　　　—「내려가는 길」 전문

　「가을 끝자락에서」의 작품 속 화자는 지금 '가을'을 지나고 있다. 가을이라는 계절은 젊음의 풍성함을 내려놓고 한 해의 끝을 향하는 시기여서 인생에 비유하면 노년으로 가는 다리 위에 기대어 있는 시간이다. 화자는 "저녁 노을 물드는 산 그림자"를 보며 "이렇게 또 흘러가"는 시간에 대한 '아쉬움'을 느낀다. 그리고 "마른 가지에 남은 이파리들"을 보며 "무수한 눈길 보낸 세월"을 반추하며 자신의 내면에 "갈잎 지는 소리"를 듣는다. 즉 인생의 '가을 끝자락'에 서 있는 자신을 발견한 것이다. 되돌아 본 자신의 삶은 온통 '그대'를 그리워하는 시간으로 이어져 왔다는 것을 새삼 인식한다. 따라서 "나도 이젠 누군가의 / 그리움이 되고 싶"다고 토로한다.

　이러한 맥락은 「내려가는 길」에서도 이어진다. 화자는 시간이 "지나고 보니 홀로 서 있"음을 깨닫는다. 삶의 절정에 서서, 이제 '내려가는 길'로 접어드는 지점에서 자신의 존재가 '홀로'임을 인식한 순간이다. 이때 자연의 소리를 듣게 된다. "푸른 하늘 떠가는 흰 구름", "굽이쳐 흐르는 강물"이 자신에게 전한 말은 "이제는 내려놓아야 한다", "이제는 정말로 / 내 안에 모든 것들을 / 비워야 한다"는 것이다. '내려놓고 비워야 한다'는 이 메시지는 화자

자신이 스스로 다짐하는 내면의 소리이다. 이와 같은 '내려놓음'과 '비움'은
이제 '떠남'의 행위로 나타난다.

> 마른 갈대밭 사이로
> 바람들이 줄지어 지나가고
> 저만치 가을이 서 있다.
>
> 풀벌레 울음소리
> 갈댓잎 얼굴 비비는 소리
> 화음 맞춰 별빛을 노래하고
>
> 보름달 가슴 언저리에
> 새겨진 해맑은 눈빛
>
> 갈잎들도 하나 둘
> 빈 마음으로
> 길을 떠나고 있네.
>
> ─「가을밤」 전문

「가을밤」은 일 년 중 '가을'이라는 계절과 그 계절에서도 '밤'이라는 시간
적 특성에서 우러나는 외로움의 정서를 노래한 작품이다. 화자의 눈에 비치
는 풍정은 '마른 갈대밭'이 있고 그 사이로 가을바람이 지나가는 쓸쓸함이
다. 거기 '저만치'에 서 있는 '가을'을 바라보고 있다. "풀벌레 울음소리", "갈
댓잎 얼굴 비비는 소리"의 청각과 "별빛"의 시각이 다시 '화음'으로 어우러
지는 공감각으로 느껴지는 가을밤의 서정이다. 여기에 가을하늘 높이 떠있
는 "보름달 가슴 언저리에 / 새겨진 해맑은 눈빛"도 가을밤의 서정을 느끼게
한다. 이와 같은 가을의 풍정에서 화자가 핵심으로 제시하고 있는 메시지는
마지막 연에 들어 있다. '빈 마음'과 '길 떠남'이 그것이다.

맑은 유리 안 강물
얼음 구멍 아래
작고 투명한 생명
빙어 떼가 논다.

반짝이는 은빛
차가운 얼음 강물 속에
해맑은 작은 몸짓 언어

얼음 구멍 아래
투명한 삶이 있네.

얼음 구멍 아래
진실한 꿈이 있네.

—「겨울 강」 전문

「겨울 강」에서 화자가 발견한 것은 '투명한 삶과 '진실한 꿈'이다. 화자는
꽁꽁 얼어붙은 겨울강의 '얼음구멍' 아래 "작고 투명한 생명 / 빙어 떼가" 놀
고 있는 모습을 관찰한다. 빙어 떼의 몸짓을 '언어'로 이해하고, "차가운 얼
음 강물 속"에서도 은빛 반짝이는 '해맑은 작은 몸짓'의 의미를 수용한다. 그
것의 의미는 바로 삶의 투명성과 진실성이다. 겨울 강의 작은 구멍 속의 빙
어 떼를 관찰하는 시인의 시각이 무엇을 지향하고 어떤 생활 태도를 견지해
왔는지를 보여주는 시이다.

정서현이 노래하는 '그리움'의 양상은 다양하지만 일관되게 나타난다. 계
절적 배경이 봄인 작품은 「그리움」, 「이 봄날에」, 「홀로 흐르는 강」, 「편백
나무 아래에서」, 「봄」, 「매화」「섬진강」 등이 있다. 이 작품들은 봄을 시간
적 배경으로 '그리움'을 노래한 작품이다. 여름을 계절적 배경으로 '그리움'
의 정서를 드러낸 작품으로는 「여름 산밭」, 「새끼발가락」, 「9월이 오는데」,

「석류」, 「산밭에서」 등을 들 수 있다. 또한 가을이 배경인 「가을밤」, 「가을 끝자락에서」, 「고추잠자리」, 「억새의 꿈」, 「비렁길」, 「산언덕 작은 집」, 「장봉도 품안에」, 「귀향」 등에서도 일관된 '그리움'의 정서를 읽을 수 있다. 그리고 겨울을 배경으로 '그리움'을 노래한 작품은 「겨울 강」, 「희망」, 「겨울 숲에서」, 「눈」, 「눈 내리면」, 「히말라야」 등이다. 이처럼 정서현은 사계절을 건너오면서 느끼는 '그리움'의 정서를 광범위하고 다양하게 표출하고 있음을 알 수 있다.

'그리움'의 공간적 배경도 다양하다, 앞에서 예시한 작품으로만 보더라도 「숲속의 연가」에 드러나는 '숲', 「홀로 흐르는 강」과 「겨울 강」의 '강', 「바다 오르간」의 '바다' 등 다양한 공간 배경에서도 일관되게 '그리움'의 정서를 드러내고 있음을 읽을 수 있다.

정서현의 작품 세계에서 더욱 중요한 것은 이러한 지극한 '그리움'의 정서가 대상에 대한 따뜻한 사랑을 전제로 하고 있는 점이다. 또한 대표적으로 「겨울 강」에서 살폈듯이 이러한 사유와 태도의 바탕에는 '투명한 삶'을 위해 노력하고 '진실한 꿈'을 지향하고자 하는 의지가 표명되어 있는 점이다.

구순의 시안
―신극주 시인의 새 시집에 붙여

'시안(詩眼)'이란 "시를 볼 줄 아는 안목과 식견"을 말한다. 그러나 이는 사전적 의미에 따른 것이고, 여기에 좀 더 확장해서 그 의미를 더하자면 '시적 시선으로 세계를 관찰하는 시인의 눈'을 이른다고 할 수 있다. 시적 시선으로 대상을 보고, 이를 언어로 표현할 때 비로소 한 편의 시가 탄생하게 된다. 사람마다 시적 시선이 독특하기 때문에 시적 사유와 시적 언어도 다르기 마련이다. 그러므로 독자는 작품을 통해 시인마다의 독특한 개성을 느끼게 된다. 또한 이러한 시적 시선을 한 시인 개인에 국한하여 생각해 보면 그것은 시간마다 공간마다 다르게 된다. 이를 독서의 측면에서 보면 청소년 시기에 읽었던 작품을 성인이 되었을 때 다시 읽으면 또 다른 맛과 의미를 느끼고 깨달을 수 있는 것도 같은 맥락이다. 이러한 현상은 그 작품을 수용하는 시선과 사유의 폭과 깊이가 시간과 환경에 따라 달라지기 때문이다. 이처럼 시인이 세상이라는 텍스트를 읽는 눈도 시간과 장소에 따라 다르고, 나이의 노소에 따라 편차가 크기 마련이다.

구순에 다다른 신극주 시인은 오랜 시간 동안 축적한 삶에 대한 체험의 눈으로 세상을 읽고 이를 시의 형식으로 치환해 낸다. 그는 지금까지 살아온 시간만큼 넓고 깊은 사유와 세상을 관조하는 시적 시선을 지니고 있다. 그가 지금까지 체험한 다양한 시간과 공간은 시적 사유의 시간과 공간으로 재현되어 나름의 독특한 시적 세계를 구축한다.

함수관계

산다는 일은
시간그릇 속이다
반 발짝만 내빼려도
당장 있다 없다와 맞서게 된다

가슴에 숨을 집어넣다 보니
그릇에서 벗어나지 못하는 까닭이다

섭리는
해 물 모래 따위에서 시작하여
디지털 전자 분자 배꼽의 정밀한 그릇으로
째깍째깍 비정하게 옥죄고 있다

가쁘게 버둥대면서
그릇을 해마다 연두색으로 칠해야하고
백곡만과의 이치를 다듬으면서
제 시간을 산다는 것은
존재와 시간의 감춰둔 함수다

—「숨을 쉰다는 것」 전문

「숨을 쉰다는 것」은 "산다는 일", 즉 삶을 말한다. 시인은 삶을 한 마디로 "시간그릇 속"이라고 파악하고 있다. 인간의 모든 삶은 '시간'이라는 '그릇' 속에 담겨 있다는 의미이다. 만일 이 '시간그릇'에서 "반 발짝만 내빼려도 / 당장 있다 없다와 맞서게 된다"고 한다. '시간그릇'이란 시간을 공간화한 시인의 창의적 표현이다. 즉 시인은 삶의 기본은 "있다 없다"를 가름하는 존재인데, 이 '존재'란 시간의 x축과 공간의 y축이 교차하는 지점임을 설파하고 있다. '가슴에 숨을 집어넣'는 한 이 그릇(공간)에서 벗어나지 못하는 것이 삶의 존재라는 것이다. 시간의 '섭리'는 해시계, 물시계, 모래시계로부터 시작하여 디지털시계, 전자시계, 분자시계 등 보다 정밀한 그릇으로 측정하게 되면서 삶을 "째깍째깍 비정하게 옥죄고 있다"는 것이다. 시간을 계량하는 기기의 발달 또한 시간의 흐름을 함유하고 있다.

"가쁘게 버둥대면서 / 그릇을 해마다 연두색으로 칠해야 하고 / 백곡만과의 이치를 다듬으면서 / 제 시간을 산다는 것", 이는 바로 "존재와 시간의 감춰둔 함수"라는 것이다. 즉 숨 가쁘게 살아가는 시간 속에서 이 '시간그릇'을 해마다 젊음의 빛깔로 채색하여야 하고 식생활에도 관심을 가지면서 살아가는 일이란 존재 공간과 시간의 대응 관계에 있다는 것을 말하고 있다.

세월은 집이다
염통도 집이다
세월과 염통은 우주(宇宙)다

몸과 마음은 함수관계고
죽음과 노화도 함수관계고
계절과 삶도 함수관계고

세월의 봄과 가을은 쉼이 없고

염통의 개체들은 쉼이 있지만
세월과 염통은 한통속이다

세월과 염통은
서로를 맘대로 부리며
먹고 먹힌다

세월은
태초와 영원의 한 낱으로 유장하나
염통의 개체들은 들쭉날쭉이라

달과 조수처럼
하후하박(何厚何薄)하는 것인가

　　　　　　　　　　　　　　　　　—「함수(函數)관계」 전문

　'함수관계'란 수학에서의 의미는 "한쪽의 값의 결정에 따라 다른 쪽의 값이 결정될 때, 그 양이나 변수 사이의 관계"를 말한다. 이는 일반적으로 뗄레야 뗄 수 없는 불가분의 관계, 밀접한 관계이다. 이를테면 '가'가 변화하면 '나'도 함께 그만큼 변화할 수밖에 없는 관계를 말한다.

　이 시는 "세월은 집이다 / 염통도 집이다 / 세월과 염통은 우주(宇宙)다"라고 전제하고 있다. 이는 세월은 염통이며, 이들은 모두 '집'인데, 집은 곧 '우주'라는 것이다. '세월'은 시간의 집이며, '염통'은 공간의 집이다. 따라서 '세월'은 '시간'의 우주이고, '염통'은 생명으로서의 '공간'의 속성을 지닌 우주이다. 시간은 x축이고 공간은 y축으로 서로 교차하는 함수 관계 속에 인간은 존재한다.

　우주 안에서 이러한 함수 관계에 있는 것은 "몸과 마음", "죽음과 노화", "계절과 삶"이다. 그런데 '세월'은 '쉼'이 없이 흐르지만, 존재들의 각 개체들은 '쉼'이 있다는 것이다. 그렇지만 '세월과 염통'은 '한통속', 즉 시간과 공간은 함수 관계에 있다는 뜻이다. 이 둘은 서로를 맘대로 부리기도 하고, 서로 먹히기도 하는 불가분의 관계이다. 그러나 세월은 유장하여 끝이 없지만, '염통'은 유한하여 긴 생애도 있고, 짧은 삶도 있다('들쭉날쭉')는 것이다. 이는 달의 크기에 따라 조수간만의 차가 커지기도 하고 작아지기도 하는 이치와 같다고 갈파하고 있다.

오월 광주

전 아무개가 오월을
강도질의 입마개로 썼다거나

그 운덤으로 수많은 甲들의 난장질에
불수진의 乙들이 버겁게 버텨야만 했지

불의랍시고 항거하다가
총칼 폭압 투옥으로 날벼락 맞았고
甲들에게는 개 줄에 묶였고
乙들의 밭은 숨소리는 노대바람이지

진리는 흉악무도에게 끌려 다녔고
번연한 진상을 도리질하는 늑대
덫으로 잡아서 조리돌리기라도 해야지
― 「구렛나룻은 甲인가」 중에서

'오월 광주'는 역사적 시간과 공간이다. 시인은 이 시간과 공간의 터널을 직접 통과해 온 개인적 소회를 이 시에 담고 있다. 시인은 우선 '오월 광주'라는 역사적 공간에서 가해자와 피해자의 관계를 오늘날 우리 사회에서 인격 차별로 지탄 받고 있는 '갑을 관계'로 파악하고 있다. 이 시에 나타나는 시인의 '5월 광주'에 대한 관점과 인식은 몇 가지로 축약된다. '전 아무개는 오월을 강도질의 입마개로 썼다'는 사실을 적시했다. 즉 '전 아무개'는 정권 찬탈의 쿠데타를 가리는 '입마개'로 광주에서의 만행을 저질렀다는 것이다. 이어서 이렇게 정권을 찬탈한 '전 아무개'의 '운덤'으로 '수많은 甲들이 난장질을 했다'고 고발하고 있다. 여기에서 '甲들'은 '전 아무개'의 일당들이다. 이 '난장질'에 '버겁게 버텨야만' 했던 '불수진의 乙들'이 있었다. 즉 이들은 '甲들'의 구렛나룻에 티끌이나 먼지를 털어내는 '乙'로 살아가야만 했다. 이런 甲들의 '불의'에 항거하다가 "총칼 폭압 투옥으로 날벼락 맞았고", '甲들'에게 개줄에 묶이는 수모를 당했기 때문이다. 그래서 "乙들의 밭은 숨소리는 노대바람"이었다. 시인의 눈에 비친 '오월 광주'에서 "진리는 흉악무도"한 '전 아무개' 일당들에게 끌려 다녔다. 그래서 '전 아무개'를 삼척동자도 다 아는 '오월 광주'의 확연한 진상을 부정(도리질)하는 '늑대'로 비유하고 있다. 결국 시인은 그 늑대를 "덫으로 잡아서 조리돌리기라도 해야" 직성이 풀리겠다는 것이다.

　　의분의 오월이
　　화살 되어
　　삼대가 눕는 빗속은 치열했다

　　바늘구멍을 찢고 나와
　　열패감을 허우적여 뱉으면서

　　내 대들보큰아들

트라우마로 재갈 물려
아우라를
39년 옭매었다

일념포한一念抱恨의 광주는
헐뜯고 비트는 버러지들을 털고

캐고 따져 밝힌 참 앞에
원흉 전 뭐시기가
뻐르적거리며 눈물을 싸는
겨레 잔치뿐이다

—「포한을 울부짖다」 전문

이 시에서 '오월 광주'는 '의분'이다. 즉 '불의를 보고 일으키는 분노'는 '화살'이 되어 빗발처럼 쏟아내는 '치열'함이었다. 그러나 그 역사의 수렁을 딛고 서 있는 지금은 "열패감을 허우적여 뱉"고 있다. "내 대들보큰아들"에게 "트라우마로 재갈 물려 / 아우라를 / 39년 옭"아맨 희대의 사건이기 때문이다. 그러나 이것은 한 개인의 일이 아니라 '광주'라는 역사적 공간에 담겨있는 공동의 "일념포한一念抱恨"인 것이다. 이제 광주는 "헐뜯고 비트는 버러지들을 털고" 일어서야 한다는 것이다. 이제 광주는 '오월 광주'의 진상을 "캐고 따져 밝"혀야 한다는 것이다. 궁극적으로 광주가 '일념포한'을 푸는 것은 "원흉 전 머시기"가 그 참 앞에 "뻐르적거리며 눈물을" 흘리는 '겨레 잔치' 뿐이라는 것이다. 이처럼 시인의 '오월 광주'에 맺힌 '한'은 현재진행형으로 드러나 있다.

어느 소녀의 영용한 편지는
오월의 아우라 신화였다

광주의 21/27
무시무시한 살육 1주간
미친 총칼에 수백 명이 삼대 쓰러지는
피비린내 진동하는 철창이었다

빠끔한 통로는 외신뿐이었던 빡센 광주
외신기자를 통해 재빠르게 날린 영문편지

광주소녀의 육필사연은 미국선교사들의
'광주학살긴급회의'에 전달돼
오월참살의 적나라한 죄상을
지구촌에 퍼뜨린 대서사시大敍事詩였다

휘둘러 찾고 찾길 39년
광주소녀의 얼굴가림은
정녕 오월정신의 고갱이가 아닐까나

—「오월의 편지」전문

이 시는 광주의 '어느 소녀'에 대한 이야기를 쓴 것이다. 5·18 민주화운동 당시 광주는 외부와 철저히 차단됐고 국내 언론은 완전히 통제됐다. 이 때 육필 영문 편지를 외신기자들에게 보내 '오월 광주'의 참상을 세계에 알린 한 여성의 '영용'함을 칭송한 작품이다. 시인은 당시 '오월 광주'의 공간을 "피비린내 진동하는 철창"으로 기억하고 있다. 시인의 기억은 "광주의 21/27 / 무시무시한 살육 1주간 / 미친 총칼에 수백 명이 삼대 쓰러지"듯한 모습을 소환해 낸다. 그리고 그 살기 충만한 상황에서 "외신기자를 통해 재빠르게 날린 영문편지"는 "오월참살의 적나라한 죄상을 / 지구촌에 퍼뜨린 대서사시大敍事詩였다"고 평가하고 있다. 그러나 이 편지를 써서 광주의 참상을 세계에 알린 주인공은 나타나지 않았다. 마치 할 일을 했을 뿐이라는 겸손함인가. 시인은 이러한 '광주소녀의 얼굴가림'을 '정녕 오월 정신의 고 갱이'로 인식하고 있다.

세계와 삶에 대한 관조와 달관

먹으면 누는
입과 항문은 인과다

주체성 없는 입
존엄한 독재자가
입맛의 권장이다
입의 설렁줄 당겨도
애잔한 어귀일 뿐
존엄의 식성은 끄떡없다

가령 이렇다
중독된 터라
45도짜리 독주로
식도와 위를 쥐어박아도 하릴없다

하수인
창자도 서뿐서뿐 따를 뿐
내려오는 대로 갈무리하면

내뱉는 곳이 항문
괄약근과 느자구가 뜨악하지만
하수인인지라

전두엽은 입과 항문의 최고 존엄이다
　　　　　　　　　　　　　　　　　　　—「깐깐한 독재자」 전문

　이 시는 삶의 이치를, 사회 구조의 질서를, 혹은 우주 운행의 섭리를 인간의 신체 활동에서의 음식과 소화와 배설의 원리에 빗대어 쉽게 서술해 내고 있다. 삶, 혹은 생활의 중심에 '먹는 문제'가 놓여있다. 쉽게 말하면 먹어야 산다는 것이다. 따라서 먹는 행위는 삶의 기본이 된다. 이러한 먹고(食) 배설하는 행위를 시인은 간단히 인과 관계로 파악하고 있다. 그런데 피상적으로 보면 '입'이 먹고 '항문'이 배설하는 것처럼 보이지만 기실 '입'이나 '항문'의 행위는 전혀 주체적이지 못하다는 것이다. '입'에게 먹고 마시는 행위를 배후에서 주재하고 있는 존재가 따로 있다는 것이다. 그 주인공이 '깐깐한 독재자'로서의 '전두엽'이라는 것이다. '전두엽'은 실제로 "대뇌의 앞부분으로 복합적인 의사 결정 및 행동과 사고 조절 기능을 수행한다."고 한다. 이 시에서는 '입', '창자', '괄약근' 등 모든 소화 기관은 이 '전두엽'의 '하수인'에 불과하다는 것이다. 그래서 '전두엽'은 '입과 항문'의 '최고 존엄'이라는 것이다. 인간의 삶의 과정에도 '전두엽'이 존재하고, 이 사회의 각종 현상도 '전두엽'의 지시에 의하여 이루어진 결과이다. 지구가 자전하며 공전하는 것도, 태양계와 은하계의 운행도 우주의 '전두엽'이라는 실체에 의하여 역동하고 있는지 모를 일이다.

　　　골드미스가 출산생리로 썩어 하나씩만 내지르니
　　　인구가 어처구니없어 지구가 헐겁네
　　　대학 연구실마다 무겁게 가라앉고
　　　지식융합으로 온라인 검색 만능이네

　　　선악과가 없어 부드럽고
　　　사전에는 근면성실 시기 질투가 없는 곳

복지가 넘실거려 배를 긁고
토머스모어가 유토피아서 살고
사립문밖에선 스칸디나비아가 울 넘보네

신선으로 노닐다가 부드득하니
백일몽白日夢이라
터무니가 어이없어
두드려져가는 아라族이 간절하네.

　　　　　　　　　　　　　　—「신남가일몽」 중에서

여기 살던 우체통 산책이라도
아니 은퇴라도 하셨나

나는 친고들에게 보낼
편지봉투를 모시고 두리번거린다

세월이 정보화 창문을 열고
디지털시대를 쏟아낸다

컴퓨터가 촉수를 휘둘러
인터넷 속으로 끌어들인다

거리거리에 서 있던
빨간 우체통들 하나 둘씩
애먼 황천객으로 떠나간다

밤 밝혀 다듬은
정 품은 손 편지는
E메일에게 앗긴 전설로 숨는다

　　　　　　　　　　　　　—「뱃속에 채웠던 그리움들」 전문

미수를 넘긴 시인의 눈에 지금의 현대사회는 어떻게 비칠까. 「신남가일몽」을 보면 현대사회를 "꿈과 같이 헛된 한때의 부귀영화"를 지칭하는 '남가일몽'에 비유하고 있다. 출산율의 저하로 지구의 인구 감소를 걱정하는가 하면, 현대사회를 '지식융합'이 가져오는 '온라인 검색 만능' 시대로 파악한다. 이 시에서 시인은 현대사회를 선과악의 구별도 없고, "근면성실 시기 질투가 없는 곳"이며, "복지가 넘실거려 배를 긁고 / 토머스모어가 유토피아서 살고 / 사립문밖에선 스칸디나비아가 울 넘보네"라고 풍자하고 있다. 이러한 이상은 한마디로 '백일몽', 즉 헛된 꿈이라고 질타한다. 그리고 현대의 세태를 "두드러져가는 아라族"이라고 한다. '아라族'이란 "아바타 라이프족(Avatar life族)의 줄임말로 자신의 아바타를 통해 현실생활과 똑같이 사이버 공간에서 살아가는 무리나 그런 사람을 일컫는 말"이라고 설명하고 있다. 아라족에게 아바타는 단순한 꾸밈이나 치장의 대상이 아니라 사이버 공간에 살고 있는 또 하나의 '나'라고 한다. 아라족은 사이버 공간에 자신의 분신인 아바타를 설정해놓고 아바타가 사는 사이버 공간을 현실 속 자신의 생활공간과 동일하게 받아들이는 '사이버 공간 속을 살고 있는 것이다.

「뱃속에 채웠던 그리움들」은 우체통을 의인화한 작품이다. '빨간 우체통'에 대한 회억과 e—메일에 밀려 사라져가는 현실을 안타까워하는 마음을 표현한 것이다. '친고들에게 보낼 편지'를 들고 분명히 우체통이 있었던 자리에 갔으나 사리지고 없어 당황하는 모습을 보여주고 나서, "세월이 정보화 창문을 열고 / 디지털시대를 쏟아"내는 현실을 안타까워한다. 이것은 현대 사회의 사람들을 "컴퓨터가 촉수를 휘둘러 / 인터넷 속으로 끌어들인" 결과이다. 거리마다 서서 그 뱃속에 그리움들을 가득 채웠던 빨간 우체통은 하나둘 죽어가니 아쉬울 따름이다. "밤 밝혀 다듬은 / 정 품은 손 편지"가 e—메일에 앗겨 숨어버린 '전설'이 된다는 것이다.

곰비임비하고 골막하고
희비가 얼룩짐이 삶이라던가
아쉬움이 한갓되었나니

미카엘라와 피붙이들과 씨앗들이
웅숭깊고 띠앗 좋고
센바람을 지르밟아
위없이 푸르청청히 나래를 펼쳤나니

내 때에 올라 우러러,
금쪽같이 끌밋한 살붙이들과
깔축없었다고 사뢰리라
　　　　　　　　　　　　—「차오르는 애환」 중에서

이런저런 선연한 모습들
어리마리해 안타까웠네

그나마 샛별로 새수나니
아버지의 너볏하심이 자랑스러웠네
　　　　　　　　　　　　—「영상의 위력」 중에서

　　두 작품의 공통점은 어버이에 대한 애환과 회억을 노래했다는 것이다. 「차
오르는 애환」은 미수의 나이에 어버이에 대한 애환을 반추하는 내용이고, 「영
상의 위력」은 아버지의 옛 사진을 보며 생전의 모습에 대한 그리움을 담고
있다. 특히 도드라진 특징은 시인이 우리말 고유어를 부려 시어로 구사하고
있는 점이다. '곰비임비'는 "물건이 거듭 쌓이거나 일이 거듭되는 모양"을 말
하고, '골막하다'는 "그릇에 거의 차 있다."는 뜻의 고유어이다. '한갓되다'는
"아무 보람이나 실속이 없다. 헛되다."는 뜻이다. '웅숭깊다'는 "생각이나 뜻

이 넓고 크다."는 의미이고, '띠앗'은 "형제자매 간에 서로 위하는 마음"을 뜻한다. 기상 용어로 쓰이는 고유어인 '센바람'을 사전에서 찾아보면 "풍력 계급 7의 바람. 초속 13.9—17.1m로 부는 바람. 큰 나무 전체가 흔들리고, 바람을 거슬러 걷기가 힘듦. 강풍(強風)."이라는 설명이 나온다. '지르밟다'는 "위에서 내리눌러 밟다."라는 뜻이다. '끌밋하다'는 "모양이나 차림새 따위가 깨끗하고 훤칠하다."는 뜻이고, '깔축없다'는 "조금도 축나거나 버릴 것이 없다."는 뜻의 우리말 고유어이다. '어리마리'는 "잠이 든 둥 만 둥 하여 정신이 흐릿한 모양"을, '새수나다'는 "갑자기 좋은 수가 생기다."는 의미를 지니는 우리말이다. 그리고 '너볏하다'는 "몸가짐이나 행동이 번듯하고 의젓하다."는 의미이다. 이처럼 시인은 희미하게 사라져가는 우리말 고유어를 시어로 활용하여 고유어가 깃는 감칠맛을 되살려내는 데에도 기여하고 있음을 알 수 있다.

구순에 다다른 신극주 시인의 시안(詩眼)에는 그 만큼 세월의 연륜이 들어 있다. 한 방울씩 쌓여 고인 깊은 바다와 같은 사유로 사물과 현상을 응시하고, 거기에서 발아된 언어로 시를 빚어낸다. 우주의 원리를 시적 수식으로 간단히 정리할 수도 있고, 역사의 언덕을 넘으며 보았던 회한을 몇 마디의 시어로 응축하기도 한다. 그의 시에는 세계와 삶을 생략과 비움의 눈으로 바라보는 관조의 방식이 드러나 있음을 알 수 있다.

기억의 현재화와 환유적 사유

—윤순호의 시

윤순호의 <신작소시집>(≪우리詩≫ 2019년 5월 371호) 「쌍가락지」외 8편을 읽었다. 몇 가지 개성적 특징이 돋보였다.

첫째 과거 체험의 현재화이다. 과거 체험을 예술적 의도를 갖고 가장 단적으로 드러내는 것이 문학에서의 시제이다. 문학, 특히 시에서의 시간은 시인의 시간의식과 미의식이 결합된 수사적 형태라고 할 수 있다. 따라서 시 텍스트에서의 시간은 자연적 시간과 다르다. 그것은 시적 효과를 위해 자연적 시간을 변용한 상상적 시간이기 때문이다. 시는 현재의 장르이며 순간의 형식을 갖는다. 그의 시는 과거의 시간을 현재에 갖다 놓는 경우가 많다. 서사의 기본시제가 '과거'라면 시의 기본시제는 '현재'이다.

둘째 서정적 자아와 시적 대상과의 거리가 비교적 가깝다는 것이다. 특히 묘사에 있어서 대상과의 거리는 매우 중요하다. 거리가 멀면 개괄적 묘사가 되고 거리가 가까우면 세세한 묘사가 된다. 거리가 멀면 윤곽만을 파악하게 되고 거리가 가까울수록 정밀의 정도가 더해진다.

셋째 '환유'를 통한 비유가 지배적이다. 시인은 시적 효과를 위해 시어를 엄밀하게 선택하여 이를 긴밀하게 배치한다. 그럼으로써 시어와 시어, 시어와 텍스트 전체와의 유기성을 갖도록 한다. '은유'는 유사성에 근거한 시어 선택에서 이루어지지만, '환유'는 인접성에 근거를 둔다. 여기에서 '인접성'이란 공간적 시간적 인접성뿐만 아니라 인과관계의 논리적 인접성도 포함된다.

소재지 가설극장에
눈물로 보는 영화라고
짧은 해거름에 나발도 돌았다
저녁 설거지 얼버무리고
뒷감당 아랑곳없이, 누님
깡충거리는 발걸음이 빨빨 가벼웠다

―이런 주리를 틀
엄니의 부아가 하늘을 찔렀다
바락바락 악다구니 앞에
헝클어진 머리채가 뭉텅 반항을 멈췄다
사뭇 밤늦은 토방엔
이슬 젖은 고무신이 나자빠지지만
누님은 거르지 않고 새벽밥을 지었다

자르르하게 쪽지고 시집간 누님
어느새 성긴 파마머리가 구름처럼 하얗다

―「밤 마실」 중에서

'누님'에 대한 체험을 담은 작품이다. '누님'은 '소재지 가설극장'에 "눈물로 보는 영화"를 관람하러 나갔다. "저녁 설거지 얼버무리고 / 뒷감당 아랑곳

없이" '밤마실'을 나간 것이다. 이것은 하나의 사건이 되었다. "엄니의 부아가 하늘을 찔"렀고, 결국 '누님'은 "바락바락 악다구니 앞에 / 헝클어진 머리채가 뭉텅" 끊어지고 나서야 "반항을 멈췄다"는 것이다. 이후 "누님은 거르지 않고 새벽밥을 지었다"고 한다. 그리고 '누님'은 시집을 갔다. 여기까지가 과거에 대한 서술이다. 과거에서 현재로 이동하는 간극이 생략된 채 곧바로 현재로 이동한다. 즉 "성긴 파마머리가 구름처럼 하얗다"고 언술한 것이 현재 상태를 묘사한 것인데, 시간의 흐름이 돌연하다. 과거의 '자르르 한 쪽진 머리'와 현재의 '성긴 파마머리' 사이에 간극이 축약되었기 때문이다. 그 '쪽진 머리'의 빛깔도 '파마머리'의 '구름처럼 하얀 빛'으로 변해 있다. 여기에서 화자는 시종 관찰자 입장으로 자신의 감정을 좀처럼 드러내지 않는다. 그 시간의 돌연한 흐름은 '어느새'라는 한 마디에 축약되어 있다.

한숨으로 쭉정이만 쓸어 담던 그해
동짓달 첫 눈발 배웅 삼아 도시로 간, 빈집
손때 전 문고리엔
퍼런 놋수저 한 닢 등 돌려 꽂혀 있다

때마다 바람은 탱자꽃, 찔레꽃도 갖다 주고
아침이면 비단 안개도 퍼 나르지만
한번 떠난 할매 소식은
바람도 어쩌지 못하는지…
눈에 익은
털신 신고 바지런히 되돌아오거든
반가이 문 열어주련 다짐도 부질없어라
밤낮 적막만을 품다가
날아든 새들 잎히 노래나 귀에 담고
개구멍 무시로 드나드는
들고양이 해찰이나 놀아주는데

기별이 오려나?
방죽 너머 행길 살피는 탱자나무는
까치발 꼿꼿이 가는 목이 길다
마당엔 며느리가 못다 버린 시집살이가
덤불진 지 오래
기다림이 빨갛게 익어가는 장두감만
주저리주저리

―「꽃징이 빈집」 전문

　어느 시골의 '빈집'의 풍정을 묘사한 시이다. '빈집'이 된 시점은 '그해' 동짓달 첫 눈발이 내리던 날이다. '빈집'이 된 이유는 "한숨으로 쭉정이만 쓸어 담던"이라는 표현으로 보아 농사를 망친 흉년이었던 모양이다. 그리고 집을 비운 주체는 도시로 갔다. 이후 이 공간은 줄곧 '빈집'의 상태로 있다. 이 '빈집'을 묘사해 주는 현재 시간의 상징적인 장면은 "손때 전 문고리엔 / 퍼런 놋수저 한 닢 등 돌려 꽂혀 있다"라는 구절이다. '손때 전 문고리'는 과거의 생활 속에서의 시간의 축적을 말해주고, 거기에 꽂혀 있는 '퍼런 놋수저'는 빈 공간으로의 시간의 흐름을 상징적으로 말해 준다.
　'빈집'이 만나는 건 '바람'뿐이다. '바람'이 하는 일은 '때마다' "탱자꽃, 찔레꽃도 갖다 주고 / 아침이면 비단 안개도 퍼" 날라 오지만, '한번 떠난 할매 소식'은 가져오지 못한다. '빈집'이 기다리는 대상은 '할매'다. "눈에 익은 / 털신 신고 바지런히 되돌아오"기만을 소망하지만 부질없는 줄을 안다. 그렇지만 '빈집'은 "밤낮 적막만을 품다가 / 날아든 새들 앉혀 노래나 귀에 담고 / 개구멍 무시로 드나드는 / 들고양이 해찰이나 놀아주는" 일이나 하면서 '기다림'을 잃지 않고 있다. 이 기다림에 함께 참여하는 건 '탱자나무'와 '장두감'이다. '탱자나무'는 '방죽 너머 행길'을 살피며 '까치발을 꼿꼿이'하고 '가는 목'을 길게 늘어뜨리며 '기별'을 기다린다. 감나무는 '기다림'으로 빨갛게 익어가는 장두감을 '주저리주저리' 달고 있다. '빈집'의 '할매'에 대한 '기다림'의 모습을 묘사한 시이다.

> 솜이불을 폐기한 중년 원피스
> 버젓이 양심까지 묶었다
> 통증이 박힌 노인의 삭신을 찜질한, 옥매트
> 해묵은 기능도 슬쩍 눈치를 내팽개쳤다
> 짐짓, 모르쇠로 투기投棄된 몰상식이
> 질펀한 땡볕과 며칠째 대치 중이다
>
> 염치없는 눈치들이 수거함을 비웃고 있다
>
> ―「의류 수거함」 중에서

> 판정꾼들의 채점 기준은 높이와 각도,
> 화려한 원색은 기본이다
> 싸운 흔적이 덕지덕지 붙은 전쟁터
> 승자의 계산은 만족했을까
>
> 다디단 유혹들이 촘촘한 빌라 족자를
> 거미줄이 훌쩍 끌어올려
> 탱탱하게 저지선을 치고 있을 때
> 꼭대기엔 자동차 딜러가 아예 철판을 깔았다
> 실력파 과외가 틈을 비집고
> 금줄에 낀 창호지 같은 전화번호 앞세워
> 갈가리 나부낀다
> 운이 좋다면 강력한 청 테이프가
> 끈질기게 시선을 붙잡아 줄 것이다
>
> 시선 집중을 노린 주말은 적중할 것인가?
>
> ―「전봇대」 중에서

두 작품은 화자가 관찰한 '의류수거함'과 '전봇대'의 모습을 묘사하고 있다. 두 작품 모두 서정적 자아와 시적 대상의 거리가 비교적 가까운 묘사라는 점에서 유사하다. 「의류 수거함」에서는 규정을 무시하고 눈치껏 슬쩍 버리는 자들의 비양심을 비판하는 데 초점을 맞추고 있다. '솜이불'을 '의류수거함'에 폐기한 주체는 환유적으로 '중년의 원피스'라고 표현하며 "버젓이 양심까지 묶었다"고 비판하고 있다. 누군가 여기에 버려서는 안 될 '옥매트'도 버려 놓았다. 이 작품은 전체적으로 보면 경고 문구부터 버려진 모습들을 비교적 세세하게 관찰하여 묘사하고 있다. 이러한 모습들을 "짐짓, 모르쇠로 투기投棄된 몰상식"이라고 했고, 이것들은 수거함을 비웃는 '염치없는 눈치들'이다. 그리고 이 '몰상식'의 대척점엔 투명하고 밝은 '질펀한 땡볕'이 위치해 있다.

「전봇대」는 광고지들이 덕지덕지 붙어 있는 모습을 묘사하고 있는 작품이다. 광고는 효과를 목표로 한다. 광고 효과는 제일 먼저 '접촉 효과'를 발휘해야 하고, 그것이 '심리 효과'를 거쳐 '구매 행동 효과'에 이르러야 한다. 따라서 전봇대에 붙어 있는 광고지들은 '접촉 효과'를 극대화할 수 있는 자리를 두고 다투어야 한다. 실제로 광고지들이 다투는 것이 아니라 광고지를 붙이는 효과를 극대화하고자 하는 주체들끼리 다투는 것이다. 그래서 화자는 전봇대를 "싸운 흔적이 덕지덕지 붙은 전쟁터"로 비유한다. 화자는 거기에 드리운 '거미줄'까지 관찰하면서, '빌라', '자동차 딜러', '과외', '청테이프' 등의 모습을 묘사한다. 전봇대에 붙은 광고지들에서 자본주의 사회의 경쟁을 실감케 한다.

> 가을걷이 매조지고
> 허리끈이 걷어올린 옥색치마가
> 고속버스를 탔다

아가리 미어진 가방이 넥타이 동여매고
잰걸음 하던 날
주인 따라 고단했을 비닐 봉다리가
꾸역꾸역 꿍무니를 물었다
서리태와 팥 무말랭이며
비단주머니 풀어헤친 가락지까지
"땅만 파는 손구락에 가당키나 허냐,
닳아지면 아까운 게 쟈 줘라!"
짐짓
방구들 훈기만 측은히 살피던, 엄니
곱은 손가락

　　　　　　　　　　　　　—「쌍가락지」중에서

이 작품에서는 '옥색치마'가 고속버스를 타고, '가방'이 잰걸음을 한다. 그
리고 '비닐 봉다리'가 꿍무니를 문다. '서리태', '팥', '무말랭이', '가락지'까지
마치 사람인 것처럼 주체적 행동을 한다. 이 사물들은 모두 '엄니'와 동일시
되어 있다. 즉, 환유적인 시적 장치인 것이다. 은유는 유사성에 의존하고, 환
유는 인접성에 의존한다. 환유는 포함하는 것과 포함되는 것을 서로 교환하
는 비유이다. 따라서 이 작품에는 농사짓는 '엄니'가 생산한 곡물들과 '가락
지'까지 챙겨 고속버스를 타고 도회의 아들 집에 와서 '쌍가락지'까지 내놓
았다는 서사가 들어 있다. 이와 같은 환유적 사유는 사실주의적일 뿐만 아니
라, '묘사'와도 깊은 관련성이 있다.

제 구실을 할 수 있을까
아슬아슬하다
기형이 몸값이라고
의지와 상관없이 여린 몸은 꼬였다
저항할 수 없는 고통이란

키를 자르고 **뼈**마디가 뒤틀리는 일
칭칭 묶인 몸뚱어리는
꼼짝달싹 못하고 주저앉았다
물길을 찾아 헤맨 갈증인들
좁은 분盆 속 도는 길이 오죽할까
나무로 태어나 새에게
가지 한 번 내어주지 못한 짐이
두고두고 가는 어깨를 짓누르고 있다
관상을 위해
서둘러 애늙은이가 되는 저 볼품
창을 여는 바람 말고는
유리에 스치는 햇살이나 탐내는 너야말로
정녕 소나무이어라

―「애늙은이」 전문

이 작품에서 '애늙은이'는 소나무 분재를 비유적으로 말한 것이다. 화자의 분재를 바라보는 시각은 비판적이다. 그것은 사물을 자아와 동일화하여 바라보는 시인의 마음 때문이다. 시인이 바라보는 대상은 "기형이 몸값이라고" 자신의 의지와는 상관없이 꼬인 여린 몸이다. "꼼짝달싹 못하고 주저앉"아 있는 "칭칭 묶인 몸뚱어리"이다. 거기에서 "키를 자르고 **뼈**마디가 뒤틀리는" "저항할 수 없는 고통"을 함께 느낀다. 그리고 "물길을 찾아 헤맨 갈증인들 / 좁은 분盆 속 도는 길"을 헤아려 본다. 또한 "나무로 태어나 새에게 / 가지 한 번 내어주지 못한 짐이 / 두고두고 가는 어깨를 짓누르고" 있는 소나무 분재의 배려하는 마음을 읽는다. 이 마음에 도달하자 마침내 "너야말로 / 정녕 소나무"라고 칭송한다.

윤순호의 시편들은 정밀한 시적 장치들을 통해 과거의 가치를 현재로 불러오거나, 대상을 비교적 정밀하게 관찰하는 특징이 있다. 그는 감정을 절제하여 사물을 보지만, 거기엔 항상 시인이 가져야 할 비판정신을 잃지 않고 있음을 볼 수 있다.

제4부

지역 시단의 흐름

삼라만상에 대한 사랑과 은유

―한승원 시집『달 긷는 집』(문학과지성사, 2008)
―허형만 시집『눈 먼 사랑』(시와사람, 2008)

　우리는 누구나 세상을 살아가면서 무수하고 다양한 '만남'에 직면하게 된
다. '만남'이란 인간의 존재 방식이요, 생명 유지의 길이다. 따지고 보면 태어
나서 죽을 때까지 사람과 만나고, 길과 만나고, 나무와 만나고, 햇볕과 만나
고, 공기와 만나고, 물, 불과 만난다. 내 밖의 무수한 정신이나 영혼들과 만나
고, 관념이나 사상과도 만난다. 주의해 보면 작은 만남이건 큰 만남이건 만
남을 통해 새로운 상황이 이루어지고 그 상황마다에 특유의 의미가 주어진
다. 이러한 '만남'을 시학적 의미로 보면 '은유(metaphor)'가 된다.

　시인은 삼라만상의 은유현상을 시 텍스트 내부에서 언어를 통해 실현시
킨다. 은유란 체험을 통해 체득한 낱낱의 대상, 사실, 관념들을 상상력을 통
해 결합시키는 일이다. 현대시에서 은유의 방식은 복잡하게 진화해 왔다. 대
상이 유사성이나 동일성을 통해 다른 사물로 치환되거나 전이되는 단순한
은유에서부터 대상과 대상의 거리, 차이성과 비동일성이 강조되는 병치은
유까지의 이동이 그것이다.

1. 한승원—신화적 언어와 서사적 은유

'시인 한승원'이라고 하면 어떤 독자는 우리 문단의 원로 소설가인 '한승원'과 동명이인인가 하고 고개를 갸우뚱할 지도 모르겠다. 그러나 그의 시 한 편만 읽어보면 단박에 '동명동인'이라는 것을 알 수 있을 것이다. 그가 그 동안 소설에서 보여 주었던 정신적 빛깔과 영혼의 울림이 그의 시에 서정으로 잘 드러나 있기 때문이다. 그의 시 곳곳에 눈에 띄는 이야기적 요소들은 그만이 지닐 수 있는 개성적 특질로 보인다. 이것은 서사를 서정양식에 투사하는 방식인데, 일종의 거대 은유 양상으로 드러난다.

> 음력 대보름날 마을 회관 마당에서
> 물옷 입고 갯벌에서 바지락 캐던 영길이네 막둥이네
> 군대 가서 죽은 아들 가슴에 묻은 달보네
> 꼭두새벽녘에 서방 따라 거룻배 타고 낙지잡이 다니던 오철이네 달 득이네
> 치매 앓는 노모 하루 세 차례씩 기저귀 갈아내며 우악우악 토악질 하면서도 마슬 나와서는 하하하하 잘 웃는 봉순이네
> 서릿바람 맞으며 파 작업 다니던 용칠이네 장식이네 영남이네 광일이네 철구네 순자네
> 읍내 시장 바닥에서 좌판 벌이고 사는 덕칠이네 창호네 기춘이네 종구네……
> 부녀회에서 공동으로 맞춘 쪽빛 치마와 황금색 저고리 차림으로 강강술래하고, 남생아 돌아라 올래졸래야 돌아라. 굼실굼실 원무 즐기던 그날
> 황혼 녘에
> 해바라기 씨 몇 알 토굴 마당가에 심었는데 그해 여름철 내내 황금색 꽃잎들이 해를 물어뜯으며 맴돌았습니다.
>
> —「해바라기 꽃」 전문

전체가 한 문장으로 이루어진 시이다. 표면적 내용은 (화자가) 마당가에 해바라기 씨 몇 알을 심었는데, 그 꽃잎들이 그해 여름 내내 해를 맴돌았다는 얘기다. 그런데 그 '해바라기 꽃'은 여느 해바라기 꽃과는 다른 존재이다. 왜냐하면 이 시는 해바라기 씨를 심은 행위를 그날 벌어진 이야기(서사)에 중첩시키고 있기 때문이다. 그 시점은 정월대보름날 황혼녘이었고 마을 부녀회 회원들이 황금색 저고리 차림으로 강강술래를 하고 원무를 즐기던 그날이다. 따라서 해바라기 꽃은 몇 가지의 유사성으로 은유되어 나타나 있다. '둥글다' '맴돌다'의 속성으로 결합된 것은 "정월대보름", "강강술래(원무)"와 해바라기의 맴도는 행위의 유사성 때문이다. 또한 부녀회원들의 "황금색 저고리"는 후에 "황금색 꽃잎"으로 치환된다. 결국 해바라기 꽃은 마을 사람들의 삶의 모습의 은유이고, "해를 물어뜯으며 맴돌았"던 해바라기 꽃의 행위는 각각의 인물들의 서사적 요소인 삶의 애환을 투사하고 있는 것이다. 이처럼 화자가 궁극적으로 보여 주고자 한 것은 해바라기로 치환된 마을 사람의 삶인 것이다.

　이와 같은 그의 은유 정신은 삼라만상 모든 존재를 자아와 소통하고 변전될 수 있는 대상으로 보는 범우주론적 인식에서 비롯된다.

　　사랑하는 나그네 당신, 보았습니까.
　　안개 낀 봄밤에 별들이
　　여닫이바다하고 혼례 치르는 것, 보았습니까.
　　한여름 보름달이
　　마녀로 둔갑한 바다와 밤새도록 사랑하고 아침에
　　서쪽으로 가며 창백한 얼굴로 비틀거리는 것, 보았습니까.

　　<중략>

달도 별도 없는 겨울밤 눈보라 속에서 여닫이 바다가
혼자 외로워 울부짖으며 몸부림 치는 것, 그대 알아 채셨습니까.
여닫이바다의 몸짓이 사실은
제 마음을 늘 그렇게 표현해 주고 있다는 것.

―「여닫이바다의 혼례」중에서

나 시방
내 앞에 凹의 연못 가로 눕혀 놓고
싱싱한 감나무 그늘로 목욕하려고 평상 모서리에서 반라의 몸 된 채
수련의 생체 리듬에 따라
비단잉어랑
하늘이랑 산이랑 숲이랑 나무랑 탑이랑
물거미랑 개구리랑 잠자리랑 햇살이랑
혼음
실컷 즐기고 있습니다.

―「여름 한낮의 혼음 ―사랑하는 나의 허방 9」전문

「여닫이바다의 혼례」는 화자 '나'가 청자인 '사랑하는 나그네 당신'에게 건네는 담화 형식이다. 즉, 청자에게 질문을 보내는 것은 자신이 본 사실을 확인하려는 의도에서이다. 그것은 바다가 별들, 보름달과 혼례 치르는 장면이고, 특히 "외로워 울부짖으며 몸부림치는" 겨울 바다의 모습이다. 이 담화의 진짜 의도는 '바다'의 마음이 내 마음이라는 것을 '사랑하는 나그네 당신'이 눈치채주시라는 하소연이다. 이 작품에서 '별', '보름달', '바다'는 모두 의인화되어 있다. 의인화란 사물이나 관념에 사람의 영혼을 불어 넣어주는 은유의 한 형태이다. 혼례를 통한 별, 보름달, 해와 바다가 일체화 되는 것은 바다와 '나'가 일체화됨으로써 '나'와 '당신'의 일체를 소망하는 일이다.

이런 시각에서「여름 한낮의 혼음 ―사랑하는 나의 허방 9」도 마찬가지이

다. 사랑의 대상인 '연못' 앞에서 '비단잉어' '하늘' '산' '숲' '나무' '탑' '물거미' '개구리' '잠자리' '햇살과 화자인 '나'는 일체화 되어 있다. 따라서 이는 '물아일체(物我一體)'의 경지이고, 그에게 있어서 삼라만상은 '나'의 은유이다. 이렇게 보면 그의 시 도처에 나타나는 '사랑하는 나그네 당신'까지도 '나'의 은유가 된다.

2. 허형만—감각적 언어와 소리의 은유

허형만은 서정적 감각이 뛰어난 시인이다. 그가 이순(耳順)의 나이를 넘기면서 자신에 대한 성찰이 더욱 깊어지고, 그 감각들이 더 예민하게 드러나는 것 같다. 나이에 대한 그의 인식은 원숙한 시선으로 세계를 보는 데서 늘 발견된다.

> 이만큼 살다보니
> 보이지 않던 산빛도 한 둘
> 들리지 않던 풍경소리도 한 둘
> 맑은 생각 속에 자리잡아 가고
>
> —「한 둘」중에서

> 두 눈이 먼 한 사내가 오열하고 있었다.
> 詩眼의 마지막 눈동자가 찍혀지길
> 육십 평생 떨며 기다리고 있다는 그 사내!
>
> —「點睛」중에서

그래, 세상을 건너가노라면
고개를 조아리지 않으면 들어갈 수 없는
배알문 아닌 곳이 어디 있으랴 싶으니
이 나이가 되어서야 비로소
고개를 조아릴 줄 아는 철이 드나 보네

―「下心」중에서

　‘이만큼 살다보니’ ‘산빛’ ‘풍경소리’도 새로이 보이고 들리게 된다. 육십평생 기다렸던 시안(詩眼)에의 점정(點睛), "고개를 조아릴 줄 아는 철"은 우주에 대한 새로운 인식이며 자기 성찰의 결과를 상징적으로 보여 주는 아름다움이다. 이러한 경지는 그의 뛰어난 감각과 무관하지 않다. 그는 시각에 대한 표현도 대단하지만 특히 청각, 즉 ‘소리’에 대한 예민성이 그의 시를 돋보이게 한다.

먼 훗날 어느 새벽별 하나 돋듯
고객님의 음성사서함이 켜지면
갈매빛 만만한 풀벌레 소리
비로소 가슴 적시는 사랑인 줄 알겠지요

―「풀벌레 소리」중에서

저 소리가 천지를 울린다

저 소리 하나가 천둥이고 저 소리 하나가 산내리바람이다

저 소리가 피 머금은 울음덩이다

저 소리 하나가 굽이굽이 천리를 흐르는 수심 깊은 강물이다

오호라, 저 소리가 능운이다

저 소리 하나가 구름을 뚫고 저 소리 하나가 육신을 벗는다
　　　　　　　　　　　　　　　　　　　　　　　—「장사익」전문

소리에도 그림자가 있다는 걸 아는 사람은 드물지
나도 오늘에사 소쩍새 한 울음 길게 들은 뒤
낮잠에서 깨어나서도 한참동안 그 소리 은은했거니
　　　　　　　　　　　　　　　　　　　　　—「소리의 그림자」중에서

오늘도 새벽녘
쌀을 씻다가 보았다
은피라미 떼 몰려들 듯
오글오글 몰려드는 어린 햇살 앞에
조배를 올리는 소리들
반짝반짝 빛나는 그 소리들이
하이얀 쌀 속에서 수런거리고 있음을
　　　　　　　　　　　　　　　　　　　　—「소리들」중에서

쌀을 씻어 안치다가
는개소리 듣는다

귀가 밝아
산의 숨결이 고요해짐을 안다

비에 젖지 않는
범종 소리 듣는다
　　　　　　　　　　　　　　　　　　　　—「이른 아침에」

서서 생각만 하다가 키가 훌쩍 커버린 메타세콰이어 우듬지에 둥지
를 튼 소리들이 숲과 숲을 건너다니며 나를 부른다
—「다시 소리들」중에서

고독해진다는 것은 마음의 빗장 앞에 서성이는 것이리라
날은 흐리고 왠지 서글퍼졌습니다
잊혀졌던 시간들이 일제히 튀어오르는 소리가 들렸습니다
—「無心에 관하여」중에서

「풀벌레 소리」에는 휴대폰 음성사서함을 통해 청자에게 전해지는 '풀벌
레소리'가 사랑의 은유로 드러나 있다. 「장사익」은 '소리'로 환유(사실은 환
유도 은유이다.)되고, '소리'는 다시 '천둥', '산내리바람', '울음덩이', '강물',
'능운'으로 은유된다. 그래서 마지막 행 구름을 뚫고 육신을 벗는 행위의 주
체자는 '장사익'이라는 인물이 된다.

「소리의 그림자」에서는 소리를 빛이 투과하지 않는 '사물'로 은유함으로
써 청각적 대상을 시각화하고 있다. 「소리들」에서 화자는 쌀을 씻다가 '소
리'를 본다. 그가 본 소리는 여린 햇살 앞에서 조배를 올리고 있었고 반짝반
짝 빛나고 있었다. '는개소리'까지 들을 수 있는 청각을 가진 화자는 '산의 숨
결'도 들을 수 있을 뿐만 아니라, '범종소리'가 비에 젖었는지 젖지 않았는지
를 분별할 수 있다. 예민한 청각으로 인지되는 소리들은 화자의 내면에서 모
두 은유의 과정을 거친다. 소리들은 메타세콰이어 우듬지에 둥지를 튼 존재
로 은유되기도 하고, 추상화된 기억 속의 시간들이 튀어오르는 '소리'를 내
는 구상적 사물로 치환되기도 한다. 이처럼 이순을 넘긴 허형만의 시, 거기
엔 예민한 청각이 '은유'의 바다 위에 햇빛처럼 눈부시게 반짝이고 있었다.
그것은 '이른 아침에' 듣는 '산의 숨결'처럼 참신한 정서요 감각이다.

(시와 사람, 2008년 가을호)

과거에 대한 기억의 서정

시 작품에서 시간을 따져보는 것은 시를 이해하는 데 중요한 요소가 된다. 인물이나 공간을 살피는 것도 중요하지만 시간의 관점에서 작품을 바라보는 것 또한 마찬가지이다. 시간의 개념을 한 마디로 설명한다는 것은 매우 어려운 일이다. 왜냐하면 시간이란 자기 존재에 대한 의식으로부터 출발하는 영혼과 관련된 문제이기 때문이다. 그러나 이승훈의 말을 빌리면 "시간은 보편적 경험의 세계로 나타난다. 보편적 경험의 세계는 누구에게나 언제나 진리로 수용되는 경험의 세계를 뜻하며, 따라서 누구나 시간이 무엇인가를 이미 잘 알고 있다는 사실이 전제된다." 이와 같은 시간의 개념을 가장 큰 범주에서 갈래짓는다면 객관적 시간과 주관적 시간으로 나누어 이해할 수 있다. 일반적으로 문학에서 시간에 대한 의식 표출은 언어라는 형식으로 표상되어 있다. 그렇기 때문에 이것은 결국 담론의 형식으로 표출되는 것이 보통이다. 문학적 담론에서의 시간은 인간의 의식 작용을 거친 주관적 시간의 반영일 수밖에 없다.

특히 시 텍스트 안에서의 '과거'라는 시간은 '기억'이나 '상상'에 의존하는 자기 체험의 언어적 재현이다. 그것은 '그리움', '추억', '회억', '욕망', '분노' 등의 다양한 정서의 형태로 표출되기 마련이다.

> 덥수룩한 옆모습이 보인다
> 손가락에 젖은 담배 한 개비 끼고
> 하필이면 가을로 가는 바다하늘이
> 맑게 갠 뱃머리를 뚫고 내 불그레한 점퍼를 물들이는
> 한참이나 먼 젊음이 보인다
> 허드슨 강을 건너 자유의 물상을 향해 갈 때
> 바다와 하늘 사이를 비행하던 갈매기의 오만한 눈망울처럼
> 나는 그때 한참 팽배해 있었다
> 누구에게나 들추고 싶은 추억의 언어가 있듯이
> 돌아보면 젊음을 감고 흐르는 꽃밭에
> 솟아낸 속살처럼 묻어난 선연한 향기가, 그 공허한 물결이
> 생각하면 할수록 머릿속 꽃밭을 파고드는
> 나는 그때 담배를 끊었다
>
> ─박후식,「사진을 읽다」전문

　　이 시에서 현재의 시간은 화자 앞에 한 장의 사진이 놓여 있는 것으로 드러난다. 그리고 화자는 이 사진을 매개로 하여 '과거'에 대한 기억을 되살려 내고 있는 것이다. 사진에는 과거 어느 해 가을 "허드슨 강을 건너 자유의 물상을 향해 갈 때" 자신의 "덥수룩한 옆모습"이 찍혀 있다. "손가락에 젖은 담배 한 개비 끼고" "내 불그레한 점퍼를" 입고 있는 사진 속의 모습은 현재와 비교하면 "한참이나 먼" 젊은 모습이다. 화자에게 있어서의 사진 속에 정지해 있는 과거는 "한참 팽배해 있었"던 '젊음'이다. 이 '젊음'은 "들추고 싶은 추억"이요, "젊음을 감고 흐르는 꽃밭"이다. 그리고 그 사진 속에서 지금은 일상이 되어버린 "담배를 끊었던" 사건도 기억해 낸다.

요즈음 젊은이들은
이분법적 사고에 능하다
어제는 어제
오늘은 오늘이란다
설사 꽃과 열매가 오늘이라면
땅속 깊이 뿌리내리고
허공을 딛고 선 줄기와 가지는
어제가 아니던가
배달민족 5천년
우리의 아버지, 아버지의 아버지가
가슴에 안고 있는 마디마디 피로 맺힌
회환의 세월
그대는 아는가
참 요즈음 젊은이들은
단세포적이다
오늘은 오늘
어제는 어제이란다

—오명규, 「어제는 어제이란다」 전문

이 시는 과거와 현재를 분리하는 "요즈음 젊은이들"의 "이분법적 사고"를 질타하고 있다. 과거인 '어제'와 현재인 '오늘'은 따로 존재하는 것이 아니라, 면면이 이어져 오는 하나의 시간 개념으로 인식해야 한다는 것이 화자가 표명하는 명제다. "땅속 깊이 뿌리내리고 / 허공을 딛고 선 줄기와 가지"로 비유되는 '어제'가 없이 '오늘'의 아름다운 "꽃과 열매"는 존재할 수 없다는 것이다. '오늘'의 풍요는 지금 하늘에서 뚝 떨어진 것이 아니라, "우리의 아버지, 아버지의 아버지가 / 가슴에 안고 있는 마디마디 피로 맺힌 / 회환의 세월"의 결과라는 것이다. 따라서 이 시는 "오늘은 오늘, 어제는 어제"로 따로 생각하는 "요즈음 젊은이들"의 "단세포적" 사고와 시간 인식에 대한 하나의 회초리이다.

매미도 울지 않았다
목탁소리가 한 번 두 번 울릴 때마다
호르륵 새가 울었다고 기억한다
아니 배롱꽃이 수레바퀴 꽃차례를 굴리고
한 개 두 개 붉은 꽃잎이 주름살을 폈던가

유두절 비가 퍼부었다
망자를 위한 비가도 들리지 않았다

이승에 남은 가족들을 잊지 못한다고 했다
사십구제를 올리고도
여름 내내 백번의 제례를 올렸다

짙푸른 숲 속에는 호르라기새만 호르르 울고
스님은 지장보살 지장보살 한 시간 넘게 호명하고

누굴 만났다가 이별을 했다는 건가
싱거운 질문이 고개를 든다
부처는 자신의 설법이 뗏목 같다고 했는데

붉은 꽃이 여름을 태우며 백일을 핀다고 배롱꽃
고요를 깬다는 파양수(怕揚樹)
그해 여름 나는 한 그루 배롱꽃으로 피었던가
　　　　　　　　　　　　　─오소후, 「그해 여름 배롱꽃」 전문

　　이 시는 "그해 여름"이라는 과거에 대한 기억을 되살리고 있다. "망자를
위한 비가도 들리지 않았"던 유두절을 지나 긴 여름을 통과했던, 가족과의
사별이라는 아픈 기억이다. 망자는 "이승에 남은 가족들을 잊지 못한다고"
해서 '사십구제'를 올리고도 '백번의 제례'를 올린다. 불교식 제례다. "목탁소

리"가 울리고 "짙푸른 숲 속에는 호르라기새만 호르르 울고 / 스님은 지장보
살 지장보살 한 시간 넘게 호명"한다. 지장보살의 호명은 불교에서 "지옥에
서 고통받는 중생들을 구원하는 부처님으로 신앙"되기 때문이다. 이러한 지
리한 시간을 감당하는 일은 "누굴 만났다가 이별을 했다는 건가"와 같은 "싱
거운 질문"에 이르게까지 한다. 그래서 화자는 "그해 여름"이라는 과거의 시
간을 통과해 온 자신을 "붉은 꽃이 여름을 태우며 백일을" 핀다는 "배롱꽃"
으로 은유하고 있는 것이다.

　　　오늘 아침 밥상엔
　　　겨울이면 내 입맛을 당기는
　　　굴국이 올라왔다
　　　두부와 무를 썰어 넣고 끓인
　　　굴국엔 우황포 갯벌 냄새가 살아있다.

　　　굴은 날이 추워져야
　　　제 맛을 낸다
　　　요즘은 양식 굴이 시장에 넘치지만
　　　바닷물이 빠지면 갯바위에서 따낸
　　　자연산 굴이라야 회로 먹어도 좋고
　　　젓갈을 담아도 좋다.

　　　아내가 끓여주는 굴국을 먹으며
　　　내 입맛과 코는
　　　어릴 적 고향 바닷가와
　　　어머니의 손맛으로 가고 있다.
　　　　　　　　　　　　　　―임원식, 「굴국을 먹으며」 중에서

이 시의 화자는 '굴국'이 오른 '아침 밥상' 앞에 있다. 즉 화자의 현재 시간

은 "두부와 무를 썰어 넣고 끓인" "아내가 끓여주는 굴국을" 먹고 있다. 그러나 생각은 어느새 과거의 시간으로 회귀한다. 어릴 적 추억이 서려 있는 "우황포 갯벌 냄새"를 실감하게 되고, "바닷물이 빠지면 갯바위에서 따낸" 과거 시간의 "자연산 굴"을 기억해 낸다. 화자의 감각과 정서는 아침 밥상에 놓인 '굴국' 한 사발의 현재에서 과거의 시간인 "어릴 적 고향 바닷가와 / 어머니의 손맛으로 가고 있"는 것이다.

> 뚜껑 열면
> 옆 발길질로 밀고 밀리면서 당겨져 나올, 나와서는 어디론가 가버
> 릴 까맣게 날선 몸들 뒤집히면서 어제의 깊어지는 시간 속에 누워버
> 리는 눈 먼 세상 어기적거리다가 무거운 짐 하나씩 부려놓는다
> ─최봉희, 「새 달력 벽에 걸고」

"새 달력"을 벽에 거는 것은 한 해를 보내고 새해를 맞는 행위이다. 이 시의 화자는 이러한 과거와 현재, 그리고 미래의 시간 경계를 인식하면서 삶의 태도, 혹은 인간의 존재 방식에 대해 사유한다. '뚜껑' 속에 침잠에 있는 것들은 어느 계기(뚜껑이 열리는)가 주어지면 "옆 발길질로 밀고 밀리면서 당겨져 나올, 나와서는 어디론가 가버릴 까맣게 날선 몸들 뒤집히"는 과거의 기억들이다. 그것은 "어제의 깊어지는 시간"이고, 그 속에 누워버리는 곳이 현재의 "눈 먼 세상"이다. 이러한 시간의 교차 속에서 "어기적거리다가 무거운 짐 하나씩 부려놓는" 것이 과거의 시간 속에서 미래로 향해 가는 삶의 방식인 것이다.

이와 같이 『광주문학』 2016년 겨울호(81호)에 실린 시 작품 중 몇 편을 통해 살핀 것처럼 과거에 대한 기억과 시간 양상은 다양하게 나타난다. 기억은 과거 경험의 심상, 관념, 지식, 신념, 감정 등을 보존한다. 그러나 "시란 상상력의 산물"이라는 관점에 비중을 두는 것이 일반적이어서 그동안의 시학에

서는 '기억'이란 중요한 관심의 대상이 되지 못했던 것이 사실이다. 하지만 시적 상상력의 바탕에는 항상 과거의 체험에 대한 기억이 작용하고 있음을 간과해서는 안 된다.

(≪광주문학≫ 2016년 겨울호—시·시조)

사랑과 그리움의 서정

    시는 서정문학이다. 따라서 시는 다양한 감정과 정서를 바탕으로 한 사유들을 언어를 통해 표출하는 형식으로 존재한다. 가수들의 목소리가 다양하고 그 목소리에 어울리는 노래 형식도 각기 다르듯이 현대시도 마찬가지이다. 어떤 시인은 청각적 감각으로 노래하는가 하면, 또 어떤 시인은 시각적 감각으로 자신의 감정을 그려낸다. 어떤 시인은 경쾌한 멜로디로 희망을 노래하지만, 다른 어떤 시인은 유장한 가락으로 슬픔과 한을 풀어내기도 한다. 어떤 시인은 밝은 톤의 빛깔로 사랑의 따뜻함을 그려내지만, 또 다른 어떤 시인은 차가운 빛깔로 이별의 비장함을 토해내기도 한다.

    인간이 가지는 수많은 종류의 감정 중에서 가장 보편적이고 대표적인 것을 우리는 '사랑'이라 이른다. 이는 과거부터 현재, 미래를 관통하는 문학예술의 역사에서 영원한 테마로 존재하고 있다. 시인들의 작품 속에는 이 '사랑'에서 파생되는 '만남', '이별', '갈등', '그리움', '분노', '미움', '기쁨', '슬픔', '질투' 등등의 여러 감정들이 제각기 드러나기 마련이다. 이렇게 '제각기 드러나는' 언어 표현은 시인 각각의 개성과 창의성에 닿아 있다.

그곳에는 먼 바다로부터
수평선을 팽팽히 부풀리며 바람이 달려오고
바람을 따라오던 파도가 쏴르르
몇 섬이나 되는 은빛 구슬을 방파제에 부린다
그럴 때마다 포구가 크게 한 번 흔들리고
잠든 목선들은
거친 꿈을 꾸는지 몸을 뒤척인다
한껏 날랜 솜씨로
바다 위를 뛰어다니는 푸른 달빛들
달빛의 발자국이 찍히는 곳마다
반짝반짝 눈이 부셔
십리 밖에서도 포구가 환하다
어디로부터 바람은 저렇게 오고
파도는 왜 또 부서지는지
가다 가다 어디쯤에서
나 또한 눈부시게 부서져 사라져야 하는지
캄캄하게 저무는 달빛 푸른 포구에
세상의 그리움들까지 몰려와
쓸쓸한 것들의 가슴에
흥건히 고이는데.

　　　　　　　　　　　　　—강만, 「달빛 푸른 포구」 전문

　달 밝은 밤 어느 포구의 서경을 잘 그려낸 작품이다. 이 시가 언어로 그려
낸 한 폭의 그림이라면. 이 한 폭의 그림에는 몇 개의 요소가 유기적으로 구
조화되어 있다. 첫째 요소가 '바람'이다. "그곳에는 먼 바다로부터 / 수평선
을 팽팽히 부풀리며 바람이 달려오고"에서처럼 바람이 불어오는 모습을 보
여주고 있다. 둘째는 '파도'다. "바람을 따라오던 파도가 쏴르르 / 몇 섬이나
되는 은빛 구슬을 방파제에 부린다"에서처럼 '바람'과 '파도'는 밀접한 연관
관계에 있다. 그리고 방파제를 만난 '파도'는 마치 "몇 섬이나 되는 은빛 구

슬"을 부리듯이 하얗게 부서진다, 셋째는 '목선'이다. 파도가 칠 때마다 "포구가 크게 한 번 흔들리고", 특히 연안에 매어 있는 '목선'이 흔들리는 모습이 보인다. 여기에서 목선은 하루 일을 마치고 잠들어 있는 사람으로 의인화되어 있다. 그래서 곤히 잠들어 있는 '목선'은 파도가 칠 때마다 '거친 꿈을 꾸는지 몸을 뒤척'이는 것이다. 넷째는 '달빛'이다. 바다 위에 푸른 달빛이 가득하여 "십리 밖에서도 포구가 환하다". 이런 서경을 바탕으로 이 시의 화자는 바람이 불어오고 파도가 달려와서 부서지는 모습에 자신의 삶을 투사하여 사유한다. "나 또한 눈부시게 부서져 사라져야 하는지"가 그것이다. 여기에서 파도처럼 이 포구로 몰려오는 것은 '세상의 그리움들'이다. 이 그리움들은 '쓸쓸한 것들의 가슴', 즉 고독한 존재들의 마음에 고이는 감정의 실체다.

'그리움'의 사전적 의미는 "보고 싶어 애타는 마음"이다. 그리움의 대상은 사람에 따라 다를 것이다. 연인, 부모형제자매와 같은 혈육, 친구 등등의 인연뿐만 아니라 철학이나 사상과 같은 정신적 세계로의 확장성을 가질 수도 있을 것이다.

> 당신 가신 지 이제 한 달
> 뜨락의 매화꽃 향기 분분한 2월입니다.
> 아직도 저는 꿈을 꾸고 있나봅니다.
> 당신과 늘 함께 했던 시간들
> 현관 앞 당신의 운동화 속에 제 발을 꼬옥 넣습니다.
> 당신의 손때 묻은 시계 선글라스 지갑 등이
> 아직도 제게는 당신입니다.
> 옷장 속을 열면
> 가슴 속 응어리지는 뜨거움
> 보고 싶고 그리운 시간들
> 언제쯤 끝이 날까요……차마 차마.
>
> ─김동순, 「이별」 중에서

사별한 '당신'에 대한 절절한 그리움을 토로한 작품이다. 한 달이 지났지만 화자는 아직도 꿈과 현실을 분간할 수 없는 충격 속에 있다. "당신과 늘 함께 했던 시간들"을 되돌아보며 '당신의 운동화' 속에 자신의 발을 넣어보기도 하고, "당신의 손때 묻은 시계 선글라스 지갑 등" 유품들을 '당신'으로 간주하고 스스로를 위안한다. 그러나 화자는 이러한 이별의 아픔을 견디면서도 언젠가 "보고 싶고 그리운 시간들"이 끝나버릴까를 두려워하고 있다.

> 땅바닥에 떨어진 나뭇잎을 주워들면
> 손금만큼이나 가느다란 마른 물줄기
> 구멍 숭숭 뚫린 기억 속에서 순이가 나왔다
> 나도 몰래 흐르는 눈물, 눈물을 훔친 손으로
> 낮달같은 옆구리를 쓱쓱 문지르면
> 나무의 갈비뼈들이 뚝뚝 부러져
> 나는 어느덧 나무로 서고 나무는 어느새 비탈길에 있다
> 땅 끝에서 하늘 끝까지
> 어린 순이를 업고 황톳길을 내달렸다
> 파르르 살아나는 이파리 푸른 혈관……
> 한 소년이 다가와 내 발밑에서 노트를 펼쳤다
> 별빛 젖은 과수원을 그리고 빨간 사과를 그리고
> 순이네 과수원이라고 썼다
>
> ─김을현,「순이네 과수원」중에서

'순이'에 대한 그리움을 표명한 작품이다. '순이'는 "구멍 숭숭 뚫린 기억 속"에 존재한다. '순이'를 생각하면 '나도 몰래' 눈물이 흐르고 '갈비뼈들이 뚝뚝 부러'진다. 처절한 아픔에 대한 기억이다. 화자 자신을 나무로 치면 '순이'는 어느 날 져버린 '풋잎'이다. 화자는 "땅 끝에서 하늘 끝까지 / 어린 순이를 업고 황톳길을 내달렸"던 아픈 기억을 안고 비탈길에 '나무'로 서 있다.

그 나무 아래 '한 소년'은 노트에 '과수원'과 '사과'를 그리고 거기에 '순이네 과수원'이라 명명한다.

> 밤새워 쏟아 부어도
> 홀로 서성이는
> 그리움
>
> 차마 돌아설 수 없어
> 서녘 하늘에 머뭇거리는
> 애틋한 정
>
> 떼어놓지 못하여
> 남몰래 뒤돌아서서
> 눈물 훔친 그대.
>
> —박순이, 「낮달」 전문

이 작품에서 '낮달'은 '그리움'과 '정', 그리고 '그대'의 표상이다. '낮달'은 외로움을 견디지 못하고 '홀로 서성이는' 존재이다. '애틋한 정'은 필연의 이별 앞에 "차마 돌아 설 수 없"는 마음이며, "남몰래 뒤돌아서서 / 눈물 훔친 그대."이다. 이 마음과 '그대'가 서녘 하늘에 떠 있는 '낮달'로 은유되어 있다. 시인에게는 '그리움'이 서녘 하늘에 낮달로 떠 있는 것으로 간주된다.

> 서산 언덕 아래 쓰러지는 노을
> 바라보는 나의 두 볼이 뜨거워진다
>
> 모든 걸 버리고 빈손으로 가는 길
> 天上의 종착역엔 만장이 나부끼고

가슴속 깊이 타오르는 그리움
아버지 가실 때에도 저렇게 뜨거웠을까

—이철호, 「노을」 중에서

    화자는 석양의 '노을'을 보며 인간의 죽음을 떠올린다. 세상을 하직하는
일, 붉게 스러져 가는 '노을'의 죽음을 보며 '두 볼'이 뜨거워지는 것을 느낀
다. 죽음의 경계에 있는 '노을'은 이승에서의 모든 욕망을 버리고 아무 것도
붙잡지 않은 '빈손'이다. 하늘에 수없이 나부끼는 만장을 본다. 순간 화자의
가슴엔 '아버지'에 대한 그리움이 가슴속 깊은 곳에서 타오른다. "아버지 가
실 때에도 저렇게 뜨거웠을까"라는 되뇌임이 그것이다. 이 작품은 이미 이
세상에 없는 '아버지'에 대한 그리움을 노래한 하나의 사부곡이다.

허기진 배를 물로 채우시던 어머니는
끼니 때마다 밭에 나가 죽을 쑤기에 좋을
여린 나물과 보리싹을 몇 줌씩 뜯어다가
풀죽을 끓이셨다

쌀밥에 고깃국을 한 번 배불리 먹었으면
원이 없겠다던 그 시절
어머니는 평생을 허리가 휘도록 일만 하시다가
칠순도 못 사시고 아지랑이 따라 홀연히 길을 떠나셨다

지금도 뻐꾸기 구슬피 우는 봄날
시골 들녘에 가면 가련한 어머니 생각에
가슴 뜨거워진다

—위후님, 「뻐꾸기 우는 소리 들으면」 중에서

빈궁의 굴레 속을 한 번도 벗어나지 못했던
오로지 순종과 모정만을 업 삼은 채
끝끝내 벙글다 벙글다가 만
한 여인

어머니

하지만 어머니 당신은 분명
화려하지 않으나 제 몫을 다 하는
위대하지 않으나 없어서는 안 되는
남겨진 자들의
그들의 영원한 등대이십니다

—최한선, 「베아뜨리체 연가」 중에서

가난이 길 못 찾아 가사 속에 파고들 때

가슴 한쪽 도려내어
막아주시던 어머니여!

이제는
넉넉하오니
쓰린 가슴 채우소서.

—최지형, 「나의 반달」 중에서

　세 편의 사모곡이다. 세 편에 등장하는 '어머니'들은 모두 지독한 가난 속에서 자식들을 위해 자신의 삶을 바치고 나서 영면하신 분들이다. 「뻐꾸기 우는 소리 들으면」은 "평생을 허리가 휘도록 일만 하시다가 / 칠순도 못 사시고 아지랑이 따라 홀연히 길을 떠나"신 어머니를 그리워하는 작품이다.

「베아뜨리체 연가」에서의 어머니는 "빈궁의 굴레 속을 한 번도 벗어나지 못했던 / 오로지 순종과 모정만을 업 삼은 채 / 끝끝내 벙글다 벙글다가 만 / 한 여인"으로 그려져 있다. 화자는 이 어머니를 '남겨진 자들'의 '영원한 등대'로 칭송하며 그리워한다. 「나의 반달」에서 그리워하는 대상은 "가난이 길 못 찾아 가사 속에 파고들 때 // 가슴 한쪽 도려내어 / 막아주시던 어머니"이다. 자기희생적 삶으로 사랑을 베풀어 주신 어머니는 이처럼 시 작품 안에서 애틋한 그리움의 대상이 된다.

'그리움'은 사랑의 결과이기도 하고, 사랑의 방법이기도 한다. 시 속에서의 어떤 대상에 대한 절절한 그리움은 독자로 하여금 공감을 일으키게 하는 보편적 기재인 것이다.

(≪광주문학≫2017년 봄호─시·시조)

사별한 가족에 대한 사랑 노래

유학에서의 핵심 사상은 '인(仁)'이다. 이 '인'을 현대말로 바꾼다면 넓은 의미의 '사랑'이 될 것이다. '사랑'이란 적어도 두 존재 사이에서 일어나는 정신 작용이다. 따라서 존재의 다양성에 따라 다종다양한 '사랑'이 있을 수 있다. 그런 의미에서 유교에서 말하는 '효(孝)'도 자식의 부모에 대한 사랑 방식의 하나이다. '효'는 다소 강요되고 학습되는 면이 있지만 '가족애'의 측면에서 보면 지극히 자연스럽고 아름다운 인간의 마음이요 서정이다.

사람이 자신을 낳아 길러 준 아버지, 어머니, 할아버지, 할머니의 사랑에 마음으로 답하는 건 당연한 일일 것이다. 하물며 시인들의 가족에 대한 사랑은 더욱 애틋한 서정으로 표명되지 않겠는가.

> 수 많은 날 손등에 물마를 날 없이
> 궂은 일은 내 할 일로 삶을 지탱하며
> 청춘을 셋째인 내 가슴 가슴에까지 투자하고
> 늘 해진 옷 꿰메 입고 유행하는 옷 한 벌 못 걸치면서

사랑했던 것들이
제 갈 길로 마지막 떠나는 터미널에서
바르르 떨리는 입술을 깨물었던
그 모습이 아직도 내 가슴에 자리하는 여자
                    ─서정복, 「엄마도 여자이기에」 중에서

가을비 내리던 밤
어찌할 바 없이 허망하게 떠나간 뒤
가끔
후회와 자책 속
눈물 없는 울음을 울어야 했습니다

몇 번의 가을이 지나고
가슴속 아픔, 소리 없는 울음도
무심해지고 가끔은 잊혀져 가는데

짐이 되어버린
숱한 사연들을 짊어지고
먼 길을 헤매온 뒤
마음과 몸마저 비워야 할 시간들이
소리도 없이 빨리 달려오고 있어

내일을 위한
욕심과 집착을 벗어버린 채
매사를 쓸쓸한 웃음으로라도 채우고
그저 흔들리며
나의 시간을 기다리고 싶습니다.
                    ─안친순, 「어머니는 슬픔이다」 중에서

엄마, 어머니는 핏줄로 가장 가까운 사이이다. 어머니는 자식을 위해서는 무한 희생도 마다하지 않은 사람이다. "손등에 물마를 날 없는" 세월을 "해진 옷 꿰메 입고 유행하는 옷 한 벌 못 걸치면서" 살아간다. 그러나 한 공간, 한 이승에서 살아가는 것도 잠시이다. 이러한 삶도 언젠가 어느 갈림길에 도달하면 이별의 길을 택해야만 한다. 서정복은 "마지막 떠나는 터미널에서"의 마지막 모습을 잊을 수 없다. 어머니의 그 모습이 가슴속에 도장처럼 박혀 있다. "바르르 떨리는 입술을 깨물었던 / 그 모습"이.

이별은 애초에 정해져 있지만 그 시기를 쉽게 짐작하기란 여간 어렵지 않다. 특히 '사별'이란 갑자기 찾아오는 경우가 많다. 그래서 돌아가신 후에 후회하고 뉘우치지만 그 때는 이미 아무 소용이 없게 된다. 안천순도 "후회와 자책 속 / 눈물 없는 울음을 울어야" 하는 이별을 경험했다. 시간이 가면 그렇게 큰 충격도 옅어지고 가슴 찢어지는 듯한 슬픔도 잊혀져 가기 마련이다. 생각해 보니 이제 자신에게 어머니가 걸었던 그 "마음과 몸마저 비워야 할 시간들이 / 소리도 없이 빨리 달려오고 있"음을 깨닫게 된다. 그리하여 자신도 "욕심과 집착을 벗어버린 채 / 매사를 쓸쓸한 웃음으로라도 채우고 / 그저 흔들리며 / 나의 시간을 기다리고 싶"은 그 경지에 도달해 있는 것이다.

우리 어머니는
바느질 자리에서
나를 불러 바늘귀에 실을
꿰라 하셨네

(중략)

어머님 그리움에
지금에야 만져보는 나의 귀때기

정작 바늘귀만도 못한 채,

당신의 손가락
바늘 침 핏자국마다
섧고 아픈 불효만 심었구려.

　　　　　　　　　　　　　—최이섭, 「어머니」 중에서

　시인은 "나를 불러 바늘귀에 실을 /꿰라 하"신 생전의 어머니 뜻을 이제야
깨닫는다. 그것이 "귀를 열고 살아라"라는 가르침이었다는 것이다. 그걸 깨
닫고 나이 어머님이 더욱 그리워서 "지금에야 만져보는 나의 귀때기"를 "바
늘귀만도 못한" 것으로 평가한다. 귀를 크게 열지 못한 자신의 삶에 대한 반
성이다. "귀를 열고 살아라"는 어머니의 가르침을 실천하지 못한 자신의 삶
을 "당신의 손가락 / 바늘 침 핏자국마다 / 섧고 아픈 불효만 심었"다고 한탄
하고 있다. 어머니에 대한 그리움을 삶에 대한 자성으로 치환하고 있는 대목
이다.

　　　박제된 유년의 그리움을 풀어줄 봄이건만
　　　펑펑 쏟아지는 눈물 같은 눈이 쌓이는 아직은 겨울인 눈밭에서
　　　오래도록 까닭모를 서글픔에 울었다
　　　어디에도 없는 아버지의 흔적과
　　　나를 흔드는 수 만 개의 고뇌들 앞에 대책 없이 서 있는 나에게
　　　"아버지라면 어떻게 하셨을까?"
　　　묻고 또 묻는다
　　　큰 키를 덮은 넉넉한 오우버 자락에
　　　그해 겨울도 여전히 쏟아지던
　　　눈발들을 능숙하게 털어내던
　　　아버지의 평온한 얼굴이 떠오른다
　　　어느새 아비가 되었지만

그때의 아버지처럼 줄 수 없다
와락 덮쳐오는 월출산

—강경구, 「영암靈巖」 중에서

도토리묵에
소주잔을 기울이면서
아버지가 그리워진다
한문 학어집 일기장 곰방대
간결한 필치의 서첩 손때 묻은 유품들

(중략)

희미한 등잔 밑
가슴에 새겨둘 양식 쌓아주기에
됫병 소주 바닥날 때까지
밤 지새는 줄 몰랐다 높은 산
어둠의 저쪽 뒤안길에 남기신
흔적

—전종훈, 「흔적」 중에서

부정(父情)도 애틋하다. 「영암靈巖」에서 화자는 유년 시절 아버지와 함께 했던 공간에 서서 문득 옛 기억을 떠올리며 서글픔에 잠긴다. 삶의 거친 길을 휘돌 때 만나는 회의적 상황, 그때마다 "아버지라면 어떻게 하셨을까?"라고 묻는다. 어느새 자아 속에 들어와 있는 아버지는 "나를 흔드는 수 만 개의 고뇌들 앞에" 항상 전범이요 기준이 돼 있는 것이다. "그해 겨울도 여전히 쏟아지던 / 눈발들을 능숙하게 털어내던 / 아버지의 평온한 얼굴"을 떠올린다. 그것은 온갖 고뇌들을 "눈발들을 능숙하게 털어내"듯이 훌훌 털어내는 아버지의 지혜를 우러르는 일이다. 이제 "와락 덮쳐오는 월출산"은 아버지의 상징이요 이미지다.

「흔적」에서 화자는 "도토리묵에 / 소주잔을 기울"일 때 아버지를 그리워한다. 아버지에 대한 생전의 모습이 오버랩되는 행위(음주)와 공간의 틀 안에 있기 때문일 것이다. 그래서 "한문 학어집 일기장 곰방대 / 간결한 필치의 서첩 손때 묻은 유품들"을 뒤적여 본다. 그리움이란 그 그늘 속에 들면 들수록 더욱 깊어지는 법. "희미한 등잔 밑 / 가슴에 새겨둘 양식 쌓아주기에 / 됫병 소주 바닥날 때까지 / 밤 지새는 줄 몰랐" 던 그 시절 아버지의 시간 속으로 들어간다. 거기에 "높은 산 / 어둠의 저쪽 뒤안길에 남기신 / 흔적"이 그리움으로 남아 있다.

긴긴 겨울밤마다
할머니의 이야기는
몇 고개를 넘는다

그 이야기는
부엉이 우는 한밤중에도
마당 건너 뒷간까지 따라 나온다

빨간 손이 올라와
밑을 닦아주었어

문 밖에 떨고 서서
그 손 못나오게 했어

수십 년 전 이야기는
지금도 계속되고 있다

지금도 할머니는 하얀 손 되어

날마다 다녀간다

보리까시락 같은 그 손
사랑 덧칠해 따스해진 그 손.
　　　　　　　　　　　　—고명순, 「할머니의 손」 전문

　할머니를 그리워하는 작품이다. 유년 시절의 겨울밤 이야기를 들려주던
할머니에 대한 회억이다. 그때 들려주었던 할머니의 이야기는 회억으로만
그치지 않고 "지금도 계속되고 있다"고 느낀다. "지금도 할머니는 하얀 손
되어 / 날마다 다녀간다"고 한다. "보리까시락 같은 그 손 / 사랑 덧칠해 따스
해진 그 손."이 할머니에 대한 지극한 그리움의 표상이다.

　　　할머니 지문이 찍힌 뽕잎마다 이랑진 삶
　　　넉 잠든 잠실에 들면 반투명 누에들이
　　　큰스님 넉넉한 손처럼 가진 것 죄 내줄 때.

　　　(중략)

　　　마분지 빛 흐린 날의 장막 한 겹 걷어낸다.
　　　얼음 박힌 동치미 국, 할머니 손맛 되새기며
　　　시렁 위 채반에 올라 가만가만 숨 고른다.

　　　호박벌은 귓전에서 풀무 소리 잉잉거리고
　　　가느스름 눈뜬 채 장엄 열반꽃 둥지 엮는,
　　　한실이 터억 매조지한 울 할머니 뒤태 같다.
　　　　　　　　　　　　　　—이전안, 「5월, 누에고치」 중에서

　다섯 수로 된 연시조에서 세 수를 인용했다. 제목이 시사하듯이 이 시조는

'넉 잠 든 누에'를 소재로 삼았다. 누에는 '넉 잠'을 자고나면 고치를 짓기 시작한다. 누에에게서 고치를 짓는 일은 삶의 일대 전환이다. 시인은 '누에고치'를 작고한 '할머니' 이미지와 결합 시켜 인간의 삶을 비유적으로 그려 놓았다. "할머니 지문", "할머니 손맛", "할머니 뒤태"가 그것이다. "할머니 지문이 찍힌 뽕잎마다 이랑진 삶"에서 '넉 잠 잔 누에'의 삶과 할머니의 삶의 공통성(이랑진)을 발견한다. 그런가 하면 누에의 잠을 '숨고르기'로 은유하여 그것을 "얼음 박힌 동치미 국, 할머니 손맛 되새기"는 행위로 간주하였다. 그리고 누에가 잠들어 있는 모습에서 '한살이'를 '매조지한' 할머니의 '뒤태'를 읽어낸다. 그 모습은 할머니의 "가느스름 눈뜬 채 장엄 열반꽃 둥지 엮는" 마지막 인상이다.

여름호에 발표된 시편들 중에서 가족애를 바탕으로 한 서정을 중심으로 살펴보았다. 어머니, 아버지, 할머니와 함께 했던 기억을 애틋한 그리움의 노래로 부르고 있는 사랑의 마음이다.

(≪광주문학≫ 2017년 여름호―시·시조)

소리의 시적 변용

시는 이미지로 나타난다. 시에서의 언어는 곧 이미지이기 때문이다. 이미지는 좁은 의미로 생각해 보면 시에서의 회화성, 즉 시각적 심상을 가리킨다. 그렇지만 인간이 지닌 상상의 힘은 시각에 의해서만 이루어지는 것이 아니다. 시의 이미지는 모든 감각적 대상을 말한다. 인간이 상상할 수 있는 감각적 이미지가 시학에서 말하는 정신적 이미지이다. 정신적 이미지는 감각기관에 따라 시각, 청각, 미각, 후각, 촉각, 근육감각 등의 이미지로 세분된다.

따라서 회화성을 가진 시각 이미지도 시에서 중요한 기능을 하지만 청각 이미지도 중요한 기능을 한다. 흔히 1930년대 모더니스트였던 김광균의 시 「외인촌」의 한 구절 "분수처럼 흩어지는 푸른 종소리"를 '공감각' 이미지라고 하여 청각과 시각을 동시에 표현한 이미지라고 설명한다. 이 구절을 자세히 들여다보면 이것은 '종소리'라는 청각 이미지를 흩어지는 분수의 모습에 푸른 빛깔을 칠한 시각 이미지로 바꾸어 놓은 것이다. 그러므로 비유의 입장에서 보면 청각을 시각으로 치환해 놓은 일종의 은유(metaphor)인 셈이다.

귀를 통해 감각되는 '소리'에는 인간이 인위적으로 만들어 내는 소리가 있고, 인간 이외의 우주 삼라만상의 자연이 만들어내는 온갖 소리가 있다. 인간이 만들어내는 소리 중 대표적인 것은 언어이고, 이밖에 울음소리, 웃음소리, 한숨소리, 노랫소리 등이 있다. 자연의 소리는 더욱 많다. 빗소리, 천둥소리, 파도소리, 새소리, 물소리 등 다종다양하다. 이러한 온갖 소리들을 시 텍스트에 언어로 반영하면 모두 청각 이미지가 된다. 모두 소리를 언어로 모방하는 장치인 것이다. "땡땡", "사각사각", "졸졸졸", "쿵쾅" "삘릴리", "쏴아" "멍멍멍", "꼬끼오" "음메" "야옹", "스르륵" 등 언어로 표현되는 무수한 의성어는 소리에 대한 언어적 기표이며, 비유의 측면에서 보면 소리의 존재를 언어로 치환하는 은유에 해당한다. 이와 같이 시 작품에 청각 이미지를 생성하는 것도 궁극적으로 시인이 지닌 시적 감정을 독자들에게 보다 효과적으로 전달하기 위한 언어적 장치인 것이다.

창밖에서는 하루 종일
빈대떡 지지는 소리
하늘에서는
우 르 르 우 르 르
맷돌 돌아가는 소리

어머니의 투박한 손끝이
녹두 빈대떡을 지진다
한여름 밤
아이들의 뱃속에서는 맹꽁이 울어대고
불꽃 튀는 형제들의 눈싸움은 시작 되고

먼 산 넘어 걸어오는 녹두빈대떡 익는 소리
왕매미는 배고픔의 서러움을 대신 울어
나뭇잎 위에서 빗소리와 뒹굴고 있다.
　　　　　　　　　　　　　　　—조의연, 「장맛비 소리」 전문

이 작품은 '빗소리'의 청각을 시 텍스트에 옮겨 놓았다. '장맛비'가 내리는 소리를 "빈대떡 지지는 소리"로, "우 르르 우 르 르 / 맷돌 돌아가는 소리"로 은유하고 있다. "빈대떡 지지는 소리"는 빗소리를, "맷돌 돌아가는 소리"는 천둥소리를 표현한 것임을 쉽게 알 수 있다. 이와 같은 1연에서의 소리이미지는 2연에서 실제로 체험한 추억을 유추해 낸다. '한여름 밤'의 추억이 그것이다. 여기에서 아이들의 배고픔을 뱃속에서 울어 대는 "맹꽁이"의 울음으로 바꾸어 놓은 것도 소리이미지이다. 3연에서는 "배고픔의 서러움"을 왕매미 울음의 청각이미지로 바꾸고, 이는 "녹두빈대떡 익는 소리"와 더불어 "나뭇잎 위에서 빗소리"와 뒤섞여 있는 것이다. 장마철 매일 지루하게 내리는 빗소리에서 "빈대떡 지지는 소리", "맷돌 돌아가는 소리", "맹꽁이" 울음소리, "왕매미" 울음소리 등의 소리이미지로의 변환을 통해 추억의 정서를 표현한 작품이다.

> 어쩌자는 게야
> 이 사람아
> 달 맑은 이 한 밤을
> 그리움도 죄가 된다던가요
> 어느 바람에 견디다 못해
> 예까지와 흐느끼나
> 살아서도 죽어있는 목숨
> 죽어서도 살아있을 영혼
> 적막한 땅끝에 와서
> 흐느끼는 사람아
> 어쩌자는 게야
>
> —조병기, 「억새꽃」 전문

이 텍스트에서 억새꽃은 사람으로 의인화 되어 있다. "달 맑은 이 한 밤"

한 줄기 가을바람에 하얗게 흔들리는 억새꽃, 그것은 "살아서도 죽어있는 목숨 / 죽어서도 살아있을 영혼"이다. 이 억새꽃이 존재하는 공간은 "예(여기)"이고, 구체적으로는 "적막한 땅끝"이다. 이 사람(억새꽃)을 적막한 땅끝인 예까지 몰아붙인 것은 "어느 바람"이다. 그가 최후로 하는 발화는 "그리움도 죄가 된다던가요"이며, 그리움이 극에 다다른 상황은 "이 사람", 억새꽃의 흐느낌이다. 이 시는 맑은 달밤에 바람에 흔들리는 억새꽃의 모습, 시각이미지를 "흐느낌"이라는 청각이미지로 치환함으로써 그 정서를 효과적으로 전달하고 있는 것이다. 이를 바라보는 화자의 마음은 "어쩌자는 게야"의 한 마디다.

> 복사꽃 환한 질항아리 안,
> 볏짚 속에서
> 게슴츠레한 눈빛으로
> 폭 삭힌 속살
> 배꽃접시에 복사꽃잎처럼 누었다.
> 삼합으로 한 입씩 물려 놓고
> 툭툭 던지는 상말처럼
> 알면서 씹고 씹히면서 웃는
> 육자배기 가락 덧입혀 놓친다.
> 막걸리 몇 순배 돌려놓고
> 엉덩이마다 들썩여서
> 봄밤이 유채꽃처럼 향기롭다.
> ─김일곤, 「영산포 홍어」 중에서

홍어회는 아직도 일반적인 음식이 아니다. '일베'들이 전라도 사람들을 비하하고 폄훼할 때 '홍이'라고 할 정도로 전라도만의 독특한 음식이다. 알싸하게 쏘는 맛과 독특한 향취는 길들여지지 않은 사람들에게는 역겹기까지

하는 모양이다. 그러나 요즈음에는 그 진정한 맛을 차차 알아가는 외지인들이 점점 많아져가고 있는 추세이다. "영산포 홍어"는 영산포에서 잡히는 홍어가 아니다. 예로부터 영산포는 흑산도에서 잡힌 흑산 홍어를 영산강을 따라 배로 운반하여 하치한 후, 그것이 다시 내륙 곳곳으로 팔려나갔기 때문에 홍어의 집산지로 알려져 왔다. 이 작품은 그 "영산포 홍어"를 먹는 것을 제재로 삼고 있다. "복사꽃 환한 질항아리 안"에서 잘 숙성된 홍어회는 "배꽃접시에 복사꽃처럼" 놓인다. "배꽃"과 "복사꽃"이라는 시각이미지는 봄철이라는 시간을 환기하지만 배와 복숭아의 특산지인 영산포라는 공간을 환기하기도 한다. 그런가하면 "봄밤이 유채꽃처럼 향기롭다."라고 하여 봄밤을 후각이미지화 하면서 유채꽃 만발한 영산강변의 공간 의미를 환기시킨다. 이 시에서 청각이미지는 "툭툭 던지는 상말처럼 / 알면서 씹고 씹히면서 웃는 / 육자배기 가락 덧입혀 놓친다."의 구절이다. 이 시에서 주목되는 것은 "홍어회"를 먹으면서 하는 행위, "씹고 씹히면서"의 "씹다"는 중의성이다. 홍어회라는 음식을 "씹는다"는 의미도 있지만, 말로 남을 비평하거나 비난하는 것을 의미한다. 그런데 여기에 "육자배기 가락"을 덧입힌다는 표현이 재미있다. "육자배기"는 전남지역의 향토민요로서 논매기할 때, 또는 나뭇꾼들이 즐겨 부르는 소리였다. 이 시는 이 "육자배기 가락"이라는 청각이미지를 배치함으로써 홍어회의 향토적 미각이미지를 도드라지게 하고 있다.

산사의 범종 소리 / 산바람 타고 와 / 세정에 물든 영혼을 살며시 씻어주네.(김광, 「바윗돌에 눕자하니」 중에사)
동쪽 하늘 둥근달 / 한 아름 품에 안으니 / 잎들이 나둥글어 발끝에 밟히는 소리 / 사박사박 가을밤 깊어가는데 (변보연, 「가을마당」 중에서)
팽목항이 울고 있네 / 목포 신항도 울고 있네 / 슬픈 노랑나비 보면 눈물나네 (김영대, 「세월호」 중에서)

때 없이 너나없이 눈물 콧물을 흘렸네 / 추악한 소문 뱉듯 재채기가
터졌네 / 울어라 울어라 광주 울음을 삼키지 말라 (서연정, 「눈물 광주」
중에서)

김광의 「바윗돌에 눕자하니」에서 "범종 소리"라는 청각이미지는 "산바
람"이라는 매개체를 거쳐서 "영혼"을 씻는 기능을 한다. 변보연, 「가을마당」
에서의 낙엽 밟는 소리의 의성어 "사박사박"은 청각이미지를 음절어로 흉내
내고 있는데, "바스락", "바삭", "파삭" 등 여러 가지 의성어를 두고 "사박사
박"을 택했다. 이러한 선택은 청각이미지로서의 개성적 정서를 반영한 것이
다.

김영대의 「세월호」나 서연정의 「눈물 광주」는 우는 행위에 초점이 맞춰
있다. "팽목항"이 울고 "목포 신항"이 울고 "광주"가 운다. 우는 것은 슬픈 감
정을 토로하는 행위이고 그 행위에 동반하는 소리이다. 김영대는 극한 슬픔
의 공간(팽목항, 신항)을 "울고 있"다고 표현함으로써 공간 자체의 분위기를
청각화하고 있다. 세월호 사건이라는 불행을 청각적으로 함축하고 있는 셈
이다. 서연정에서의 '광주'라는 공간의 울음은 역사성을 지닌 슬픔의 표출이
다. 슬픔의 감정은 눈물을 만들고, 눈물은 울음의 상징적 결정체가 된다. 따
라서 울음은 청각적 이미지이고 눈물은 그 표출된 감정의 시각적 상징이다.
'광주'로 상징되는 "5·18 광주민주화운동"에서의 눈물의 항쟁은 결국 오늘날
촛불 정국을 거쳐 민주화 역사의 한 고개를 넘고 있는 것이다.

시에서의 청각이미지는 이처럼 다양한 방식으로 시인의 서정을 전달하는
데 효과적으로 작동하고 있음을 볼 수 있다.

(≪광주문학≫ 2017년 가을호―시·시조)

꽃의 시적 의미

꽃의 사전적 의미는 "식물의 가지나 줄기 끝에 반구형(半球形) 또는 나팔 모양으로 피는, 생식을 위한 기관. 각각의 모양과 색깔은 여러 가지이며, 꽃받침·꽃잎·암술·수술로 이루어짐. 뒤에 열매를 맺고 씨를 만듦. 세는 단위는 포기·송이·떨기·다발·묶음."이라고 나와 있다. 식물학적 정의인 셈이다. 이러한 로고스적 사유로는 꽃이란 식물의 '생식기관'에 불과하다. 그러나 서정의 시각과 마음으로 보면 꽃은 그 빛깔과 모습, 그리고 그 향기가 인간을 감동시키는 아름다운 존재의 표상이 된다. 그래서 예부터 꽃은 모든 예술에서 다종다양한 모습과 의미로 변용되어 왔다.

특히 서정시에서의 '꽃'에 대한 의미는 넓고 깊다. 신라시대의 '헌화가'나 일제강점기 때 소월의 '진달래꽃', 또는 영랑의 '모란이 피기까지는' 등의 시에 비추어 있는 꽃의 모습과 의미는 고금을 막론하고 아주 넓고 깊게 펼쳐있다. <광주문학>(2018년 봄호, 86호)에 발표된 시편들에도 꽃의 의미는 다양하게 변용되어 나타난다.

꽃길 따라
자연의 오묘함
요모조모 살펴보니
연분홍 치맛자락
확 펼쳐들고
활짝 웃는 그 모습이
너무도 아름답다.

　　　　　　　　　　　—이상현, 「영취산 진달래」 중에서

황금 들녘 벼 익어가는 소리 들으며
들꽃처럼 자라는 어린이
무얼 생각하고
어떤 꿈 키우며 자랄까요.

높은 빌딩 고층 아파트 바라보며
콩나물처럼 자라는 어린이
무얼 생각하고
어떤 꿈 키우며 자랄까요.

　　　　　　　　　　　—김나현, 「아름다운 꿈」 중에서

　이상현의 꽃은 직접적이고 구체적으로 묘사되어 있다. '영취산'이라는 현
실 공간에 피어 있는 진달래를 보고 그 모습을 그린 것이다. 그는 '영취산 산
길'에서 "연분홍 치맛자락 / 확 펼쳐들고 / 활짝 웃는 그 모습"을 만난 것이다.
진달래는 여성으로 은유되어 있는데, 이 여성의 모습은 연분홍 치마를 펼쳐
입고 활짝 웃고 있다. 진달래꽃을 여성성의 아름다움으로 파악한 것이다.

　김나현은 어린이를 비교하는데 시골 아이와 도시 아이의 특성으로 '들꽃'
과 '콩나물'의 이미지를 결합시켰다. '들꽃'의 존재 공간은 '들녘'이나. 그 공
간은 무한이 열린 공간이다. 그 공간에서 자연의 소리를 들으며 자라는 '들

꽃'은 무한한 가능성을 가지고 자라는 어린이의 표상이다. 이에 비교되는 '콩나물'의 존재 공간은 시루라는 닫힌 공간이다. 그 공간에서 인위의 콘크리트 숲을 바라보며 자라는 어린이의 표상이다. 따라서 여기에서 '들꽃'은 자유와 꿈을 가진 열린 공간을 호흡하는 어린이다.

광양 다압면 매화마을
매화꽃 소식에

꽃 마중 간다
꽃 같은 마음

하늘에 산천에
꽃처럼 고운 눈꽃 피고

바람 따라나선 꽃잎
꽃길을 수 놓는다
                    ─강대실, 「꽃 마중」 중에서

공허한 어둠을 넘어
밤새 지구 한 바퀴를
훌쩍 돌아온 그를 맞으러
바지런한 가을꽃 하나
까치발 하고 섰다.
                    ─김철수, 「승천보 일출」 중에서

강대실의 「꽃 마중」은 화자가 꽃 소식을 듣고 "광양 다압면 매화마을"로 간다는 이야기다. 마중이란 오는 사람을 나가서 맞이하는 일이다. 그러므로 여기에서 꽃은 이 세상에 새로이 도래하는 존재로 드러나고, 꽃의 도래는 기다리는 손님이 오시듯 환호작약할 기쁨이다. 그래서 '하늘'과 '산천'에도 온통 꽃이고 '꽃 마중' 가는 그 길도 '꽃길'이다,

　김철수의 「승천보 일출」에서는 "바지런한 가을꽃 하나"가 등장한다. 이 꽃은 '까치발'을 하고 서 있다. '까치발'을 하는 이유는 '그'를 맞기 위해서다. 맞이하는 대상인 그는 "공허한 어둠을 넘어 / 밤새 지구 한 바퀴를 / 훌쩍 돌아온" 태양이다. 어둠을 넘어온 밝음의 상징으로서의 태양, 기다리던 그 광명을 '까치발'로 맞이하는 것은 '가을꽃' 한 송이다.

　　비바람 앞에서 견뎌내려고
　　애써 붙잡고 고개 숙이지 마라

　　차라리
　　툭,
　　떨쳐버려라

　　너는 벌써
　　천리에 피어

　　굽은 길 환하다
　　　　　　　　　　　　　　　　　　　—김경숙, 「꽃에게」 전문

　　그래 화무십일홍花無十日紅이라
　　그건 덧없음에 가슴 저리는
　　인간들의 이야기이고
　　너가 언제 세월을
　　마음에나 두고 있었더냐
　　그대로 봄을 틔워 그대로 필뿐
　　오가는 우리들에게 내내
　　아름다움을 거저 줄뿐

무엇 하나 바라기나 했었더냐
그래 그래 너 무심無心 속에
어찌 무상함에 저리는 가슴앓이인 듯
발을 붙일 수가 있었겠느냐……

　　　　　　　　　　　　　　　─김명국, 「작은 꽃 앞에서」 중에서

　이 두 작품의 청자는 '꽃'이다. 구체적으로 어떤 꽃을 지시한 것이 아니라 범칭으로 썼다.

　김경숙의 「꽃에게」에서의 화자는 이인칭 청자인 꽃에게 두 가지의 명령을 건네고 있다. 그 하나는 "비바람 앞에서 견뎌내려고 / 애써 붙잡고 고개 숙이지 마라"는 것이다. '비바람'이란 살아가면서 운명적으로 겪을 수밖에 없는 고난과 역경이다. 그걸 견뎌내려고 애쓰지 말라는 충고다. 다른 하나는 "툭, / 떨쳐버려라"이다. 그냥 그대로 비바람을 수용하여 꽃을 떨쳐버리라는 권유다. 그 이유는 "너는 벌써 / 천리에 피어 // 굽은 길 환하"기 때문이다. 이 시에서는 '꽃'의 존재 가치, 혹은 '꽃'이 해야 할 의무를 '굽은 길'을 환하게 밝히는 것으로 간주했다. 따라서 이 시에서 '꽃'은 이미 천리에 피어 길을 환히 밝히는 그 장한 역할을 다 했기 때문에 구태여 '비바람'을 견딜 필요가 없다는 것이다.

　김명국, 「작은 꽃 앞에서」에서는 '시간'을 화제로 삼고 있다. "화무십일홍 花無十日紅"이라는 말은 "인간들의 이야기"이지 '너(꽃)'와는 무관한 일이라는 것이다. 즉, 인간들은 시간의 덧없음에 가슴 저리지만, 꽃은 시간의 흐름을 마음에 두고 있지 않다. 꽃은 "무심無心"의 경지에서 시간의식과 관계없이 그대로 피고, 오가는 사람들에게 어떤 대가도 바라지 않고 '아름다움'을 거저 줄뿐이다. 인간들은 시간의 덧없음을 아쉬워하고 대가에 연연하지만, 꽃은 시간의 흐름에 대해서도 초연할 뿐만 아니라 무욕의 경지에서 아름다움을 나눠주고 있다.

살기殺氣 사라진 땅에서
부드러운 속살에 따스한 피가 흐르면
여린 싹들이 갓난아이 미소로
세상 밖을 엿보고 있다

분노의 씨는 어느새 흔적도 없어지고
꽃으로 승화되는 생명을
잉태하고 있는 중이다

—김윤묵, 「입춘」 중에서

이 시에서의 '꽃'은 '살기殺氣'와 '분노'가 사라진 세상에서의 '승화되는 생명'이다. '입춘'이라는 절기에서 발견한 계절의 변화다. '살기殺氣'와 '분노'가 상징하는 혹독한 추위의 겨울을 견뎌내고, 그 살기가 점차 사라지는 입춘의 절기가 오면 동토는 "부드러운 속살에 따스한 피가 흐르"게 된다. 이때가 오면 "여린 싹들이 갓난아이 미소로 / 세상 밖을 엿보고 있다"는 것이다. 겨울은 '살기殺氣'와 '분노'의 파토스의 정념이고 봄은 '부드러운 속살', '따스한 피', '여린 싹', '갓난아이의 미소' 등 서정 세계의 의미를 환기한다.

어두운 빛깔을
지워내면서
곱게 피우고 싶었다

삶의 깊이를
잴 수는 없지만
하루하루 쌓이는 인연들

부딪치는 오욕五慾을
발아래 묻으며

실바람소리에 살포시 내민 얼굴

정숙인, 「백련」 전문

이 시의 화자는 '백련'에 투사되어 있다. 즉 '백련'의 마음을 읽는 전지적 시점에 있다. 따라서 화자와 '백련'의 마음은 동일화 된다. '백련'의 소망은 자신이 지녀온 "어두운 빛깔을 / 지워내면서 / 곱게 피우고 싶"은 일이다. "하루하루 쌓이는 인연들"과 함께 삶을 영위해 가며 어쩔 수 없이 부딪치는 "오욕五慾"을 "발아래 묻"는다. 삶의 벌판에서 부딪치는 다섯 가지 정욕, 즉 "오욕五慾"이란 '재욕', '색욕', '식욕', '명예욕', '수면욕'을 이른다. '백련'이 피워내는 하얀 꽃의 모습은 사바에서의 모든 욕망을 묻고 "실바람소리에 살포시 내민 얼굴"이 된다.

꽃은 일반적으로 아름다운 존재에 대한 상징으로 드러나지만, 여러 시인들의 개개의 작품에서는 다양한 방법, 다양한 모습으로 나타난다. 꽃은 시인에게 관찰의 대상이 되기도 하고, 투사되어 동일성을 이루기도 하고, 말을 건네면 받아주는 청자의 위치에 있기도 한다. 꽃은 아름다운 여성의 자태, 어린이의 순정함, 기쁨, 빛을 맞이하는 마음, 광명을 이루는 주체, 무욕의 마음, 승화되는 생명 등으로 변용되기도 하고, 사바에서의 욕망을 극복하는 존재가 드러내는 '얼굴'이기도 하다.

(≪광주문학≫ 2018년 봄호—시 · 시조)

존재들과의 화해와 사랑

시적 표현 중 가장 특징적이고 일반적인 방법은 '비유'일 것이다. '비유'란 타자의 존재를 인식할 때 비로소 가능하다. 대표적인 비유인 '은유'의 원리는 하나의 존재를 다른 존재와 견주어서 그 가치나 정서를 언어를 통해 전달하는 방식이다. 따라서 은유는 다른 존재를 끌어와 견주는 것인데, 이를 '옮겨놓기[轉移]'로 보는 것이 일반적이다. 즉, 'ㄱ'이라는 존재를 'ㄴ'이라는 존재로 치환하는 일이다. 은유는 존재의 유사성이나 동일한 가치를 가진 두 존재들의 자리를 바꾸어 놓는다. 그러나 은유는 단순한 '자리바꿈'만이 아니다. 비동일성의 원리에 이르면 은유가 두 존재의 '결합'으로 이루어지는 현상이라는 것을 깨닫게 된다. 즉 'ㄱ'과 'ㄴ'의 존재가 결합하여 변증론적으로 새로운 'ㄷ'의 존재를 창조해 낸다는 것이다.

시적 언술에서 이러한 비유는 왜 필요한가? 비유는 대부분 이미지를 창조하는데 쓰이는데, 시에서 왜 이미지가 필요할까. 비유를 통한 이미지 창조는 시인이 의도한 정서를 독자에게 효과적으로 전달하는 예술적 방식이기 때문이다. 이 때 이미지는 언어의 의미론적 전달이 아니라 정서의 형태로 독자의 가슴에 도달하게 된다. 따라서 시작에서 이미지 만들기는 독자가 효과적으로 감동하게 하는 방식 중 하나이다.

이와 같은 시적 원리는 자아와 대상을 같은 가치, 같은 품격, 같은 마음으로 보는 동일화의 원리가 전제되어야 가능하다. 시의 세계에서는 한낱 작은 풀꽃이나 돌멩이, 혹은 관념까지도 자아와 동등한 격을 갖는다. 이것은 시가 자아와 세계, 시적 대상들과의 화해이며, 사랑이라는 것을 말해 준다. 세상에는 수많은 갈등이 존재하지만, 갈등조차도 보다 큰 차원에서 보면 사랑을 전제로 한 것이리라. 그러므로 시의 정신은 세계와의 화해와 사랑의 정신임이 분명해 보인다.

이러한 시선으로 월간 ≪우리詩≫ 2019년 4월호에 발표된 신작시 몇 편을 골라 읽어보기로 한다.

나에게 아직 소리가 남아 있을까요
내가 울면 새들은 날아갔어요

여름은 기억나지 않는데 함께 떠난 그림자들이
나에겐 아직 남아 있어요

씨앗을 물고 내일을 기약하며 숲의 가장자리 싱싱한
새순이 돋는 마을로 사라진
뒷모습을 기억해요

낯선 목소리가 나의 입 속으로 들어와요
겨울이 깊어지면 물까치도 딱새도
나의 울음 속으로 들어와요 울음을 살피며
잠든 나를 깨우고 있었나요

겨우 이 통 속의 작고 찌그러진 온기로
새를 감싸 안고 있나요

오늘도 내 생의 하루 소리 없이 가는데
나의 삶은 이제 재활용인가요
—이범철,「버려진 깡통의 기억」전문

이 시에서 화자 '나'는 "버려진 깡통"이다. "버려진 깡통"이 세계를 읽고 느껴서 자신의 체험을 청자에게 언술하는 구조로 되어 있다.

화자 자신이 경험한 삶의 '기억'은 주로 '새들'에 관한 것이다. 즉, '나'와 '새들'과의 관계는 '울음'이 매개되어 있다. "내가 울면 새들은 날아갔"다. 이 것은 시간적으로 보면 과거의 기억이고 현재는 "나는 날아가지 않고 울지도 않는데 이제 / 나를 위해 새들이 울고 있"다. 이 시에서 과거의 기억과 현실 사이의 변화는 몇 가지 과정을 거치고 있다. 기억나지 않은 '여름'과 기억하고 있는 "함께 떠난 그림자들"이 있다. 그것은 "씨앗을 물고 내일을 기약하며 숲의 가장자리 싱싱한 / 새순이 돋는 마을로 사라진" 새들의 '뒷모습'이다. 기억하지 못하는 '여름'은 여기까지이고, 텍스트 속의 현재는 '겨울'이다. "겨울이 깊어지면 물까치도 딱새도 / 나의 울음 속으로 들어" 온다. 새들은 나의 "울음을 살피며 / 잠든 나를 깨우고 있"다. 이제 나는 "겨우 이 통 속의 작고 찌그러진 온기로/ 새를 감싸 안고 있"다. 이것이 '버려진 깡통'인 자아의 생에 대한 '은유'이다. 그리고 버려진 시적 자아의 존재와 '새들'과의 화해와 사랑인 것이다.

독거노인이시라지만
지금도 여전히 당당하고 웅장하십니다.

바다 건너 연백 땅에서 불어오는 북풍에
혹시 고향 내음이라도 떠밀려 올라치면
어디 더 멀리 떠나시지도 못하고
바닷가에 뒷짐지고 장승이 되어버렸던
내 작은 할아버님 같은 실향 노인이여!

아득한 옛날
고향에 두고 온 꽃 같은 아내는
육백 년 긴 세월 굳어버린 마음속에
아직도 아스라이 여리고 고운데
이제는 다 늙어버린 손이라도
한 번 잡아 볼 날이 올 수는 있는 건지.

헤어진 거리가 멀면 멀수록
그 세월이 길면 길수록
고독은 저리 당당해지고
기다림은 더욱 웅장해지나 보옵니다.
　　　　　　　　—최병암, 「강화 볼음도 수은행나무」 전문

　이 나무는 강화군 불음도에 실재하는 은행나무이다. 인터넷을 통하여 검색해 보니 이 노거수는 천연기념물 제304호로 지정되어 있다고 한다.

　이 작품은 시적 화자가 이 노거수에게 말을 건네는 담화 양식으로 되어 있다. 화자는 노거수에게 "독거노인이시라지만 / 지금도 여전히 당당하고 웅장하십니다."라고 첫말을 건넨다. 이 나무에 인격을 부여하여 '독거노인'으로 은유하고 있는 것이다. 이 노인은 단순히 아내를 잃고 외로움을 견디며 홀로 살아가는 '독거노인'이 아니라, 화자의 "작은 할아버님 같은 실향노인"이다. 화자는 이 노거수에서 자신의 '작은 할아버님'을 본 것이다. '작은 할아버님'은 "바다 건너 연백 땅"이 고향인데 "불어오는 북풍에 / 혹시 고향 내음이라도 떠밀려 올라치면 / 어디 더 멀리 떠나시지도 못하고 / 바닷가에 뒷 짐지고 장승이 되어버렸던" 분이다. 따라서 화자는 이 노거수와 '작은 할아 버님'을 동일화하고 있는 것이다. 두 존재를 실향민이라는 유사성으로 결합 시킨 것이다. 천연기념물인 이 나무의 공식 명칭은 "강화 불음도 은행나무" 이다. 이와 달리 시인은 시의 제목에 '수은행나무'임을 강조하고 있다. 이는 이 나무의 아내가 되는 '암은행나무'가 바다건너 북한 땅인 '연백'에 있다는 전설을 전제한 것일 게다. 그래서 노거수는 "고향에 두고 온 꽃 같은 아내는 / 육백 년 긴 세월 굳어버린 마음속에 / 아직도 아스라이 여리고 고운" 기억 을 담고 있다. "이제는 다 늙어버린 손이라도 / 한 번 잡아 볼 날이 올 수는 있 는 건지."라는 독백을 한다. 육백 년을 아내와 헤어져 살아 온 이 '노거수'는 '당당한 고독'과 '웅장한 기다림'의 상징이 된다.

> 밤낮으로 날아와 앉은
> 가지 끝 새의 두 다리에도
> 역사를 쓰고 또 쓰고
>
> 이젠 그도 나도 앉았다
> 무심히 일어설 때마다 뚝뚝
> 가지 부러지는 소리
>
> 무수한 날 천둥과 번개가 잔설 가지에
> 수시로 잦게 왔다 가고 있는 소리
>
> — 김혜숙, 「고목」 전문

이 시는 자아와 '고목'을 동일시하고 있다. 텍스트에서 '고목'은 "역사를 쓰고 또" 썼다. 고목은 "밤낮으로 날아와 앉은 / 가지 끝 새의 두 다리에도" 역사를 썼다. 역사는 시간이고 경험이다. 역사는 흐르고 쌓인다. '자아'도 역사를 써 온 것은 마찬가지이다. 이제 '고목'과 '자아'가 공동의 경지에 들었다. 그것은 "앉았다 / 무심히 일어설 때마다 뚝뚝 / 가지 부러지는 소리"를 내는 일이다. 이 소리는 "무수한 날 천둥과 번개가 잔설 가지에 / 수시로 잦게 왔다 가고 있는 소리"이다. '고목'과 나의 긴 역사가 흐르는 소리, 차곡차곡 쌓이는 소리이다. 이 작품은 '고목'을 인격화하여 자아와의 동일화를 꾀하고 있다.

땅과 바람의 얼기설기한 살결이고
토막 나고 깎이어
세상을 살아 낸 얽히고설킨 표정이다
돌이나 쇠가 아니므로
속은 무르다

겉과 속이 다른 얼굴을 버리고 싶을 때
천년을 썩지도 않고 한 표정으로 기다리는
가면을 쓰고 타인이 된다
바꾸어 보는 신분과 표정
고개를 젖히면 턱이 벌어져 타인으로 웃고
고개를 숙이면 턱이 접혀 타인으로 찡그리며
구멍의 눈으로 바뀌지 않는 하늘을 본다
달아오르지 않는 나무의 체온
춤추다 보면
어느새 피안의 나루터 가까이 다가가 있고
언제나 정박해 있는 나룻배
타지 않고 매번 가면을 벗는다

—손석호, 「하회탈」 중에서

'하회탈'은 "땅과 바람의 얼기설기한 살결"과 "토막 나고 깎이어 / 세상을 살아 낸 얽히고설킨 표정"을 지니고 있다. 그의 "속은 무르다." 이 시에서 '하회탈'은 '살결'과 '표정', 그리고 '속'을 가졌다. '속'은 심리적 내면이고 마음이다. 이처럼 시의 화자는 '하회탈'을 인격을 가진 존재로 인식한다. 그래서 화자는 "겉과 속이 다른 얼굴을 버리고 싶을 때" 그 "가면을 쓰고 타인이 된다." '타인'은 바로 '하회탈'이다. 화자는 그 '하회탈'과 동화되어 '웃고', '찡그린다.' 그렇게 춤을 추다보면 화자는 "어느새 피안의 나루터 가까이"에 도달하게 된다. 즉, 이 행위의 과정을 거쳐 카타르시스를 이루고, 세상의 번뇌를 해탈하는 '피안의 나루터'에 이르게 된다는 것이다. 이 지점에서 화자는 "매번 가면을 벗는다." '겉과 속이 다른 얼굴'이라는 갈등으로부터 '피안의 나루터'라는 화해에 이르게 된 과정이 '하회탈'을 쓰고 탈춤을 추는 행위이다.

어쩌면 시인이 시를 쓰는 자체가 매번 가면을 쓰는 행위인지 모른다. 사실 '탈'이란 '복면'과 달라서 표정을 숨기는 도구가 아니라 성격을 드러내는 방식인 것이다. 시 속에 등장하는 모든 존재는 시인이 만들어내는 '탈'이다. 시인이 '탈'을 만드는 행위가 바로 자아와 세계와의 화해를 모색하는 사랑의 정신이지 않을까.

(월간 ≪우리詩≫ 2019년 4월호의 시)

백수인(白洙寅)

　전남 장흥 출생. 국어국문학회 전공이사, 한국언어문학회 회장, 한국어문
학술단체연합 대표, 민교협공동의장, (재)5·18기념재단 이사 역임. 저서로
시집 ≪바람을 전송하다≫(시와사람, 2016.)와 ≪소통과 상황의시학≫(국학
자료원, 2007.) ≪소통의 창≫(시와사람, 2007) ≪장흥의 가사문학≫(시와사
람, 2004) ≪기봉 백광홍의 생애와 문학≫(시와사람, 2004) ≪대학문학의 역
사와 의미≫(국학자료원, 2003) 등이 있음. 현재 조선대학교 국어교육과 교
수, (재)지역문화교류호남재단 이사장, <원탁시> 대표.

현대시와 지역 문학

| 초판 1쇄 인쇄일 | | 2019년 11월 18일 |
| 초판 1쇄 발행일 | | 2019년 11월 25일 |

지은이		백수인
펴낸이		정진이
편집/디자인		우정민 우민지
마케팅		정찬용 최재희
영업관리		한선희 정구형
책임편집		우민지
인쇄처		국학인쇄사
펴낸곳		국학자료원 새미(주)

등록일 2005 03 15 제 406−3240002510022005000008 호
경기도 파주시 소라지로 228−2 (송촌동 579−4)
Tel 442−4623 Fax 6499−3082
www.kookhak.co.kr
kookhak2001@hanmail.net

| ISBN | | 979−11−90476−00−3 |
| 가격 | | 28,000원 |